찬란

찬
란

초판 1쇄 인쇄일 2017년 02월 21일
초판 1쇄 발행일 2017년 02월 27일

지은이 | 홍경
펴낸이 | 김기선

편집장 | 김은지
편집부 | 임종성, 박지은, 김지현, 정미정

펴낸곳 | 와이엠북스(YMBOOKS)
출판등록 | 2012년 7월 17일 (제382-2012-000021호)
주소 | 서울시 도봉구 노해로 379, 1005호(창동, 대성빌딩)
전화 | 02)906-7768 / **팩스 |** 02)906-7769
E-mail | ymbooks@nate.com

ISBN 979-11-322-4069-3 03810

값 9,000원

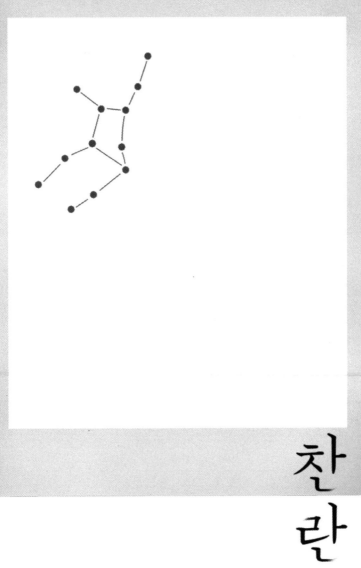

찬
란

BOOKS

차 례

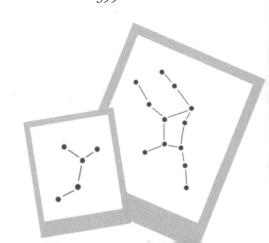

프롤로그

한겨울 밤, 까만 하늘에서 뿌려지는 눈발은 차고 습했다. 무슨 일이 생길 것만 같은 밤이었다. 지독한 불면증이 찾아왔던 어느 겨울의 밤과 비슷했다. 심장 근처에 찌릿찌릿 전율이 일었던 그 밤처럼, 이유도 없다. 형체 모를 불안감이 가슴을 뚫고 터져 나올 것처럼 쿵쾅거리며 뛰었다.

엄마가 더 나빠진 걸까. 괜한 방정 떨지 말자. 버스에서 서둘러 내린 수완은 빠르게 걸으며 찬 공기를 깊게 들이마셨다. 숨을 쉴 때마다 하얀 입김이 입술을 타고 흘렀다. 으슬으슬 한기에 걸음을 재촉하며 막 병원의 정문을 열고 들어서려는데, 남자의 낮고 마른 목소리가 그녀를 불러 세웠다.

"이수완 씨?"

누구?

뒤돌아서는 수완의 눈이 커다래졌다. 화들짝 커진 동공 속으로 한 남자가 들어왔다. 남자는 정지 버튼을 누른 것만 같다. 수완은 움직일 수가 없었다. 자신을 물끄러미 바라보는 남자가 누군지 단번에 알았다. 남자와의 재회가 몹시 당황스러운 수완의 눈빛이 심하게 흔들렸다.

"오랜만입니다."

"……."

"나 기억하죠?"

"……."

"표정 보니 기억이 나나 보군요."

"그래서요?"

"……괜히 아는 척했군요."

"네."

수완은 어색하게 웃어 보였다. 그녀의 반응이 뭘까 싶은지 그는 고개를 까닥, 하고는 무심하기 이를 데 없는 목소리로 입을 열었다.

"나는 이수완 씨가 반가운데."

"저도 반가웠어요."

남자와의 재회는 여기까지. 그와 실랑이로 힘을 빼고 싶지 않았다. 심장이 불안하게 쿵쿵 뛴 것이 이것 때문이구나. 1년 만인가? 하룻밤을 보낸 남자와의 짧은 기억이 제멋대로 떠올랐다. 그것도 이름도 모르는, 처음 보는 남자와 밤을 보냈다.

"혹시 다음엔 마주치더라도, 그냥 지나가줄래요."

부탁이 아니었다. 지난 1년 동안 기억 속에서 한 번도 떠오르지 않던 존재가 왜 오늘 툭 튀어나왔는지, 알고 싶지도 않았다. 수완은 지금 엄마한테 빨리 가고 싶을 뿐이다.

"병원엔 웬일로?"

"……"

"누가 입원했어요?"

"안녕히 가세요."

남자의 눈매가 조금 가늘어졌다. 더는 할 말이 없었던 수완은 병원의 회전문으로 들어갔다. 회전문이 반 바퀴 도는데 지구가 빙글, 도는 기분이었다. 그를 마주친 건 별일 아니라고 애써 심란한 마음을 누르며 엄마가 있는 중환자실로 올라갔다.

함박눈이 내리고 있어 다른 날보다 중환자실 앞에는 환자 가족들이 별로 없었다. 바로 면회시간이 되었다. 중환자실 앞을 지키는 키 큰 남자가 환자 이름을 한 명씩 호명했다. 엄마 이름이 불리자 수완은 손 소독제로 손을 닦고 중환자실로 들어갔다.

손이 퉁퉁 부어 정맥을 찾기 어려워 부득이 다리에 주사를 꽂을 수밖에 없다는 간호사의 말을 들으며 엄마의 곁으로 다가갔다. 수완은 벌써 2일째 혼수상태인 엄마의 얼굴을 물끄러미 내려다봤다. 그 아름다웠던 엄마가 맞는 걸까. 푹 꺼진 눈 밑에는 암울한 그늘만이 깔려 있었다. 수완은 퉁퉁 부은 엄마의 손을 가만히 잡았다.

"엄마, 나 왔어."

무의식상태인 엄마가 미약하게 손가락을 꼼지락거렸다. 아무 의미 없는 반응이라는 걸 안다. 그렇지만 이렇게라도 살아 있음을 확인시켜주는 것이 고마웠다. 5년 전, 엄마 난희는 뺑소니를 당했다. 갈비뼈가 거의 부러지고 신장까지 다치는 큰 사고였다.

다행히 목숨은 건졌지만 죽은 거나 마찬가지인 삶이 되었다. 6시간이 넘는 수술을 견뎌놓고도 난희의 의식은 돌아오지 않았다. 식물인간이 되었다는 담당 의사의 말에 수완은 말도 안 된다고 울부짖었다. 엄마를 살려내라고, 악을 쓰며 울었다.

식물인간이 된 난희는 때론 외부 자극과는 아무런 관련 없이 움직였다. 웃거나 울음을 보이기도 하고 눈을 뜰 때도 있었다. 그때마다 바로 깨어날 것 같았다.

'기다려봅시다.'

의사는 희망 고문을 시켰다. 한낱 실낱같은 희망을 믿어보자고. 기적이 있어야만 가능한 희박한 확률. 그럼에도 그 작은 희망과 기적을 놓을 수가 없었다.

이번 달에 난희는 중환자실에 두 번이나 입원했다. 사고 때문에 특히나 신장이 많이 망가져 투석까지 받게 되었다.

대학 2학년 때 일어난 엄마의 사고는 그녀의 삶을 송두리째 바꿔놨다. 몇 번이나 위급상황이 오는 엄마 때문에 두 달 넘게 병원에서 살았다. 정신을 차리고 보니 그녀에게 남은 건 감당할 수 없는 병원비가 전부였다.

지난 5년간 어떻게 살았는지 모르겠다. 숨 쉴 틈도 없이 돈을 벌었다. 그러나 이자는 잠을 자지 않는다는 우스갯소리가 얼마나 무서운 말인지 깨달았다. 돈을 벌어 갚고 갚아도 빚은 늘 그 제자리였다.

모든 걸 포기하고 싶은 날도 있었다. 눈을 뜨지 않았으면 하고 잠들었던 시간. 혼자서는 감당하기 벅찬 현실을 어떻게든 벗어나고 싶었다. 그렇지만 눈을 뜨면 늘 똑같은 패턴이 그녀를 기다렸다. 잠드는 시간 빼고 일을 했다. 돈이 모이면 빚을 갚았다. 그리고 엄마를 돌봤다. 다른 일은 해본 적이 없다. 지난 시간은 끔찍한 악몽이었고, 매일매일이 전쟁이었다.

불쑥, 유령처럼 밤거리를 쏘다니고 싶은 밤이다.

면회 시간은 금방 끝이 났다. 중환자실에서 나온 수완은 자판기에서 커피 한 잔을 뽑아 마셨다. 그러면서 시계를 보며 시간을 확인했다. 신세 한탄할 여유는 5분이면 충분했다. 다음 아르바이트를 가기 위해 수완은 함박눈을 맞으며 정류장을 향해 뛰었다.

아무리 힘들어도, 그래도 살아야 하니까.

"다녀왔습니다."

텅 빈 집이지만 늘 그렇듯 수완은 인사를 하며 문을 열었다. 아침 7시까지 편의점에서 아르바이트하느라 온몸은 녹초가 되었다. 게다가 밤새 눈이 내린 가파른 언덕길을 올라오느라 운동화는 흠뻑 젖었다.

오늘은 한 달 중 유일하게 쉴 수 있는 날이었다. 축축한 습기가 1년 내내 사라지지 않는 지하 단칸방. 그렇지만 쉴 수 있는 공간이 있어서 얼마나 다행인지. 엄마와 살던 작은 아파트는 병원비를 내느라 이미 팔아치운 지 오래였다.

뭐부터 할까.

쌍꺼풀이 풀릴 정도로 힘든 하루였지만 수완은 바로 잠자리에 들지 않았다. 가방을 벽에 걸어놓고 옷을 갈아입은 다음 세수부터 했다. 그러고 보니 어제가 새해였구나. 날짜가 흐르고 계절이 바뀌는 것을 누릴 새도 없이 그녀의 하루는 바빴다.

떡국을 끓여 먹을까.

냉장고를 열어봤다. 대충 끼니를 때우느라 냉장고는 텅 비다시피 했다. 다행히 달걀이 3개 있었고 냉동고에는 언제 사다놨는지 떡국 떡이 들어 있었다. 꺼내 보니 유통기한이 두 달이나 훌쩍 넘겨 있었다. 뭐, 죽진 않겠지.

가스레인지 앞에 선 수완은 육수도 내지 않고 물을 끓였다. 냄비에서 물이 팔팔 끓자 수돗물에 담가놓은 떡국 떡을 넣었다. 달걀을 하나 풀어 넣고 소금과 간장으로 대충 간을 맞췄다.

"잘 먹겠습니다."

역시나 요리는 젬병이구나. 늘지 않아.

수완은 떡국을 한 수저 뜨는 동시에 미간을 살짝 구겼다. 반찬은 김치 하나. 엄마가 생사를 오가고 당장 내일 내야 할 병원비가 암담해도 수완은 아무 맛 안 나는 떡국을 맛있게 먹기 시작했다. 그래야만 씩씩하게 버틸 수 있으니까. 따끈한 떡국이 냉골 같은 시린 가슴을 데워준다.

쾅쾅!

이른 아침부터 누군가 문을 요란하게 두드렸다. 떡국을 먹고 자려던 참이었다.

"누구세요?"

"나야, 주인집."

가슴이 철렁, 내려앉았다. 수완은 크게 심호흡을 하고 문을 열었다. 이른 아침부터 찾아온 주인집 아주머니는 잔뜩 험상궂은 표정이었다.

"얼굴 보기가 왜 이렇게 어려워?"

"무슨 일이세요?"

"이번 달까지 방 빼는 거 알지?"

"아직 계약 기간 남았잖아요. 이렇게 일방적으로 나오시면."

수완의 목소리 끝이 잠겼다. 아주머니는 더 얼굴을 찡그렸다.

"그래봤자 두 달 남았어. 한 달 먼저 빼라는데 뭔 말이 이렇게 많아. 방 빼! 그렇게 알고 난 갈 테니까!"

카랑카랑한 목소리에 날이 매섭게 섰다. 제 말만 하고 쏜살같이 걸어가는 주인아주머니의 뒷모습을 보며 수완은 한숨을 삼켰다. 맛있게 먹은 떡국이 얹히며 명치가 꽉 막혔다.

도대체 어디로 가라고.

이 넓은 서울 하늘에 자신이 살 방 한 칸 없다는 생각에, 수완은 몇 배는 피곤해진 몸을 씻고 싶었다. 제대로 된 욕실도 없는 지하 단칸방. 화장실로 들어가 따뜻한 수돗물을 틀어 목욕을 재빨리 끝내고 나왔다. 이젠 진짜 잠을 자려고 전기장판 온도를 높이는데 휴대폰이 울렸다.

이 시간에 연락할 사람이 없는데?

"여보세요."

-이수완 씨 되시죠?

휴대폰 너머 들리는 여자의 음성은 낯설었다.

"네, 제가 이수완인데요."

"TS전자입니다. 최종면접에 합격되었음을 알려드립니다."

수완은 멍하니 누런 벽지만 바라봤다. 합격했다고, 내가? 면접을 보고도 잊고 있었다. 그만큼 기대하지도 않던 일이었다.

"……진짜, 제가 붙었나요?"

-다음 주 월요일부터 출근하시면 됩니다.

"감사합니다, 정말 감사합니다."

수완은 떨리는 목소리로 벽에 대고 고개를 숙였다. 여자는 축하한다는 말을 끝으로 전화를 끊었다. 수완은 벅찬 감동을 누를 길 없어 휴대폰만 가만히 쥐고 있었다.

아주 드라마틱한 아침이라는 생각했을 때, 올라가는 계단 하나가 불쑥 나타났다. 코끝이 찡해진 수완은 눈을 질끈 감았다가 떴다. 엄마의 사고 이후 학교를 제대로 다닐 수가 없었다. 병원비를 내야 했기에 휴학을 하고 돈을 벌기 시작했던 것이다.

하지만 아무리 힘들어도 대학을 포기하진 않았다. 언제까지 아르바이트를 전전하며 살아갈 수는 없으니까. 올여름, 어렵사리 다시 학교에 들어가 학기를 제대로 끝마칠 수가 있었다. 하루를 초 단위로 열심히 살았기에 가능한 일이었다.

"엄마, 나 붙었대."

수완은 정신 나간 사람처럼 실실 웃었다. 5년 만에 웃는 웃음이었다. TS전자에 합격하다니, 여전히 믿을 수가 없었다. 엄마가 알면 얼마나 기뻐할까. 수완은 이 기쁨을 엄마와 함께 나누고 싶었다. 밤을 꼴딱 새워 피곤한 몸을 이끌고 밖으로 나갔다. 눈이 시릴 정도로 바람이 불어도 춥지 않았다.

일주일은 정신없이 흘러갔다. 신입사원 교육을 받고 H&A 사업 본부팀에 배치되었다. 다른 신입사원들은 척척 잘하는 것처럼 보였다. 혼자만 얼이 빠진 것 같아 약간 위축이 된 상태였다. 그래도 아르바이트 한 경력이 어딘데. 수완은 정신을 바짝 차리고 하나라도 더 배우려고 온 정신을 집중했다.

"교육, 장난 아니죠?"

수완은 엷은 미소를 지으며 민정을 바라봤다. 신입 교육 첫날, 혼자 앉아 있는 그녀에게 민정이 먼저 다가왔다. 그리고 일주일 넘는 신입 교육 기간 동안 둘은 나란히 앉게 되었다.

"그러게요."

"여기, 커피."

잠깐의 휴식 시간, 민정은 강당을 나갔다 왔다. 커피를 뽑으러 간 모양이었다. 수완은 민정이 건넨 종이컵을 받아 들었다.

"고마워요."

"뭘 이 정도로."

민정은 소녀처럼 해맑게 웃었다. 첫인상처럼 사람이 좋았다. 가식도 없고 사근사근한 성격이라 낯을 많이 가리는 수완도 쉽게 가까워질 수 있었다.

"무슨 신입사원 교육을 보름 넘게 하는지 모르겠어요."

민정은 커피를 마시며 한숨을 나지막이 터트렸다. 일주일 넘게 출근한 장소는 사무실이 아니라 대강당이었다. 장장 8시간을 넘게 교육을 받았다. 기업의 사회적책임부터 예술 전반까지 다양한 교육이 이루어졌다.

"아, 지겨워. 오늘은 언제 끝나려나."

"전 재미있는데요."

"재밌어요?"

"네, 모두 다 재밌어요."

수완은 고개를 끄덕이며 웃었다. 눈빛엔 숨길 수 없는 기쁨이 들어 있다. 민정은 믿을 수 없다며 눈썹을 살짝 휘었다. 그녀는 그동안 오로지 빚을 갚아야 한다는 일념으로 일을 했다. 그렇기에 제대로 된 직장은 처음이라 신입사원 교육도 즐거웠다.

"하긴, 그래도 잘생긴 남자들이 있어서 심심하진 않아요."

"네에?"

"일단 눈은 즐겁잖아요."

민정은 강당을 쓰윽 둘러봤다. 저기 맨 앞에 앉은 남자가 제일 괜찮다며 고개를 쭉 뺐다.

"수완 씨는 남자 친구 있어요?"

"없어요."

"나도 없는데."

민정은 힘없이 어깨를 으쓱이며 말을 이었다.

"그래도 난 사내 연애는 할 생각이 없어요."

"왜요?"

"그러다가 만약 헤어지기라도 하면 어떡해요. 맨날 봐야 하는 얼굴인데 서로 껄끄럽잖아요. 내 친구도 사내 연애했다가 깨졌는데, 서로 원수 됐다니까요."

민정은 자못 심각하게 말했다. 수완을 커피를 마시며 피식 웃었다.

"웃을 일 아니라니까요. 설마 수완 씨 이 중에 눈길 가는 남자라도 있어요?"

"사내 연애 같은 거, 할 생각 없어요."

그녀 상황에 연애는 사치였다.

"어?"

민정이 눈을 크게 뜨며 고개를 돌렸다. 수완도 덩달아 민정이 보는 방향을 바라봤다. 누굴 바라보는 거지. 의아한 표정을 짓고 있는데 민정이 들뜬 목소리를 냈다.

"본부장님이세요."

민정은 엄청난 비밀을 말하는 것처럼 입을 손으로 살짝 가리고 낮게 속삭였다.

"본부장님 멋지죠?"

"……."

"금수저예요. 회장님 아들. 그래서 저 나이에 본부장이 됐겠지만……."

민정이 가리킨 곳을 바라봤다. 남자가 시야에 들어온 순간, 가슴이 내려앉은 수완의 눈동자가 미세하게 흔들렸다. 어떻게 이런 일이 일어날 수 있지. 저 남자를 다시 볼 수 있을 줄은 몰랐다. 붉은 적신호가 울린 것처럼 머리가 뜨거워진다. 피가 역류하는 것만 같았다. 부디 그 남자가 아니기를 바랐건만, 그것은 헛된 바람이 되었다.

그가 한 걸음씩 다가올수록 수완의 표정은 딱딱하게 굳어갔다. 그는 오십여 명이 넘는 신입사원들과 일일이 악수를 하였다. 옆에서 민정은 계속 뭐라고 말하고 있었다. 하지만 그녀의 음성은 귓가에 닿지 않고 메아리처럼 울려 퍼졌다.

수완은 꼼짝하지 않고 그 모습을 가만히 지켜봤다. 그때도 저 남자만 눈에 띄었었지. 대강당 조명이 온통 그만 비추는 것 같다. 검푸른 슈트가 완벽히 어울리는 남자였다. 눈부신 하얀 셔츠. 회색빛 넥타이. 그 속에 가려진 단단한 몸이 불쑥 머릿속을 비집고 들어왔다.

"안녕하세요. 본부장님."

민정이 먼저 자리에 일어섰다. 수완은 종이컵을 지그시 쥐며 따라 일어섰다. 그는 민정이 목에 걸린 이름표를 보며 말했다.

"반가워요. 강민정 씨."

"열심히 하겠습니다."

상투적인 인사말이 못마땅했는지 민정은 낯빛을 붉혔다. 마침내 그가 수완의 앞에 섰다. 남자의 시선이 그녀에게 머물렀다. 깊고 어두운 끈질긴 시선. 속수무책 떨리는 속눈썹을 들어 그를 올려다보았다. 눈을 마주한 시간은 길지 않았다. 찰나였지만 무한의 시간이 흐르는 기분이다. 머릿속은 제멋대로 그 밤을 반복해서 계속 떠올리고 있었다.

"서연준입니다."

남자의 이름의 알게 되었다.

"이수완입니다."

수완은 체념하는 투로 제 이름을 밝혔다.

"이수완 씨, 반가워요."

그가 내민 손이 눈 아래로 들어왔다. 비가 세차게 퍼붓던 그날 밤, 그녀에게 내밀었던 크고 단단한 손. 그 손을 왜 붙잡았을까, 지금처럼.

"열, 열심히 하겠습니다."

바보처럼 떨 게 뭐야.

어쩔 수 없이 커피를 왼쪽 손으로 옮기고 오른손을 뻗었다. 연준은 그녀의 손을 망설임 없이 잡았다. 그를 마주하지 않고 손을 빼내려 했으나 그는 놓아주지 않는다. 수완은 고개를 다시 들 수밖에 없었다. 그가 그녀를 이상하리만치 뚫어지게 바라보고 있었다. 그녀의 눈동자에 뒤범벅이 된 온갖 감정을 읽기라도 하듯이.

"흥미롭네요. 여전히."

연준의 뜻 모를 말을 그 누구도 귀담아듣지 않았다. 수완은 홀로 침잠하기만 했다. 그녀의 손을 꾹 누르듯 지그시 잡았다가 놓아준 연준은 다른 직원들을 향해 자리를 옮겼다. 그제야 수완은 숨통이 틔어 숨을 내쉬었다.

"수완 씨, 안색이 안 좋아? 어디 아파요?"

민정이 걱정스러운 눈으로 물었다. 수완은 고개를 재빨리 저었다.

"아뇨."

"얼굴이 하얗게 질렸는데?"

"햇빛을 못 봐서 그런가 봐요."

수완은 어색하며 웃으며 손바닥으로 얼굴을 세게 문질렀다.

"하긴. 일주일 내내 여기 강당에 갇혀 있었으니까."

"다음 순서가 뭐더라."

수완은 말을 돌리며 교육 순서가 적힌 팸플릿을 내려다봤다. 민정은 손가락으로 순서를 콕 찍어주며 말했다.

"초청강사 온대요. 왜, 있잖아요. 인문학 강의로 유명한 교수."

"아⋯⋯."

텔레비전을 잘 보지 않는 수완도 알고 있는 강사였다. 워낙 유명한 교수라 어쩌다 텔레비전을 켰을 때 재방송을 몇 번이나 본 적이 있었다.

"벌써, 쉬는 시간이 10분밖에 안 남았네. 수완 씨, 나 화장실 좀 다녀올게요."

민정은 화장실이 급한지 후다닥 밖으로 나갔다. 혼자 남은 수완은 종이컵에 반쯤 남은 커피를 단숨에 들이켰다. 다 비운 종이컵을 저도 모르게 확 구기며 손에 쥐었다. 연준이 강당을 나가기 전에 그녀를 보고 있었다.

어디론가 도망치고 싶을 만큼 그녀를 보는 남자의 눈빛은 뜨겁고 강렬했다. 수완은 그가 일부러 저렇게 보는 것이라 느꼈다. 그 밤을 떠올리라고.

뜨겁고 무거운 남자의 몸에 몇 번이나 눌렸다. 그녀의 팔목을 잡고 깊게 들어오는 남자를 버겁게 받아들이며 울었던가? 흥분에 허우적대며 연신 신음을 터트렸던 자신. 오로지 본능과 쾌락만 존재했던 시간과 공간. 그렇지만 그건 모두 하룻밤 불장난이었다.

이름도 모르는 남자와의 원나잇.

절망적인 하루라, 타인의 온기가 필요해 충동적으로 지른 일이었다. 아무 감정 없이 나눈 섹스. 그를 다시 만나기까지 한 번도 떠올린 적이 없을 만큼 무가치한 일이었다. 그런데 왜 하필?

5년 만에 한 줄기 찬란한 빛이 그녀를 비췄다.

어떤 힘든 일이 있어도 열심히 다니리라, 굳게 마음먹은 회사에서 수완은 그를 직장 상사로 만났다. 하지만 바뀌는 건 아무것도 없다. 서연준은 그녀의 옷에 잠깐 붙은 먼지와 다를 바 없다. 그 하룻밤의 기억, 털어내면 그뿐이다.

탁탁, 다시는 붙지 않게.

1. 꼭꼭 숨어라

"일은 할 만하냐?"

병호는 맞은편에 앉은 연준을 보며 의아스럽게 물었다. 연준은 비서가 가져다준 국화차를 마시고 있었다. 아들의 긴 침묵을 깨려고 병호는 팔걸이를 탁, 내리쳤다. 두 사람이 마주하는 눈빛만으로도 공기가 공간을 짓누르는 것 같았다.

"네, 재밌어요."

"재밌어? 회사가 놀이터인 줄 알아?"

"아버지도 아시잖아요. 제가 누구보다 탁월한 직원이라는 거."

"뭐, 그거야 그렇지."

거기에 대해선 병호도 할 말이 없었다. 연준은 어릴 때부터 머리가 비상했다. 한 번 말해준 것은 잊어버리는 법이 없었다. 어떨 땐 태어난 순간까지 기억하는 건 아닐까 섬뜩하기까지 했다.

작년 겨울, 연준은 독일로 잠적했었다. 그는 회사에 뜻도 없었고 어느 곳에도 얽매이지 않았다. 언뜻 자유분방한 것처럼 보이지만 실상은 달랐다. 연준의 눈에 세상은 시시한 돌멩이에 불과했다.

　연준은 중학교 때 늦게 시작한 피아노에 특별한 능력을 보였다. 학원 선생이 제자로 키우고 싶다며 병호를 찾아올 정도였다. 세상을 떠들썩하게 할 피아니스트가 탄생할 거라던, 연준은 콩쿠르를 앞두고 여행을 훌쩍 떠났다. 그 이후, 그는 다신 피아노 앞에 앉지 않았다.

　대학교는 의대를 진학했다. 연준은 누구보다 빨리 의술을 습득했다. 따라올 수 없는 암기력, 순간의 정확한 판단력. 남들이 한 번씩 겪는다는 피에 대한 공포도 없었다. 피아노를 배울 때처럼 그의 교수는 남다른 제자를 보며 흐뭇해했다.

　그러나 결과는 똑같았다. 연준은 졸업을 앞두고 학교를 그만두었다. 순간의 몰입도는 무서울 정도로 높았지만 거기서 빠져나오는 것도 빛의 속도로 빨랐다. 자신의 한계가 어디까지인지 재미 삼아 시험해보는 것으로밖엔 보이지 않았다.

　"생각보다 정상인처럼 잘하고 있어요. 보통 사람처럼 아주 잘……."

　연준은 국화차를 다 마시고 나서야 입을 천천히 열었다. 병호는 그나마 독일에서 아예 눌러살 줄 알았던 연준이 한국에 돌아온 것만으로도 고마웠다.

　"잘할 거라 믿는다."

　"속으론 안 믿으시면서."

병호를 바라보는 연준의 시선은 무심했다.

"믿어."

"제 앞에선 거짓말 안 통하는 거 아시잖아요."

병호는 목울대를 심하게 움직이며 당혹감을 감추지 못했다. 그걸 재빠르게 읽은 연준은 그럴 줄 알았다는 듯이 눈가를 지그시 문질렀다.

"정수도 잘하고 있지?"

자신을 빤히 쳐다보는 눈빛에 병호는 마른침을 삼켰다. 아들이 어렵다면 과연 누가 믿을까. 연준과 대화를 하다 보면 종종 어디로 두어야 할지 모르는 바둑알을 손에 쥔 참담한 기분이 들곤 했다.

"재밌나 봐요. 아주 신났어요."

"그래?"

"정수도 저와 마찬가지인 거죠. 의학은 따분하고, 사람들 심리를 읽기 좋아하는 이상한 취미가 있는 변태."

"말이 심해."

"변태가 왜요? 정상인 것과 달라지면 다 이상한 건가요?"

연준의 서늘한 물음에 병호는 이마에 깊은 주름을 만들었다.

"아버지한테 누가 되지 않는 아들이 될 겁니다. 걱정하지 마세요."

연준은 넥타이를 만지며 천천히 일어섰다. 병호는 저보다 훨씬 크게 자란 아들을 올려다보며 다소 무거운 목소리로 입을 뗐다.

"믿으마."

"거짓말이라도 좋네요. 아버지가 절 믿으신다는 게."

"이건 거짓이 아니라 걱정이라는 거다."

막 자리를 뜨려던 연준이 멈췄다. 무슨 소리냐는 듯 병호를 내려다봤다.

"아들을 걱정하는 아버지 마음."

"그럴 수도 있겠군요. 걱정하는 마음마저 다 거짓말이면 제가 좀 허무할 건 같긴 하네요."

연준은 어깨를 가볍게 으쓱했다. 병호는 진한 한숨을 삼키었다.

"어디 가려고?"

"수원 공장요."

"공장에?"

"만날 사람이 있어서요."

더는 물을 새도 없이 연준은 회장실을 빠져나갔다. 병호는 의자에 등을 힘없이 기대며 눈을 지그시 감았다. 겉으론 완벽하게 보이는 연준은 그에겐 한없이 불안한 존재였다. 애를 물가에 내놓은 심정처럼 연준이 한국에 돌아온 날부터 병호는 가슴이 두근두근 불안하게 뛰었다. 차라리 독일에 있을 때가 오히려 편했다는 생각을 지울 수가 없었다.

대강당 교육이 끝나고 바로 공장 견학이 시작되었다. 생활가전은 물론 신에너지 개발을 주력으로 삼고 있는 TS전자의 공장은 수원에 있었다. 회사 대형버스로 40분 달려 공장에 도착했을 때 신입사원들을 기다리는 것은 추운 겨울바람이었다. 게다가 질척질척한 눈까지 내리고 있었다. 주위엔 논밭만 휑하니 보여 날씨가 더 춥게 느껴졌다.

"볼펜만 돌린다고 다 일이 되는 건 아닙니다."

공장장의 목소리는 괄괄했다.

"현장이 어떻게 돌아가는지도 모르고 말도 안 되는 발주만 내리면 곤란하다는 말이죠."

안전모를 쓴 수완과 민정은 나란히 걸으며 공장장의 말을 하나도 놓치지 않고 수첩에 받아 적었다. 프레스기 돌아가는 소리가 시끄러워 정신을 더 집중해야 했다. 제품이 만들어지는 현장을 직접 보는 것이 신기한 신입사원들의 눈이 또랑또랑 빛났다.

흰머리가 희끗희끗한 공장장은 당일 시제품까지 만들어볼 수 있음을 거듭 강조했다. TS전자의 역사라 할 수 있는 전시장으로 데려가 이제까지 만든 제품들을 하나하나 보여주며 설명했다. 어젠 해외 언론인을 초청해 이번에 새롭게 출시된 공기청정기를 선보였다고 한다. 신기술 특허등록만 50가지가 넘는 공기청정기는 중국을 비롯한 남미 쪽부터 선보였다. 반응이 좋아 국내엔 언제 출시되느냐는 문의가 연일 잇따랐다.

"수완 씨, 난 현장 체질인가 봐. 너무 재밌다."

강당에선 시무룩했던 민정의 얼굴에 생기가 가득했다.

"내가 어릴 적부터 공상 만화를 좋아했거든요. 여기서 아이언맨도 만들 수 있겠어요."

"민정 씨는 가능할 거예요."

"지금, 나 놀리는 거죠?"

민정이 살짝 눈을 밉지 않게 흘겼다. 수완은 짐짓 무표정하게 얼굴을 굳혔다.

"어? 어떻게 알았어요?"

"뭐야."

둘은 마주 보며 웃었다. 보름 넘게 쌍둥이처럼 붙어 다니다 보니 자연스럽게 친해졌다. 얼마나 다행인가 싶었다. 같은 부서 신입 사원 중 여직원은 단둘뿐인데, 그 둘이 마음이 맞는다는 건 복이었다.

공장 견학이 끝나고, 두 사람은 휴게실에 앉아 잠시 쉬고 있었다. 다른 직원들도 마찬가지였다. 남자 사원 몇몇은 공장 밖으로 나가 담배를 피웠다.

"청정기, 서연준 본부장님 만든 제품이래요."

"진짜요?"

"그렇다니까요."

민정의 목소리가 살짝 들떴다. 누가 들을세라 수완의 옆에 딱 붙어 귓속말하다시피 했다.

"어느 날 회장님 아들이라고 툭 나타나서 말들이 많았대요. 그동안은 일절 회사 일에 관여를 안 했나 봐요. 그래서 임원진들이 어린놈이 얼마나 하는지 보자, 팔짱을 끼고 지켜봤는데, 서연준 본부장님이 대박을 터트린 거죠. 독일에 있을 때부터 준비한 제품이라고 하더라고요."

"민정 씨는 어떻게 그런 걸 다 알아요?"

"내가 또 정보력 하나는 끝내주잖아요. 경원지원팀에 아는 선배가 있거든요. 그래서 알게 됐죠."

민정은 씩 웃으며 어깨를 으쓱했다. 독일에 있었구나. 수완은 속으로만 중얼거렸다. 왜 그를 신경 쓰고 있지.

"그건 그렇고 수완 씨, 우리 뭐, 할 거 있는데."

"뭐 또 남았어요?"

오늘 일정은 공장 견학이 끝이었다. 내일부터 배정된 사무실 출근이라 오늘은 점심 먹고 바로 퇴근이었다.

"나이도 동갑인데 우리 언제까지 이러나 싶어서."

민정은 순식간에 말을 놓았다. 수완은 잠깐 당황했다. 아무리 동갑이라지만 여긴 엄연히 회사라 말을 놓는 건 생각지도 못한 일이었다. 아르바이트할 때도 또래가 있었지만, 꼬박꼬박 존칭을 사용했다. 그래서 친구를 한 명도 못 사귄 것일지도 모르겠지만.

TS전자 합격은 그녀 인생의 터닝 포인트였다. 엄청나게 바뀐 건 없지만, 앞으로 살아갈 수 있는 희망을 주었다. 그래도 열심히 살라는 선물 같은 거랄까. 출근카드를 찍을 때면 묘한 흥분까지 일었다. 그래, 하나씩 벽을 깨트려보자. 민정과 말을 놓는 것도 일종의 용기였다.

"지금부터 말 놓으면 되는 거지?"

수완은 어색하게 입꼬리를 올리며 웃었다. 민정은 그녀의 팔을 잡고 흔들었다.

"사실 난 수완 씨가 싫다고 하면 어떡하나, 걱정했어."

"왜?"

"모르는구나. 수완 씨, 은근 어렵거든."

"내가? 어디가?"

수완은 눈을 크게 뜨고 물었다. 민정은 사뭇 진지한 표정을 지었다.

"분위기가 그래. 이 사람은 쉬운 사람은 아니구나."

"음……."

"말이 그렇다고. 뭘 또 심각하게 받아들여."

"나, 쉬운 여자야."

수완의 말에 민정은 까르르 웃음을 터트렸다. 즐겁게 이어지던 대화에 시간이 가는 줄도 몰랐다.

"오늘 우리 부서 신입사원만 모여서 단합대회 겸 한잔하기로 했어. 갈 수 있지?"

"나는 좀……."

"왜?"

민정은 서운하다는 투였다. 이걸 어떻게 말을 꺼내야 하나. 수완은 쉽사리 입을 열지 못하고 망설였다. 신입 교육을 받는 동안 엄마는 중환자실에 나와 일반 병실로 옮겼다. 그렇다고 마음을 확실히 놓을 단계는 아니었다. 호전되는 상태가 거의 미미한 수준이었다. 매번 죽음과 사투를 벌이는 엄마를 두고 저 혼자만 신이 날 수가 없었다.

"어디 갈 데가 있어서."

"어디?"

"나중에 말해줄게."

"그래, 그럼."

아직 사적인 얘기를 털어놓을 만큼 깊은 관계는 아니었다. 그걸 이해하는지 민정은 고맙게도 더는 캐묻지 않았다.

"점심 먹으러 가자."

"그래."

수완은 민정을 따라 일어섰다. 그때 저만치 남자 직원이 성큼성큼 걸어왔다. 이름은 박상규. 첫날 통성명한 것이 전부였다.

"여기 있었네요."

"무슨 일 있어요?"

민정이 먼저 물었다. 상규는 급한 듯 말을 빠르게 했다.

"본부장님이 점심 산답니다. 수원이 갈비가 유명한 거 알죠. 10분 후 정문 앞으로 모이래요. 이상 전달 사항 끝. 이따 봅시다."

상규는 바람처럼 왔다가 바람처럼 사라졌다. 수완과 민정은 멍하니 서 있었다. 민정은 고개를 저었다.

"깃털처럼 가벼운 남자일세."

수완은 픽 웃었다.

"그리고 궁금한 게 많은 남자이기도 해. 여기저기 안 쑤시고 다니는 곳이 없어."

"그래?"

"붙임성이 좋은 건지 오지랖이 넓은 건지. 오늘 단합대회도 상규 씨가 주도한 거야. 아마 우리 부서랑 다른 부서도 함께할걸."

민정은 모르는 것이 없었다. 교육받느라 다른 걸 신경 쓸 틈이 없었던 수완은 오늘 여러 가지를 알게 되었다.

공장 정문으로 함께 걸어가는데 민정이 수완의 팔을 가볍게 치며 앞을 보라는 눈짓을 주었다.

"저분 우리보다 세 살이나 많대."

민정이 말한 남자는 한정수였다. 첫날부터 왠지 눈에 띄는 남자였다. 오십여 명이 넘는 신입사원 중 무직한 무게감이 느껴졌었다. 어려운 취업난을 뚫고 취업한 것에 모두가 들떠 있는 반해, 정수 혼자만 별다른 감정이 없어 보였다.

"전직은 의사였다나 봐."

"와!"

수완은 놀란 입을 다물지 못했다. 의사를 그만두고 회사에 들어
오다니. 어떻게 알았느냐는 눈빛을 읽은 민정은 짤막한 한숨을 쉬
며 말했다.

"이것도 상규 씨가 말해줬어.

"상규 씨 만물 보따리 같다."

"뭐든 물어보세요, 진행자 같지 않아? 아주 회사에 대해서 빠삭
해."

민정은 그녀가 알고 있는 소소한 얘기를 전부 해주었다. 수완은
고개만 끄덕이며 가만히 들었다. 얘기하다 보니 어느덧 정문 앞에
도착했다.

서연준이다.

단박에 눈에 띄는 연준을 발견한 수완의 입가가 천천히 굳는다.
진눈깨비가 수완의 머리 위로 차갑게 내려앉았다.

연준이 예약한 식당의 외관은 궁궐을 연상시켰다. 입구부터 눈
이 휘둥그레질 만큼 고급스러웠다. 다들 오늘 허리띠 풀고 먹어야
겠다며 들뜬 표정들이었다. 직원들은 일사불란하게 움직이며 각
자 팀별로 앉았다. H&A 사업본부팀 신입은 4명이라 테이블 하나
면 충분했다.

지글지글.

갈비 굽는 냄새가 식당 가득 퍼졌다. 종업원이 직접 고기를 구
워주며 적당히 익으면 각자 앞에 있는 접시에 놓아주었다. 민정은
연신 맛있다고 감탄하며 젓가락을 쉴 새 없이 움직였다. 민정의 호
들갑은 거짓말이 아니었다. 입에 넣자마자 고기가 마치 눈처럼 사

르르 녹았다.

"많이 먹어."

민정은 상추 위에 갈비를 가득 올려놓았다. 저게 과연 한입에 들어갈까 싶다.

"너도."

"뽕을 뽑고 가자."

오! 한입에 들어간다. 그 모습이 신기하면서도 우스워 수완은 피식 웃고는 갈비를 열심히 먹었다.

"여기 앉아도 될까요?"

목덜미에 얼음이 닿는 듯한 차가운 목소리.

"여기 앉으세요."

상규가 냉큼 방석을 꺼내 주었다. 연준은 재킷을 벗어 옷걸이에 걸고 가운데 자리에 앉았다. 갈비를 먹는 내내 지루하고 따분한 표정을 일관하던 정수는 연준의 등장에 눈을 빛냈다.

"내가 와서 불편한 건 아니겠죠."

"그럼요. 전혀 아닙니다."

상규는 혼자만 들떠 있었다. 어떻게 해서라도 상사의 눈에 들고 싶어 하는 몸부림처럼 보였다.

"이수완 씨는 불편한 것 같은데."

그에게 관심 없는 척 갈비만 먹고 있던 수완은 시선을 슬쩍 들었다. 연준의 얼굴이 아니라 그가 입은 셔츠가 먼저 눈에 들어왔다. 청결함이 물씬 풍기는 푸른 셔츠는 주름 하나 없이 빳빳하다.

"아닙니다."

"아니면 맥주 한잔할까요?"

연준이 맥주잔을 건넸다. 모두가 수완의 반응만 지켜봤다. 괜히 입 안이 바짝 타서 마른침을 삼킨 수완은 연준이 내민 잔을 받아 들었다. 그가 조금만 움직여도 쏟아질 것처럼 맥주를 아슬아슬하게 따랐다. 마치 그녀의 지금 기분처럼.

수완은 연준이 따라준 맥주를 반쯤 마셨다. 식도를 짜르르 타고 흐르는 감각이 선연하다. 이 정도면 됐으려나. 맥주 한 잔 마시는 것으로 그와의 불편한 재회는 끝냈으면 싶었다. 호감을 가장하고 그녀의 반응을 떠보는 연준의 행동은 무례하게 느껴졌으니까.

"민정 씨도."

"감사합니다."

연준은 H&A 사업본부팀 직원 모두에게 맥주를 따라주었다. 마지막 맥주를 받은 정수가 연준의 잔에도 맥주를 채워주었다.

"H&A 사업본부팀을 위하여!"

상규가 호들갑스럽게 나섰다. 민정은 들리지 않게 촌스럽게 구호냐며 하면서도 잔을 들었다. 공중에서 다섯 개의 잔이 쨍 하고 부딪쳤다가 흩어졌다. 반쯤 남은 맥주를 다 마시자 명치끝이 흔들리며 속이 썼다.

"저랑도 한잔하시죠."

정수가 연준을 향해 건배를 청했다. 연준은 대수롭지 않다는 듯 정수의 잔을 받았다. 맥주를 마시는 두 남자 주위로 묘한 분위기가 감돌았다. 다른 사람이 낄 수 없을 정도였다.

"맥주는 독일이죠."

정수가 말했다.

"그렇죠."

연준이 무심하게 받아쳤다.

"갈비는 수원이죠."

둘 사이에 끼고 싶었던 상규는 잽싸게 농담을 던지며 틈새를 공략했다. 그러나 아무도 웃지 않았다. 썰렁한 분위기가 다소 길게 흘렀다. 싸늘한 느낌에 상규는 벌게진 얼굴로 맥주를 벌컥벌컥 들이켰다.

"사회생활 필수 요건은 눈치인데, 저 남자가 그게 없네. 안타깝도다."

민정은 수완만 들을 수 있게 귓속말로 속삭였다. 어딘가 모르게 긴장되었던 수완은 그제야 작은 한숨을 터트렸다. 별 의미 없는 대화들이 오고 갔다. 연준은 다른 부서로는 갈 생각이 없어 보였다. 수완은 습관적으로 불판 위로 젓가락을 뻗었다. 동시에 연준의 젓가락이 날아들었다.

"많이 먹어요."

"네."

읽을 수 없는 검은 눈빛과 마주하자 뱃속이 긴장으로 조여들었다. 더는 사르르 녹는 갈비가 먹히지 않았다.

참으로 먹성들이 좋다.

계산을 끝마친 연준은 영수증에 찍힌 금액을 보며 고개를 저었다. TS전자 신입사원 점심으로 소 다섯 마리가 사라졌다. 직원들이 그를 보며 맛있게 먹었다며 식당을 나섰다. 후식을 먹느라 늦게 나온 정수가 연준의 등을 가볍게 툭, 쳤다.

"잘 먹었다."

"별말씀을."

연준은 정수를 지그시 바라봤다.

"둘이 있을 때도 존칭을 써야 하는 겁니까?"

"회사에선 그래주면 좋겠죠."

"알겠습니다."

정수는 친구인 연준에게 깍듯이 인사를 하곤 식당을 나갔다. 맨 뒤에 나온 연준은 재빠르게 주위를 둘러봤다. 꼭꼭, 숨어라. 어디에 있지? 머리카락이 보였다. 그가 찾는 여자는 민정의 옆에 서서 얘기를 들으며 고개를 끄덕이고 있었다.

"가볼까."

연준은 수완이 서 있는 곳으로 저벅저벅 걸어갔다. 자갈 밟히는 소리가 점점 커지자 수완이 무의식적으로 고개를 돌렸다. 시선이 마주친 수완의 눈빛은 순식간에 웃음기가 식으며 낯빛은 굳어졌다.

"오늘까지 교육받느라 고생하셨습니다. 다들, 내일 봅시다."

연준은 직원들을 향해 말했다. 조금은 가까워지려고 고기도 사줬건만 신입사원들은 1학년 1반처럼 잔뜩 긴장한 채 그를 바라봤다. 하나라도 실수하면 안 된다는 결의마저 엿보였다.

"먼저들 타요."

연준은 저만치 대기하고 있는 대형버스를 가리켰다. 상사보다 먼저 가도 되나 싶어 다들 쭈뼛거리는데 수완이 가장 먼저 버스에 올라탔다. 그리고 그 뒤로 정수가 뒤따랐다. 잠시 후 대형버스는 직원들을 모두 태우고 식당을 떠났다.

운전할 생각에 맥주도 두 잔밖에 마시지 않았다. 차에 올라탄 연준은 시동을 걸어놓고 출발하지 않았다. 어디로 갈까? 슬슬 결정을 내릴 때가 되었다. 별거 아닌 것에 시간을 쏟으며 고민할 필요도 없는데 성격에 맞지 않게 뜸을 들이고 있었다.

그동안 연극을 보는 관객처럼 수완을 지켜봤다. 1년 만에 만난 수완의 반응은 한결같았다. 그를 아무도 아닌 사람처럼 대했다. 게다가 당신이, 싫다. 그러니 꺼져달라는 강력한 거부까지 내비쳤다.

그녀의 바람대로 꺼져줄까? 그러기엔 수완의 미미한 반응조차 흥미로웠다. 태어나 이만큼 그의 신경을 끈 일은 없었다. 이것만으로 충분해. 최소한 지루하진 않겠지. 이것으로 결정은 끝.

뛰어봤자, 벼룩이다.

수완이 어딜 가는지 뻔했다. 수완이 갈 곳은 그녀의 어머니가 입원한 병원뿐이다. 연준의 핸들 방향은 회사가 아니라 수완이 향한 병원이었다.

다른 날보다 일찍 일이 끝난 수완은 병원에서 오래 머물렀다. 혼자서 난희를 돌봐왔기에 병간호는 이제 일도 아니었다. 따뜻한 물수건으로 난희의 몸을 씻겨주고 직접 머리도 잘라줬다. 손톱과 발톱도 깨끗이 정리해주었다. 그사이 낮은 밤으로 바뀌었다.

밤 8시가 넘어서야 병원을 나섰다. 오랜만에 엄마 곁에 있었더니 마음도 한결 가벼워졌다. 막 정거장으로 발길이 향하던 수완은 우뚝 멈추고 말았다.

연준이 그녀를 기다리고 있었다. 유령을 맞닥뜨린 사람처럼 수완의 낯빛이 하얗게 질렸다. 아, 기가 막혀. 그는 어이없게도 만나서 무척 반갑다는 표정을 짓고 있었다.

수완은 찬 공기를 들이마시며 오도카니 서 있었다. 남자의 돌발 행동이 도무지 감이 잡히지 않는다. 섹스한 그 밤이 서로에게 아무 의미도 없다는 걸 그가 모를 리 없는데, 왜?

그날이 아무리 바닥이고 아무리 절망스러웠더라도, 서연준이 이토록 높은 곳에 있는 남자라는 걸 알았다면, 그 밤 그의 손을 잡지 않았을 텐데. 뒤늦은 후회는 독초처럼 썼다.

남자의 손목에 찬 시계가 그녀가 사는 단칸방 전세보다 훨씬 비쌌다. 그만큼 살아온 환경이 하늘과 땅 차이만큼 다르다. 그에게 그 밤의 섹스가 특별할 리 없었을 텐데, 왜 이러는 걸까. 몇 번을 곱씹어봐도 이유를 모르겠다. 설마 자신을 향한 관심은 아니겠지.

수완은 공기 중으로 하얀 입김을 후우, 하고 내뿜으며 연준의 자동차로 천천히 걸어갔다.

"도망갈 줄 알았는데."

"제가 왜요?"

수완은 말도 안 된다는 듯이 말했다. 스치듯 마주친 남자의 짙은 시선이 모든 걸 훤히 꿰뚫고 있는 것만 같았다.

"표정이 그렇게 보였어요."

"병문안 오셨나 봐요?"

"한가해서. 그러다 보니 시간도 남고. 그러다 보니 여기까지 오게 되었네요."

"……."

"그리고 수완 씨가 있고."

무심한 어조로 아무렇지 않게 말하는 연준을 보며 수완은 얼굴에서 수많은 감정을 지웠다.

"말을 참 어렵게 하시네요."

"그런가."

연준은 고민하는 시늉만 하며 고개를 갸웃했다.

"저한테 하실 말씀이라도 있으세요?"

"딱히 없어요."

쌀쌀한 밤바람이 불었다. 단정했던 수완이 머리칼이 흩어져다.

"정말 심심하신가 봐요."

수완은 쓴웃음을 삼켰다. 그의 눈에 자신은 만만한 여자였나 보다. 길에서 처음 본 아무 남자와 하룻밤을 즐긴 여자였으니 그렇게 오해해도 할 수 없었다. 그래서, 이렇게, 아무 때나, 그녀의 공간을 불쑥불쑥 침범하는 것인지도 모르겠다. 무례하기 이를 데 없는 남자의 행동에 불쾌함이 점점 쌓여갔다.

"그럼 놀다 가세요."

고개를 약간 숙여 인사를 했다. 시선을 주지도 않고 그를 스쳐 지났다. 빨리 걷자, 조금 더 빨리. 그녀에게 쏟는 남자의 관심은 한낱 재밋거리일 테니. 남자의 놀잇감이 되고 싶진 않았다. 창백한 겨울 달빛이 그녀의 뒤를 비췄다.

"의도한 바는 아닌데 내가 수완 씨를 불편하게 했다면, 사과하죠."

묵직한 목소리가 등에 닿았다. 다시 그에게 속마음을 읽혔다. 수완은 저도 모르게 걸음을 멈추고 연준을 뒤돌아봤다. 얼마나 빨리 걸었는지 연준과의 거리가 상당히 벌어졌다. 우두커니 서 있는 연준을 가만히 응시했다. 겨울의 끝을 알리며 떨어진 나뭇잎들이 그의 발밑에서 나뒹굴었다.

연준의 말이 문득 궁금했지만, 먼저 움직일 생각이 없었다. 영원히 이어질 것 같은 침묵을 연준이 깨트렸다. 점점 가까워지는 거리에 몸이 물속으로 꺼져가는 느낌이었다. 그녀의 상념을 헤아리듯 느리게 걸어온 연준은 딱 한 발짝 남겨두고 걸음을 멈췄다.

"다시 만나면."

가늠할 수 없을 정도로 그의 목소리는 무거웠다.

"이수완 씨를 다시 만나게 된다면."

"……."

"제대로 만나보면 어떨까 하고 생각했었는데."

수완의 얼굴이 천천히 굳어갔다. 느닷없는 연준의 말은 목에 갇힌 이물감처럼 가슴을 꽉 막았다.

"혹시 남자가 있나요?"

"……."

"다행히 없군요."

뭐지. 이 남자.

"내 말이 이번에도 어려웠나요?"

"알아들었어요."

수완은 옅게 한숨을 쉬며 연준을 바라보았다.

"이런 때 보통은 싫다, 좋다, 말을 하죠."

"꼭 말하지 않아도 알 텐데요."

수완은 간신히 안정을 찾았다.

"바로 거절은 좀 그렇지 않을까. 며칠 고민해봐요. 기다려줄 테니."

연준은 입술 끝을 살짝 올리며 말했다. 수완은 그의 거침없는 고백이 부담스러웠다. 존중해주는 말투에도 연준의 눈빛이 여전히 짙어 숨이 막혔다. 마치 차갑고 짙은 어둠이 아주 천천히 발목부터 휘감아 올라오는 서늘한 느낌이 들어 손에 힘이 절로 들어갔다.

"고민할 것도 없어요."

말할수록 잠시 혼란스러웠던 감정이 제자리를 찾아갔다. 굳이 그 밤의 일을 꺼낼 필요도 없었다. 겁 없이 충동적으로 저지른 일탈은 한 번이면 충분했다.

"본부장님은 시간이 남아돌고 심심해서 여자랑 연애도 하겠지만, 전 한가하게 연애나 할 처지가 아니라서요."

"연애하는 데 처지가 무슨 상관이라서."

딱 잘라 거절해도 연준은 물러설 기미가 없었다. 너와 난 당연히 사귀게 될 거라는 믿음이 엿보였다.

"하룻밤 잔 여자한테 수작 거는 거 아닙니다. 그러니까 생각은 해봐요."

"저에 대해서 이름 빼고 아는 게 하나라도 있긴 해요?"

"이제부터 알아도 늦지 않아요. 다 알고 하는 연애, 재미없어요."

연준은 단순하고도 명쾌하게 연애를 정의 내렸다. 수완은 어이가 없어 입을 다물었다. 아무렇지 않게 그날 일을 꺼낸 그가 얄밉기도 했다. 수완은 길게 한숨을 쉬며 입을 뗐다. 약간의 침묵이 흐른 뒤였다.

"전 본부장님에 대해서 알고 싶은 게 전혀 없습니다."

예상치 못한 연준의 고백이 거대한 혼란을 가져왔다. 심장을 두근거리게 하는 것이 아니라, 날카롭게 꽂히는 고백이었다. 수작이 아니라는데 그녀에겐 허튼수작처럼 들렸다. 하룻밤 더 어떻게 해 보자는 것이겠지.

내가 이렇게 한심하다니까. 그와 어떤 관계도 맺고 싶지 않으면서 가장 그럴듯한 거절이 뭐가 있을까 고민하면서 주저리주저리 떠들고 있었는지.

"회사에서 뵙겠습니다."

연준으로부터 등을 돌린 수완은 정류장을 향해 걸어갔다. 당혹스러움과 후회가 반복해서 가슴을 들쑤셨다. 지금도 이해되지 않았던 자신의 행동. 맨정신으로 저지른 행동이 아니었다. 돌이킬 수 있다면 그날로 돌아가 없던 일로 지우고 싶었다.

정류장에 도착할 때쯤 검은 자동차가 무정하게 스쳐 지나갔다. 수많은 자동차 속에 연준의 차가 섞였다. 신호등이 바뀌고 앞의 차들이 움직이며 연준의 차도 보이지 않게 되었다. 수완은 한숨 속에서 혼자 웃었다.

"늦었네."

집에 돌아온 연준을 반기는 사람은 다름 아닌 정수였다. 주인도 없는 집에서 소파에 눕다시피 한 정수는 영화를 보고 있었다.

"어쩐 일이야?"

"여기서 자고 가려고."

정수는 텔레비전 화면에서 시선을 떼지 않고 말했다. 연준은 구두를 벗고 거실로 들어섰다.

"아무나 막 들어오는 곳 아닌데."

"내가 아무나는 아니잖아."

정수는 연준의 말을 가벼이 무시했다. 넓은 거실을 영화 속 한 장면이 가득 채워졌다. 천만을 단기간에 돌파했다며 여론에서 떠들썩하게 홍보하던 판타지 영화였다. 연준은 종일 목을 조였던 셔츠의 단추를 하나 풀고 정수의 옆에 앉았다.

"재미있어?"

"그럭저럭."

정수는 여주인공이 취향이라서 본다는 말을 덧붙였다. 연준은 옆모습만 보이는 정수가 못마땅했다. 무슨 생각을 하는지 읽을 수 없으니까.

"나 보면서 얘기하라고 했을 텐데."

"너한테 속마음까지 간파당하고 싶진 않다."

"가슴 큰 여자랑 헤어졌군."

정수는 기가 찬 듯 웃었다. 정수의 연애는 깃털처럼 가벼웠다. 진득하게 여자를 만나지 못했다. 길어봤자 두 달. 여자가 시시콜콜 간섭하려는 기미가 보이기만 하면 정수는 연애를 끝냈다. 이번에도 그 이유인가.

"왜?"

"가슴이 너무 커서."

정수는 양손으로 가슴의 크기를 보여주었다. 일반 여자의 두 배쯤 되는 크기였다.

"게다가 수술이 잘못됐는지 짝짝이였어."

"단지 그 이유로?"

"원래 남녀가 헤어지는 이유는 유치하고 치졸해. 거창하지 않다고."

그렇군.

"넌 잘 만나고 왔어?"

이번엔 정수가 되물었다. 연준은 거울을 보며 수십 번 연습한 표정을 지었다. 실없는 농담으로 여길 땐 눈썹만 살짝 찡그리면 되었다.

"서연준, 아직 멀었네."

"뭐가?"

"나한테 다 들켰다고. 네가 회사에 들어간 목적."

연준은 정수를 무심히 바라봤다. 정수는 리모컨을 들어 영화를 잠깐 멈추게 했다. 커다란 텔레비전 화면을 칼을 든 병사들이 가득 채우고 있었다. 소파에 늘어진 빨래처럼 누워 있던 정수는 허리를 곧추세웠다.

"이수완 씨 때문이지?"

정면돌파 하듯 연준을 똑바로 보며 거침없이 물었다. 연준은 딱히 부정하지 않았다.

"내가 어떻게 알았을까……."

어차피 말해줄 거라서 연준은 되묻지 않았다.

"그렇게 티 나게 이수완 씨를 보는데 모르는 게 병신이지."

"역시 한정수야."

연준은 피식 웃었다.

"어떻게 아는 사이야?"

"그것도 알아내봐."

"어라, 이렇게 나온다는 말이지."

정수는 손을 까닥까닥하며 눈썹을 찡그렸다. 연준은 정수를 뚫어지게 바라보며 말했다. 느리지만 단호한 어조로.

"나한테 네가 아직까지 필요하다는 걸 증명할 기회야."

둘은 어릴 적 친구이면서 의대 동기였다. 연준은 외과를, 정수는 심리학을 전공했다. 작년 연준이 돌연 독일로 잠적할 때도 정수는 함께였다.

"내가 필요해서 회사에 꽂은 건 너야. 아쉬운 사람은 너라는 말이지."

정수는 미간을 모으며 말했다. 싫다는 그를 억지로 독일로 끌고 가더니, 또다시 한국으로 끌고 들어왔다. 연준의 행동에는 모두 이유가 있었다. 아무 이유 없이 그럴 놈이 아니라는 걸 알면서도 도무지 뭐 때문에 그러는지 짐작이 되지 않았다.

그 이유를 오늘에야 알게 되었다. 정수는 십 년 묵은 체증이 한꺼번에 내려가는 시원함을 맛보았다. 집착하듯 한 여자만 바라보는 검은 눈빛. 여자가 작은 틈만 보이면 들짐승처럼 달려들 것 같았다. 아무에게도 들키지 않고 숨겨둔 차가운 본질이 매섭게 드러나는 순간이었다.

여자 때문이라?

아주 흥미로운 대목이었다. 연준은 무성욕자에 가까웠다. 귀공자처럼 생긴 연준을 여자들이 가만둘 리 없었다. 아름다운 꽃을 본 나비처럼, 여자들은 쉴 새 없이 달려들었다. 의대를 그만두기까지 연준은 몇몇 여자와 사귀기도 했다.

처음엔 남들처럼 영화도 보고 데이트도 했다. 그러나 그 연애는 길게 가지 못했다. 가벼운 연애를 지향하는 자신과 다르게 연준은 여자를 맞춰주는 쪽이었다. 하지만 여자들은 매번 연준에게 먼저 헤어지자고 말했다. 그녀들은 한결같은 이유를 댔다. 심장은 뛰지 않고 피도 흐르지 않는 남자와 사귀는 기분이었다고.

"선영 씨는 어떻게 할 건데?"

선영은 병호가 연준의 짝으로 밀어붙이고 있는 대기업 딸이었다. 돈과 이익이 난무하는 그들만의 리그랄까. 정략적 결혼 상대였다.

"거기까지 네가 상관할 건 없어."

"그러면 하나만 말해줘."

정수는 다소 심각한 투로 입을 열었다. 연준은 뭐든 말해보라는 듯이 자비로운 미소를 지어 보였다. 가식적인 놈.

"이수완 씨는 어쩔 셈인지."

"연애라는 걸 해보려고."

"뭐?"

정수는 목소리가 갈라질 정도로 놀라움을 금치 못했다. 그게 가능하냐는 눈빛을 노골적으로 보냈다. 연준의 스산한 검은 눈동자가 그를 빤히 바라본다. 진짜 심중이 무엇인지 가늠하듯 그가 내보이는 표정을 모조리 읽고 있었다.

갑작스러운 정적이 찾아들었다. 무서우리만치 고요하다. 둘 사이로 팽팽한 긴장감이 감돌았다. 가슴을 뻐근하게 조이는 연준의 눈빛에 정수는 오줌이 마려울 정도였다. 그도 모르는 제 생각을 읽히는 기분이었으니까.

"아버지가 더 알아내래?"

"……."

정수는 얼굴을 일그러뜨리며 시큰한 침을 삼켰다. 그는 박쥐처럼 병호와 연준의 사이를 아슬아슬 줄을 타고 있었다. 하루아침에 고아가 된 그를 병호가 후원해주면서 돈 걱정 없이 풍족한 삶을 누리게 해주었다. 다만 한 가지 조건이 있었다. 심리학을 꼭 전공할 것. 그리고 아들의 친구가 되어주라고 했다.

꼼짝없이 들킨 것인가. 짐작은 하고 있었다. 제아무리 조심스럽게 염탐해도 연준에게 언젠가는 들통이 나고 말리라는 것을. 그러나 막상 연준이 대놓고 물으니 소름이 등줄기를 타고 흘러내렸다.

"뭘 또 그렇게 긴장해."

"내가, 언제……."

정수는 목이 바짝 타서 말까지 더듬었다. 연준은 잠시 굳었던 표정을 느슨하게 풀며 일어섰다.

"아버지한테 받은 돈값은 해야지. 거저 얻으려면 쓰나."

"말을 해도, 참 정떨어지게 한다."

"때 되면 알려줄 테니까, 가만히 있어."

연준은 정수가 보는 앞에서 옷을 홀딱 벗었다. 아무리 네가 훔쳐봐도 알아낼 것은 하나도 없다는 걸 의미했다. 순간 치욕이 솟아올라 턱뼈가 뻐근했다.

"회장님 첩자인 줄 알면서 날 옆에 둔 이유는 뭐야?"

"적은 가까이 둬라."

연준은 대수롭지 않게 말했다. 정수는 퇴폐적이기까지 한 연준

찬란 45

의 나신을 올려다보며 실소를 금치 못했다.

"적이라……."

"넌 적도 되고, 친구이기도 하지."

연준은 마치 힘내라는 뜻으로 정수의 어깨를 두드리곤 욕실로 들어갔다. 나쁜 자식. 병 주고 약도 주네.

"네가 말한 연애가 과연 가능할까."

정수는 닫힌 욕실 문을 보며 혼잣말처럼 중얼거렸다. 모든 게 완벽하게 갖춘 연준에게 없는 단 하나, 감정이었다.

콜록.

수완은 얼른 따뜻한 물을 마셨다. 수요일 아침 팀별 회의가 있었다. 첫 회의라 긴장된 탓인지 기침이 자꾸만 나왔다. 집 이사 문제로 늦게까지 집을 보러 다녔다. 수중에 돈은 보증금 오백만 원이 전부라 보름 만에 방을 구하는 건 무리였다.

엎친 데 덮친 격으로 오래된 보일러가 기어이 터졌다. 늦은 밤이라 A/S를 부를 수도 없었다. 전기장판을 켜고 잤건만 냉골로 변한 방이라 감기에 덜컥 걸리고 말았다. 콜록콜록, 또다시 기침이 터졌다. 얼굴이 벌게지도록 기침을 참아도 막을 수가 없었다.

기침할 때마다 직원들이 눈치를 주었다. 기침 때문에 회의 흐름이 계속 끊기고 있었다. 이대론 방해만 될 것 같았다. 수완은 미안하다는 표정을 지으며 조용히 회의실을 나왔다.

복도로 나온 수완은 창가를 등지고 섰다. 따뜻한 햇볕이 등을 감싸자 기침이 저절로 낮는 것 같았다. 조금만 이렇게 가만히 서 있으면 괜찮을 것 같았다.

다행히 기침은 멈췄다. 수완은 숨을 크게 들이쉬고 회의실로 들어갔다. 열심히 브리핑하던 연준과 아주 잠깐 시선이 마주쳤다. 수완은 애써 아무렇지 않은 척 자리에 앉았다.

"자발적 침묵은……."

나갈 때와 마찬가지로 연준은 제품 아이디어를 할 때 피해야 할 것에 관해 설명하고 있었다. 잠깐 말을 멈추고 그녀를 응시하던 연준은 다시 설명에 들어갔다.

"자발적 침묵은 긍정이나 마찬가지입니다. 자신을 제외한 모든 구성원이 만장일치로 찬성할 때, 본인도 모르게 상황에 눌려 생각을 말하지 않을 때가 있죠. 그래놓고 뒤에서 그 아이디어가 실패했을 때 그럴 줄 알았다고 한다는 것은 매우 비겁한 행동입니다. 시종일관 침묵을 지켰다면, 끝까지 그 침묵에 대해 책임을 져야 합니다. 여기서 제가 여러분에게 하고 싶은 말은 하나입니다."

신입직원들은 연준의 말을 하나라도 놓칠세라 열심히 받아 적었다. 연준은 그들을 똑바로 응시하며 마저 말을 이었다.

"어떤 아이디어든 그것을 말로 표현할 때 존재가치가 있습니다. 동료들의 눈이나 상사가 어떻게 생각할지 앞서 걱정한다거나, 가만히 있는 것이 중간은 간다는 안일한 생각으로 남의 의견에 따르기보다는, 기꺼이 까일 준비를 하고 회의를 할 때나 일할 때 의견을 서슴없이 말해주기 바랍니다."

"네!"

"회의 때만큼은 침묵은 금이 아닙니다."

"알겠습니다."

"그렇다고 남의 의견을 무조건 배척하거나 자기 것만 옳다고 우기라는 것은 아닙니다."

연준의 말에 직원들은 웃음을 터트렸다. 연준은 화이트보드에 회사는 이익을 우선시하는 가장 이기적인 조직이라고 적었다. 아무리 각자의 의견을 중요하게 생각한다 하더라도, 손익 계산을 따라야 한다는 전제조건이 붙는다는 뜻이었다.

회의가 끝나고 각자 자리로 돌아갔다. 인상이 날카로운 박 대리가 기다렸다는 듯이 수완의 책상 위에 두툼한 종이 뭉치를 내려놓았다.

"각 10부씩 복사 좀 해줘요."

"……네."

"민정 씨는 오늘 회의한 거 보고서 올리고. 보고서는 쓸 줄 알지?"

뭐지, 이 싸한 느낌은.

민정과 수완은 서로를 보며 의아한 표정을 지었다.

"정수 씨랑 상규 씨는 나하고 거래처 좀 갑시다."

박 대리는 남자 사원 둘만 데리고 사무실을 나섰다. 칸막이 너머 민정은 어이없다는 얼굴이었다.

"지금이 어느 시대인데 여직원한테만 허드렛일을 시켜."

수완은 표정 없이 박 대리가 던지고 간 종이 뭉치를 들고 일어섰다.

"이거 건의해야 하는 거 아니야?"

민정이 볼펜으로 칸막이를 치며 속삭이듯 말했다.

"좀 지켜보자."

"계속 이러면 가만 안 있을 거야. 이거 완전 성차별이라고."

민정은 볼펜을 꽉 쥐며 부들부들 떨었다. 박 대리는 첫날부터 노골적으로 그 기미를 보였다. 민정과 수완은 거들떠보지도 않았다. 상규와 정수에게만 업무 파악을 위한 사내 자료를 주었다.

"뭐든 삼세번이잖아. 아직 한 번 남았어. 박 대리님이 또 그러면 같이 얘기해보자."

"통할까?"

민정이 미간을 찡그렸다. 비겁하다 할지 몰라도 수완은 되도록 회사를 조용히 다니고 싶었다. 어떻게 들어온 회사인데, 이만한 일로 트러블을 만들고 싶지 않았다. 자존심을 챙기는 일보다 그녀에겐 안정된 직장이 훨씬 중요했다. 그리고 흥분해서 해결될 일도 아니었다. 오히려 역효과만 날 뿐이다.

"통하게 해야지."

수완은 걱정하지 말라는 눈빛으로 웃어 보였다. 민정은 화를 한 풀 꺾으며 모니터를 바라봤다. 보고서를 작성할 모양이었다. 복사실을 가려던 수완은 이상한 기분에 휩싸였다. 자못 당황한 눈으로 옆을 바라봤다.

모든 움직임은 머릿속에서만 가능했다. 체온이 싸늘하게 식은 수완은 옴짝달싹할 수가 없었다. 저만치서 연준이 고요한 자세로 그녀를 보고 있었다. 언뜻 아무런 표정도 없는 그의 눈빛이 현실과 경계를 무너뜨리는 것만 같았다.

멈췄던, 기침이 터졌다.

2. 두 번째 거절

수완은 퇴근하자마자 병원으로 갔다. 특유의 병원 냄새가 오늘은 그다지 싫지 않았다. 생사를 넘나드는 난희를 보며 어쩔 땐 깨어나지 않아도 좋으니 엄마가 더는 아프지 않기를 기도했다. 엄마가 곁에 있는 것만으로 충분하니까. 엄마는 3, 4일 더 입원했다가 요양병원으로 옮겨야 했다.

복잡한 마음을 가다듬고 병실 문을 씩씩하게 열었다. 손에는 난희가 좋아하는 귤을 한 봉지 가득 사들고 왔다. 마침 간병인 아주머니가 목에 연결된 플라스틱 관을 통해 가느다란 호스를 집어넣어 가래를 뽑아내고 있었다.

그르륵, 그르륵⋯⋯.

가래를 뽑아 올리는 둔탁한 기계음이 고요한 병실의 침묵을 깨며 귓전을 자극한다. 호스가 목에 들어가면 고통스러울 텐데, 감각을 느낄 수 없는 난희는 아무런 움직임이 없다. 보는 이가 더 괴로운 광경이었다. 수완은 난희의 입가를 타고 흐른 침을 티슈로 닦아주었다.

"난희 씨, 참 잘했어요."

수완은 사 온 귤 봉지를 간병인 아주머니에게 고맙다는 말과 함께 전했다.

"뭘 이런 걸. 수완 씨도 먹어."

간병인 아주머니는 고맙다며 귤 하나를 까서 수완에게 주었다. 수완은 두르고 있던 목도리를 벗어 작은 탁자에 올려놓고 간이침대에 앉았다.

"오늘은 어머니 컨디션이 조금 좋아진 것 같아. 다른 때보다 얼굴빛이 좋아."

간병인 아주머니 말에 수완은 난희의 얼굴을 가만히 내려다봤다. 시시때때로 찾아오는 쇼크를 견뎌내 준 난희가 고마웠다. 얼굴은 더 작아 보였지만 혈색은 조금 좋아진 것 같았다. 콜록, 기침이 터지자 수완은 양손으로 입을 황급히 막았다.

"감기 들었나 봐. 조심해야지."

수완이 기침을 심하게 하자 아주머니가 안쓰럽게 바라봤다.

"잘 챙겨 먹고 다녀."

"네."

"어머니한테 감기 옮을 수도 있으니까, 오늘은 너무 오래 있지 말고."

"그럴게요."

수완은 짧게 자른 난희의 머리를 손으로 매만져주었다. 아주머니는 커피를 마시고 오겠다며 병실을 나갔다. 수완은 나무토막처럼 딱딱한 난희의 다리를 주무르기 시작했다.

"엄마, 조금 있으면 나 월급도 타. 기특하지?"

난희가 아무 반응이 없을 거라는 걸 뻔히 알기에 마음이 아팠다.

"엄마한테 자랑하고 싶었는데."

수완은 어쩔 수 없다는 듯이 흐린 미소를 지었다. 엄마가 있어도 지난 5년은 혼자였다. 혼자서 모든 걸 감당해야 했던 삶. 아빠가 일찍 돌아가시고, 엄마는 대형 상점에서 일하며 어린 딸을 홀로 열심히 키웠다. 넉넉한 형편이 아니어도 모녀는 행복했다. 난희는 사랑이 많은 엄마였다. 아빠 몫까지 그녀에게 주고, 또 주었다. 고등학교에 들어가도 난희는 그녀의 손톱 발톱을 손수 깎아주었다.

난희가 제일 좋아하는 건 그녀와 함께 영화를 보는 것이었다. 늦게 일이 끝난 난희를 기다려 심야 영화를 보러 다녔다. 난희와 수완은 모녀지간이면서도 세상 둘도 없는 친구였다. 그렇기에 홀로 남은 수완은 식물인간이 된 난희를 흔들어서라도 깨우고 싶었다.

다시 옛날처럼 엄마 앞에서 투정도 부리고 조잘거리며 웃고 싶었다. 대기업에 떡하니 붙었다고 자랑도 하고 싶었다. 하지만 식물인간이어도 난희가 다 듣고 있을 것만 같아 그동안 아무리 힘들어도 투정조차 하지 못했다.

"엄마, 일어나면 우리 또 영화 보러 가자."

눈가가 시큰해진 수완은 입술을 지그시 깨물었다. 난희의 앞에서 약해진 모습을 보이고 싶지 않았다. 울컥한 마음을 다독이며 난 희의 손을 잡았다. 오랫동안 투석을 받느라 손가락은 퉁퉁 부어 있었다. 손등 마디마디 불뚝 솟은 핏줄이 안쓰러웠다.

"이제 겨울도 끝나가는 것 같아."

어디로 이사를 해야 하지.

수완은 병원의 작은 창문 너머를 응시했다. 봄이 오려면 한참 멀었나 보다. 창밖의 밤은 스산하고 쓸쓸해 보였다. 대기업에 취업했어도 전과 다름없는 날들이었다. 변한 것은 아무것도 없었다. 해가 뜨면 일어나 회사로 출근. 일이 끝나면 병원. 그리고 집을 보러 다녔다. 부동산에서 보여주는 오백만 원짜리 집은 거기서 거기였다. 지하 단칸방을 벗어날 수는 없었다.

기침이 계속 나와 오래 있을 수가 없었다. 따끈한 오뎅 몇 개로 저녁을 때우고 죽은 듯 잠을 자고 싶었다. 시린 코끝을 목도리로 감고 있는데 연준이 어제처럼 병원 앞에 서서 그녀를 기다리고 있었다. 늘 그곳에 있었던 사람처럼.

이쯤 되면 놀랍지도 않았다. 마치 존재하지 않는 사람처럼 그를 무시할 수는 없었다. 수완은 마저 목도리를 칭칭 감으며 말했다.

"또 오셨네요?"

"반가운 얼굴은 아니군요."

차가운 냉대에도 연준은 흔들림이 없었다.

"어쩐 일이세요?"

"마음이 바뀌었나 해서."

어이없게도 수완은 웃음이 나왔다. 그녀의 거절을 하찮게 취급하는 연준에게 화가 나지 않았다.

"바뀔 일은 일어나지 않아요."

"음……."

그녀의 말을 종잡을 수 없다는 듯 연준은 탁한 숨을 내쉬었다.

"일단 가죠."

먼저 걸음을 뗀 연준은 조수석 문을 열고 기다렸다. 수완은 휘둥그레진 눈으로 남자를 보았다.

"타요."

연준은 너무나 태평스럽게 말했다. 수완의 눈썹이 치켜 올라갔다.

"오늘은 정말 피곤해서 본부장님과 싸울 힘도 없어요."

"그런 건 애들이나 하는 건데."

순간 수완의 얼굴이 뜨거워졌다. 내가 애라는 소리네. 욱하고 올라오는 감정을 조절하며 서늘한 어조로 말했다.

"그러면 이렇게 말해야겠네요. 본부장님 이러는 거 시간 낭비라고."

"시간 많다고 했는데."

말이 통하지 않는다. 수완은 결국 쓴웃음을 지었다. 감히 네까짓 게 날 거절할 수 있느냐는 오만한 자존심이 연준의 눈빛에서 언뜻 스쳤다. 연준이 갑이라면 그녀는 을도 아니었다. 갑, 을, 병, 정…… 자, 축, 인, 묘의 묘쯤 될까. 그 정도로 서연준과 그녀가 사는 세계는 달랐다. 즉 그와 엮여봤자 그녀만 상처 입을 뿐이었다.

"분명히 말씀드리는데 전 본부장님과 연애할 생각 없습니다."

"가면서 얘기하죠."

"본부장님!"

그나마 남았던 이성이 사라졌다. 수완은 그를 향해 소리치고 말았다.

"뭐든 삼세번이라면서요."

연준은 그녀가 했던 말을 교묘하게 이용했다. 나직한 목소리로 연준은 덧붙였다.

"오늘이 두 번 거절. 아직 한 번은 남은 것 같은데."

콜록콜록, 수완은 기침하느라 말을 할 수가 없었다. 얼굴이 벌겋게 달아오르며 머리가 팽이처럼 빙글빙글 돌았다.

"뭐 좋아해요?"

연준이 컵에 물을 따라주며 물었다. 수완은 할 말이 없었다. 시선은 자꾸만 창밖으로 향했다. 어쩌다 보니. 정말 말 그대로 어쩌다 보니 연준과 함께 죽집에 와버렸다.

죽집은 병원을 내려와 시장통으로 꼬불꼬불 이어지는 골목 끝에 자리 잡고 있었다. 나무 테이블을 사이에 두고 마주 앉으면 무릎이 닿도록 비좁은 작은 곳이었다.

"전복죽 어때요?"

연준은 또다시 물었다. 캄캄한 창밖을 향하던 시선을 돌려 그를 물끄러미 바라봤다. 바로 코앞에 그가 있는데 어둠에 섞인 것처럼 흐릿하게 보였다.

"이런다고 달라지는 건 없어요."

"벌써 달라지고 있는데."

연준의 무심한 어조에 수완은 당혹감을 감추지 못했다.

"이렇게 나와 마주 앉아 있으니까."

그때도 유난히 시선을 끌었던 남자의 눈동자는 검고 싸늘했다. 언뜻 아무것도 담기지 않은 것처럼 텅 빈 것 같으면서, 심연처럼 깊고 어두워도 보였다. 그래서였나 보다. 아무런 주저 없이 홀린 듯 처음 본 남자에게 자자고 했는지도.

"다시 말씀드리지만."

"아주머니, 여기 전복죽 두 그릇 주세요."

연준은 수완의 말을 자르고 주문을 했다.

"우선 먹고 얘기하죠."

"재밌네요."

수완은 픽 웃으며 혼잣말처럼 속삭였다. 겨우 나온 말에 연준은 말없이 그녀를 응시했다. 그녀를 깊은 시선으로 바라보지만, 남자의 눈빛에선 아무것도 읽을 수가 없었다. 공간은 조용해졌다. 가스 레인지 위에서 죽이 끓는 소리만 들렸다.

아름다운 남자다. 순간 홀릴 만큼.

그를 오래 마주 보기가 어려웠다. 마주한 시선이 길어지면 머릿속이 물에 잠긴 것처럼 몽롱해진다. 그러면 제대로 된 판단을 할 수 없게 되는데……. 그러나 시선을 돌리고 싶어도 뜻대로 되지 않았다. 길고 까만 속눈썹을 살짝 내리깔고 응시하는 남자의 시선은 자기장처럼 강력했다. 그래서 수완은 아무렇게나 내뱉었다.

"정말 저랑 연애를, 하고 싶어요?"

연애라는 단어에 잠깐 목이 잠겼다.

"시간이 남아돌아도 농담하는 성격은 아니라서."

대화는 이어지지 않았다. 팽팽하게 서로를 바라보는 둘 앞에 아주머니가 고소한 전복죽을 내왔다.

"맛있게들 먹어요."

"감사합니다."

연준은 깍듯하게 인사를 하곤 죽 그릇을 수완의 앞으로 조금 더 밀었다. 얼떨결에 참기름 향이 진동하는 전복죽을 한입 떠먹었다. 전복이 고소하게 씹히는데, 뭔가 저도 모르는 것이 시작된 느낌이었다. 무기력에 가까운 감정이 온몸을 누르며 가슴 깊이 절망감이 번졌다.

둘은 말없이 죽만 먹었다. 죽집 아주머니의 음식 솜씨는 기가 막혔다. 말도 안 되는 상황인데 술술 잘도 넘어갔다. 수완은 죽 그릇을 깨끗이 비웠다. 후식으로 내온 식혜도 맛있게 마셨다.

"이것도 먹어요."

연준이 기다렸다는 듯이 나무 탁자 위에 약봉지를 올려놓았다.

"감기약."

안정을 찾으려던 감정이 다시금 출렁거렸다.

"친절도 하셔라."

수완은 재고 따지는 것 없이 기분 내키는 대로 말했다. 어차피 싫다고 말해봤자 그에게 통하지 않는다는 걸 알았다. 그럼에도 궁금하다. 한겨울 계절도 모르고 핀 개나리꽃처럼 연준의 연애하자는 말은 어이가 없었다. 도대체 그는 어떤 마음인 걸까. 진심이 있긴 한 건가 궁금해하면서, 감기약과 쌍화탕을 한꺼번에 마셨다.

"아직도 고민 중입니까?"

수완은 저도 모르게 잔뜩 미간을 폈다. 분명 감기약을 먹었는데 술을 먹은 것처럼 정신이 몽롱했다.

"남녀가 만나 사귈 수도 있지."

"그게 그렇게 간단한 거였군요."

"복잡할 것도 없어요."

당신은 뭐가 그렇게 쉬워.

"본부장님은 저한테 못 먹는 감이에요. 그런데 전 찔러볼 용기도 없죠. 저는 지금 바라는 거 딱 하나밖에 없어요. 4대 보험 다 되고 월급 꼬박꼬박 나오는 회사를 열심히 다니는 거."

순간 앞에 앉은 남자와 사귀어볼까? 하는 망상에 잠깐 젖기도 했었다. 말도 안 된다는 것을 깨달은 시간은 1초도 되지 않았다.

"내 기억 속 이수완 씨는 용감한 사람이었는데."

수완은 얼굴이 화끈거렸다. 느리고 낮은 목소리로 그날 일을 또 일깨웠다. 이젠 정말 일어날 때가 된 것 같다. 연준의 존재가 마음을 계속 어지럽힌다. 몇 마디 대화하는 것만으로도 치열한 전투를 몇 날 며칠 치른 병사처럼 피곤했다. 걸친 코트가 갑옷처럼 무겁다.

"한 번 남은 세 번째 거절은 내일 할게요."

"……."

"먼저 가겠습니다."

침착하게 한다는 것이 그만 엉망진창이 되었다. 손에 힘이 풀려 핸드백을 바닥에 떨어뜨렸다. 핸드백 위에 놓아두었던 회색 목도리도 함께 떨어졌다. 연준이 먼저 손을 뻗어 핸드백과 목도리를 주어 그녀에게 건넸다.

　수완은 고맙다는 말도 하지 못하고 죽집을 나섰다. 시린 칼바람이 얼굴을 따갑게 할퀴었다. 목도리를 얼굴에 휘감을 정신도 없이, 수완은 무작정 앞만 보고 걸었다.

　"몇 달은 야근 각오들 하는 게 좋을 거야."

　임원 회의에 들어갔다 나온 박 대리가 직원들을 보며 말했다. 작년 하반기부터 야심 차게 준비한 프로젝트가 있었다. 제품 기획만 6개월이 넘게 들었다고 들었다. 기존 TV의 상식을 깨뜨린 신형 제품을 내놓기로 했다.

　"당분간 연구실로 출퇴근해."

　"저희 다요?"

　상규가 물었다. 박 대리는 그동안 모은 자료들을 하나하나 나눠 주며 말했다.

　"어. 본부장님이 특별히 이번 신입사원들한테 거는 기대가 크다시네. 그러니까 팀 망신시키지 말고 잘들 해."

　"네."

　모두가 한목소리로 대답했다.

　"무조건 감각적으로 뽑아. 세상에 다시없을 디자인으로. 기능은 최고여야 하는 건, 기본이고."

　불가능을 가능케 하라는 소리 같아서 다들 눈만 깜빡거렸다.

　"제품 디자인부터 하면 되나요?"

　"아직도 학교 다니는 학생인 줄 알아? 뭘 하나하나 물어봐. 제품 개발 순서도 모르고 들어왔어?"

"아, 아닙니다."

기가 팍 죽은 상규의 어깨가 힘없이 내려갔다. 박 대리는 혀끝을 차며 자리로 돌아갔다. 민정이 슬금슬금 눈치를 보며 수완에게 말을 걸었다.

"박 대리님 웬일이래."

"뭐가?"

수완은 박 대리가 나눠준 서류를 들여다보며 말했다.

"우리도 끼워주잖아. 이번에도 남자 사원들만 예뻐하면 확 엎으려고 했는데."

그러고 보니 그렇다. 일주일 넘게 박 대리는 상규와 정수에게만 중요한 업무를 주고, 민정과 수완에게는 일다운 일을 주지 않았다.

"업무가 어떻게 남자 사원들만 데리고 하겠어. 박 대리님도 뭔가 생각이 있었겠지."

"그동안 좀 그랬잖아. 은근히 성차별 하고. 그런데 또 오늘은 다른 사람처럼 일을 주니까 헷갈려서 그렇지."

민정은 계속해서 미간을 찡그리며 고개를 갸우뚱했다. 아무래도 하루아침에 달라진 박 대리의 행동이 이상한 모양이었다. 수완은 얕은 한숨을 쉬며 입을 열었다.

"우리만 잘하면 돼."

"그래, 우리 잘해서 박 대리님 코를 납작하게 눌러놓자."

"오케이!"

두 사람은 손뼉까지 마주치며 힘내자고 서로를 다독였다. 으쌰으쌰, 호랑이 기운을 내기도 전에 사무실엔 싸늘한 기운이 감돌았다. 자리로 돌아간 박 대리는 다른 여직원을 보며 말하고 있었다.

그의 목소리는 다소 격양되었다.

"지금 논문 써?"

"그게 아니라……."

잔뜩 주눅이 든 여직원의 얼굴은 금세 붉어졌다.

"보고서 하나 작성하는 데 구구절절 무슨 말이 이렇게 많아? 바빠 죽겠는데 이걸 언제 다시 읽으라고! 요점만 다시 작성해서 점심시간 전까지 가져와."

"알겠습니다."

여직원은 박 대리가 던지다시피 한 보고서를 들고 힘없이 자리로 돌아갔다. 박 대리는 끝내 비수에 가까운 말을 내뱉었다.

"요즘 직원들은 왜 이렇게 일머리가 없는지 몰라. 어떻게 A부터 Z까지 일일이 가르쳐줘야 해."

"……."

"일은 안 하고 맨날 휴대폰이나 들여다보고 딴짓을 하지 않나. 배우려는 태도가 전혀 안 보여!"

직원 중 박 대리의 말에 아무도 대꾸하지 않았다. 임원들 회의가 있어 사무실에는 박 대리보다 높은 직급이 없었다. 사자 없는 산에 토끼가 왕 노릇 한다고, 박 대리는 성난 목소리를 낮출 줄 몰랐다.

"이수완 씨, 복사한 거 어디 있어?"

"책상에……."

갑자기 자신한테 불똥이 튄 것 같아 수완은 마른침을 삼켰다. 박 대리는 눈썹을 신경질적으로 올렸다.

"아니, 갖다 놨으면 말을 해야지."

책상 위에 갖다 놓은 것을 봐놓고 박 대리는 딴소리를 했다. 수완의 눈에 지금 박 대리는 분노조절장애가 있는 사람처럼 보였다. 제 기분에 따라 무분별하게 화를 내고 있었다.

"말씀드렸는데요."

이런 땐 가만히 있는 것이 제일 좋은 생존방법이다. 그걸 알면서도 수완은 박 대리를 똑바로 바라보며 말했다.

"이수완 씨, 지금 그 태도 뭐야?"

"물으셔서 대답한 것뿐입니다."

수완은 또박또박 대답했다. 신입사원 중 제일 조용하게 일만 하던 수완이 강단 있게 나오자 기가 막힌 박 대리는 얼굴을 일그러뜨렸다.

"어쭈……."

박 대리는 기어이 선을 넘어버렸다. 수완은 주먹을 지그시 쥐었다. 그런데 마치 가시넝쿨을 잡은 것처럼 손바닥이 온통 따끔거렸다. 순간적으로 냉랭해진 분위기에 사원들은 저마다 숨을 죽였다. 민정도 놀랐는지 뜨악한 표정이었다.

"부하 직원에게 예의를 지켜주시면 감사하겠습니다."

"뭐?"

당황한 박 대리는 입을 다물지 못했다. 이 분위기 어떡할 거야. 아무 득이 될 것도 없는데, 오히려 박 대리한테 찍혀 험난한 직장생활이 훤히 보이는 걸 알면서도 참지 못했다.

"박 대리님."

막 박 대리가 벌떡 일어서며 소리를 치려던 찰나였다. 등 뒤로 들리는 익숙한 목소리에 박 대리의 얼굴이 당혹함으로 굳었다.

"네, 본부장님!

퍼뜩 정신을 차린 박 대리는 연준을 향해 고개를 숙였다. 연준이 무표정하게 내려다보는데도 기가 온통 빨리는 기분이었다.

연준은 박 대리 옆에 오도카니 서 있는 수완을 비스듬히 바라봤다. 눈, 코, 입, 그리고 입술까지. 차례대로 내려오는 그의 집요한 시선을 느낀 수완이 입술을 지그시 깨물었다.

"저 좀 보시죠."

연준은 그대로 본부장실로 들어갔다. 박 대리는 어제의 일이 문득 떠올라 오금이 저려 바로 움직이지 못했다. 연준은 그에게 조용하고 낮은 음성으로 경고했다.

'상사의 품위, 어렵습니까?'

본부장실 문을 여는데 지옥의 문으로 들어가는 듯한 섬뜩함이 온몸을 휘감았다. 잠시 후 본부장실에서 나오는 박 대리의 얼굴은 십 년을 한꺼번에 늙은것처럼 해쓱해졌다. 그는 일주일 뒤 아프리카 지사로 발령이 났다.

"이수완 씨, 성깔 보통 아니더라."

퇴근 후 사무실에 연준과 정수 단둘만 남았다. 오전 일이 생각난 정수는 낄낄 웃었다. 그가 왜 웃는지 이해하기 힘든 연준은 그저 가만히 앉아 있었다.

"박 대리한테 덤빌 줄은 몰랐네. 간이 배 밖으로 나온 토끼 같은 표정을 하고 말이야. 귀엽더라."

순간 싸늘하게 굳는 연준의 표정을 보지 못한 정수는 계속 떠들어댔다.

찬란 63

"그렇다고 박 대리를 발령 보낸 너도 대단하다. 수완 씨 때문이지?"

연준은 당연하다는 듯이 묻는 정수를 의아하게 바라봤다.

"아니."

"아니라고?"

"어."

"그럼 무슨 이유인데?"

연준은 꼬치꼬치 캐묻는 정수가 성가셨다.

"원래 내정된 사항이었어."

"정말?"

"몇 번을 물어."

"난 또 네가 박 대리가 이수완 씨 괴롭혀서 좌천시킨 줄 알았는데."

"왜 그렇게 생각하는데?"

연준은 더 자세히 설명해보라는 듯이 물었다.

"남자들은 대부분 자기 여자를 지키려는 본능이 있거든. 다른 놈이 조금만 눈독을 들여도 죽기 살기로 덤비기도 하고, 제 여자 건들지 말라고 철벽 방어를 하지. 거기에 여자들은 뿅 가는 거고."

"음……."

연준은 선뜻 이해가 되지 않는지 미간을 살짝 구겼다. 정수는 연준이 이해할 수 있게 더 설명하려다가 그만두었다. 감정을 정상적으로 이해할 수 없는 연준에게 남자들이 흔히 느끼는 소유욕이나 질투는 먼 나라 얘기였다.

"네가 여자를 좋아해봤어야 알지."

"이수완 씨가 내 여자가 되면 알지도."

"꿈 깨라."

정수는 혀끝을 찼다. 연준은 눈썹을 삐딱하게 구겼다.

"몇 번 더 체험하면 가능해."

정수는 그게 과연 가능할까 싶었다. 평범한 사람들은 감정을 체험한다고 하지 않는다. 그저 느낄 뿐이다.

"도대체 뭐야? 좋아하지도 않는 여자한테 관심을 두는 이유가?"

"나도 그걸 알고 싶어 이러는 거야."

"헐."

정수는 입을 쩍 벌렸다. 순간 든 생각은 연준의 마수에 걸린 수완이 불쌍했다. 어떤 것에 한번 꽂히면 연준은 포기를 몰랐다. 일단 호기심을 보인 대상을 향해 무조건 직진이다.

고등 동물 중에서도 연준은 단연코 지능이 높았다. 무섭도록 순간의 몰입이 빨랐고 습득하는 속도는 가히 타의 주종을 불허했다. 다른 건 눈에 들어오지 않았다. 피아노와 의대도 그중 하나였다.

이번엔 이수완인가?

수완의 어떤 점이 연준의 흥미를 끌었을까. 지난 한 달간 쭉 지켜봤지만, 특이점을 찾을 수는 없었다. 그의 눈에 수완은 그저 예쁘장하게 생긴 여자였다. 남자의 보호본능을 자극하는 면이 있긴 했다. 오늘처럼 성깔도 보일 줄 아는 여자. 특별할 것 없는 평범한 여자.

감정 결여. 감정 불구자. 공감능력 제로. 감정이 없는 기계 인간.

흔히 학자들이 사이코패스를 두고 하는 말이었다. 자신만 아는 지독한 이기주의자. 타인에게 피해를 주고도 후회도 반성도 없는 잔인하고 냉혹한 인간…… 등등.

병호는 끊임없이 연준이 언젠가 대형 사고를 칠까 봐 전전긍긍했다. 아니, 진짜로 그렇게 믿으며 살아왔다. 태어나 단 한 번도 잔인성을 보인 적이 없는데 의사가 내린 병명을 맹신하듯 믿었다.

평범한 사람 중에서도 잔인하고 냉혹한 인간들은 설탕에 꼬인 개미들만큼 득실득실하다. 그에 비하면 연준은 오히려 반듯하고 법을 준수하는 아주 착한 인간이었다. 시각장애 아이들을 위해 깊고 울림이 좋은 목소리를 재능기부로 사용하는 놈이었으니까. 한 달에 한 번 책을 낭독해서 직접 오디오북까지 만들어 기증하고 있다.

연준은 성공한 사회형 사이코패스였다. 다만 문제는 감정. 최초의 원시적인 감정에 머무르다 보니 다른 사람들이 느낄 수 있는 미묘한 차이를 몰랐다. 감정의 깊이가 없다고 해야 할까. 그렇다고 감정을 아예 모르는 건 아니었다. 충동적이고 화도 낼 줄 알며, 울 줄도 안다. 차이가 있다면 슬픔이나 행복이라는 말뜻은 알아도, 그 느낌이 무엇인지는 전혀 이해하지 못한다. 모방하고 흉내를 낼 뿐.

만에 하나 연준이 언제가 수완을 사랑하게 된다 해도 그게 정말 사랑인지는 모른다는 뜻이었다. 불행하게도…….

"이수완을 어떻게 해서 뿅 가게 하지."

조용히 있길래 뭐 하나 싶었는데 이제까지 그것만 생각한 모양이다.

"지랄한다."

정수는 연준을 기가 막힌 눈으로 바라봤다. 지금 눈앞의 연준이 너무 낯설어서였다. 늘 무감하기만 했던 연준의 검은 눈이 순간 반짝 빛났다.

"본부장님, 전 이만 퇴근하겠습니다."

연준은 회색 재킷을 챙기며 일어서는 정수를 물끄러미 바라봤다.

"아버지한테 보고하러? 아니면 여자?"

"둘 다."

"이제 아예 첩자 노릇을 대놓고 하겠다는 심보군."

"내가 뼛속까지 노예근성이잖아. 날 이렇게 키워주신 분은 회장님이셔. 충성하는 게 당연하지."

연준은 픽 웃었다. 정수는 재킷을 입으며 말을 이었다.

"그러니까 너도 협조 좀 해. 요샌 드릴 말씀이 너무 없어."

"그만큼 내가 잘하고 있다는 증거겠지."

말인즉슨 평범한 사람 흉내를 잘 내고 있다는 말이었다. 정수는 선 채로 연준의 무표정한 얼굴을 내려다봤다. 어딘가 아슬아슬 경계선에 있는 사람처럼 불안해 보였다. 감정이 없는 건 얼마나 고통스러울까. 고통이 뭔지도 모르는 연준에게 잠시나마 연민을 느꼈다.

정수는 이내 헛웃음을 조용히 삼켰다. 서연준에게 불안이란 단어는 애초에 존재하지 않는다. 자신이 그렇게 느끼도록 의도할 수는 있어도. 연준은 필요하면 그도 병호도 완벽히 속일 수 있었다.

"가끔은 꼭 진짜 같아."

"……."

"내가 흉내 낸 것들이 하도 그럴싸해서, 직접 겪은 것 같다니까."

연준은 진짜가 없는, 가짜 세상에서 살고 있었다.

날이 밝으려면 한참이나 남았다.

어린 연준은 어두운 방 한가운데 앉아 끊어질 듯 이어지는 흐느낌을 가만히 듣고 있었다. 그것은 새라의 절규였다. 한참 지나서 흐느낌이 멈추었다. 뒤이어 들리는 소리는 계단을 시끄럽게 내려오는 병호의 발소리였다. 연준은 밖에서 들리는 작은 소리 하나도 놓치지 않으려 귀를 세웠다.

잠시 후, 문이 열리는 소리가 들리고 물건이 깨졌다. 저건 어머니 새라가 좋아하는 화병인 것 같은데. 와장창 깨지는 소리를 보니 산산조각이 난 것 같다.

이제 본격적으로 두 분의 싸움이 시작되었다. 연준은 팔베개하며 방에 드러누웠다. 눈을 감아도 눈을 떠도 방 안은 여전히 캄캄했다. 미명의 어둠을 시끄럽게 가르는 소리가 연이어 들렸다.

"닥치지 못해!"

"이혼해줘, 해달라고!"

두 분은 두 달 넘게 이혼 문제로 싸웠다. 새라의 일방적인 요구였다.

"나는 더는 못 살아……."

"새라야!"

아버지는 어머니를 사랑하셨다. 매번 물건을 부수면서도 끝에는 널 사랑한다면서 이혼은 안 된다고 했다. 참으로 정반대되는 행동이다. 사랑한다면서 새라가 아끼는 물건들만 깨부순다. 책에선 사랑하는 사람을 위해 희생도 할 수 있다고 했다. 그러나 아버지는 어머니를 사랑한다면서도 아무것도 희생하지 않는다.

"제발 날 놓아줘. 여기선 단 하루도 못 살겠어."

"우리, 행복했잖아."

병호가 매달린다. 새라가 흐느끼듯 웃으며 말했다.

"행복했지. 연준이가 태어나기 전까지는······."

"애 들어!"

"차라리 들으라고 해. 들으면 뭐가 달라져? 쟤는 괴물이야. 우리가 왜 싸우는지조차 모른다고."

아무래도 새라는 술과 약에 취한 것 같다. 그녀는 종종 어린 아들 앞에서도 술에 잔뜩 취한 모습을 보여줬다. 한 손에 술병을 들고 온 집 안을 바닷속 미역처럼 흐느적흐느적 배회했다.

"태어나지 말았어야 했어."

"그만해. 그래도 우리 아들이야."

병호의 목소리는 점점 더 격해졌다.

"여보, 제발······."

이번엔 새라가 매달린다.

"내가 죽어야 놔줄래?"

"이제까지 아무 문제 없었잖아. 앞으로도 없을 거야."

병호는 계속 새라를 설득했다.

"문제는 벌써 생겼어. 이렇게 내가 망가지고 있잖아. 이게 다 연준이 때문이라고."

"……."

"애가 이상해. 웃지를 않아. 소름 끼쳐. 무섭다고!"

악을 쓰며 외친 새라는 술병을 거울에 던졌다. 또다시 무언가
와장창 깨지는 소리가 들리고 병호가 급히 아주머니를 찾았다.

"아주머니, 빨리 구급상자 가져와요!"

새라가 다친 모양이었다. 붉은 피가 흘렀겠지. 아플까? 연준은
시끄러운 소리가 모두 사라지자 일어나 불을 켰다. 다시 잠이 올
리도 없고 할 건 하나밖에 없었다. 방 안의 벽을 모두 채운 책 중
하나를 꺼내 들었다. 통증에 관한 의학 서적이었다.

"지혈이 잘되어야 할 텐데."

연준은 책을 읽으며 혼잣말을 내뱉었다. 벌써 며칠째 이 방에
갇혀 있는지 모르겠다. 새라는 내가 무서워 매일 이 어두운 방에
가두는 걸까. 내가 왜 무섭지? 아버지처럼 아끼는 물건을 부수는
것도 아닌데, 이해할 수가 없다.

'태어나지 않은 것처럼 있어. 아주, 조용히…….'

새라는 그를 붙잡고 늘 입버릇처럼 말했다. 어려운 일도 아니었
다. 자식은 부모의 말을 따르는 법. 어린 아들은 엄마의 말을 무조
건 수용했다. 아무것도 하지 않았다. 생각조차도.

어둠 속에서 연준은 눈을 떴다. 어릴 적 꿈을 꾸었지만, 그의 눈
빛에 감정의 동요는 없었다. 미련 없이 침대에서 내려온 연준은 주
방으로 들어갔다.

"컵라면이나 먹을까."

이유 없이 허기가 몰려왔다. 연준은 라면을 하나 끓여 먹었다.

이른 출근길이 되겠군. 라면을 다 먹고 나니 새벽 5시였다.

일상은 무난하게 흘러갔다.

가산디지털단지에 있는 연구실로 출근하면서 제일 좋은 건 연준과 마주치지 않는다는 사실이다. 세 번째 거절은 없던 이야기가 되었다. 오랜만에 마음 편하게 회사에 다닐 수 있었다. 다만 문제가 있다면 여전히 이사 가야 하는 집 문제가 해결되지 않았다.

"무슨 고민 있어요?"

"네?"

요즘 들어 정수가 말을 거는 횟수가 잦았다. 점심을 먹고 잠깐 텅 빈 사무실에서 쉬고 있었다. 민정은 은행에 다녀온다며 자리를 비웠다.

"얼굴이 하도 심각해 보여서."

정수는 자연스럽게 옆에 있는 의자를 끌어와 앉았다. 왠지 서늘함을 담고 있는 목소리라 수완은 저도 모르게 긴장했다.

"점심은 했어요?"

화제를 돌렸다.

"네. 수완 씨는 먹었어요?"

"저도요."

"언제? 구내식당에서 못 봤는데."

"민정 씨랑 나가서 먹고 왔어요."

"그렇구나."

정수는 고개를 끄덕이며 다리를 꼬았다. 어째서 이러지? 한 달

가까이 봐 온 정수의 태도와는 사뭇 달랐다. 이유도 없이 한가하게 말을 걸 남자가 아니었다.

"저한테 하실 말씀이라도……."

수완은 궁금증을 참지 못하고 먼저 물었다. 예상치 못한 질문이었나 보다. 당황스러운 기색이 살짝 엿보였지만, 정수는 이내 대수롭지 않게 말을 받아쳤다.

"그냥요."

"……."

"수완 씨랑은 별로 대화를 한 적이 없잖아요. 이 기회에 친해져 볼까 하고."

수완이 경계를 풀지 않자 정수는 입가에 부드러운 미소를 만들었다.

"다른 속셈 없어요. 긴장 풀어요. 수완 씨랑 뭐 어떻게 해볼 생각도 없고."

그럼에도 의도가 분명히 읽혔다. 뭘 알아내고 싶어서 이러지? 단순히 팀원인 여직원한테 갖는 관심이 아니었다. 정수가 짓는 미소가 위장술처럼 느껴진 수완은 가만히 앉아 있었다.

"내가 좀 말을 막 하죠. 기분 나빴다면 미안해요."

"아니에요."

"언제 한번 팀끼리 밥이나 먹죠. 수완 씨는 계속 빠져서 서운했어요."

"그럴게요."

더 할 말이 없는데 정수는 자리로 가지 않았다. 수완은 아랑곳하지 않고 폴더를 열어 자료를 모니터에 띄웠다. 그만 가달라는 뜻인데 정수는 또다시 질문을 던졌다.

"여기 TS에 들어오기 전에는 뭐 했어요?"

"아르바이트했어요."

"아, 그렇구나."

정수는 입꼬리를 살짝 비틀고는 고개를 끄덕였다. 하지만 순간 틈을 보이면 그녀의 약점을 알아낼 것처럼 눈초리는 새삼 짙어졌다. 웃는 얼굴에 속지 말아야 한다. 상대를 이용하기 위해 짓는 사악한 미소라는 것쯤은 아는 나이였다.

"혹시 남자 친구 있어요?"

표정관리를 해야 했는데……. 수완의 눈빛이 차갑게 식었다. 정수는 황급히 손을 저으며 일어섰다.

"불쾌했다면 미안해요."

"알면 됐어요."

목소리가 뾰족하게 섰다. 정수는 다시 한 번 미안하다는 말을 하며 자리로 돌아갔다. 수완은 불쾌함을 억지로 누르고 모니터를 바라봤다. 세상에 별별 인간이 다 있다지만 정수의 태도는 왠지 모르게 불쾌했다. 대체 뭘 알고 싶어서? 휙, 하고 던진 그물에 아무거나 잡혀라, 이건가? 순탄한 직장생활은 아무래도 꿈이었나 보다.

[내일 방 빼는 날이야. 알지? 차질 없게 해.]

그때 한숨 돌릴 틈도 없이 주인집 아주머니의 문자가 날아들었다. 며칠만 봐달라고 사정을 해도 통하지 않았다. 재개발이 확정된 집이라 언제든 나갈 수 있다는 조건으로 들어온 월셋집이었다. 이대로라면 정말 길바닥에 나앉을 수도 있겠다.

찬란

당장 내일 방을 빼라니. 머리 터지게 고민해봐도 해결되는 건 아무것도 없었다. 정 안 되겠다 싶으면 잠시 고시원이라도 들어가자. 그 생각을 끝으로 수완은 자료를 들여다봤다.

세계 각국의 TV 모델들이 일렬로 담긴 자료였다. 그나마 작업을 하고 있으면 딴생각이 나지 않아서 좋았다. 아직은 연구실에서 대단한 일을 할 정도는 아닌 햇병아리였다. 그렇지만 제가 가진 생각을 현실로 표현하고 있으면 굉장한 사람이 된 기분이었다.

어떤 기술이 들어가면 좋을까.

온갖 자료를 뒤지고 있는데 등 뒤에서 누군가 그녀를 급하게 불렀다.

"수완 씨!"

뒤돌아보니 생산팀 대리님이 손에 서류를 들고 허겁지겁 사무실로 들어오고 있었다. 무슨 일인가 싶어 수완은 서둘러 자리에서 일어났다.

"수완 씨, 본사 좀 다녀와야겠다. 샘플 나왔는데, 본부장님 보여 드리고 수정 사항 받아 와."

수완은 대리가 건넨 두꺼운 서류봉투 속을 확인했다. 하반기에 출시될 스마트폰 모형이었다.

"빨리 다녀올게요."

"일이 늦어지면 본사에서 바로 퇴근해도 돼."

설마하니 그렇게 늦어질까 싶었다. 수완은 서둘러 옷을 챙겨 입고 사무실을 나섰다.

연구실을 나와 지하철에 몸을 실었다. 평일이어도 지하철은 콩나물시루처럼 사람들로 빡빡했다. 조금이라도 빨리 내리려고 문

앞에 선 수완은 잠시간 유리창에 이마를 기대었다. 일주일 만에 그 사람을 보는 건가? 빠르게 흘러가는 창밖을 보던 수완은 얼른 고개를 세차게 저었다. 어이없는 실소가 입술을 뚫고 새어 나왔다. 그럼에도 심장은 가파르게 뛰었다.

본사에 도착한 수완은 정작 연준을 만날 수 없었다. 긴급 임원 회의가 잡혀 연준은 지금 회의를 하고 있었다. 연구실로 전화를 걸어 어떻게 하느냐고 묻자, 기다렸다가 오늘 꼭 확인받아 오라는 대답을 들었다. 수완은 할 수 없이 회의가 끝나기를 무작정 기다렸다.

1시간 남짓 기다렸나 보다. 자료들을 보고 있어 지루하진 않았다. 회의를 마친 연준은 임원진들과 함께 회의실에서 나오고 있었다. 단연 연준이 돋보였다. 그는 맨 앞장서서 걸었고, 그보다 높은 직급인 임원들이 뒤이어 오고 있었다. 그들 모두 연준을 다음 후계자로 대하고 있었다.

저 남자는, 저 높은 세상이 어울린다.

깊은 고민도 깊은 좌절도 없는 인생이었겠지. 그러니 어떤 고민의 흔적도 없이 연애나 하자는 말을 아무렇게나 던질 수 있었을 테지.

"왔어요?"

흔들림 없이 그녀에게 곧장 걸어온 연준이 먼저 알은체했다. 수완은 그에게 인사를 건네며 말했다.

"샘플 가져왔습니다."

"사무실로 들어가죠."

연준은 수완은 곁을 지나 앞으로 걸어갔다. 임원들에게 일일이 인사를 하고 나서야 수완은 연준을 뒤따라 본부장실로 들어갔다.

"여기……."

수완은 갖고 온 두툼한 서류봉투에서 상자를 꺼내어 연준의 책상 앞에 놓았다. 연준은 무심히 상자를 열어 휴대폰 샘플 모형을 확인했다. 한참을 들여다보고도 그는 별다른 말이 없었다. 그녀가 있는 앞에서 디자인한 담당자를 불렀다.

수완은 책상 모서리로 자리를 비켰다. 담당자와 연준은 휴대폰 샘플 모형을 두고 긴 얘기를 나눴다. 다시 다른 직원이 들어왔다. 세 명은 본부장실에서 회의 아닌 회의를 했다.

수완은 그들을 하염없이 바라볼 수밖에 없었다. 뭐가 잘못되었나? 모형을 샘플 제작한 생산팀하고 영상 통화도 했다. 회의는 길어지기 시작했다. 지시서에 적힌 색상과 샘플의 색상이 조금 다른 것이 문제가 된 모양이다.

샘플은 다시 만들기로 잠정 결론을 내렸다. 디자인팀장과 팀원들은 깊은 한숨을 동시에 내쉬었다. 이번이 처음이 아닌 모양이다. 다소 침울한 그들을 보며 연준은 대수롭지 않다는 듯이 말했다.

"뭐든 삼세번인가."

연준의 말에 수완은 저 혼자 목덜미가 순간 뜨거워졌다.

"제가 이번엔 직접 가서 상황 보겠습니다."

디자인팀장이 말했다.

"그렇게 해요."

연준의 말을 끝으로 회의는 끝이 났다. 디자인팀원들이 전부 나가고 본부장실은 다시 단둘만 남았다. 그사이 눈이 부신 햇살이 어느덧 오렌지빛으로 바뀌었다. 나가보라는 말이 없어서 장장 3시간 넘게 서 있었더니 두 다리가 뻐근했다.

"그러면 전 이만 가도 될까요?"

"잠깐이면 돼요."

연준은 마무리가 덜된 것 같았다. 그녀를 보지 않고 모니터만 들여다보고 있었다. 계속 이렇게 서 있으라고? 그는 집중도를 높이기 위해서인지 본부장실 조명을 끄고 개인 조명 버튼을 눌렀다. 그의 책상에만 흐리한 불빛이 흘렀다.

수완은 벌을 받는 기분이었다. 연준은 그녀를 전혀 신경 쓰지 않고 있었다. 당연한 건데 자신이 하찮은 사람이 된 것만 같다. 하나에 집중하면 다른 건 눈에 들어오지 않는 남자였다.

수완은 잠깐 머뭇거리더니 연준을 물끄러미 바라봤다. 흐릿하게 어두워진 공간의 분위기 때문일까. 생각이 공처럼 제멋대로 굴러다닌다. 데굴데굴 굴러 막다른 벽에 부딪힌 공은 더는 굴러가지 못하자, 깊게 묻어두었던 기억이 불쑥 튀어나왔다. 쓰나미처럼 몰아친 기억 때문에 꼼짝할 수 없었다.

기억은 그녀를 그날로 데리고 갔다. 온 세상이 잠길 것처럼 퍼붓던 빗줄기. 검은 우산 속 남자는 검은 선글라스를 쓰고 있었다. 얼굴은 호텔로 들어가서야 제대로 봤다. 그때의 연준은 지금보다 머리칼이 조금 더 길었다.

어떤 특별한 감정도 없이 그녀를 안았다. 여유롭고 편안한 표정이던 그가 그녀를 침대에 던지듯 눕혔다. 굵고 커다란 손은 그녀를 무례할 정도로 함부로 대했다. 다 잊고 싶은 밤이라 과격한 남자의 행동이 아무렇지 않았다. 그가 깊은 시선으로 내려다보며 몸을 가르고 들어오면, 정말로 아무 생각을 할 수 없게 되었다.

남자의 강인한 어깨를 깨물었던 기억. 그리고 죽은 듯이 잠을 자고 아침에 깨어났을 땐 혼자였다. 지난밤의 모든 순간이 뇌리를 스쳤다. 무섭도록 퍼붓던 비가 그친 아침, 후회를 곱씹으며 호텔을 나섰다. 수완은 그날 아침의 찬란한 햇빛을 한동안 잊을 수 없었다.

돌이켜보면 희한한 일이었다. 작은 흠집도, 어떤 일탈도 없을 것 같은 완벽한 남자가 뭐가 아쉬워 자신과 잔 것일까. 단순한 성적 충동? 새삼 궁금해진다. 저 남자와 하는 연애는 어떤 기분일까. 두근거림이나 설렘보단 공허하고 쓸쓸할 것 같다는 따위의 실없는 생각을 할 때였다.

모니터만 보던 연준이 언제부턴가 그녀를 보고 있었다. 무표정한 눈동자는 모든 것을 빨아들일 듯 강렬했다. 수완은 도망치고 싶은 두려움에 사로잡혔다. 그 시선과 눈이 마주치자 머릿속이 얼어붙은 느낌이었다.

심장은 쿵, 하고 뛰었다.

3. 세 번째 고백

　수완은 망연함에 넋을 놓았다. 무엇을 해야 할지 막막했다. 병원에서 퇴원한 엄마를 요양병원에 모셔놓고 돌아오는 길이었다. 그런데 집을 올라가는 막다른 언덕부터 시끄러웠다. 그녀가 살고 있는 집 앞에 동네 사람들이 모여 뭔가를 구경하고 있었다.

　쾅쾅. 쿵쿵. 와장창.

　때려 부수는 소리가 동네에 들썩들썩했다. 시차 적응을 하는 사람처럼 수완은 멍했다. 눈앞에서 집이 부서지고 있었다. 인부들이 커다란 쇠망치를 들고 방방 마다 들어가 유리창을 모조리 깨트렸다.

　굴착기가 어마어마한 소리를 내며 본격적으로 집을 부쉈다. 대문을 뜯더니 벽을 무너뜨리기 시작했다. 2층짜리 단독주택은 빠르게 형체를 잃었다. 골조만 남아 흉가처럼 변해버린 집 안에서 뿌연

먼지가 연기처럼 피어올랐다.

"김씨 집이 제일 먼저 부서지네."

"그러게 말이야. 전주로 이사 갔다며."

"응. 새벽에 떠났잖아."

"나는 다음 주에 하기로 했어."

"난 아직 이사 갈 집도 못 구했는데."

"얼른 구해. 그러다가 좋은 집 다 놓치지 말고."

재개발이 확정되고 동네는 싱숭생숭했다. 막상 집이 부서지자 조금 더 있다가 이주를 하려던 주민들까지 서두르기 시작했다.

"그런데 저 짐은 뭐야?"

눈가에 기미가 짙게 깔린 아주머니 한 분이 대문 앞에 놓인 짐들을 가리켰다.

"저 아가씨 거. 그렇게 나가라고 했는데 버텼나 봐. 그래서 김씨가 저렇게 짐 내놓고 갔잖아."

다른 아주머니가 멍하니 서 있는 수완을 슬쩍 보며 말했다.

"그래도 그렇지. 아직 사람이 살고 있는데 집을 부수면 쓰나."

"남편 병 얻어서 시골로 내려가는데 김씨가 남 사정이 눈에 들어오겠어."

"하긴……. 나부터 살고 봐야지."

아주머니들은 수완이 들어도 상관없다는 듯 수군거렸다. 그때였다. 빗방울이 하늘에서 떨어지기 시작했다. 점차 굵어지는 빗방울. 아주머니들은 호들갑을 떨며 머리 위로 손을 올렸다.

"웬 소낙비야!"

"먼지 없어지고 좋지, 뭐."

"들어들 가자고."

동네 아주머니들은 저마다 각자 집으로 서둘러 들어갔다. 인부들은 부서진 자재들과 시멘트를 포대에 담아 트럭에 싣고 골목에서 사라졌다.

비가 퍼붓는 골목에 수완은 혼자 서 있었다. 차마 걸음조차 내디딜 수가 없었다. 종이상자에 아무렇게나 담긴 제 물건들이 비에 젖는 걸 멍하니 바라봤다. 절망이 가슴을 무겁게 짓눌렀기에.

[돈은 통장으로 부쳤어.]

그나마 양심은 있네. 주인아주머니한테서 문자가 왔다. 머리가 젖고 옷이 젖었다. 서늘함을 담은 빗줄기에 금세 몸이 차갑게 식어가며 오들오들 떨려왔다. 당장 오늘 밤부터 살 곳을 잃었는데 수완은 정작 이상하리만큼 감각이 무뎠다.

인생의 쓴맛 단맛 다 봤는데, 이 정도로 무너지지 않아.

이 정도 일은 아무것도 아니야.

엄마가 식물인간이 되었을 때도 이겨냈잖아.

이겨낼 수 있어. 그럴 수 있어!

천천히 숨을 내쉬며 무너지지 않으려고 주문을 걸었다. 울지 않으려고 악착같이 버텼다. 그렇지만 혼자만 아무도 없는 사막 한가운데 버려진 것만 같아 심장이 버석거렸다. 얼굴에서 빗방울이 눈물처럼 떨어졌다.

"짐을……."

옮겨야 하는데, 어디로 옮기지?

수완은 빗물에 온통 젖어가는 짐들을 옮길 방법이 없었다. 작은 냉장고. 낡디낡은 가스레인지. 사계절 옷들을 커다란 포대에 쓰레기처럼 구겨 넣어놨다. 노끈에 묶인 채 대충 쌓은 책들은 이미 젖어버렸다. 기가 막혀 헛웃음도 나오지 않는다.

우선 짐들이 비를 맞지 않게 할 뭔가가 필요했다. 우산도 없이 동네 철물점으로 뛰어가 대형 비닐을 사 왔다. 혼자서 하느라 서툴렀다. 누군가 잡아줬으면 좋겠는데……. 바람에 펄럭이는 비닐을 낑낑거리며 짐들을 가리기 동분서주했다.

떨어진 유리조각을 보지 못해 손가락에 베였다. 빗물에 섞인 붉은 피가 땅바닥으로 뚝뚝 떨어졌다.

"우산, 없어요?"

일순 머리 위로 검은 그림자가 드리웠다. 차갑게 떨어지던 빗방울도 멈추었다. 굽힌 허리를 펴느라 몇 초가 흘러간 뒤에야 남자를 알아보았다. 눈이 커다래진 수완의 입에서 가느다란 신음이 흘렀다.

왜 인생의 밑바닥일 때마다 이 남자가 나타나는 걸까.

연준은 무덤덤한 시선으로 그녀를 응시했다.

"본부장님이 여기까지 어쩐 일이세요?"

아무렇지 않은 척 묻는 건 어렵지 않았다. 수완은 피가 떨어지는 검지를 감싸 쥐며 허리를 뻣뻣하게 폈다.

"우선 우산 받아요."

무방비 상태에서 연준이 건넨 검정 우산을 받아 들었다. 그녀에게 우산을 준 연준은 어디론가 전화를 걸었다.

"여기가 어디냐면."

연준은 수완의 집 주소를 상대방에게 말했다. 대체 뭘 하는 것인지 알 수 없어 수완의 짙은 갈색 눈동자가 더 커졌다. 통화를 끝낸 연준은 수완이 들고 있는 우산 속으로 자연스럽게 들어왔다. 수완의 어깨에 연준의 팔이 닿았다. 둘은 부서진 담벼락 앞에 나란히 섰다.

"손가락은 왜?"

꽉 쥐고 있어도 소용이 없었나 보다. 지혈이 덜된 손가락에서 피가 새어 나왔다.

"아프겠는데."

그렇게 말하며 연준은 너무나 쉽게 수완을 손을 잡았다. 숨이 멎는 듯했다. 긴 침묵이 이어지고 빗소리만 들리는 순간, 수완의 눈동자가 위태롭게 흔들렸다. 손을 뺄 생각도 하지 못했다.

"지금, 뭐 하세요?"

"세 번째 고백."

연준은 특유의 나른한 웃음을 지으며 말했다. 심장이 나올 것처럼 뛰어 수완은 입을 다물고 연준을 올려다봤다.

"푸읍."

갑자기 웃음이 픽 터졌다. 이 상황에 고백이라니. 이 남자는 어떻게 이토록 이기적일까. 그녀의 상황은 전혀 개의치 않았다. 집을 잃고 그나마 가진 짐들도 온통 비에 젖어 허망한 여자한테 고백하는 남자라.

"진짜 본부장님 재미있어요."

눈물까지 났다. 울고 싶었는데 웃으면서 울게 해줘서 고맙다고 해야 하나. 연준은 한쪽 눈썹을 치켜뜨고 의아한 표정을 짓고 있었다. 그녀가 왜 이러는지 전혀 이해하지 못하는 얼굴이었다. 그게 더 우스워 수완은 소리까지 내며 웃었다.

"거절은 아닌가 보군요."

연준은 제멋대로 결론을 낸다. 그리고 손을 더 힘주어 꽉 잡았다. 웃음이 딱 그친 수완은 그렁그렁 눈물이 맺힌 눈이 되었다.

"거절이라면요?"

"그건 생각 안 해봤는데."

연준이 미간을 찌푸렸다. 단 한 조각 의심도 없이 당연히 받아들일 것으로 생각한 모양이다. 그를 바라보는 수완의 눈동자가 떨렸다. 무시하려 애를 쓰면 쓸수록 그녀를 무섭게 흔들고 있는 남자.

"서연준 씨."

수완은 길게 숨을 내쉬며 연준을 올려다보았다. 남자의 표정이 조금만 더 선명했으면 좋겠는데. 아무것도 읽히지 않아 답답했다.

"연애는 좋아하는 사람끼리 하는 거예요."

"알아요."

"내가 좋아요?"

"……."

고맙게도 연준은 거짓말을 하지 않았다. 만약 거짓말을 했더라면 진짜 끝을 낼 수 있었을 텐데. 더 추워진 날씨에 수완의 입술이 파랗게 되었다.

"하필 나와 연애를 하겠다는 거죠?"

"당신이 내 흥미를 끌었으니까."

연준은 잠시 고민하듯 하다가 입술을 뗐다.

"단순한 호기심, 아니면 순간의 충동. 어쩌면 그 이상일지도 모르겠군요. 지금은 이수완 씨가 궁금해요."

"단지 그 이유가 전부예요?"

수완은 쓴 실망감을 감추었다.

"지금은……."

연준은 뭐가 더 필요하냐는 듯이 무심히 대꾸했다. 수완은 가슴 속에 솟아오르는 감정을 억누르며 한숨을 삼켰다. 아무래도 이 남자한테 어떤 기대 같은 것도 하지 말아야겠다.

"대체 나한테 원하는 게 뭐예요?"

"연애."

묻고 물어도 연준에게서 그 대답밖에는 들을 수 없을 것 같았다.

"나 별거 없어요. 아시잖아요."

"그 별거가 나한테는 중요해서."

어떤 말보다 그녀를 흔들고 있었다. 감언이설보다 더 달콤한 유혹처럼 들렸다. 정말, 사귀어볼까? 까마득히 높은 곳에 있는 남자. 그와 잠깐 사귀는 걸 아무도 모를지도 몰라. 혼란스러운 마음을 다잡으려고 해도 머릿속은 마치 물속에 잠긴 것처럼 몽롱했다.

"춥군요."

수완은 달달 떨고 있었다. 연준이 코트를 벗어 그녀의 어깨에 걸쳐주었다. 따뜻하다. 순간적으로 느껴지는 온기에 눈물이 날 것 같았다. 그때도, 지금도, 세상에 내동댕이쳐졌다고 느껴지는 순간에 이 남자의 온기가 그녀를 붙잡았다.

순전히 서연준의 즐거움만을 위한 연애. 남자는 단순한 호기심이라 했다. 언제든지 자신은 심심풀이 땅콩이 될 수도 있는 존재.

찬란 85

단물만 쏙 빼먹고 길바닥에 뱉어지는 껌이 될 수도 있었다.

사는 세상이 너무나 다르다. 저 너머 위에 있는 남자와의 연애는 불 보듯 뻔하다. 상처받는 쪽은 당연히 자신이 될 것이다. 끝을 예감한 명치끝이 아리고 따가웠다. 그럼에도 흔들린다. 빗속에 잠겨드는 상념은 자꾸만 이상한 쪽으로 흘러간다.

좁은 우산 속. 나란히 서 있으니 조금만 움직여도 서로의 몸이 닿았다. 수완은 그와 눈이 마주치지 않으려고 필사적으로 노력했다. 당장이라도 우산 속을 뛰쳐나가고 싶은 충동과 이 남자 옆에 있고 싶은 욕망 사이에서 갈등했다. 이 비겁한 모순을 어찌지 못하겠다. 지금은 제 옆에 누구라도 좋으니 있어줬으면 했다.

"이수완."

연준이 나지막이 불렀다. 그 무심한 음성이 가슴에 커다란 파문을 만들었다. 저도 모르게 그를 올려다봤다. 연준이 꼼짝할 수 없도록 그녀의 손을 단단히 잡았다.

"그렇게 겁납니까?"

"……."

"당신이 싫어하는 짓, 절대 하지 않아요."

"……."

상념의 바다에서 길을 잃은 수완은 넋 나간 듯 서 있었다.

"본부장님과 안 되는 이유는 수천 가지가 넘어요. 그런데……."

둘 사이로 터질 것 같은 긴장감이 흘렀다. 연준은 미동 없이 그녀를 바라보았다. 불편한 시선을 견디며 수완은 그를 똑바로 올려다봤다. 이 마음을 인정하는 것이 괴로운 듯 얼굴은 살짝 일그러져 있었다. 잠시 숨을 고른 수완은 극과 극으로 팽팽히 맞서던 마음의 한쪽에 굴복하고 말았다.

"흔들려요."

연준은 달리 반응이 없다. 어둡게 가라앉은 새까만 동공은 동굴 같았다. 그 밤, 저 동굴로 비를 피했었다. 오늘도 마찬가지겠지. 상처받기 전에 저 동굴에서 빠져나오면 돼. 그 밤처럼 쉽게 잊을 수 있어. 그렇게 단단히 마음을 먹는데, 비가 내리는 골목길로 이삿짐 차가 들어왔다.

차에서 내린 남자들이 연준을 향해 인사를 했다. 연준은 비닐로 대충 가린 짐들을 옮기라고 지시했다. 남자들은 일사불란하게 움직이며 짐들을 빠르게 날랐다. 수완은 순식간에 일어난 일이 얼떨떨했다. 자신의 차로 끌고 가는 연준을 보며 황급히 물었다.

"어딜 가는 거죠?"

"우리 집."

연준은 아무렇지 않게 말했다. 놀란 수완의 눈이 휘둥그레졌다.

"달리 갈 데 있으면 말해요. 데려다 줄 테니."

뻔히 없는 줄 알면서 묻는 듯한 연준의 음성에 수완은 할 말을 잃었다.

이수완은 고양이처럼 경계심이 많다.

아파트에 들어와서도 비에 젖은 옷을 갈아입지 않고 한동안 서 있었다. 표정이 딱 도살장에 끌려온 어린 송아지 같았다. 안정을 찾을 때까지 내버려두어야 하나? 그래도 이렇게 쉽게 이수완이 따라올 줄 알았으면 집을 꾸며 놓을걸. 적막감이 감도는 공간은 쓸데

없는 장식 하나조차 없었다. 단지 그가 좋아하는 그림 한 점이 벽에 걸려 있을 뿐이었다.

"좀 앉아요."

수완은 희미하게 웃고는 어깨를 으쓱였다. 아직도 달달 떨고 있는 손끝이 보여 연준은 집 온도를 높였다. 한편으로 여자들은 참 알다가도 모를 존재라는 생각이 들었다. 그녀는 그를 따라와 놓고 여전히 이래도 되나 헷갈리는 얼굴이었다. 한 번 마음의 결정을 내리면 끝인 그의 머리로는 이해가 되지 않았다.

"내 짐은 어디 있어요?"

수완은 집 안을 부산스럽게 둘러보며 물었다. 연준은 손을 뻗어 왼쪽을 가리켰다.

"맨 끝방에."

"그렇군요."

수완은 힘없이 고개를 끄덕였다. 여전히 번민 중인지 눈빛은 아주 먼 곳을 보는 것처럼 아득했다. 연준은 일단 축축한 옷부터 갈아입고 싶었다. 방으로 들어가려는데 수완이 등 뒤에서 속삭이듯 작은 목소리로 말했다.

"배고파요."

"냉장고 열면 먹을 거 있을 겁니다. 주방은 저쪽."

수완은 움직이지 않고 또다시 물었다.

"술은 있어요?"

맨정신은 힘들다는 소리인가.

"종류별로 다 있어요."

"그건 마음에 드네요."

수완은 주방으로 들어가 냉장고를 열었다. 그 모습을 보며 연준은 방으로 들어갔다. 옷을 벗고 욕실로 들어가 샤워를 했다. 다른 날보다 샤워하는 속도가 빨랐다. 왠지 그가 안 보이면 수완이 다시 집에서 나갈 것 같았다. 군말 없이 쉽게 따라온 만큼 변덕을 부려 쉽게 나갈 수도 있었다.

우려와 달리 수완은 주방 식탁에 앉아 있었다. 게다가 혼자서 술을 마시고 있었다. 이런 선택을 한 자신에게 스스로 벌을 주는 사람처럼 굴었다.

"본부장님도 한잔해요."

"그러죠."

연준은 유리잔 두 개와 백포도주를 식탁에 놓으며 수완의 앞에 마주 앉았다. 두 사람의 시선이 허공에서 엉키고 또 엉켰다. 수완이 방금 맥주를 마셔 빈 잔이 된 컵을 내밀었다. 연준은 유리잔 대신 머그잔에 백포도주를 따랐다. 수완은 말없이 백포도주를 단숨에 마셨다.

그러길 몇 번이나 반복했다. 둘은 좀처럼 서로에게 말을 걸지 않았다. 아니, 허용하지 않는 것이라 해야겠다. 수완은 술을 가리지 않고 마셨다. 안주는 귤 몇 개와 맥주를 마셨다가 백포도주를 마셨다. 맥주가 떨어지자 연준은 냉장고에서 정수가 사다놓은 소주를 꺼냈다.

긴 하루가 될 것 같았다. 연준은 수완이 하고 싶은 대로 놔두었다. 어차피 그때나 지금이나 그녀를 이해하는 건 어려웠다. 눈이 스치듯 마주치면 수완은 몸 일부분이 뭉개지는 것 같은 미소를 지었다. 어디로 가야 할지 방향을 잃은, 세계에서 가장 복잡한 미로에 갇힌 사람처럼 보였다.

"당분간 여기서 지내도 될까요?"

수완은 그가 예상하지 못한 질문을 던졌다. 조심성 많고 연약한가 싶으면서 동시에 겁을 상실한 듯도 하다. 어쩌면 그 모든 것이 이루어진 사람이 이수완이겠지.

"편할 대로 해요."

수완은 소주를 물처럼 마시며 말했다.

"한 달에 이십만 원. 더는 줄 수가 없어요."

"뭘?"

연준은 무감한 어조로 물었다.

"방세요. 아무리 본부장님 집이 좋아도 제 형편에 더는 무리라서."

수완은 상처 입은 길고양이처럼 말했다. 그런 수완을 보는 연준은 아무런 감정이 들지 않는다.

"술 마시니까 기분이 좋네요."

수완은 술에 취하는지 혀가 살짝 꼬여 말이 느려지기 시작했다. 앉아 있는 것도 힘이 드는지 손으로 턱을 괴었다.

"의외로 우린 잘 지낼 수도 있을지 몰라요."

연준은 조용히 숨을 들이쉬며 수완의 말을 귀 기울였다. 꽤 세차게 내리던 비도 그쳐 어느샌가 밖은 환해졌다. 낮술이라. 부모님 얼굴도 못 알아보게 한다는 낮술은 연준도 처음이었다.

"연애, 많이 해봤어요?"

"남들이 한 만큼."

연준은 술에 약간 취한 수완이 묻는 말에 꼬박꼬박 대답했다.

수완은 손가락으로 숫자까지 세어 보였다.

"3번, 아니면 4번?"

"기억 안 나는데."

연준은 심드렁하게 대꾸하며 말을 이어 물었다.

"남자 과거를 집착하는 성격이군요."

"그건 아니에요."

수완은 피식 웃었다. 연준은 술보다는 따뜻한 홍차를 마시고 싶었다. 알코올이 들어가면 상대를 정확하게 판단할 수 없게 된다. 지금은 그 어느 때보다 수완이 무슨 생각을 하는지 알고 싶었다.

"홍차?"

연준은 물을 끓이며 물었다. 수완은 됐다며 고개를 흔들었다. 팔팔 끓인 물로 홍차를 우려낸 연준은 천천히 음미했다.

"오늘만 이럴 거니까 이해해줘요."

무슨 말인지 모르겠지만, 연준은 알았다고 말했다. 수완은 목이 바짝 타는 사람처럼 맥주를 반쯤 마시고는 유리컵을 느리게 내려놓으며 입술을 열었다.

"흔들리기만 할 거예요. 본부장님이랑 하는 연애, 진짜도 아니잖아요. 마음 주는 거 말고 밀고 당기기 탐색전, 그거만 해요."

생각할 만큼 생각했다는 표정이었다. 온갖 갈등을 끝낸 수완은 술기운을 빌려 속마음을 내비쳤다.

"헤어질 땐 웃으며, 안녕하면 좋겠는데."

"어려울 거 없어요. 그렇게 하죠."

"뭐든 쉬운 본부장님이 부럽네요."

수완은 깊은 한숨을 쉬며 눈을 느리게 떴다. 그사이 술이 더 취한 모양이었다. 두 뺨이 열기로 살짝 달아올라 붉어져 있었다. 순식간에 맥주 두 병과 백포도주를 비운 수완은 크크, 웃음을 터트렸다.

한참을 그렇게 웃고 나서야 갑옷처럼 걸치고 있던 두꺼운 카디건을 벗어 의자에 걸쳤다. 감정 기복이 아주 다채로웠다. 그를 경계하며 높은 벽을 단단히 치던 이수완이 아닌 것 같았다. 눈이 마주치면 햇솜처럼 따뜻한 미소까지 지어 보인다.

하지만 그뿐이었다.

수완은 더는 말하지 않았다. 홍차를 다 마신 연준도 할 말이 없어 입을 다물었다. 창문 틈으로 들어오는 빛이 어쩐지 비현실적이게 느껴졌다. 그때처럼 수완을 흔들림 없이 응시했다.

"······어지러워요."

"당연하겠죠. 그렇게 마셨으니."

"그게 아니라."

선뜻 말을 하지 않고 수완은 잠시 망설였다. 그리고 하고 싶은 말을 참는 사람처럼 입술을 지그시 깨물더니 그를 물끄러미 바라봤다. 연준은 참을성 있게 수완의 다음 말을 기다렸다. 수완은 어딘가 지친 듯한 미소와 함께 말을 했다.

"사람을 그렇게 대놓고 보니까 그렇죠."

"그래서 어지럽다?"

"······네."

사람이 보는 것만으로도 어지럽다는 기분은 과연 뭘까. 그게 수완은 전혀 달갑지 않다는 말투였다.

"모든 게 불만인 것 같은데 왜 허락했어요?"

"나한테 친절하게 대해줘서요. 그때도 지금도."

"내가 친절하다고?"

"아니어도 상관없어요. 그때 내가 내민 손을 잡아준 것만으로도 충분해요."

어린 사슴처럼 맑은 눈빛으로 말해 순간 믿고 싶었다. 수완은 졸음이 오는지 하품을 하며 양손으로 눈을 세게 문질렀다. 3시밖에 되지 않았다. 하긴 힘들 만도 하다. 사는 집이 없어졌고 비를 맞으며 짐들을 가린다고 골목길을 뛰어다녔으니.

"졸리면 자요."

"안 졸려요."

주사를 부리는 사람들의 특징. 일단 우긴다. 정수가 술만 마시면 매번 하는 행동이었다. 가냘픈 팔을 힘없이 늘어뜨린 수완은 급기야 손으로 얼굴을 가렸다. 그녀는 눈을 감은 채 느릿느릿 말했다.

"기분이 이상해요."

수완은 자신을 놓은 듯하다. 그래야만 그의 공간에서 버틸 수 있을 것처럼 보였다. 그녀는 얼굴을 찌푸리며 눈을 질끈 감았다가 떴다.

"머리가 핑 돌고, 속이 울렁거려."

그렇게 말이 짧아지더니 쿵, 소리가 났다. 수완은 식탁에 엎드린 채 잠이 들어버렸다. 연준은 잠든 수완을 물끄러미 응시했다.

"쉽네. 생각보다."

연준은 저도 모르게 손을 뻗어 수완의 헝클어진 머리칼을 손가락에 휘감았다. 해초처럼 부드럽다.

"이수완 뿅 가게 하는 거."

그녀가 잠들자 세상이 다 조용해진 것 같다.

수완은 머리가 깨지는 듯한 두통을 느끼며 일어났다. 누군가 머리에 대고 북을 치는 것 같다. 머리가 울려 일어설 수도 없어 한참을 침대에 앉아 눈을 감고 있었다.

"내가 무슨 짓을 한 거지."

악몽처럼 어제의 일이 생각났다. 감정이 극단적으로 널을 뛰어 하지 말아야 할 말까지 해버렸다. 진흙탕처럼 탁했던 머릿속이 맑아지며 나오는 건 약처럼 쓴 절망적인 한숨이었다. 문제는 필름이 끊겼다는 것.

망했어. 어디까지 말했는지, 기억이 안 나. 어쩌지…….

꿈이길 바라며 주위를 둘러봤다. 분명히 주방에서 술을 마셨는데 눈을 뜬 건 방 안이었다. 낯설기만 한 공간이 주는 묘한 정적과 마주했다. 마치 지도상 표기도 되어 있지 않은 땅에 뚝 떨어진 기분이었다.

"이수완, 잘한다."

언제까지 방 안에 있을 수는 없었다. 스스로한테 실망하며 방문을 열었다.

"잘 잤어요?"

문을 열자마자 연준이 보였다. 그는 소파에 앉아 커피를 마시고 있었다. 검은 두 눈을 마주하자 민망함이 올라와 수완은 눈을 살짝 내리깔며 말했다.

"어젠, 미안해요."

"뭐가?"

"그냥 다."

연준의 집에 온 것을 끝없이 후회하며 수완은 주방으로 들어갔다. 다 필요 없이 아직도 울렁거리는 속을 달래야 했다. 냉장고를 열어 생수병을 꺼내 단숨에 들이켰다. 오랫동안 이 집에서 살았던 것처럼 자연스럽게.

그것은 지극히 짧은 순간이었다. 생수 한 병을 다 마시고 나니 또다시 민망함이 몰려왔다. 뭘 해야 할까. 다달이 돈을 갚으며 허덕이느라 일요일도 없었다. 밤을 새우다시피 일을 하고 어쩌다 집에서 쉬는 날에는 열한 시까지 자는 것이 유일한 사치였다.

회사에 입사. 주 5일 근무. 그러나 엄마를 돌보느라 계속 병원에 가느라 주말도 없었다. 엄마의 상태가 호전되고 제대로 된 주말은 오늘이 처음이었다. 서연준과 함께 있게 될 줄은 꿈에도 생각지 않은 일이었다.

물을 마시고 주방에 나왔을 때도 연준은 마찬가지로 소파에 앉아 있었다. 커피를 마시는 대신 그는 그녀를 물끄러미 바라보고 있었다. 전혀 감정이 일지 않는 서늘한 눈빛이었다. 그 눈빛이 끝내는 자신을 할퀴고 삼켜버릴 것만 같다.

저 남자와 연애라.

좋아하지도 않고 흥미만 있는 여자한테 연애하자는 남자나, 그걸 허락한 자신이나 똑같이 미쳤다. 자신만 보고 있는 남자에게 무슨 말로 시작할까. 해야 할 말도 없고 할 수 있는 말도 없고, 하고 싶은 말도 없었다.

찬란 95

수완의 표정이 눈에 띄게 굳었다. 불편한 침묵이 흘렀다. 햇살은 눈부신 아침인데 숨 막히는 긴장감 때문에 질식할 것 같았다. 여름 한낮의 무지개 같은, 잡을 수 없는, 그런 것 때문에. 저 남자 때문에.

"오늘 우리 뭐 해요?"

"하고 싶은 거 있어요?"

"연애하자고 제안한 사람은 본부장님이세요."

"그 말은 내가 하자는 건 다 하겠다는 소리인가요?"

모두 감당할 수 있겠느냐는 말로 들렸다.

"……상황 봐서."

대화가 뚝 멈추었다. 그리고 정적이 다시 흘렀다. 얼룩 하나 없이 반들반들 닦인 대리석 테이블. 유리창이 햇살에 반짝거렸다. 이 공간에 이물질은 자신 혼자처럼 느껴졌다.

"나갔다 올게요."

"어딜?"

천년만년 앉아 있을 것처럼 연준은 소파에서 꼼짝도 하지 않았다.

"방을 구하려고요."

왜 이런 것까지 시시콜콜 대답하고 있는지 모르겠다.

"여기서 당분간 지낸다면서요?"

"제가요?"

"방세는 이십만 원. 더는 못 준다고 협박도 했는데."

"제가요?"

"술은 담부터 마시지 않는 게 좋겠군요."

끊어져버린 필름. 대형사고를 쳤구나.

제가 한 말이 믿어지지 않아 수완은 가슴까지 들썩거렸다. 돌연 소파에서 일어난 연준은 멍하니 서 있는 수완을 보며 말했다.

"씻고 나와요. 밥부터 먹죠."

늦은 아침을 먹고 수완은 어젯밤 잠들었던 방 안에 가만히 앉아 있었다. 아무 장식도 없는 흰 벽지뿐인 방 안은 서연준처럼 삭막하기 이를 데 없었다. 다만 그녀가 깔고 앉은 이불은 너무나 푹신하고 따뜻했다. 그래서 그렇게 연준의 집에서 푹 잘 수 있었나 보다.

잠깐 엿본 천국의 문틈처럼 연준이 준 하룻밤은 달콤했다. 술을 과하게 먹은 탓도 있었지만, 오랜만에 세상모르고 푹 잤다. 과연 여기서 지내도 되는 걸까. 몇 번을 생각해도 아니라는 결론이 났다. 그럼에도 수완은 연준의 집에서 나가고 싶지 않았다. 아무래도 제대로 미쳤나 보다.

수완은 방을 나와 자신의 짐이 있는 방으로 갔다. 방 한 칸이 그녀가 살았던 집보다 더 넓었다. 여기저기 흙탕물이 튄 물건들이 깨끗한 방 안을 더럽혀놨다. 비를 맞으며 사 온 비닐을 걷어냈다. 낡은 냉장고와 탈수가 제대로 되지 않는 세탁기. 비에 온통 젖어 떡처럼 붙은 책들. 옷가지가 들어 있는 포대를 뒤져 우선 갈아입을 옷부터 꺼냈다.

거실로 나왔는데 연준이 보이지 않았다. 어디에 있는 거지? 그의 방문을 두드려도 인기척이 없었다. 살짝 문을 열고 확인해봤지만 역시나 연준은 방 안 어디에도 없었다. 널따란 아파트에 단둘.

그는 어디로 꼭꼭 숨은 것처럼 보이지 않았다. 숨바꼭질 놀이처럼 그가 어디에 있는지 찾으려 다녔다.

연준을 찾은 곳은 테라스였다. 봄이 오고 있긴 하나 보다. 그녀가 살았던 골목과는 달리 날씨가 제법 따사로웠다. 수완은 흔들의자에 앉아 눈을 꼭 감고 있는 연준을 홀린 듯 바라봤다.

푸른 하늘과 눈부신 봄 햇살과도 잘 어울리는 남자는 우아했다. 숨 막히는 긴장감을 수시로 주는 남자가 눈을 감은 모습은 아주 조금 유순해 보였다. 평범하기 이를 데 없는 자신이 어떻게 우월한 유전자만 골라 만든 것 같은 남자의 흥미를 끌었을까. 영원히 풀리지 않는 수수께끼였다.

"다 감상했어요?"

연준은 감은 눈을 천천히 떴다.

"볼만했어요."

목소리가 갈라져 나왔다. 무슨 오기인지 모르겠다. 연준의 앞에서 괜한 자존심을 세웠다. 어차피 언젠가는 무(無)로 돌아갈 관계라는 알기 때문이었다.

"뭐 하고 있었어요?"

"당신을 다시 한 번 가져보고 싶다는 생각?"

아무렇지 않게 내뱉은 그 말에 수완의 얼굴이 단박에 굳었다. 호흡이 흐트러지고 가슴이 철렁, 내려앉았다.

"결국, 그건가요? 나하고 연애하자는 이유가."

"음……."

그것도 포함된다는 한숨이 들렸다.

"처음부터 그렇게 말하지 그랬어요? 그랬다면 서로 시간 낭비 없었을 텐데."

"그랬다면 이수완 씨가 날 따라왔을까?"

"호기심이, 흥미가, 나랑 한번 자겠다는 헛소리였네요."

"진심이었는데."

이제야 본색을 드러내는 연준의 행동은 섬뜩하기까지 했다.

"차라리 더 달콤하게 유혹하지 그랬어요? 너랑 잤던 그 밤이 잊히지 않았다."

그렇다면 흔들리는 것조차 하지 않았을 것을. 흔들리는 것만으로도 연준의 말은 상처가 되었다.

"너만 생각났다. 그러니 그때처럼 호텔로 갈까? 혹시 알아요. 내가 넘어갈지."

연준은 흔들의자를 천천히 흔들더니 무감한 어조로 입을 뗐다.

"나란 놈에 대해서 한 번만 말해줄게요."

"……."

"상대에게 시간을 쓰며 마음을 주고 얻고, 신뢰를 쌓아가는 지루한 과정, 그딴 것엔 흥미가 없어요."

"……."

"그런데 당신은 색달라. 당신한테 내 시간을 쓰고 있는 이유겠지."

숨이 쉬어지지 않았다. 영혼까지 탈탈 털린 것처럼 너덜너덜했다. 내 고귀한 시간을 너한테 쓰니, 감사히 받으라는 것인가. 위험한 남자인 걸 짐작했지만, 이 정도일 줄은 몰랐다.

"색다른 건 금방 질리죠."

"아마도."

무례한 말에 가슴이 욱신욱신 쑤셨다. 하필 지금 이때 생각이 나다니. 낮술을 먹고 연준한테 했던 말들이 모조리 생각났다. 흔들리기만 할 거라는 말부터 하나둘씩 얼굴이 붉어질 만큼 생생하게.

"나도 마찬가지예요. 서연준 씨한테 마음 주고 신뢰 쌓는 거 관심 없어요."

연준은 가만히 듣고만 있었다.

"내가 질리면 언제든 말해요. 웃으며 안녕, 할 테니."

이 말도 안 되는 자신감은 어디서 나오는지.

"설마 그 안녕, 오늘?"

"아뇨. 당분간 여기서 지낸다고 했다면서요?"

수완은 쌀쌀맞게 대꾸했다.

"술김에 한 말인 줄 알았는데?"

"취중진담이라잖아요."

수완은 살짝 눈썹을 내리면서 대답했다. 조용히 숨을 삼키는데 목이 따끔거렸다. 술김에 한 말이라고 하면서 당장 연준의 아파트를 나가면 그만이었다. 연준도 붙잡지 않을 거라는 것도 잘 안다.

그런데 그러질 않았다. 흔들렸다는 말, 그 말 역시 취중진담이었으니까. 그 밤처럼 순간의 충동처럼 연준이 내민 조건을 받아들였다. 어디 얼마나 빨리 연준의 마음이 질릴까 궁금하다. 그때까지만 상처받지 않고 잘 버텨주기를.

민정이 수완의 책상을 툭툭 쳤다. 모니터에서 눈을 뗀 수완은 고개를 들었다.

"무슨 생각을 그렇게 해?"

"응?"

"회의 들어가야지."

수완은 그제야 자리에서 벌떡 일어섰다. 회의 때 봐야 할 자료들도 주섬주섬 챙겼다. 게다가 본사로 출근한 날이라 연준이 회의를 주도했다.

연구실로 3일. 본사로 2일. 번갈아 출근하느라 정신이 없었다. 어떤 날은 본사로 출근해야 하는데 연구실로 가는 지하철을 타고선 두 정거장이나 지나고 나서야 알고 내린 적도 있었다.

이럴 때일수록 정신을 바짝 차려야 한다는 걸 알면서도 쉽지 않았다. 수완은 버스나 지하철에서 내릴 때 정신을 반쯤 놓고 내린 사람처럼 굴었다. 이 모든 것이 푸른 셔츠를 입은 남자 때문이라고 원망해보지만 그럴수록 자신만 비참해졌다.

반면 연준은 평소와 똑같았다. 한 점 흐트러짐 없이 완벽한 모습이었다. 그의 집에서 함께 산 지 벌써 열흘이 넘어가고 있었지만, 아무런 일도 일어나지 않았다.

"눈앞에서 보는 것 같은 화질과 생동감, 그것만으론 더는 소비자의 욕구를 충족시킬 수 없습니다. 사막이 보이면 진짜 목이 따끔거리고 바다가 화면에 채워지면 속이 확 트이고, 5월의 햇살처럼 눈이 부시단 착각이 들게 해줘야 합니다."

느낌이 아니라, 연준은 착각이라는 단어를 사용했다. 새로 출시될 TV는 라스베이거스에서 열리는 가전전시회에서 처음으로 공개될 예정이었다.

"거기에 원격감시 시스템을 장착하고, TV를 사용하는 사람들의 인체 바이오리듬을 분석해서 그날의 컨디션을 제공하면 더 좋을 게 없겠죠."

과학이 발달하면서 사람들은 높은 삶의 질과 진시황제처럼 어떻게 하면 남보다 더 젊게, 오래 사는 것에 탐하기 시작했다. 그건 당연한 욕심이겠지. 인간의 가장 원초적인 욕구이니까.

"의학적 기능까지 갖춘 TV. 그게 실현된다면 TV가 가족의 주치의가 된다는 소리입니다."

"가능할까요?"

직원 중 한 명이 조심스레 질문을 던졌다.

"그 의문을 실현케 하는 게 여러분의 몫입니다. 쓸데없는 기능들은 빼세요. 보여줄 게 없으면 원래 이것저것 잡다한 것을 넣죠. 이 두 가지에만 주안점을 두고 연구하세요."

이번에도 연준이 진행하는 회의는 짧았다. 그가 회의실에서 나가는 동시에 직원들은 참았던 숨을 터트렸다. 잠시 후 직원들도 우르르 회의실을 빠져나갔다. 회의실엔 민정과 수완만 남았다.

"이럴 거면 과학자가 될 걸 그랬어."

민정은 책상 앞에 놓인 음료수를 마시며 말했다. 수완은 따라 마시며 피식 웃었다.

"숨 돌릴 틈이 없네."

"그러게."

이제 입사한 지 두 달. 어렵사리 취직했지만 산 넘어 산이었다. 회사에 적응할 새도 없이 바로 대형 프로젝트에 투입되었다. 겨울에는 라스베이거스 출장 계획까지 잡혀 있었다. 여권도 만들어야 했다.

"데이트할 시간도 없어."

"남자 친구 없다며?"

"만들었지."

"진짜? 언제?"

수완은 놀란 눈으로 물었다. 민정은 약간 쑥스러워하며 말했다.

"사촌 오빠 소개로 만났어. 사람은 괜찮더라."

"잘 만나봐."

"내가 그 사람한테 친구 좀 소개해달라고 할게."

"왜?"

"왜긴. 수완 씨 남자 친구 만들어주려고 그러지."

"난 됐어."

"됐긴 뭐가 됐어. 조금 있으면 꽃피는 봄이야. 봄은 연애를 해야 한다고."

"누가 그래?"

"내가."

둘은 마주 보며 웃음을 터트렸다. 웃을 일이 없는데 회사만 오면 활기찬 민정 때문에 웃게 된다.

"오늘은 심야영화 보러 가기로 했어."

"오……."

"근데 이 남자 진도가 심하게 느려."

민정은 고개를 저으며 혀를 찼다. 수완은 무슨 말인가 싶어 눈을 동그랗게 떴다.

"손잡는 데 일주일이나 걸렸다니까."

"신중한 성격인가 보다."

"소심한 성격인 거지. 좀 박력은 없거든. 대신 섬세해."

말로는 툴툴거리면서도 민정은 그 남자가 무척 마음에 드는 것 같았다.

"날 존중해주는데, 기분이 좋더라."

"부럽다."

부러우면 지는 건데, 수완은 진심이었다. 평범한 연애를 하는 민정의 얼굴은 들떠 보였다. 그 남자만 생각해도 볼까지 붉어지는 민정은 영락없이 사랑에 빠진 여자였다.

"부러우면 남자 소개받으라니까."

"난 됐어."

"음……."

민정이 갑자기 눈을 가늘게 뜨며 수완을 유심히 바라봤다.

"설마 숨겨둔 남자라도 있어?"

"아, 아니야."

민정이 툭 던진 말에 수완의 얼굴이 확 붉어졌다.

"말까지 더듬고, 아닌 게 아닌데."

"정말 아니야."

수완은 손과 고개를 동시에 저었다. 그럼에도 민정은 의심의 눈초리를 풀지 않았다.

"강한 부정은 긍정인데."

"진짜 아니라니까."

수완이 숨을 크게 쉬며 강하게 말하자 민정은 딱딱하게 굳었던 표정을 풀었다.

"수완 씨, 남자에 대해선 숙맥이지? 연애도 안 해봤지?"

"그걸 어떻게 알았어?"

"딱 보면 알지요."

민정은 어깨를 가볍게 으쓱이며 말을 이었다.

"내가 연애 경력이 좀 되거든. 좋은 놈, 이상한 놈, 나쁜 놈, 다 만나봤지."

"대단한데."

요즘 들어 수완은 자꾸만 평범한 것들이 눈에 들어왔다. 철이 들면서 바로 세상의 쓴맛을 봤다. 찬란한 미래를 그려보는 건 꿈도 꾸지 못했다. 내일 또 늘어난 빚을 또 어떻게 갚아야 하나, 그 생각만 하고 살았던 고단한 삶이었다. 그런데 그녀 앞에 서연준이 다시 나타나고, 개떡 같은 고백을 했다. 거기에 흔들린 미련한 자신.

"그중에서 제일 위험한 놈이 어떤 놈인지 알아?"

"어떤 놈인데?"

수완은 장난스럽게 물었다. 민정은 사뭇 진지한 표정을 지어 보였다.

"속을 알 수 없는 놈."

"응?"

"잠깐 놀기엔 적당한데, 마음을 주면 절대 안 돼."

민정은 그런 남자와 만나본 것처럼 말했다. 속을 알 수 없는 놈이란 말에 수완은 연준을 저도 모르게 떠올렸다.

"그 남자들은 지극히 자극적이고 쾌락적인 것만 좇거든. 그것도 오로지 본인을 위한 즐거움 때문에."

"어떻게 그렇게 잘 알아?"

"처음 만난 남자가 그랬어."

민정은 힘 빠진 웃음을 지어 보였다.

"그런 남자들 조심해야 해. 눈을 멀게 하거든. 그땐 그게 사랑인 줄 알았어. 그런데 시간이 지나니까 그제야 하나둘씩 보이더라. 내가 빈껍데기한테 놀아났구나. 시간이 지나면 달라질 줄 알았는데 아니었어. 지독한 이기주의자라서 사이좋게 감정을 나눠 갖지 않아. 자신의 마음 또한 보여주지도 않고. 어쩜 그럴 수 있느냐고 따져 물어도 본인은 잘못이 없다고 말해. 너와 내가 특별한 관계였느냐고 아주 잔인하게 되물으면서."

"……"

"그런데 보면 요즘 남자들이 대부분 그렇더라. 여자한테 책임의식 같은 게 없어. 결혼도 이익이나 배경 따지면서 하잖아. 여자도 마찬가지만…… 나도 사촌 오빠가 남자 소개해준다고 할 때, 남자 회사 어디 다니느냐고부터 물은 속물이니까."

민정은 다 식은 커피로 갑갑한 목을 달래었다. 수완은 달리 할 말이 없어 가만히 앉아 있었다. 애꿎은 음료수병의 라벨만 손톱으로 뜨고 있었다.

"그러니까 그런 남자들 조심해. 알았지?"

수완은 알면서도 이미 흔들렸다고, 솔직하게 털어놓을 수 없었다.

수완은 미용실 거울 앞에 앉았다. 그야말로 머리도 자를 새 없이 바쁜 날이었다. 언제 이렇게 길었던 거야. 화장실에서 손을 씻고 거울을 들여다보는데 거의 허리까지 치렁치렁 내려온 머리가 다소 무거워 보였다.

"단발로 잘라주세요."

"그렇게 짧게요?"

퇴근길, 일부러 시간을 냈다. 회사 근처에서 제일 먼저 보이는 미용실로 들어갔다. 작은 미용실이라 중년의 아주머니 한 분이 운영하고 있었다.

"어깨까지만 자르고 웨이브 넣으면 더 예쁠 것 같은데."

아주머니는 그녀의 머리칼을 만지작거리며 말했다.

"다음에 할게요."

"왜요? 오늘 하고 가지. 내가 서비스로 영양도 넣어 줄게."

아주머니는 거울 속 수완을 보며 영업용 미소를 상냥하게 지었다.

"저 약속이 있어서, 빨리 잘라주세요."

"그럼, 그래요."

아주머니는 아쉬운 한숨을 쉬며 분무기로 수완의 머리에 물을 뿜었다.

"이 정도면 되겠어요?"

아주머니는 머리칼을 턱 선 밑까지 잡으며 물었다. 수완은 고개를 끄덕였다. 아직 마음의 준비가 덜되었는데 자른다는 말도 없이 아주머니는 싹둑, 머리를 잘랐다. 부지불식간에 일어난 일이었다.

머리카락이 반쯤 잘려나갔다. 목을 뒤덮었던 머리카락이 없어지자 뒷덜미에 자잘한 소름이 돋아났다. 숙련된 가위질 쇠가 몇 번 더 경쾌하게 들렸다.

"앞머리도 잘라줄까요?"

"아뇨."

태어나 이렇게 짧은 머리는 처음이었다. 수완은 머리 손질하는 데 소질이 없었다. 머리를 감고 드라이어로 말리고 머리끈으로 묶는 것이 전부였다.

"단발도 잘 어울리네요."

샴푸를 하고 나왔다. 아주머니는 드라이로 밑에 살짝 웨이브까지 넣어줬다. 제 모습이 살짝 낯선 수완은 거울을 다시 한 번 들여다보며 일어섰다.

"감사합니다."

계산을 끝낸 수완은 미용실을 나서며 바로 뛰었다. 가벼워진 머리 때문인지 몸도 가벼워진 것 같다. 정거장에서 버스를 기다리는데 가방 속에서 휴대폰이 울렸다. 액정에 뜬 번호를 본 순간 수완은 숨을 크게 들이쉬었다. 왜 전화를 걸었지?

지난 열흘간 함께 살아도 서로를 투명인간 취급했다. 되도록 연준과 마주치지 않으려고 필사적으로 노력했다. 늦게 들어가고 일찍 일어나 집을 나섰다. 오늘도 연준의 아파트로 바로 가는 길이 아니었다. 엄마가 있는 요양병원에 들를 참이었다. 잠깐 망설이다가 전화를 받자 연준의 목소리가 바로 들렸다.

-어딥니까?

괜히 심장을 오그라든다.

"버스 기다리고 있어요."

-회사 앞?

"네."

-거기 있어요. 갈 테니.

전화가 끊겼다. 기다리라는 소리인가. 얼마나? 그녀가 타려고
했던 버스가 막 출발했다. 길고 깊은 한숨이 절로 나왔다. 기다리
란다고 그가 올 때까지 무작정 기다리라는 자신이 한심해서.

4. 그날 밤의 기억

빗소리만 들렸다. 옷은 온통 빗물에 젖어 축축했다. 정처 없이 걷다 보니 어딘지도 모르는 동네까지 와버렸다. 너무 걸어 더는 걸을 힘이 없어 어두운 골목으로 들어가 회벽에 미동도 없이 앉아 있었다. 쏟아지는 빗물에 눈도 제대로 뜰 수가 없었다.

춥디추운 겨울. 빗까지 쏟아져 수완의 얼굴은 환자처럼 창백했다. 모든 것을 포기하고 싶은 하루였다. 아무리 노력하고 밝게 웃으려 해도 세상은 그녀를 가만히 놔두지 않았다. 뭐가 이렇게 거지 같은지...... 뭐 하나 쉽게 넘어가는 날이 없었다. 두 달 꼬박 일한 편의점 사장은 월급을 주지 않고, 다른 사람에 편의점을 팔고 날랐다. 엄마는 또다시 중환자실에 들어갔다. 몸이라도 팔아야 하나. 말도 안 되는 생각은 밑바닥까지 내려갔다.

누구라도 좋으니 넌 잘하고 있다고, 조금만 힘을 내라는 말을 듣고 싶을 때였다.

"우산, 필요해요?"

110

남자는 계절에 맞지 않게 셔츠만 입고 있었고 밤인데 선글라스까지 쓰고 있었다.

"자, 받아요."

전봇대 아래에서 희미한 불빛을 받으며 서 있는 남자가 그녀에게 우산을 건네다. 그 모습을 멍하니 바라보던 수완은 천천히 입술을 열었다.

"저기……."

수완은 숨을 들이쉬고 떨리는 목소리로 말을 이었다.

"나랑 잘래요?"

"……."

"난 그쪽 괜찮은데."

남자의 무반응에 온몸이 격렬하게 떨려 왔다. 너무나 거침없이 바라만 보고 있어 순간 무안해졌다. 혼자 있기 싫은 밤이라 무심코 내뱉은 밤이었다. 동굴처럼 습기가 가득한 지하 단칸방으로 돌아가고 싶지 않았다.

"내키지 않으면 됐어요."

"그러죠."

남자는 울 듯이 웃고 있는 수완의 손을 잡아당겼다. 그녀는 남자의 우산으로 들어갔다. 수완은 어색하게 눈을 내리깔고 걸었다. 미쳤어! 처음 보는 남자랑 자겠다니. 이제라도 헛소리였다고 해야 하나 갈등하는데, 남자가 수완을 자동차에 태우고 어두운 골목길을 떠났다.

이름도 모르는 남자는 수완을 데리고 호텔로 갔다. 룸에 들어와서야 선글라스를 벗는 남자의 얼굴을 제대로 볼 수 있었다. 그 와중에 잘생겼다는 바보 같은 생각을 하면서 그를 등지고 뒤돌아섰다.

머릿속의 이성과 감성을 지워야 가능한 일을, 오늘 밤 저질렀다. 외로움을 달래려고 오늘 하루 버티려고 이 남자를 이용하는 거야, 그 생각을 하며 수완은 옷을 먼저 벗었다. 제대로 미친 것일지도. 순진한 척하고 싶지 않아. 될 대로 대라. 오늘 하루쯤 망가져도 상관없잖아.

묘한 두려움에 사로잡힌 채 침대로 들어갔다. 그사이 남자도 옷을 다 벗었다. 순식간에 시야를 점령한 남자의 알몸에 얼굴이 화끈거렸다. 짙은 시선이 자신에게 고정되어 있어 다른 생각은 할 수가 없었다.

공간이 둘만의 세계가 된 듯하다. 남자가 침대로 올라왔다. 가슴이 미친 듯이 뛰기 시작했다. 떨리는 눈으로 남자를 마주 보았다. 까만 눈이 차분히 가라앉으며 그가 물었다.

"이름은?"

"하룻밤일 뿐인데 알아야 해요?"

"필요 없겠군요."

무심한 말투에 또다시 두려움이 스멀스멀 올라왔다. 그렇지만 그리 길지 못했다. 남자가 그녀의 무릎 위로 올라가 다리를 벌렸다. 수완의 눈이 불안하게 흔들렸다. 심장이 불규칙하게 뛰면서 가슴이 오르락내리락했다.

팽팽하게 부풀어 오른 페니스가 다리에 살짝 닿았다. 수완은 눈을 질끈 감았다. 온몸에 소름이 돋아 따뜻한 공간이 싸늘하게 느껴질 정도였다. 그는 무력하게 떨고 있는 그녀의 몸을 만지기 시작했다. 다른 건 둘 사이에 필요 없었으니까.

"아!"

관능적이던 남자의 몸짓은 점점 거칠어진다. 가슴이 삼켜지자 수완은 애끊는 듯한 신음을 내뱉었다. 뭘 어떻게 해야 좋을지 몰라 당황해도 남자는 괜찮으냐는 말도 없다. 그래, 이런 거 아무것도 아니야. 애써 위안을 해보려 노력하는데 남자가 입술로 젖꼭지를 깨물 때, 핑글 눈물이 돌았다.

수완은 숨을 급하게 들이켰다. 그가 가슴을 잘근잘근 깨물기 시작했다. 온몸의 신경이 그쪽에 집중된 것만 같았다. 혀로 젖꼭지를 서서히 돌리자 아랫배가 딱딱하게 뭉쳐졌다. 생전 처음 겪는 감각에 어찌할 바를 몰랐다.

반사적으로 손을 뻗어 남자의 가슴팍을 밀었다. 남자는 눈을 기묘하게 번뜩이며 말했다.

"멈추라고?"

"그게 아니라……."

"아니면 됐어요."

남자는 커다란 손으로 그녀의 두 손을 꽉 잡아 단단하게 옭아맸다. 허리를 비틀수록 남자의 벌겋게 달아오른 페니스에 살이 닿았다. 맞닿은 몸에 열이 서서히 달궈졌다. 감당할 수 없는 이상한 희열에 눈물이 날 것만 같았다. 몸이 탈 것처럼 뜨겁다.

남자는 그녀의 동그란 엉덩이를 잡고 뻣뻣하게 힘이 들어간 다리를 벌렸다. 욕망이 서린 남자의 눈이 향한 곳은 아래. 쏟아지는 눈길이 불처럼 뜨거워 몸 전체로 짜르르 전류가 흘렀다.

"흡!"

준비도 없이 남자가 들어왔다. 살이 찢어지는 고통을 참느라 눈물이 살짝 맺혔다. 깊게 눌러오는가 싶으면 느리게 파고든다. 이건 너무 괴로워. 정말로 미칠 것 같았다. 이건 내가 아니야.

허리가 꺾어질 듯이 뒤틀렸다. 가쁜 신음이 터지면 물기가 차오른 시야는 희미해졌다. 순간적으로 몸을 뚫을 듯이 남자가 파고들어 수완은 몸부림치며 저도 모르게 그의 등을 껴안았다. 단단한 근육이 잡히며 등에 식은땀이 흘렀다.

김이 오른 듯이 남자의 몸도 뜨겁다. 하지만 그녀를 보는 눈빛은 공허하기만 하다. 아무 감정 없이 그녀를 안고 있다는 것을 알 수 있었다. 욕정만 존재하는 관계에, 감정이 낄 자리는 없다.

몸속에서 남자의 페니스가 거칠게 움직인다. 이곳저곳 여린 내벽을 찌르고 할퀴었다. 그때마다 아찔한 쾌락이 그녀를 집어삼켰다. 어차피 감당할 수 없는 희열이라 남자의 행위에 몸을 맡길 수밖에 없었다.

더 집요해진 몸짓. 절정은 몇 번이나 찾아왔다. 흐려진 눈으로 그를 바라봤다. 까슬한 혀로 그녀의 몸을 핥던 남자도 그녀의 시선을 마주했다. 열기로 가득한 남자의 눈은 지독히도 아득하다. 이 순간만큼은, 이름도 모르는 이 남자가 있다는 것이 고마웠다. 그러나 남자의 존재는 하룻밤이면 충분하다.

"아침에 당신이 없었으면 해요."

"그러죠."

차게 웃으며 남자는 더 자극을 주었다. 다리가 들리고 몸이 옆으로 돌려졌다. 그가 다리 한쪽을 들고 등 뒤에서 파고들었다. 뭔가라도 잡아야 감당할 수 있는 통증이었다. 어떻게…… 미칠 것 같아. 손등으로 입을 막아도 발갛게 달아오른 숨을 막을 수는 없었다.

"그, 그만……."

애원은 허공에서 흩어졌다. 어깨가 깨물리고 엉덩이를 잡은 손에 힘이 더 들어갔다. 더는 버틸 수 없을 것 같았다. 마지막 비명을 지른 수완은 남자의 손을 잡고 눈을 감아버렸다.

다음 날, 눈을 떴을 때 남자는 없었다. 비가 그친 아침은 화창하게 개어 눈이 부실 정도로 찬란했다. 어젯밤이 마치 꿈인 것처럼.

연준을 기다리며 그때의 기억을 문득 떠올린 수완은 피식 웃었다. 하룻밤이면 충분할 줄 알았던 남자를 1년이나 지난 지금 기다리고 있었다.

이대로 괜찮을까? 틈만 나면 스스로에게 묻고 있었다. 그의 곁을 떠날 기회는 얼마든지 있는데, 왜 떠나지 않느냐고……. 지금 그녀는 직장 상사 집에서 사는 비상식적인 행동을 하고 있다. 어떻게든 나가면 제 한 몸 살 곳 없을까. 고시원도 있고 당분간 찜질방에서 지내도 되었다.

그러나 잘 알면서도 나가지 않는 자신. 그런데 웃기게도 그게 딱히 이상하게 느껴지지 않았다. 그게 또 이상한데 그럴 수도 있지, 안 될 건 또 뭐야. 말도 안 되는 이상한 오기를 부리다가 열흘이 흘렀다.

"타요."

어디 가느냐고 묻지도 않고 자동차에 올라탔다. 연준과 시선을 마주치지 않고 안전벨트를 매고 앞을 바라봤다.

"왜……."

"……."

"머리를 잘랐어요?"

수완은 목을 움츠리며 연준을 놀란 듯 바라봤다. 그의 손이 턱 밑을 살짝살짝 스치며 짧아진 머리카락을 만지고 있었다.

"그냥요."

"예뻐요."

연준이 너무나 가볍게 던진 말이라 수완은 어떠한 표정도 지을 수 없었다. 움츠린 목도 풀지 못하고 눈만 깜빡거렸다.

"귀도 예쁘네요. 부드러운 게 진주 같아."

머리칼을 넘겨주며 연준은 더 황당한 말을 했다. 살면서 귀가 진주 같다는 말은 처음 들었다. 이상한 느낌은 그다음이었다. 알아챘다 해도 이미 피할 수 없었다. 커다랗게 뜬 그녀의 짙은 갈색 눈동자 속에 남자의 표정이 커지며, 귓불부터 천천히 뜨거워지고 있었다.

찬란 115

어떤 머뭇거림 없이 그가 그녀의 귀를 조심스럽게 만졌다. 불가해한 전율과 함께 그 밤이 생생하게 떠올랐다. 가슴에 짓눌린 숨소리는 커지고 또 커졌다. 밤을 보냈던 남자가 단지 귀를 만지는데 온몸이 흔들리고 있는 것을 알았다. 점점 가빠지는 숨소리. 뼈근하게 조이는 갈비뼈. 심장이 사과처럼 둘로 쪼개지는 것 같았다.

"그만, 만져요."

수완은 붉어진 얼굴로 황급히 귀를 만지고 있는 연준의 손을 쳐냈다. 당황함을 감추기 위해 가방을 질끈 쥐었다. 그럴 줄 알았어. 남자는 그녀의 공간에 불쑥 침범했다가 발을 쏙 뺀다. 그리고 아무 일도 일어나지 않은 것처럼 행동한다. 지금처럼.

"저녁 먹었어요?"

"……네."

한 박자 늦게 대답했다.

"안 먹었군요."

연준은 상대가 감춘 속내를 무섭도록 잘 파악했다. 어떨 땐 자신도 모르는 생각까지 읽히는 기분이 들었다.

"뭐 좋아해요?"

"생각 없어요."

지금 연준과 밥을 먹으면 체할 것 같았다.

"영화나 볼까요?"

"괜찮습니다."

"그것도 싫으면 드라이브?"

"본부장님."

연준은 도심 속 정면만 보며 운전을 하고 있었다. 자동차는 눈에 익지 않은 곳을 달리고 있었다.

"이것도 싫고 저것도 싫고, 도대체 뭘 해야 하지."

마치 우는 어린애를 달래야 한다는 말투였다.

"지금 뭐 하시는 거예요?"

"데이트."

이게 데이트라고.

"내려주세요."

"여기서 내리면 죽어요."

자동차는 더 속력을 높였다. 야경의 불빛이 눈가에 어른어른 맺혔다.

"열흘이면 충분하다고 생각했는데. 아직도 본인의 마음을 모르는 겁니까?"

연준은 느닷없이 정곡을 찔렀다. 선뜻 말이 나오지 않아 수완은 입술을 굳게 다물었다. 열흘이 아니라 십 년이 흘러도 이 고민의 해답은 없었다. 지난 열흘 일부러 피해준 것처럼 연준과는 집에서조차 거의 마주치지 않았다. 그래놓고 툭 전화를 걸더니 그녀를 투정 많은 어린애 취급을 했다.

"지금 하는 생각도 쓸데없는 고민일 텐데."

"장담하지 마요."

"그렇게 고민한다고 달라지는 거 없다는 거 본인이 더 잘 알지 않나?"

연준은 핸들을 오른쪽으로 꺾었다. 집과는 정반대 방향 같았다.

"마음 따윈 주지 않고 흔들리기만 할 거라면서, 대체 뭐가 고민입니까?"

"서연준 씨가 위험한 남자라서요."

연준은 픽 웃었다.

"세상 남자 중 안 위험한 남자는 없어요. 남자는 다 늑대라서."

"농담할 기분 아니에요."

"내가 지금 농담하는 거로 보여요?"

연준이 그녀를 빤히 보며 물었다. 세상에서 가장 위험한 남자는 당신이라고, 말하려던 목소리는 푹 꺼졌다. 그녀가 침묵하자 연준은 갓길에 자동차를 세웠다.

"안 보여. 당신 생각이."

그렇게 말하고 연준은 그녀를 뚫어지게 바라봤다. 그녀의 얼굴을 오랫동안 바라보는 남자의 짙은 시선에 몸이 돌처럼 굳어버렸다. 왜 이렇게 보는지 영문을 몰라 마음이 갑갑했다.

"데카르트가 환생한 것 같군. 또 뭘 생각하죠, 이수완 씨?"

"아무 생각도 안 해요."

"또 거짓말. 눈에 다 쓰여 있어요."

아, 좀……. 그냥 넘어가는 법이 없는 남자다.

"모르니까 생각하는 거죠. 그 해답을 찾으려고. 그건 본부장님도 마찬가지잖아요."

"하긴."

연준은 혼잣말처럼 내뱉으면 인정했다.

"당신을 불편하게 하고 싶지 않았어. 처음 약속했던 대로."

"……"

"그러니 이쯤에서 끝냅시다. 불필요한 신경전."

끝내자는 소리인가. 갈팡질팡하는 마음을 비웃기라도 하듯이 피가 차갑게 식었다.

"한눈에 반했다니까. 그렇게 말하면 좀 쉬워지려나?"

"뭐, 뭐요?"

"내가 청개구리 심보라 나한테서 필사적으로 도망가려는 사람, 더 붙잡고 싶어져. 아마 당신이 내 집에서 바로 나갔다면 나 역시 안녕, 했을 거야. 웃으면서. 손도 흔들었겠지."

이해하는 속도가 느려진 것일까. 연준이 하는 말은 도무지 감을 잡을 수가 없었다. 놀란 눈으로 바라보는데 연준은 그녀의 얼굴을 잠시 훑어보더니 낮고 까칠한 음성으로 덧붙였다.

"내가 졌어. 이수완한테."

다음 말이 뭘까 싶어, 얼굴이 긴장되었다.

"그래서 시간 내서, 공들여보려고. 그러면 우리 관계에 신뢰라는 게 조금이라도 쌓아지지 않을까?"

연준의 날카로운 선이 잠깐 부드럽게 풀렸다. 당황한 수완의 동공은 혼란으로 흔들렸다. 눈을 몇 번 더 깜빡거렸다. 무슨 뜻일까? 위험한 남자는 난해한 말만 했다. 위험한 남자가 추구하는 지나친 쾌락이 아닌 진심을 나누자는 뜻인가. 하지만 그게 가능해 보이지 않는다.

수완은 숨을 그대로 멈췄다.

유난히 무심한 눈빛은 그녀를 조금씩 무너뜨렸다. 수완은 시간이 멈추어진 것처럼 꼼짝도 하지 않았다. 도로엔 차 한 대도 지나가지 않는지 세상은 고요했다. 연준이 허리를 굽혀 그녀의 눈을 더 깊게 들여다보며 말했다.

"이수완이 다른 데 마음을 뺏기는 건 더 싫고."

얼굴이 달아올랐다. 다른 곳으로 시선을 돌릴 수도 없었다. 잔뜩 고여 있던 피가 한꺼번에 도는 것처럼 어지러웠다. 연준이 문득 손을 올려 그녀의 얼굴을 감쌌다. 그리고 희미하게 웃었다.

키스, 하는 건가.

그렇다 한들 피할 수 없을 거야. 이제 절대로 예전처럼 될 수 없을 거야. 수없이 엉키는 눈빛 때문에 차 안의 공기는 농밀해졌다. 당장 키스할 것처럼 입술만 보던 연준의 입술이 찾은 곳은 동그란 귀였다. 생각지 못한 곳을 깨물려 수완은 머릿속이 하얗게 변했다.

거북하고 참을 수 없는 전율. 그가 귓불을 깨물 때마다 느끼는 감각은 발을 헛디뎌 끝없이 추락하는 기분이었다. 귓불을 진주 알처럼 혀로 천천히 굴렸다. 미치도록 짜릿한 감각에 연준의 어깨를 밀쳤다.

"키스는 하고, 놔줄게."

말이 짧아졌다. 연준이 왼손이 그녀의 목덜미를 지그시 잡았다. 수완은 마른침을 꼴깍 삼켰다. 아직은 아니라고 해야 하는데, 입술이 떨어지지 않는다. 그가 이러길 원했던 건 아닐까. 어쩌면 처음부터 그에게 흔들렸을지도 몰라. 하지만 아슬아슬하고 묘한 이 관계가 언젠가는 깨진다는 것을 알기에, 홀랑 넘어가지 않으려고 안간힘을 쓰며 버텼는데…….

온갖 잡생각이 연기처럼 사라졌다. 순식간에 입술이 겹쳤다. 남자의 입술이 닿자 그녀 안에서 일어나던 모든 상념이 모래성처럼 무너져버렸다. 버틸 수 없었던 거야. 그에게 발목을 잡혀버렸어. 지금 이 순간 남자의 입술을 온전히 받아들이고 싶다는 생각뿐이다. 순간의 욕망이 그녀를 지배했다.

주먹을 움켜쥐는 것은 헛된 반응이었다. 다시 손을 펴는 것은 암묵적 동의를 뜻했다. 참을성 있게 기다린 그의 혀가 살짝 벌어진 수완의 입술 속으로 들어갔다. 육체가 먼저 얽힌 관계. 하룻밤이지만 그가 얼마나 뜨겁고 거친 남자인지 안다. 혀가 얽히자 더는 거부할 수 없음을 깨달았다.

아무 소리도 들리지 않는다. 고요한 달팽이껍질 속에 단둘만 갇힌 것 같다. 부드럽던 키스는 점점 무자비해졌다. 혀가 얽히고 입술이 빨리는 소리만 들렸다. 휘청하는 허리를 그가 손으로 받치며 더 몰아세웠다. 입술을 벗어난 혀가 목 언저리에서 배회했다. 낯설고 말로 표현되지 않는, 아찔한 전율은 그녀를 무아지경에 빠뜨렸다.

숨이 차서 학학거리는데 그가 입술을 열고 다시 혀를 깊게 밀어넣었다. 현기증이 일고 온몸에 경련이 일었다. 더는 참을 수가 없던 수완은 힘주어 눈을 감았다가 떴다. 차창으로 비쳐드는 달빛에 살짝 엿본 연준의 표정은 일체의 감정이 담기지 않았다. 괜히 서글퍼지는 마음에 연준의 목을 휘감으며 억눌린 신음을 짧게 터트렸다.

거창한 이유 따윈 없었어.

그냥 이 남자한테 흔들렸던 거야. 심심풀이 땅콩, 단물만 빼먹고 버리는 껌. 그런 존재로 전락하기 전에 끝내면 돼. 색다른 건 길지 못하니까. 불장난처럼 뜨겁기만 한, 이상한 연애는 짧겠지.

입술이 다시 깨물렸다.

새벽 4시에 눈이 저절로 떠졌다.

거실로 나온 연준은 아무렇지 않게 수완의 방으로 들어갔다. 전염병 피하듯 지난 열흘 그를 열심히 피해 다니던 여자는 그의 공간에서 세상모르고 잠이 들었다. 굉장히 예민할 것 같은데 수완은 한번 잠들면 누가 업어 가도 모를 정도로 깊게 잠들었다. 지난 열흘 동안 하루도 빠짐없이 그녀에 방에 들어왔지만, 한 번도 들키지 않았다.

연준은 감정이 조금도 실리지 않은 얼굴로 그녀를 내려다봤다. 제대로 된 잠옷도 없어 반바지에 조금은 낡은 듯한 티셔츠를 입고 잠들어 있었다. 그렇다고 연민이 생기는 건 아니었다.

"이제부터 당신과 뭘 할까."

키스는 했고, 남은 건 섹스뿐인가.

키스는 열흘. 섹스는 한 달 정도 걸리려나. 찰나의 진심, 순간의 욕구, 그것도 아니면 수완의 생각을 끊으려고 충동적으로 벌인 일?

연준은 잠깐 서 있다가 다시 수완의 방을 미련없이 나왔다. 어두운 건 질색이다. 연준이 가장 먼저 한 일은 거실의 불이란 불을 모조리 켰다. 아파트가 대낮처럼 환해졌다. 주방으로 들어가 냉수 한 잔을 마시며 정신을 차렸다.

"심심한데, 깨울까."

새벽 4시에 할 게 없었다. 수완이 없었을 땐 하는 일이라곤 책을 읽는 것밖에 없었다. 활자 중독에 가깝게 닥치는 대로 책을 읽었다. 어떨 땐 사흘 동안 잠을 자지고 않고 책을 읽은 적도 있었다.

왜냐하면, 새라가 방 안에 가둘 때부터 든 오랜 습관이라 고쳐지지 않기 때문이다. 그 어떤 것도 할 수 없었으므로 꼼짝 않고 시간이 흐르는 것도 잊고, 닥치는 대로 책을 읽었다. 그 덕에 세상을 보는 눈이 생겨서 다행이긴 했다.

연준은 테라스로 나갔다. 새벽이 부드러워지며 아침이 오고 있었다. 바람은 잠잠하고 공기는 차가웠다. 눈앞에 보이는 건 저 멀리 남산타워였다. 스쳐 가는 바람만 느낄 수 있는 공간은 한층 더 적막해졌다.

삶에서 즐거움을 느끼는 경우는 아주 드물었다. 거의 없다고 해도 무방했다. 그날도 마찬가지였다. 한 달에 한 번 병원에 들러 정신과 상담을 받았다. 의사가 원하는 대답을 해주면, 병호한테 보고가 들어간다. 다름을 인정하지 않는 평범한 사람들의 기준에 그는 특별 관리 대상이었다.

그들과 똑같이 사는 건 무척 쉬웠다. 웃을 때 웃고 슬플 때 울면 되는 단순하기 이를 데 없는 원초적인 감정을 따라 하면 되니까. 살면서도 딱히 불편하지 않았다. 이미 어릴 적 새라에게 익숙하게 들었던 말이라, 새롭지 않았다.

'연준이 이상하지 않아?'

'나도 쟤가 무서워.'

'어젠 내가 뒤에서 장난쳤더니, 날 죽일 듯이 노려본 거 있지.'

'난 연준이가 웃어도 무섭더라.'

언제부터가 혼자가 되어 있었다. 말을 거는 사람들은 점점 줄어들었다. 친구는 당연히 없었다. 없어도 외로움을 못 느끼는 건 축복이었다.

차라리 혼자가 편했다. 평범한 삶을 흉내 내는 것도 지겨웠다. 더욱이 병호의 감시에서도 벗어나고 싶었다. 누굴 먼저 괴롭힌 적

찬란 123

이 없는데, 병호는 늘 그를 불안한 존재처럼 대했다.

도대체 감정이 뭐라고. 상대를 공감하지 못하는 게 뭐 큰일인지 이해할 수 없었다. 아무것도 느낄 수 없는 건 오히려 나은 삶 아닌가?

연준의 눈에 인간들은 감정의 노예 같았다. 감정은 바이러스였다. 백치가 따로 없게 만들고 멍청이로도 만든다. 절대 될 수 없는 일에 매달리며 고통스러워한다. 어떨 땐 자신이 왜 화를 내는지도 잊는 천하의 바보가 된다.

'요샌 어떻게 지내?'

'잘 지내고 있습니다.'

'강한 충동을 억누르지 못한 적은 없고?'

'네.'

병호나 정신과 의사나 마치 그가 범죄를 저지르길 기다리는 것처럼 보였다.

'회사 생활은?'

'그들 머릿속이 훤히 들여다보여서 문제없습니다.'

유치한 대화나 나누게 하려고 병호는 매년 병원에 수천만 원이 넘는 후원금을 내고 있다. 감정을 나누지 못하면 상대가 무슨 생각을 읽으면 그뿐이었다.

혹시라도 누가 볼까 상담은 늦은 저녁에 이루어졌다. 상담을 끝내고 나오던 길이었다. 저 여자는? 1년이 지났는데도 왜 그때처럼 여전히 고통의 한가운데 있는 표정을 지으며 그에게로 걸어오고 있었다.

어둠 속에 숨어 있던 얼굴이 나온 것처럼, 다른 건 모두 없어지고 이수완만 보였다. 심장의 느린 움직임까지 느껴지는 이상한 경험을 했다.

비가 퍼붓던 그 밤, 처음 본 여자는 자신과 잘 수 있느냐고 물었다. 이제껏 이런 일은 없었다. 아무 여자와 자는 난잡한 놈은 아니었다. 그땐 무슨 생각이었는지 처음 본 여자와 밤을 보냈다.

무가치한 섹스를 나누고 수완은 혼절하듯 잠들었다. 맥없이 늘어진 여자의 몸에서 아무것도 느낄 수 없었다. 깡마른 몸은 텅 빈 것 같았고 심장만 몸 안에서 뛰고 있는 것 같았다. 생판 남인 여자가 그의 가슴에 머리를 대고 깊이 잠이 들었다.

자면서도 슬프고 괴로운지 눈을 잔뜩 찡그리고 있었다. 아침이 밝아올 때까지 잠들지 않고 여자의 얼굴만 들여다봤다. 뭐가 그렇게 고통스러운 걸까 해서. 그리고 호텔을 나오면서 여자의 존재는 싹 잊었다.

다시 만나기까지 머릿속에 수완의 기억은 티끌만치도 존재하지 않았다. 그런데 여자는 1년이 지나도 고통의 한가운데 서 있었다. 쓸데없는 호기심이 발동했다. 그녀가 느끼는 고통을 느껴보고 싶었다.

불쑥 호기심 하나가 생겼다. 수완이 어느 정도 마음을 열었다는 건 알겠는데 그다음을 모르겠다. 다음……. 다음이라? 이제부터가 시작인 것 같은데 뭐부터 해야 할지 알 수가 없다. 이럴 때 조언자 역할을 하는 정수가 필요했다.

-이 미친놈아. 새벽에는 전화하지 말랬지!

이렇게 화낼 경우는 하나밖에 없다. 아마 녀석은 한창 욕구를 풀고 있었던 모양이다.

찬란 125

"방해했어?"

-당연히.

-자기, 뭐 해······. 빨리, 응?

여자의 교태 어린 음성이 흐릿하게 들려왔다. 한창 섹스 중이었나?

"끊을까?"

-됐어. 잠깐만.

정수는 여자에게 뭐라고 말하더니 밖으로 나오는 소리가 들렸다.

-이 새벽에 뭐가 문젠데?

"문제는 없어."

-그럼?

달이 구름 뒤로 숨는 것을 보며 연준은 무심히 말했다.

"당분간 집에 오지 마."

-왜? 여자라도 숨겨놨어?

"빙고."

-진짜야?

정수는 심히 놀랐는지 짐승처럼 광분하는 목소리를 냈다.

-진짜, 이수완 씨 데려왔어?

"어."

-미친 새끼. 진짜 대형사고 쳤구나.

"대형사고까지야."

-설마 납치는 아니지?

"맞아. 납치해서 감금 중이야."

-농담하지 말고, 어떻게 된 거야?

연준은 흔들의자에 앉았다. 천천히 의자를 흔들며 눈을 내리깔 았다. 맨발이 동상에 걸린 것처럼 새파랗게 변했다. 슬리퍼를 신을 까 하다가 귀찮아서 그마저도 그만두었다.

"당분간 함께 살기로 했어. 아버지한테도 그렇게 보고해."

-회장님이 가만히 계실까? 그 여자는 어떻게 하고?

"가만히 계시라고 해. 여잔 알아서 한다고."

-나도 모르겠다.

정수는 깊은 한숨을 내쉬었다. 그에게는 별로 대단치 않은 일을 정수와 병호는 엄청난 일로 받아들일 것이다.

-너 왜 그렇게 이수완 씨한테 집착하는데?

"집착인가?"

-집착이 아니면 뭔데?

"그렇다고 해두지."

별것도 아닌 것으로 정수와 피곤한 논쟁을 벌이고 싶지 않았다. 심리학을 전공했다지만 정수도 다른 사람들과 마찬가지로 그에게 는 단순한 부류였다. 믿고 싶은 것만 믿는 사람에게 굳이 자신을 이해시키려 시간을 낭비할 필요는 없었다.

-이수완 씨도 보통 아니다. 널 뭘 믿고 함께 산다는 거야?

"내가 좀 믿음직하잖아."

-지나가는 개가 다 웃겠다.

정수는 기가 차다는 듯이 헛웃음을 터트렸다.

-상식적으로 행동할 수는 없었어?

"강제적으로 끌고 온 것도 아닌데, 문제가 되나?"

-문제라고 생각하지 않는 네가 문제지.

정수는 짜증 가득한 목소리를 냈다. 그 정도로 엄청난 일을 벌인 건가. 수완에게 어떤 해를 끼친 것도 없다. 오히려 그녀가 원하는 대로 해주겠다고 했다.

-시간이 지나면 네가 얼마나 어리석은 짓을 했는지 알 거다.

많은 상상력을 동원하며 추측해봐도 정수의 말은 이해 불가였다. 지금은 수완이 자신의 공간에 있다는 사실이 만족스러웠다.

-어떻게 했길래 수완 씨가 널 따라갔어?

"쉬웠어."

-쉽다니?

"진심을 말했지."

-설마 고백이라도 한 거야?

"응."

-네가 고백이라는 걸 했다?

정수는 어이가 없다는 듯이 웃었다.

-수완 씨는 뭐래?

"모르겠어."

-그게 문제였군.

정수는 날카롭게 지적했다. 이럴 때는 쓸모가 있다니까. 병호가 그를 감시하려고 붙인 정수를 가까이 두는 이유 중 하나였다. 사람들의 표정을 읽고 이해하는 척 흉내를 내도 한계가 있었다. 그가 보지 못한 것을 정수가 일깨워주는 경우가 있었다.

그가 이토록 여자에게 관심을 둔 경우는 처음이었다. 수완이 보여주는 감정의 미묘한 차이가 그를 혼란케 했다. 정확하게 읽히지 않아 답답했다. 물기 어린 충혈된 눈으로 그를 노려보는가 싶으면, 신경을 무디게 할 정도로 아득히 바라볼 때도 있었다.

터무니없이 용감하게 따라와 놓고 수완은 그를 밤마다 괴롭히는 존재처럼 대하기도 한다. 읽히는 표정 너머 감춘 것까지 모조리 알고 싶었다. 그러기엔 정수가 꼭 필요했다.

-내가 봤을 때 수완 씨가 널 따라갔다는 건, 그래도 네가 싫지 않다는 뜻이야.

"그러면 다행이고."

-여자가 복잡하다는 것은 뭘 모르는 놈들이 하는 소리야. 여자만큼 즉흥적이고 감성적인 동물도 없어. 마음이 동요하지 않으면 절대 남자를 따라가지 않아. 예외도 있긴 하지만…….

연준은 표정 없이 서서히 밝아지는 하늘을 응시했다. 문득 그런 생각이 들었다. 머리부터 발끝까지 이수완을 제 것으로 만들면 어떤 느낌일까 하고. 그건 그가 한 번도 이해할 수 없었던 불가사의한 느낌일 것만 같았다.

"여자분 기다리겠다. 들어가서 마저 해."

-흥 다 깨놓고 할 소리냐!

그러면서 정수는 부리나케 전화를 끊었다. 좀 춥군, 그 생각을 하는데 누군가 보고 있다는 기분이 들었다. 언제 잠이 깼는지 수완은 거실에 서서 그를 바라보고 있었다. 갈증이 난 모양이었다. 손에는 물컵이 들려져 있었다.

수완이 그를 보며 짓는 대부분의 표정은 물음표였다. 도대체, 왜? 자신에게 이러는지 알 길이 없다는 듯이 그를 바라봤다. 그러면서 결코 놔달라는 말을 하지 않는다. 그조차 왜 이러는지 알 길이 없어 답을 해줄 수는 없다. 그녀가 물을 마시며 계속 그를 본다. 위험한 남자가 아님을 증명하듯 연준은 수완이 안심할 수 있게, 기계적으로 부드러운 미소를 입가에 지었다.

그 추운 새벽 연준은 테라스에 나가 있었다. 먼저 자라고 말하더니 소파에 앉아 책을 보기 시작했다. 꼬박 책을 읽은 모양이다. 아침에 일어나 거실에 나왔을 때도 그는 여전히 책을 읽고 있었다.

천주교 사제들한테서나 느낄 수 있는 금욕적인 모습이 그에게도 언뜻 보였다. 수완은 작게 심호흡하며 연준이 앉아 있는 소파로 걸어갔다. 그의 손에 들린 두꺼운 책을 보며 물었다.

"책 재미있어요?"

"아뇨."

"그러면 왜 읽어요?"

"심심해서."

허무한 대답이 돌아왔다. 심심해서 책을 몇 시간 동안 읽다니……. 범상치 않은 남자라는 걸 다시 한 번 실감했다.

"재미없으면 다른 걸 하지 그래요?"

"다른 건 더 재미가 없어서."

연준이 까만 대리석 테이블 위에 책을 내려놓았다. 그리고 습관처럼 그녀를 지그시 바라봤다. 너만 보겠다는 그의 눈빛에 더는 특별한 의미를 두지 않기로 했다.

"기분 어때요?"

연준은 손가락으로 턱을 만지며 물었다.

"괜찮아요."

"나도 괜찮은데. 그러면 우린 아무 문제가 없는 거군요."

그렇게 결론이 나는 건가.

"출근 준비해야겠어요."

가만 생각해보니 씻지도 않고 나왔다. 설마 눈곱이 낀 건 아니겠지.

"같이 출근합시다."

"전 지하철이 편해요."

"매번 거절하는 거 지치지도 않아요? 단 한 번도 좋다고 한 적이 없어."

연준은 일어나더니 순식간에 그녀 앞에 마주 섰다. 수완은 어제 차 안에서의 일이 떠올라 얼굴이 제멋대로 붉어졌다. 그런 그녀를 마주하며 연준은 덤덤하게 말했다.

"그럴 때마다 내가 극악무도한 짓을 벌인 나쁜 놈이 된 것 같아서, 기분 별론데."

"……."

"같이 출근하자는 거, 무리한 요구인가요?"

수완은 바짝바짝 타는 가슴을 누르며 연준을 차분히 올려다봤다. 눈앞의 남자는 여전히 위험해 보였다. 이러다 흔들리는 것만으로 끝나지 않으면 어쩌지. 이렇게 막 아무렇지 않게 그녀의 가슴에 성큼성큼 들어오는 서연준 때문에. 왜 이렇게 알 수 없는 통증이 불안할 정도로 느껴지는 걸까. 정말로 이 남자 때문에 가슴이 아프긴 싫은데.

"무리한 요구 아니에요. 같이 출근해요."

괜히 거절의 말을 찾으려고 애쓰고 싶지 않았다. 더 잃고 말 것도 없는 삶. 당신 멋대로 해도 좋아. 나도 가끔은 멋대로 살고 싶었으니까. 그게 지금 판단할 수 있는 전부였다.

오늘은 연구실로 출근하는 길이었다. 연준은 그녀를 연구실까지 데려다 주고 본사로 갔다. 콩나물시루 같은 지하철을 타지 않고 편안하게 왔다. 제일 먼저 출근한 모양이다. 좀 여유를 부려볼까. 자리에 앉아 커피를 마시려는 참이었다.

"실연당했어요?"

"네?"

"머리를 잘라서."

이 남자는 내가 만만한가. 정수는 아직 출근 전인 민정의 의자에 앉았다. 그러곤 바지 주머니에 손을 무심하게 찔러 넣었다.

"그냥 잘랐어요."

"어울리네요."

수완은 대꾸하지 않고 입술을 냉정하게 다물었다.

"오늘 팀별 회식 있는 거 알죠?"

수완은 고개를 끄덕였다.

"또 빠지지 말고 참석해요. 팀장님 특별 지시니까."

"알았어요."

불편하다는 티를 내도 정수는 자신의 자리로 가지 않았다. 정수의 의중이 뭘까. 남자들이 여자한테 가지는 일반적인 관심은 아니라는 것만 알았다.

"서연준 본부장님과 집이 같은 방향인가 봐요?"

순식간에 심장박동이 뛰었다. 정수는 보란 듯이 등받이에 몸을 편안히 기대기까지 했다.

"우연히 봤어요. 이수완 씨가 본부장님 차에서 내리는 거."

"그래요?"

수완은 떨리는 심정을 숨기고 짐짓 태연한 척 고개를 들었다.

"출근길에 우연히 만났어요."

"본부장님 오늘 여기 오실 일 없는데."

"저야 모르죠."

정수와 시선이 마주친 수완은 아무렇지 않게 입을 열었다. 자신이 생각해도 너무나 태평하게 말을 둘러댔다. 설마하니 정수가 상상이나 할까. 그녀와 연준이 함께 사는 것을.

"그렇군요. 난 또…… 수완 씨랑 본부장님이랑 다른 사람보다 친해졌나 해서."

정수의 입꼬리가 매끄럽게 올라갔다. 수완은 대꾸하지 않았다. 정수가 일부러 자신을 도발하고 있음을 잘 알고 있었다. 저번에도 그러더니 이번에도 역시나 마찬가지였다.

"두 사람, 뭐 해요?"

다행이다. 민정이 큰 목소리를 내며 다가왔다. 다른 직원들도 하나둘씩 사무실로 들어오고 있었다.

"저는, 이만."

정수는 어깨를 으쓱이며 일어섰다. 사람 심란하게 뭐 하는 거지.

"정수 씨랑 무슨 얘기 했어?"

민정은 핸드백을 책상에 놓기 무섭게 물었다. 그리고 동시에 짧아진 그녀의 머리를 보며 눈을 휘둥그렇게 떴다. 머리는 왜 잘랐느냐며 아깝다고 한탄에 가까운 한숨을 몇 번이나 내쉬었다.

"정수 씨 좀 수상하다."

"뭐가?"

"가만 보면 수완 씨를 지켜보는 것 같아."

자신만 느끼는 게 아니었다.

"어제도 팀장님한테 보고서 보여주려고 일어섰는데, 정수 씨가 수완 씨 보고 있던 거 있지."

"……그래?"

"응."

민정은 고개를 과하게 끄덕였다.

"수완 씨한테 관심 있는 거 아닐까?"

"아닐 거야."

"그게 아닌데, 왜 그렇게 쳐다봐. 사람 신경 쓰이게."

"할 일이 없나 보지."

"뭐야."

민정은 까르르 웃음을 터트렸다. 수완은 정수 때문에 마시지 못한 커피를 천천히 마셨다. 불쾌하게 치근대는 정수의 관심, 뭘까? 발톱을 숨기고 천천히 다가오는 것 같았다. 이쯤 되니 당장이라도 가서 따져 묻고 싶었다. 나한테 관심 끄라고. 당신도 서연준처럼 내가 색달라 보이냐고.

"오늘도 파이팅!"

땅굴 파고 들어가기 전에 민정이 씩씩한 기운을 넣어주었다. 수완은 모니터를 켜고 오늘 할 일을 다시 한 번 점검했다. 스마트 TV 앱을 조금 더 단순화시켜야 했다. 지금 앱은 복잡하다는 의견이 많았다.

"소비자 관점에서 생각하기."

붉은 볼펜으로 줄까지 그어놓은 메모를 들고 수완은 연구실로 들어갔다. 리모컨으로 TV를 켜고 다양한 앱을 이리저리 작동하기 시작했다. 음성기능도 시험해봤다. 목소리 톤에 따라서 몇 번을 말해야 실행되는 경우가 생겼다.

"이러면 소비자들은 금방 짜증 나겠지."

보완점을 어디서 찾아야 하나. 자료를 들고 뒤늦게 들어온 민정과 머리를 맞대고 고민에 들어갔다.

"생각보다 사람들은 음성인식 기능을 사용하지 않아. 수완 씨도 휴대폰에 대고 사용한 적 있어?"

"거의 없어."

"그것 봐. 그렇다니까. 처음에나 신기해서 몇 번 사용하다가 그만둬. 리모컨이 훨씬 편하니까."

"그러면 작동법을 더 쉽게 하는 게 낫겠다."

"그렇지."

아무래도 종일 TV 리모컨과 씨름할 듯했다. 앱 프로그램을 들어가 경로를 하나씩 지우는 과정을 하다 보니 하루가 쑥 지나갔다.

벌써 밤 10시였다.

팀 회식은 끝날 줄을 몰랐다. 내일이 주말이라며 제대로 불타는 금요일 밤을 보내자고 팀장부터 흥을 타기 시작했다. 1차는 일식집. 2차는 포장마차. 3차로 노래방까지 왔다.

팀장은 한번 잡은 마이크를 놓지 않았다. 벌써 혼자 노래를 3곡째 부르고 있었다. 인생이 힘드신가. 한이 서린 노래만 불러댔다.

정수와 상규는 뭐가 신이 났는지 넥타이까지 풀어 헤치고 놀았다.

"딸랑딸랑. 아주 아부를 떠네."

민정은 팀장 옆에 딱 붙어 탬버린을 현란하게 치는 상규를 보며 혀끝을 찼다. 수완은 필름이 한번 끊긴 경험 때문에 술은 되도록 마시지 않았다.

"먼저 가면 안 되겠지?"

수완은 얼음이 가득한 물을 마셨다. 민정은 고개를 절레절레 저었다.

"팀장님 눈 밖에 나려고? 사람 좋아 보여도 한번 화나면 장난 아니래."

"음……"

회식도 회사 일의 연장이라고 팀장은 침까지 튀며 말했다. 그렇지만 돼지 멱따는 소리인 팀장의 노래를 듣는 건 꽤 곤욕이었다. 그때였다. 가만히 앉아 박수를 치는 수완의 손을 정수가 확 끌어당겼다.

"수완 씨, 뭐 해요. 노래 한 곡 불러야죠."

"전 됐어요."

"에이, 빼지 말고 불러요. 팀장님! 팀장님도 수완 씨 노래 듣고 싶으시죠?"

"그럼 어디 수완 씨 노래 실력 좀 볼까. 난 좀 쉬어야겠어."

연달아 노래를 부른 팀장은 목이 아픈지 맥주를 단숨에 들이켜며 소파에 털썩 앉았다. 민정은 바로 나오더니 같이 부르자고 했다.

"얼른 부르고 들어가자."

"나 노래 못하는데."

"나도 못해."

그건 아닌 것 같은데.

민정은 능숙하게 번호를 눌렀다. 아니나 다를까, 요즘 유행하는 노래였다. 마이크를 잡은 손을 현란하게 움직이며 춤까지 춘다.

"우리도 좀 즐기자. 언제 또 팀장님이 마이크 뺏어갈지 몰라. 노래방까지 왔는데 한 곡도 안 부르고 가는 건 억울해서 안 되겠어."

혹시 걸그룹 연습생이었나? 민정의 춤 실력은 수준급이었다. 유연한 허리와 함께 유혹하는 듯한 손동작. 노래방 화면 속 춤과 똑같이 춘다. 와, 라는 감탄사가 절로 나올 정도였다. 다른 직원들도 환호성을 질렀다. 민정의 옆에 꿔다놓은 보릿자루처럼 있던 수완은 멋쩍은 표정을 지었다.

"오늘을 놓치지 마!"

민정은 수완을 보며 노래 속 가사를 불렀다. 가슴이 콩닥콩닥 뛰었다. 맨정신인데 술에 취한 듯 열기가 달아올랐다. 수완도 알 수 없는 흥에 이끌린 듯 조금씩조금씩, 리듬을 탔다. 심장이 거대하게 부푸는 것만 같다. 어지러운 조명은 눈이 부셨다.

엄마의 사고 이후 혼자서 다 해야 한다는 책임이라는 중압감에 시달렸다. 남들처럼 살아선 안 된다고 나약해지려는 순간이 오면 매섭게 채찍질했었다. 행복은 자신과 거리가 멀다고. 뭔가를 누리고 싶다는 막연한 기대도 잊고 살았다. 가능하면 어떤 잡생각도 할 수 없을 만큼 하루를 바쁘게 살았다. 그렇게 하지 않고는 고독을 감당할 방법이 없었다.

"수완 씨, 재밌지?"

"응. 재밌어!"

수완은 민정을 따라 춤을 추며 웃었다. 허공으로 붕 뜨는 기분은 최고다. 얼마 만인지 모르겠다. 어깨를 짓누르고 있는 중압감도 잊고 마음껏 웃었던 기억이. 정수와 상규가 다소 놀란 눈으로 바라봐도 수완은 민정과 눈이 마주치면 큰 소리로 웃기 바빴다.

"팀장님, 한 곡 더 부를게요!"

노래가 끝나고 이번엔 수완이 버튼을 눌렀다. 한 번으로 끝내기엔 아쉬운 즐거움이었다. 언제 또 이렇게 놀아보겠어.

"어디 마음껏 놀아봐."

팀장은 허허 웃어 보였다. 민정은 때는 지금이다 싶어 노래를 한 곡 더 예약했다. 수완은 민정과 함께 소녀시대가 되기도 했고, 뽀글뽀글 금발 가발을 쓰고 래퍼가 되기도 했다.

한창 즐거운 때, 상규가 산통을 다 깼다. 아직 노래가 남았는데 정지 버튼을 누른 것이다. 내 즐거움을 훼방하다니. 훼방꾼 상규를 노려보려던 수완의 얼굴이 단숨에 얼어붙었다. 팀장이 일어나고 다른 직원들도 일제히 따라서 일어났다.

연준이 마뜩잖은 표정으로 그녀를 바라보고 있었다.

어떻게 집에까지 왔는지 모르겠다.

이러다 사고가 나는 건 아닐까 걱정이 될 정도로 연준은 운전을 거칠게 했다. 집에 돌아온 연준은 단 한마디도 하지 않고 방으로 들어갔다. 왜 내가 잘못한 기분이 들지?

수완은 아무것도 할 수가 없었다. 그저 굳게 닫힌 연준의 방을 바라만 봤다. 늘 김빠진 콜라처럼 살았다. 기껏해야 1시간 정도. 오랜만에 톡 쏘는 기분을 만끽하고 있는데, 연준이 다 망쳤다.

"본부장님."

수완은 연준의 방문을 두드렸다. 오늘 밤 그는 충동이 이끄는 대로 행동하는 사람처럼 보였다. 완벽하게 감정을 조절하던 그가 아니었다. 두 개의 인격을 마주한 기분이었다. 회식이 끝나고 그녀를 차에 냅다 밀쳐버리다시피 태웠다. 도대체 왜?

"얘기 좀 해요."

이 남자는 절대 모르겠지. 그와 함께하는 순간순간 뼛속까지 긴장하고 있다는 것을. 그런데 차갑게 등을 보이고 들어가버리면 어쩌라는 것인지. 얹혀사는데 눈치까지 보게 하고 있어.

"본부장님!"

한참을 기다려도 방문이 열리지 않았다. 이 남자, 사람 안절부절 못하게 하는 데 뭐 있다.

"들어가요."

앞뒤 생각 없이 연준의 방문을 열었다. 연준은 불도 켜지 않은 채 침대에 우두커니 앉아 있었다. 수천 겹, 겹겹이 쌓인 베일 너머 앉아 있는 것처럼 순간 그나 너무나 멀게 느껴졌다.

"왜 그러고 있어요?"

"나도 모르겠어."

아무리 밝은 대낮이어도 잘 읽히지 않던 연준의 표정이 속수무책 드러났다. 그는 어딘가를 헤매고 있는 것처럼 보였다. 그 때문인지 불쑥 치솟았던 원망이 사르르 꺼졌다.

"나도 오늘은 모르겠네요."

당신이 왜 그러는지.

"이리 와봐요."

혀끝에 감기는 것처럼 그녀를 불렀다. 불을 켤까 하다가 그만두었다. 잠시 숨을 고른 수완은 천천히 연준이 앉아 있는 침대 쪽으로 걸어갔다.

"왜 그랬어요?"

수완은 아연한 얼굴로 무슨 소리냐는 듯 연준을 바라봤다.

"뭐가요?"

"춤추고 노래하고, 마치 딴사람처럼."

"인생은 짧다잖아요. 그래서⋯⋯."

"내 앞에선 작은 틈도 보여주기 싫어하더니. 다른 남자들한텐 잘도 웃던데."

설명할 수 없는 긴장감이 둘 사이로 흘렀다. 무심하고 공허한 눈길은 마치 어둠이 깔린 것처럼 어두웠다. 가슴을 짓누르는 무겁고 짙은 분위기에 심장이 요란하게 뛰었다.

"날 화나게 하지 마요."

"⋯⋯."

"그건 당신한테 더 안 좋으니까."

"내가 뭘 어쨌다고 이러는지 모르겠어요. 갑자기 나타나서 분위기 망친 사람은 본부장님이세요."

수완은 이맛살을 찌푸렸다.

"꼬박꼬박 본부장, 언제쯤 이름을 부를 건데?"

연준이 조금 쓰게 웃더니 불쑥 수완의 허리를 양손으로 휘감았다. 당황할 틈도 없었다. 연준은 그녀의 아랫배에 얼굴을 기댔다. 더는 할 말이 없는 것처럼 연준이 얼굴을 가만히 기대고 있어 수완은 꼼짝할 수가 없었다. 그의 얼굴이 닿은 배꼽이 심장처럼 쿵쿵 뛰었다.

"이수완이 나 없이 즐거운 건 싫어."

"기막혀."

헛웃음이 나왔다.

"싫다고."

연준은 서늘한 감정을 고스란히 목소리에 드러냈다. 가슴이 쿡쿡 아렸다.

"서연준 본부장님, 아니 서연준 도련님."

연준은 여전히 그녀의 아랫배에 얼굴을 묻고 있었다. 도련님이란 말에 배에 대고 피식 웃었다. 더운 입김이 온몸 구석구석 스몄다.

"내 인생 하나 건사하기 벅찬 사람이에요. 내가 오늘 어떤 마음으로 웃고 떠들었는지 당신은 짐작도 못 할 거야."

"알고 싶지 않아."

"당연히 그렇겠죠. 한 번쯤 마음껏 웃고 싶은 사람의 심정을 당신이 알 리 있겠어."

조금은 충동적으로 나온 말이었다. 서연준은 이제 보니 다분히 충동적인 남자였다. 그러니 처음 본 여자와 자고 아무렇지 않게 집으로 데려온 것일 테지. 그리고 오로지 본인의 유희를 위해 연애나 하자는 남자. 그를 욕할 것도 없다. 거기에 함께 널을 뛰는 자신. 도토리 키재기처럼 둘 다 제정신은 아니다.

"다른 애랑 놀지 말고 나랑만 놀아, 이건가요? 다 큰 남자가 어리광까지 부려요."

"내가 좀 덜 크긴 했지."

정말 애처럼 투정을 부릴 작정인가 보다.

"첫날 나한테 괜찮으냐고 물었죠? 괜찮을 리가 있겠어요? 지금도 무한반복 하고 했어요. 떠날까 말까, 이건 미친 짓이라고 수없이 후회 중이라고요. 아침엔 무장하는 기분으로 눈을 떠요. 오늘도 어떻게 하면 서연준과 아무 일도 일어나지 않을까 하고. 그러니까 당신이 말한 연애, 할 거면 제대로 해요."

수완은 말하고 나서 아차, 싶었다. 제가 한 말이 너무나 앞뒤가 맞지 않는 말이었다. 헉! 연준이 양팔에 힘을 더 꽉 주며 끌어안았다. 잔뜩 긴장한 아랫배에 땀이 스미는 것만 같다. 말할 땐 버거울 정도로 얼굴을 똑바로 보던 연준은 얼굴을 들지 않았다.

"다 건너뛰고 나 좋아해주면 안 될까? 그게 안 되면 연극을 해도 좋고."

"이봐요. 서연준 씨."

"공들여도 티가 안 나. 이수완은 처음하고 똑같잖아."

끝내주는 재주다. 어쩜 하는 말마다 사람의 심장을 푹푹 쑤시는지, 서러워 울고 싶을 정도였다.

"언제 나한테 공을 들였어요?"

"내 멋대로 안 굴고, 최대한 존중해주고 있는데."

연준이 나름대로 배려하고 있다는 건 알고 있었다. 그렇지만 지금 그는 미운 말만 하며 그것을 헛되게 하고 있다.

"땅에 묻히는 기분이었어. 이수완이 다른 사람 보고 웃으니까."

"……"

아랫배에 더운 숨결을 넣듯이 말하던 연준이 얼굴을 천천히 들었다. 무미건조한 눈가에 거짓말처럼 옅은 웃음이 스쳤다. 허리 근처에만 있던 손이 아무렇지 않게 옷 속으로 파고들었다. 티셔츠가 살짝 들리며 드러난 살결 위로 오돌오돌 소름이 돋는다.

세상이 고요해지길 기다리는 사람 같았다. 긴 침묵 뒤에 연준은 나지막하게 말했다.

"나만 봐요. 그거 쉽잖아."

남자의 무심한 그 말이 가슴을 뻐근하게 조였다.

5. 시작된 연극

이따금 부모님의 다툼 소리가 듣기 싫어 장롱 속에 숨은 적이 있었다. 책 읽는 데 방해가 됐기 때문이다. 하루를 넘게 있어도 그가 사라진 줄도 모르던 두 분. 새라는 늘 술에 취해 있었고 병호는 일하기 바빴다. 그러다가 출장을 가서 진귀한 장난감을 두 손 가득 사 오기도 했다.

그의 눈에 장난감은 플라스틱 덩어리에 불과했다. 새라가 제정신이 돌아와 유치원을 보내주면 그때 아이들에게 나눠주었다. 환장하고 달려드는 모습은 마치 설탕에 꼬이는 개미들 같았다. 커다란 헝겊 인형을 갖기 위해 두 여자애가 싸우는 모습은 지금 생각해도 재미있었다.

그나마 그땐 아이들이 그를 아는 척했다. 평상시엔 마치 달걀귀신이나 투명인간 취급하더니, 그깟 장난감 하나에 간신이나 다름

없는 행동을 천연덕스럽게 해놓고 그가 무섭다는 아이들.

조용한 날은 3일을 넘기지 못했다. 병호가 집에 오는 날은 두 분이 싸우는 날이었다. 일을 봐주시는 아주머니도 혀를 내두를 정도였다. 부모가 쓰레기처럼 방치한 아이를 남인 아주머니가 잘 돌봐줄 리도 만무했다. 간식으로 며칠이 지났는지도 모르는 고체가 된 우유를 마신 적도 있었다. 물컹거리는 우유 덩어리를 껌처럼 씹어 먹었다.

눈을 꼭 감고 인생의 모든 순간이 한 번에 지나가길 바란 적이 있었다. 아침, 눈 뜨기 전에 모든 것이 사라졌으면 했다. 그러면 장롱 속처럼 세상은 조용할 테니까.

이상한 일이다. 지금, 그때처럼 조용하다. 장롱 속에 숨은 것도 아닌데 그의 방 안은 적막만이 가득 찼다. 그 때문인지 커다랗게 쿵쾅거리며 울리는 심장 소리가 유독 크게 들렸다. 그의 품속에 갇힌 여자는 시련을 견디는 것 같았다. 목을 자라처럼 잔뜩 움츠렸다. 고개를 들지 않아도 그녀가 어떤 얼굴을 하고 있을지 알 수 있었다.

암담한 심정으로 입술을 깨물고 있겠지. 덜덜 떨리는 손을 들키기 싫어 주먹을 쥐었을 테고. 잠든 척 감은 눈은 파르르 떨고 있으려나.

혼자 자기 싫어.

수완이 거부하지 못할 걸 알았다. 여자의 마음을 갖는 건 의외로 쉬웠다. 다만 길게 가지 못하는 것이 단점이긴 했다. 흔하디흔한 로맨스 영화 몇 편을 보았다. 여자들이 원하는 건 다양했지만 하나로 귀결됐다. 너밖에 없다는 것.

그걸 주면 되는 건가.

오로지 너밖에 없다는 눈빛. 영원을 가장한 약속. 질투를 넘은 소유욕. 대체 여자들은 왜 그런 허무맹랑한 것들을 원하는지 이해할 수가 없었다. 흉내를 내는 것도 한계가 있는 것들이었다.

제대로 해요…….

진심이 느껴지게 제대로 하라는 수완의 말이 문득 떠오르자 연준의 눈동자가 짙어졌다. 수완이 원하는 건 또 그의 예상을 벗어났다. 제대로라? 순간 그가 가짜인 것을 들킨 줄 알았다. 완벽하게 검은 눈이 위험하게 일렁인다.

작다.

자신이 거인이 된 기분이 들 정도로 이수완은 작았다. 살집이 별로 없어 뼈가 바로 만져졌다. 허리를 두른 팔에 힘을 주자 수완은 숨까지 멈추고 가만히 있었다.

"불편해요?"

"……네."

수완은 한참 뜸을 들이고 대답했다. 불편한 건 그도 마찬가지였다. 그는 평소 천장을 보며 똑바로 잠을 잔다. 지금은 수완을 안고 있어 옆으로 누워 있다. 익숙해지기까지 시간이 조금 걸렸다. 누군가 함께 잠이 든 기억은 딱 두 번이었다. 첫 번째도 두 번째도 모두 이수완이었다.

"생각보다 괜찮네요."

"뭐가요?"

"둘이 자는 거."

단발로 머리칼을 잘라 백화처럼 모습을 드러낸 흰 목덜미에 입을 맞췄다. 얼음이라도 닿은 것처럼 수완의 등허리가 경직되었다. 도망가는 느낌이 별로라 허리를 더 강하게 끌어당겼다. 맞닿은 몸에서 풍겨 나오는 여자의 체취가 향긋했다. 수완은 본능적으로 다리를 버둥거렸다.

"안 움직일 수 없어요?"

어린 순록의 뼈처럼 연약한 어깨를 양손으로 꾹 누르며 순식간에 그녀의 몸 위로 올라탔다. 수완은 놀란 눈을 부릅뜨며 가쁜 숨을 몰아쉬었다.

"내려와요."

목소리가 제법 앙칼지다.

"싫다면요?"

"혀 깨물고 죽어버릴 거야."

되지도 않는 협박을.

"그날 밤처럼 하고 싶은데."

"난 할 기분 아니에요."

"언제 기분이 되는데?"

"서연준의 진심이 느껴지면."

그의 단단한 몸 아래서 숨을 헐떡거리는 수완의 모습을 보고 싶었다. 뜨거운 열기에 젖어가는 여자의 눈을 즐기고 싶던 욕구가 확실었다.

"이수완이 원하는 진심이 뭘까?"

"그건 느껴지는 거예요. 마음을 나누어야 가능하죠."

대체 어쩌라는 거야. 진심이 뭐라고 그걸 달라는 건지. 수완이 원하는 건 다 줄 수 있었다. 진심은 찬란한 빛과 같았다. 눈이 부실 뿐, 잡을 수 없는 것. 형태도 없는 감정을 달라는 수완의 말에 연준의 눈빛이 공허해졌다.

"무거워요."

수완은 미간을 구겼다.

"조금만 더 있다가."

당혹감에 수완이 몸을 뒤틀었다. 연준은 아예 그녀의 손을 결박하듯 위로 올리며 손목을 세게 눌렀다. 강한 힘이 무섭게 느껴진 수완의 눈동자는 커질 대로 커졌다.

"당신도 내가 무서워?"

연준은 저도 모르게 내뱉은 말이었다. 여기서 수완이 무섭다고 하면 자신이 어떻게 변할지 장담할 수가 없었다.

"서연준 씨는 날 겁주고 싶은가요?"

수완은 떨리는 목소리로 되물었다.

"아니."

"아니면, 내려와요."

수완은 힘겹게 말을 내뱉었다. 가슴은 크게 들썩이고 있었다. 정말 겁줄 생각은 없었다. 단지 수완이 어디로 도망가지 못하게 하고 싶을 뿐이었다.

깨갱.

연준은 피식 웃으며 수완의 배에서 내려왔다. 말 잘 듣는 순한 삽살개, 야단맞은 초등학생이 된 기분이다. 뛰쳐나가듯 방을 나갈 줄 알았던 수완은 차갑게 등을 돌리더니 벽을 보며 누웠다.

"잘 자요."

수완은 대답이 없다. 연준은 햇솜처럼 따뜻한 수완의 등에 얼굴을 묻고 눈을 감았다.

수완은 허겁지겁 병원의 계단을 뛰어 올라갔다. 토요일 아침 일찍 엄마가 있는 요양병원을 갔었다. 의사는 난희를 대학병원으로 옮겼다는 말을 했다. 또 위급한 상황이 온 건가 싶었지만, 의사는 별일 아니라며 일단 병원에 가보라고 했다.

병원에 도착할 때까지 수완은 죄책감에 시달렸다. 식물인간인 엄마를 잠시 잊고 있었다. 연준이 준 혼란을 받아들이느라, 그리고 회사생활을 하면서 잠시 평범함을 누려보고 싶었다. 엄만 언제 깨어날지 모르는데, 연애가 다 뭐야.

"또 우네."

그때였다. 안면이 있는 수간호사가 수완을 알은체했다.

"저희 엄마 어디에 계세요?"

병실을 뛰어 들어갔지만, 난희가 보이지 않았다. 아주 가끔은 언제 엄마가 떠날지 모른다는 불안감에 몇 날 며칠 악몽을 꾼 적도 있었다. 아무것도 하지 못하고 누워 있는 엄마였지만 그녀의 곁을 떠나는 모습은 상상하고 싶지 않았다. 설마 아닐 거야, 굳건히 믿으면서도 덜컥 겁이 나서 눈물이 찔끔 나왔다.

"지금 검사받고 있어요. 조금 있으면 끝나실 거니까 기다려봐요."

"무슨 검사를?"

"종합검사 받고 있어요."

"어디 안 좋아진 건가요?"

"그건 아니에요."

수간호사의 말에 수완은 가까스로 놀란 가슴을 부여잡았다.

"수완 씨."

"네."

수간호사는 살짝 내려온 두꺼운 안경을 올리며 주머니에서 박하사탕을 하나 건넸다.

"좀 진정하라고."

"……감사합니다."

수완은 수간호사가 준 박하사탕을 손에 쥐고만 있었다. 지금은 다른 건 하나도 눈에 들어오지 않았다. 눈을 이리저리 불안하게 굴리는 수완을 보며 그녀가 말했다.

"그러면 지쳐요."

"……"

"수완 씨 보면 한번 말해주고 싶었어요. 여기 병원 있으면서 여럿 봤어요. 환자보다 더 망가지는 보호자들. 그렇게 지쳐가는 보호자들, 나중엔 환자도 포기하곤 하죠. 보호자가 환자보다 먼저 더 아파질 수도 있어요."

"……"

"수완 씨 인생도 챙겨야지. 어머니가 과연 좋아하실까. 딸이 식물인간처럼 살면? 회사도 취업했다면서요. 수완 씨 또래 아가씨들처럼 지내요."

수간호사는 마치 그녀가 죄책감에 시달리고 있는 걸 알고 말하는 것 같았다.

"웃고, 놀고, 연애도 하고. 수완 씨 지금도 충분히 어머니한테 잘하고 있으니까."

수완은 아무 말도 할 수가 없어 가만히 서 있었다. 표정이 약간 굳었는지 수간호사는 입가에 어색한 미소를 머금었다.

"주제넘은 말이었다면 미안해요."

"아니에요."

수완은 고개를 저었다. 수간호사는 난희 환자는 금방 나올 거라며 걱정하지 말라는 말을 하곤 병실로 들어갔다. 난희가 검사를 받고 나오는 시간은 수완의 애간장을 녹이고도 남았다. 갑작스러운 종합검사라니. 심장이 불안하게 뛰었다. 그 와중에 검사비는 또 얼마나 나올까 돈 걱정도 했다.

"VIP 병실로 가시면 됩니다."

내가 잘못 들었나?

1시간 넘은 검사를 받고 나온 난희는 VIP 병실로 바로 옮겨졌다. 몇 달 전에 예약해야만 볼 수 있었던 교수가 왔다 갔다. 담당 간호사도 생겼다. 그녀는 난희의 상태를 수시로 확인했다.

돈만 있다면야 난희에게 이것보다 더한 것을 해주고 싶었다. 하지만 일주일만 있어도 그녀의 월급을 훌쩍 넘는 VIP 병실을 감당키 어려웠다.

"병실이 없어서 여기로 온 건가요?"

"아니에요. 이제부터 환자분 여기서 지내게 되실 거예요."

"무슨 말씀인지······."

"어? 모르세요? 어떤 남자분이 환자분 검사도 받게 하고, VIP 병실로 옮기게 했어요. 전 친척분인 줄 알았는데. 저기 오시네요."

간호사가 복도를 보며 말했다. 저벅저벅 걸어오는 연준을 바라보는 수완의 얼굴이 창백하게 질렸다. 저 남자가 진짜! 간호사들

보는 앞에서 험한 말을 하고 싶지는 않았다. 기가 막힌 듯 인상을 쓰던 수완은 연준을 데리고 비상구 계단으로 나갔다. 문을 쾅 닫으며 연준을 향해 소리쳤다.

"지금 무슨 짓을 한 거예요? 왜 당신 마음대로 엄마를 옮겨요?"

"왜 화를 내죠?"

오히려 그가 태연하게 반문했다.

"왜, 병실이 마음에 안 들어요?"

"……"

"여기가 별로면 다른 병원으로 옮기고."

"지금 그 말이 아니잖아요."

"그러면?"

연준은 그녀가 왜 화를 내는지 전혀 모르겠다는 얼굴이었다. 수완은 충혈된 눈으로 그를 노려봤다.

"내가 얼마나 놀랐는지 알아요! 한마디 상의도 없이 엄마를 옮기면 어떻게 해요?"

"나한테 집중을 더 하라고."

기가 막힌 답변이 돌아왔다. 수완은 어떠한 표정을 지어야 할지 몰랐다.

"하루 24시간도 모자란데, 회사에 병원까지. 나하고 놀 시간 없어서."

"지금, 뭐라고, 했어요?"

"당신 어머니도 좋고 나도 좋고. 문제없을 것 같은데."

분노가 발끝부터 치밀었다. 걷잡을 수 없는 충동과 함께 눈에서 불꽃이 일었다. 수완은 순간 이성을 잃었다.

"어떻게 우리 엄마를 그런 식으로!"

쫙!

정신을 차렸을 땐 이미 늦었다. 연준의 뺨을 때리고 말았다. 수완은 덜덜 떨리는 손을 꽉 움켜쥐었다.

"손 맵네."

연준은 눈썹 하나 까딱하지 않았다. 그녀에게 뺨을 맞은 것을 대수롭지 않게 여기는 표정이었다.

"그렇게 불만이면, 다시 옮기든가."

잔인하기 이를 데 없는 말로 그녀의 가슴을 쑤셨다. 연준이 오기까지 수완은 처참함과 희망을 동시에 느꼈다. 수시로 들락거리는 의사들과 간호사를 보며 가슴에 희망이 싹텄다. 이대로라면 엄마가 깨어날지도 모른다는 기적 같은 희망. 엄마가 눈만 떠도 좋겠다고 간절히 기도했다.

"내가 해줄 건 이런 것밖에 없어요. 난 당신 얼굴에서 고통이 사라졌으면 좋겠으니까."

도무지 알다가도 모를 남자였다. 가슴을 후벼 파는 말을 아무렇지 않게 하더니, 지금은 세상에 다시없을 다정한 눈빛을 보냈다.

"그렇게 말하면 할 말이 없잖아요."

눈가에 뜨거운 눈물이 고였다. 불쑥불쑥 치미는 감정이 다 식을 때까지 한참을 그렇게 서 있었다. 연준에게 뭔가를 바랄 마음은 감히 품은 적도 없었다.

"간단한 진실을 알려줄게요. 이수완 씨가 왜 이렇게 화를 내는지 솔직히 모르겠지만, 당신 어머니한테 가장 좋은 선택이 뭔지 생각해보면, 답이 나올 겁니다."

수완은 한마디 말도 하지 않고 잠시 연준을 가만히 올려다봤다. 곧게 뻗은 짙은 눈썹 아래로 보이는 남자의 눈은 언제나 늪처럼 깊었다. 마치 그녀가 느끼는 온갖 감정을 다 아는 듯한 눈빛이었다. 그 늪에 갇힌 기분이 들었다.

"죽도록 힘들 때 누군가 도와줬으면 하고 바랐던 적이 있어요."

울컥 눈물이 솟았지만 애써 내리누르며 떨리는 목소리로 말했다. 온몸이 발가벗겨지는 기분이었다. 들키고 싶지 않은 치부를 그에게 들켰다. 자신이 못 해주는 걸 연준이 해주었다. 지금은 수치심과 모멸감을 따지고 싶지 않았다. 엄마가 조금이라도 좋아진다면 못할 게 없었다.

"이루어졌으면, 된 거 아닌가."

"참 쉽게 말하는군요."

"어려울 거 없으니까. 그 정도로 나한텐 아주 쉬운 일이에요. 그러니까 그만 화내요. 당신 어머니 문제는 다음번에 얘기하고 할 테니까."

연준의 당신 어머니라는 말이 묘하게 거슬렸다. 왠지 너 때문에 어쩔 수 없이 했다는 서늘한 음성이었다.

"때려서 미안해요."

"좀 아팠어."

연준은 앓는 소리까지 내며 뺨을 문질렀다. 더욱 미안해진 수완은 고개를 푹 숙였다.

"그리고 고마워요. 다 갚을게요."

속눈썹이 닿도록 연준은 얼굴을 가까이 내렸다. 빨아들이는 듯한 집요한 눈길. 아무리 들여다봐도 속을 알 수 없는 검은 눈을 마주하자 수완은 가슴이 서늘했다. 조건 없는 호의를 보이다가도 상처 주는 말을 가혹할 정도로 아무렇게나 하는 남자다. 연극이라도 해서 좋아해달라니. 지금 생각해도 기가 막힌 발언이다.

흠 하나 없는 완벽한 남자가 애처럼 애정을 갈구하기도 한다. 언제 변할지 모르는 변덕은 감당하기 벅찼다. 차라리 솔직하게 내가 돈을 줄 테니 너는 몸을 줘, 그렇게 말했다면 연준을 대하는 마음이 쉬워질까.

잠깐 속으로 혼자서 치열하게 가늠해본다. 이 남자의 관계가 얼마일지. 짧으면 한 달, 길면 두 달은 되려나. 그렇게 짧게 생각하면서 연준과의 관계를 이어가는 이유는 하나였다. 억제하지 않아도 되는 욕망 때문이었다. 모든 직원이 어렵게 생각하는 서연준 앞에서 그녀는 솔직해질 수 있었다. 아무래도 볼 거 못 볼 거를 처음부터 보여줘서 그런가.

"뭐로 갚을 건데?"

연준이 불쑥 무정하게 물었다. 물론 말로만 모면하려고 한 말은 아니었다. 세상에 공짜는 없으니까. 다시 밤낮없이 아르바이트를 뛰어야 할까 보다.

"어떻게든, 몇 년이 걸려서라도."

"난, 이거면 됐어요."

남자의 입술이 가볍게 닿았다가, 떨어졌다. 아무런 준비 없는 입맞춤에 가슴이 뛰었다. 그리고 그 짧은 시간 문득 그런 생각이 들었다. 서연준과 모든 게 끝나면, 웃으며 안녕하지 못할 것 같다고.

본사로 출근한 정수는 바로 본부장실로 들어갔다. 한쪽 벽면이 전부 통유리로 되어 있어 서울 시내가 한눈에 보였다. 저 멀리 북한산 자락을 병풍 삼은 청와대도 보였다. 대통령도 줄 서서 먹었다는 삼계탕 식당이 어디 있더라.

"점심 삼계탕 어때? 요즘 체력이 영 아니라서."

"너나 많이 먹어."

연준은 보고서만 들여다봤다. 네가 왜 왔는지 다 안다는 행동이었다. 병호의 지령을 받고 이수완과 잘 지내는지 염탐하려고 들어온 그의 검은 속내는 1초도 안 되어서 들켰다.

"오래가네."

"뭐가?"

"이수완 씨하고."

"왜? 하루면 끝날 줄 알았어?"

"어."

정수는 소파에 털썩 앉았다. 연준은 여전히 시선을 주지 않았다. 녀석의 반응을 끌어낼 묘안이 뭘까. 번뜩 떠오른 생각은 한 가지밖에 없었다.

"이수완 씨, 생각보다 재미없는 성격이던데."

예상과 다르게 연준은 무반응이었다.

"함께 살 만해?"

"어."

"언제까지?"

"가능한 한 오래."

과연 가능할까.

정수는 입꼬리를 비틀었다. 자신이 아는 연준은 태생적으로 한

가지에 오래 머물지 못하는 성격이었다. 약간은 맨송맨송한 성격. 물처럼 조용한 여자, 수완의 어디가 연준의 흥미를 끈 걸까. 적당히 예쁜 얼굴이지만 관능적이거나 요염하지는 않았다. 시선을 끄는 게 있다면 검정 색소가 한 방울 덜 들어간 듯한 투명한 갈색 눈동자 정도였다. 다 필요 없이 연준이 수완에게 쏟는 흥미는 일시적인 충동일 것이다.

"우리 생각보다 잘 지내."

"어련하시겠어."

정수는 짜증이 났다. 연준의 방금 말을 믿을 수가 없어서. 사람 심리를 꽤 잘 뚫어본다고 자부했는데 연준은 예외였다. 연준은 콘크리트 벽과 같았다. 죽자고 드릴로 뚫어도 작은 흠집도 낼 수 없었다. 오랜 시간 알고 지냈어도 순간적으로 발끈하는 표정조차 거의 보지 못했다.

"여자는 무뚝뚝한 남자 안 좋아해."

"알아."

"오호, 안다고. 그 말인즉 이수완 씨한테는 살갑게 한다는 뜻인가?"

"종종."

연준은 상대의 표정을 읽고 그에 맞는 표정을 완벽히 흉내 내며 평범한 사람들 틈에서 살아왔다. 그 말은 지금도 마찬가지라는 뜻이었다. 수완을 대하는 것 역시 감정이 아닌 머리로 계산해 만든 연극에 불과했다.

"수완 씨는 널 이상하게 생각하진 않고?"

비수를 꽂는 말을 물어도 연준은 여전히 무감한 얼굴이었다.

"딱히."

모니터에서 시선을 거둔 연준은 이번엔 결재 서류를 들여다보며 사인을 했다. 정수는 껄렁한 건달처럼 한숨을 탁탁 내쉬었다.

"여자는 예민한 동물이야. 감정엔 더더욱 예민하지. 금방 알아챌 수도 있어."

"문제 될 건 없어."

"그러니까 내 말은, 문제가 되면 어떻게 할 건데?"

"그건 생각 안 해봤는데."

연준은 지극히 차가운 목소리로 대답했다. 정수는 헛웃음이 절로 나와 고개를 저었다. 연준은 전혀 예상하지 않았다. 자의식이 과잉인 성격 탓인지 수완을 완벽히 속일 수 있다고 당연하게 여겼다. 참으로 위험한 발상이 아닐 수 없었다.

"서연준. 세상에 완벽한 건 없어. 이수완 씨, 그리 만만한 여자 아니야."

"알아."

"믿는 도끼에 발등을 찍혀봐야 정신 차리지."

잘난 척하지 말라고 비꼬아도 연준은 서류만 들여다보기 바빴다. 하기야 고통을 모르는 연준에게 사랑하는 사람이 언제가 떠날지 모른다는 불안감을 이해시키는 건 어려웠다.

"그녀가 울어도 넌 위로라는 걸 해줄 수 없는 놈이야."

"손수건은 줄 수 있어."

"뭐?"

"어려울 거 없어. 원하면 따뜻하게 안아주면 되니까."

정수는 코웃음을 쳤다. 여자가 원하는 위로가 따뜻한 포옹이라고밖에 알지 못하는 감정 불구자인 불쌍한 녀석.

서연준의 세상은 우물처럼 좁았다. 한정된 궤도 안에서만 공전하는 행성이랄까. 인간관계도 극히 좁았다. 연준은 남들과는 다른 특별한 삶을 살았다. 멀찌감치 떨어져서 보면 굉장히 축복받으며 태어난 것처럼 보이지만 실상은 아니었다.

연준의 어머니인 새라는 유명한 영화배우였다. 병호를 만나 열렬한 사랑에 빠지고 두 달 만에 바로 결혼 골인, 그리고 임신. 그러나 환상적인 신혼을 고달픈 입덧이 망치며 불행이 시작되었다.

여자라고 착각할 정도로 예쁜 아들이 태어났어도 새라는 전혀 기뻐하지 않았다. 임신 때문에 중대한 영화 계약까지 놓친 것을 두고두고 속상해했다. 그해 그녀의 라이벌인 여배우가 각종 시상식에서 상을 타자 모든 화살을 연준에게 돌렸다. 마치 저주를 퍼붓듯이.

연준이 자신의 발목을 잡아버린 족쇄라고 여기게 된 것이다. 그녀는 단 한 번도 연준을 안아주지 않았다. 울어도 가만히 바라만 봤다. 배가 고파서 칭얼대기라도 하면, 극심한 스트레스를 보였다. 엉금엉금 기어 다니는 것도 싫어했다. 산후우울증이라지만 새라는 모성이 없는 여자였다. 새라는 엄마가 되어서는 안 되었다.

옆에서 숨 쉬는 것도 싫다며 어두운 방 안에 가뒀다. 연준은 엄마의 말을 잘 듣는 착한 아들이었다. 새라가 시키는 대로 방 안에서 꿈쩍도 않고 가만히 있었다. 아마 그때 외상 후 스트레스 장애가 생긴 것으로 보인다. 마음과 눈과 귀를 닫아버린 연준은 혼자만의 세상을 만들어나갔다.

어떻게 보면 연준을 이렇게 만든 장본인이 새라라고 볼 수 있었다. 그래놓고 정숙한 아내로 살기 싫어 이혼의 핑계를 연준이로 둘러댔다. 화려한 연예인의 삶으로 돌아가고 싶어 했다. 그녀의 눈에 아들인 연준은 장애물에 불과했다.

'애가 웃지를 않아.'

'무섭다고.'

'나는 쟤하고는 못 살아. 우리 이혼해.'

이혼은 절대 안 된다고 강하게 나가던 병호도 연준이 어딘가 이상하다는 것을 알아차렸다. 세상이 한창 재미있을 아이가 아니었다. 연준은 모든 것에 관심을 잃은 것처럼 보였다. 흥밋거리가 없다고 해야 할까.

병호는 새라와 달리 수수방관하지 않았다. 친구가 운영하는 소아정신상담센터에 데리고 갔다. 심리테스트를 했고 이것저것, 여러 가지 검사를 했다. 별일 없을 거라는 기대와 달리 청천벽력이 떨어졌다.

<공감능력이 현저히 떨어짐. 반사회적 인격장애로 보임.>

병호는 하늘이 무너지는 심정이었다. 몇 달을 병원에서 치료를 받아봤지만, 연준은 하나도 달라지지 않았다. 의사 친구도 천성이라 바꾸기가 쉽지 않다고 했다. 이해하려 애쓸수록 연준은 더 혼란스러울 거라고. 마음의 병은 시간을 천천히 가지면서 고쳐나갈 수밖에 없다고. 그날 어떠한 사건이 벌어졌고, 병호는 새라와 이혼을 했다.

병호는 고심이 많았다. 어떻게 하면 연준이 아무 사고도 치지 않고 살아갈 수 있을까. 매일 어린 아들 곁에 지내는 건 불가능했기에, 친구를 만들어주었다.

동갑내기 친구. 잘 지내는 건 어렵지 않았다. 풍족한 삶이 뒤따라오는데 못할 것은 없었다. 그럭저럭 연준과 별 트러블 없이 잘 지냈다. 병호가 시키는 대로 학교도 같이 들어갔다. 연준의 일거수일투족을 보고해야 했기에, 저절로 알게 되는 것들이 있었다. 연준에게 친구는 자신밖에 없었다. 그 흔한 술친구도 없었다. 언젠가 지나가는 말처럼 물은 적이 있었다.

'외롭겠다.'

'왜?'

'혼자면 외로우니까.'

'혼자면 조용해서 좋아.'

도리어 자신에게 혼자 있어보라고 권유까지 했다. 그런 놈이 지금은 여자와 함께 살고 있다. 그것만 봐도 연준은 조금씩 변하고 있었다. 본인이 눈치챌 수 없을 정도로 아주 조금씩, 서서히.

정수의 눈에 연준은 사이코패스가 아니었다. 공감능력이 부족한 인간 정도? 그도 아니면 이제껏 마음을 나누고 싶은 대상이 없었을 뿐이었다. 이제 그 대상이 이수완이 되는 걸까.

"왜 하필 이수완 씨야?"

정수는 진심으로 궁금했다.

"원하는 걸 바꿀 수는 없잖아."

수완을 물건처럼 말하는 연준이 그의 눈에 잔혹해 보였다. 원하기에 가진다는 말로밖에 들리지 않았다. 거꾸로 생각하면 원초적인 감정보다 더 위험한 것은 없었다.

수완이 연준의 원초적 감정을 자극하면 어떻게 될까. 연준도 사람인데 아무것도 달라지진 않겠지. 뭐라도 변하긴 변할 것이다. 정수는 둘의 행보가 앞으로 어떻게 될지 자못 궁금했다. 말도 안 되는 연극을 벌인 연준은 주인공이 아니었다. 해괴한 연극의 키는 아이러니하게도 수완이 쥐고 있었다.

"시작은 어떻든, 수완 씨랑 잘해봐."

"그러려고 노력 중이야."

"흉내 따윈 집어치우고, 네가 진짜 이수완 씨한테 원하는 게 뭔지 알아봐."

"알았다니까."

"계산하지 말고."

연준은 특유의 서늘한 웃음을 지었다. 어디 네 녀석 뜻대로 되는지 지켜보겠어.

"셜록홈즈 놀이는 이쯤에서 그만하지. 더 알아낼 것 없으니까."

"회장님이 조만간 수완 씨 부르실 수도 있어."

"그러시겠지."

연준의 말이 너무나 어처구니가 없어 코웃음도 나오지 않았다. 저 끄떡도 하지 않는 배짱은 존경할 만하다. 병호가 수완을 부르면 어떤 일이 벌어질지 알면서 연준은 강 건너 불구경하는 태도를 보였다.

끊임없이 비가 세차게 몰아쳐도 연준의 세계는 절대 무너지지 않을 것처럼 보였다. 뭐, 이수완을 겹겹이 에워싼 은폐된 신전에라도 모셔놓은 건가.

수완은 걸음을 우뚝, 멈췄다. 병원 1층에서 연준이 자신을 기다리고 있을 줄은 몰랐다는 얼굴로.

"어떻게 여길⋯⋯."

"혼자 집에 들어가기 싫어서."

우두커니 서 있는 그녀에게로 연준이 성큼 걸어왔다. 그가 병원에 온 것이 여간 못마땅한 게 아니었다. 미간을 찌푸리는데 눈 아래로 붉은 장미 한 송이가 들어왔다.

"이건, 뇌물."

뇌물이라니.

"맘대로 병원 쫓아왔다고 화내며 때리지 말라고."

"사람 미안하게 하는 방법도 여러 가지네요."

붉은 장미를 받아 든 수완은 멋쩍게 웃었다. 오랜만에 받아보는 꽃 선물이다. 대학 입학 때 받아보고 처음인가?

"웃었다."

"웃지, 울어요?"

"웃어요. 웃으니까 예뻐."

수완은 얼굴을 붉혔다. 연준이 상기된 수완의 뺨을 손가락으로 덧그리듯 만졌다.

"꽃 좋아해요?"

"꽃 안 좋아하는 여자는 없어요."

그러게. 나도 여자인가 보다. 장미 한 송이에 마음이 녹는 걸 보면.

"이렇게 좋아할 줄 알았으면 더 사 올걸."

숨이 일순 멎었다. 이렇게나 달콤한 말이라니. 어디 학원 다니나. 여자들이 듣기 좋아하는 말만 어쩜 이렇게 하는지. 괜히 얼굴이 붉어지고 심장이 뛰었다.

"많이 기다렸어요?"

수완은 쑥스러워 말을 돌렸다.

"1시간 정도."

그녀가 병원에 도착했을 시간. 언제 나올지 모르는데 무턱대고 기다리다니. 정말 제대로 해볼 마음이 생긴 건가. 연준과 함께 있으면 시간이 느리게 흘렀다. 그러다가 정신을 차릴 수 없게 아주 빨리 흐르기도 했다. 이 남자와는 절대 안 돼, 라고 결심했는데 눈을 떠보니 그와 함께 살게 된 것처럼.

"머리 한 번만 쓰다듬어줘요."

"어? 왜요?"

"수완 씨 따라 올라가고 싶은 거, 참고 기다린 것에 대한 보상."

주인한테 머리를 숙이는 강아지처럼 연준은 고개를 숙였다. 괜히 심장이 쿵쿵 뛰었다. 너에게 복종한다는 행동 같아서. 의미 부여할 필요 없어. 묵직해지는 가슴을 감추려고 수완은 주먹을 꽉 틀어쥐었다. 이 정도는 별거 아니라는 듯이 그의 머리를 부드럽게 쓸어주었다.

"다시 한 번 고마워요."

"무슨 뜻?"

수완이 연준의 정수리에 잠시 머문 손을 천천히 거두었다.

"엄마 병실 옮겨줘서요."

한발 용기를 내어 한 말이 무색하게 연준은 무반응이다. 여기서 왜 고맙다는 말을 하는지 선뜻 이해하지 못하는 얼굴이랄까. 더 설명을 해줘야 할 것 같았다.

"본부장님 아니었으면, 아마도 지금쯤 많은 어려움을 겪고 있었을 거예요."

"도움이 된 건가요?"

"네."

"다행이네요."

도움이 되었다는 말은 이해가 된 모양이다. 더 구체적이어야 대화가 통화는 남자구나. 시간은 그냥 아무 의미 없이 흐르는 것은 아니었다. 이젠 묘하게 어긋나는 대화도 익숙해졌다.

"이제 집에 가요."

수완은 엷은 미소를 지었다. 연준은 그녀의 손을 잡고 주차장으로 걸어갔다. 온몸으로 온기가 느껴지는 남자의 손이 좋았다.

연준은 집으로 가지 않았다. 그녀를 데리고 간 곳은 성수동 수제화 거리였다. 외관이 검은 벽돌로 된 건물의 간판은 빨간 구두였다. 가죽 원단 가게도 보였다. 복고풍 간판들이 옛 시절 향수를 자극하며 정겨웠다. 이미 영업이 끝날 시간인데 한 곳만 불이 환하게 켜져 있었다.

"들어갑시다."

연준은 검은 건물 안으로 수완의 등을 슬쩍 밀었다. 얼떨결에 건물 안으로 들어간 수완의 눈이 커지며 휘둥그레졌다. 대체 여길 왜? 라는 의문이 사라진 얼굴이었다. 난생처음 보는 아이처럼 호기심 가득한 눈을 빛내며 수완은 가게를 바쁘게 두리번거렸다. 구두만 있는 게 아니었다. 가죽으로 만들 수 있는 건 모든 다 있었다. 가죽 벨트며 핸드백, 노트북 케이스까지.

"뭐, 살 거 있어요?"

"구두."

짧게 대답한 연준은 차임벨을 눌렀다. 사람이 왔다는 신호가 딸 랑딸랑 울렸다. 얼만 지나지 않아 끼익, 하는 오래된 나무문이 열 리는 소리가 들렸다. 지하실도 있는 모양이다. 돋보기안경을 콧잔 등에 아슬아슬 걸친 할아버지가 올라오셨다.

"왔어?"

"늦게 죄송합니다."

연준은 깍듯하게 인사했다.

"특근수당 줘야 해."

"네."

농담도 할 만큼 둘은 오래 안면을 튼 사이처럼 보였다. 주인 할 아버지가 턱짓으로 대뜸 수완을 가리켰다.

"저 아가씨야?"

"네. 잘 좀 만들어주세요."

"저요?"

수완은 약간 놀란 듯 되물었다. 연준은 살짝 웃으며 대답했다.

"여기 구두 편해요."

"따라와요."

수완은 끼어들 새가 없었다. 얼떨결에 지하실을 내려갔고 정신 을 차려보니 발의 본을 뜨고 있었다. 작은 의자에 앉은 수완은 다 큐멘터리 속 주인공이 된 기분이다. 언젠가 수제화를 만드는 장인 들의 모습을 텔레비전에서 본 기억이 났다. 구부정한 허리. 기름때 가 묻은 장갑. 가죽은 만지느라 망치질로 거북이 등처럼 손을 거칠 었고 바위처럼 굳은살도 박여 있었다. 이게 말로만 듣던 한 땀 한

166

땀 장인의 손길이 들어가는 구두인가 보다.

"디자인 생각한 거라도 있어요?"

수완은 가만히 서 있었다. 그런 반응을 예상했다는 듯, 연준은 다른 구두를 하나씩 보여주기 시작했다.

"색상은 뭐가 좋을까."

"본부장님 구두 사러 온 거 아니었어요?"

수완은 눈을 느리게 깜빡이며 연준을 바라봤다.

"수완 씨 구두 불편해 보여서."

연준은 그녀의 구두를 내려다봤다. 수완은 맨발을 보인 기분이 들어 심장이 한 박자 느리게 뛰었다. 아르바이트만 하느라 구두 신을 일이 별로 없었다. 지금 구두는 엄마가 대학 입학 선물로 사준 것이었다. 오래된 구두라 그렇잖아도 뒷굽이 많이 닳아 수선할 참이었는데. 그걸 연준이 보기라도 한 걸까.

"아직 신을 만해요."

치부를 보인 것처럼, 뭔가 몹시 부끄러웠다.

"왜, 여기 구두 별로예요?"

"그게 아니라⋯⋯."

수완은 고개를 저었다.

"그럼 뭐가 걸려서?"

"자꾸 나만 받고 있잖아요. 기분이 거지 같아."

수완은 비참한 심정을 솔직하게 털어놓았다. 서연준에게 조금씩 기대기 시작하는 자신에게 실망을 금치 못했다.

"내가 지금 수완 씨한테 적선하고 있어요?"

어딘가 모르게 연준의 음성이 차가워졌다.

"말했을 텐데. 나한테 이런 거 아주 쉽다고. 그러니까 마음의 부담 조금도 가질 필요 없어요. 그냥 구두잖아. 여기에 무슨 의미가 필요한데?"

"……."

"그래도 부담스러우면 나한테서 도망갈 때 신든가."

"뭐, 뭐요?"

수완은 황당한 말에 놀라 말까지 더듬었다. 떠날 때 신으라니.

"어떻게 한 번도 쉽게 넘어가는 법이 없어. 조금만 거슬리면 떠날 생각부터 하는 이수완."

꼭꼭 숨긴 본심을 들켜버렸다. 연준에게는 제대로 하자고 해놓고 정작 자신은 한 발 빼고 있었다.

"좀 신으면 안 돼?"

화가 났구나. 말이 짧아지는 걸 보니. 화가 나도 연준의 표정은 별반 달라지지 않았다. 눈썹이 조금 거칠게 움직일 뿐이었다.

"이수완."

무엇을 참는 듯한 연준의 목소리가 공기를 무겁게 눌렀다. 깊은 눈동자에서 감정이라곤 찾아낼 수가 없었다. 얼마큼 지났을까. 시간의 흐름도 잊고 둘은 서로를 뚫어지게 바라보고 있었다. 남자의 짙은 시선이 버거워 수완이 먼저 시선을 내렸다.

"내가 이겼군."

응?

"눈싸움에서 수완 씨가 졌으니까, 내 말 따라요."

수완은 아무런 항의를 할 수가 없었다. 잔뜩 심장을 얼어붙게 해놓고 연준은 장난으로 상황을 마무리했다. 이 남자의 진심은 도대체 뭘까. 또다시 속절없이 흔들리고, 마음속 단단히 고정된 못 하나가 빠졌다.

"사랑싸움 다 끝냈어? 이제 구두 보여줘도 되지?"

옆에서 조용히 지켜보던 주인 할아버지가 불쑥 한마디 건네셨다. 그 말에 어쩔 수 없다는 듯 연준과 수완은 피식 웃음을 터트렸다.

"이거 한번 신어봐요."

주인 할아버지가 연한 핑크빛이 도는 구두 한 켤레를 바닥에 내려놓았다.

"뭣보다 발이 편해야 해. 그래야 일도 잘되고 하루가 편하지. 송아지 가죽으로 만들었는데, 괜찮을 거야."

그러면서 굽은 6센티미터가 적당할 것 같다고 덧붙였다. 연준이 빨리 신어보라는 눈짓을 보냈다. 수완은 가방을 작은 의자에 내려놓고 구두를 신었다.

"어때요?"

할아버지와 연준이 동시에 물었다. 수완은 핑크빛 구두를 내려다보며 말했다. 구두를 신자 착 감기는 촉감이 마치 구름 속에 발을 넣은 것처럼 가벼웠다.

"진짜, 편해요."

"거봐."

연준이 어차피 좋아할 거면서 왜 고집부렸느냐는 투였다. 그러게. 안 돼, 안 돼, 하다가 돼, 라고 말하는 지조 없는 여자가 된 기분이었다. 누군가에게 이렇게 일방적으로 뭔가를 받는 것이 오랜만이라 서툴렀다.

괜한 자격지심 때문에 못난이가 되었다. 조금은 제멋대로일지 몰라도 연준은 그녀에게 잘못한 것이 없다. 오히려 그가 처음 말한 것처럼, 그는 그녀 위주로 해주고 있었다.

여전히 서연준은 편하지 않은 남자였다. 거침과 부드러움이 극과 극으로 존재했으니까. 그래서 더 그에게 흔들렸을 테지만, 지나치게 이성적인 연준은 가끔 감정이 없는 건 아닐까 할 때도 있었다. 그래서 그의 고백은 비현실적으로 들렸다.

충동적인 원나잇. 재회. 동거. 비현실적인 일들의 연속이었다. 문득 이렇게 살면 안 된다는 생각이 들다가도, 다른 한편으로는 잘못되어도 상관없다고 생각해버렸다. 불편하고 어색한 이대로……. 남자한테 물질적 도움이나 받으면서 꽤나 도도하게 군다고 욕해도 할 수 없다. 나의 비겁함은 굳이 말해주지 않아도 충분히 알고 있으니까.

"이 가죽이란 게 사람하고 똑같아."

주인 할아버지는 다른 가죽 샘플을 보여주며 말했다.

"아무리 거친 가죽이라도 정성을 들여서 사포로 갈고 망치로 두드려주면, 아기 솜털처럼 부드러워지지."

둘은 나란히 서서 할아버지의 말씀을 귀담아들었다.

"두 사람도 서로 잘 두드려가면서 지내봐요. 아까처럼 싸우지 말고."

"그러면 아무리 어려운 일이 닥쳐도 이겨낼 수 있을 테니."

말씀을 끝낸 주인 할아버지는 가죽을 고르라고 하며 자리를 비켜줬다. 말씀이 끝나자 연준은 녹색 가죽을 손바닥으로 천천히 문질렀다. 그 모습을 수완이 물끄러미 바라봤다.

"왜 그렇게 봐요?"

"우리도 서로 두드려볼까 해서요. 가죽처럼."

연준의 말이 그제야 이해가 된 수완은 피식 웃음이 났다. 우습게도 언제 끝이 날지 모르는 위태로운 이 관계가 재미있어졌다. 처음부터 그에게 영원을 바란 것이 아니니까. 지금 이 감정이 자연스럽게 흐르는 대로 내버려둘 참이다.

"줄 게 있어요. 고개 좀 숙여봐요."

연준은 그녀가 시키는 대로 고개를 숙였다. 수완은 발뒤꿈치 들었다. 그리고 빛의 속도보다 빠르게 입을 맞추었다. 꼭 초보처럼 서툴기 짝이 없는 짧은 입맞춤. 하고 나니 속이 다 후련하다. 연준은 키스할 거라고는 예상하지 못한 표정이었다. 무장해제당한 사람처럼 약간 넋이 나간 얼굴이었다.

"무슨 뜻?"

"키스에 무슨 뜻이 있어요. 하고 싶어서 했어요."

그는 여전히 이해하지 못한 듯 미간을 구겼다. 당황하는 남자의 모습이 낯설고 신기했다. 묘한 카타르시스가 느껴졌다.

"대범해졌네."

"처음 본 당신하고도 잔 나예요."

그 정도쯤은 아무것도 아니라는 듯 어깨를 으쓱해 보였다. 속으로는 떨면서. 그걸 본 것일까, 연준이 피식 웃음을 흘렸다.

"키스는, 혀가 얽혀야 하는데."

긴장과 떨림이 뒤섞인 숨소리가 거칠어졌다. 연준의 길고 차가운 손가락이 그녀의 귓불을 매만지고 있었다. 배 속까지 전율이 일어 갈비뼈가 뻐근했다.

처음부터 연준이 주는 손길은 달랐다. 아무 생각도 할 수 없게 온몸이 긴장으로 부풀어 올랐다. 머릿속 생각은 멈추었다. 귓불을 만지던 손길이 머리카락 사이를 파고들 때, 수완은 그의 재킷을 세게 틀어쥐었다.

"어렵지 않아요."

연준의 입술을 벌리고 혀를 깊게 밀어 넣었다. 기다렸다는 듯 남자의 혀가 닿았다. 아랫배에 힘을 가득 준 수완은 연준의 목을 끌어안고 그대로 남자의 혀를 빨아당겼다.

끈적끈적한 열기가 공간을 채웠다. 수완은 가쁜 숨을 내쉬며 갈구하듯 혀를 휘감고 입술을 깨물었다. 강렬한 쾌감이 부끄러움을 날려버렸다. 가능하다면 더 오래 연준과 키스를 하고 싶었다.

조금은 남들과 다르게 시작된 연애지만, 얼마든지 평범해질 수 있을 거라는 기대하면서. 이제부터가, 진짜 시작이다.

6. 완벽한 속임수

점심을 먹고 민정과 회사 근처 커피숍에 갔다. 점심시간이어도 직장인들이 밀집된 곳이라 커피숍은 손님들로 북적거렸다. 둘은 먼저 자리가 있는지부터 확인했다. 운 좋게 창가 쪽에서 막 일어나는 자리를 확보했다. 창가 자리를 잡은 건 행운이었다.

민정은 봄 시즌으로 나온 컵을 두 개나 샀다. 손잡이의 나비 모양이 앙증맞아 절로 입가에 웃음이 지어졌다. 그리고 메뉴판을 보며 뭘 마실까 잠시 고민하는 수완에게 대뜸 컵을 하나 건넸다.

"이건, 수완 씨 거."

"어?"

"이걸로 사무실에서 커피 마셔."

"아니야. 괜찮아."

수완은 손사래를 쳤다. 민정은 미간을 찌푸리며 수완의 손에 억지로 컵을 쥐여주었다.

"비싼 거 아니거든요."

민정은 하늘색 나비 모양 손잡이를, 그녀에게 노란 나비 모양 손잡이를 주었다. 수완은 한동안 말을 잃고 노란 나비가 앉은 듯한 컵을 물끄러미 내려다봤다. 살갑게 굴지도 못하는 자신을 친언니처럼 챙겨주는 민정이 고마워 가슴에서 뜨거운 뭔가가 올라왔다. 수완은 울컥, 치민 감정을 웃음으로 내리눌렀다.

"그러면 나도 뭐 하나 사줄게. 텀블러 어때? 저거 예쁘다."

수완은 컵과 세트처럼 보이는 텀블러를 가리켰다. 거기에도 나비가 아름답게 새겨져 있었다. 민정은 진열대에서 텀블러를 꺼내보려는 수완의 팔을 가볍게 저지했다.

"선물을 준 보람도 없게 바로 사는 게 어딨어."

"그래도……."

수완은 미안했다. 그동안 사는 것이 빡빡해 마음의 여유가 없었다. 뭔가를 베풀어야 한다는 것도 잊고 살았다. 단순히 컵을 받아서가 아니었다. 민정에게 받은 건 마음 이상의 것이었다. 정말이지 지갑에 있는 돈을 탈탈 털어 커피숍에서 제일 비싼 것을 사주고 싶었다. 그러다 문득 드는 생각 하나. 그러고 보니 연준에게도 받기만 했지 베푼 것이 없었다. 뭐라도 사줘야 하나. 남자 선물은 사본 적이 없는데.

"그렇게 사주고 싶으면 나중에……. 월급 타면 더 좋은 거 사주든가."

"알았어. 그렇게 할게."

나비 모양 컵을 사이좋게 나눠 가진 둘은 커피와 밀크 푸딩, 그리고 촉촉한 생크림 케이크도 주문했다. 방금 점심을 먹었던 터라 수완은 다 먹을 수 있을까 걱정이 되었다.

"너무 많지 않아?"

"많긴. 자고로 간식 배는 따로 있는 거야. 그리고 수완 씨는 살 좀 쪄야 해. 여자는 자고로 엉덩이!"

민정은 익살맞은 표정을 지으며 불쑥 수완의 엉덩이를 툭 쳤다. 민정의 장난에 깜짝 놀란 수완은 얼굴을 붉혔다. 아이처럼 웃으며 둘은 봄이 오고 있는 도시를 보며 창가에 앉았다. 햇빛이 반사되는 창문. 커피숍 나무 테이블에 빛이 그림자를 만들며 잔물결처럼 일렁였다. 달력 한 장 바뀌었을 뿐인데 스산했던 기운이 조금씩 물러가고 있었다.

밀크 푸딩을 먹고 접시 위에 포크를 내려놓는데 민정이 말했다.

"그거 알아?"

불쑥 던진 말이라 수완은 눈만 깜빡거렸다.

"본부장님 어머니가 유명한 배우셨대."

"……진짜?"

연준의 얘기가 나오자 수완은 턱에 힘이 들어갔다. 민정은 화장실에서 여직원들이 하는 얘기를 들었다고 했다.

"수완 씨도 알걸. 그 영화 있잖아. 밀회라고……. 그 시절치곤 상당히 파격적인 영화였지, 아마. 10살 어린 남자랑 도망간 유부녀 역할로 영화제에서 상까지 탔잖아. 정새라고 들어봤을 거야."

들어본 이름이다. 엄마도 좋아했던 여배우였으니까.

"놀랍지 않아? 본부장님 어머니가 배우였다니."

"그러게."

찬란 175

수완은 저도 모르게 한숨을 내쉬었다. 내리깐 눈빛에 숨길 수 없는 당혹스러움이 깃들었다. 그와 한집에 살면서 제대로 아는 것이 있나 싶어서. 동시에 연준이 TS전자의 회장님 아들이라는 사실이 새삼 피부로 와 닿으며 실감이 났다.

"그런데 회장님이랑 이혼하셨대. 더 놀라운 건 지금 부인이 세 번째래."

민정이 하는 말마다 놀라움의 연속이었다. 수완은 무슨 말을 해야 할지 알 수가 없어 컵만 만지작거렸다.

"나도 소문으로 듣긴 했는데 우리랑 무슨 상관이야. 결혼을 세 번 했다고 해서 사생활이 문란하다고 단정 짓긴 그렇잖아. 지금 잘 살고 계시고."

수완은 마음이 이상해졌다. 그래서일까. 그녀의 입술 사이로 가벼운 한숨이 새어 나왔다. 부잣집 도련님에 곱게 자라서 편식도 심한 남자인 줄만 알았다. 알지 못했던 연준에 관한 이야기는 생각보다 무거웠다.

"왜 이혼했는지는 알아?"

"배우는 자기가 찍은 영화처럼 산다는 말이 맞나 봐. 정새라 씨, 본부장님 7살 때인가. 이혼하고 다른 남자랑 한국을 떴다. 왜, 요즘 케이블 방송에서 연예인 신변잡기 프로그램 많잖아. 거기에서 해 주는 거 봤어."

"그렇구나."

수완은 가만히 고개를 끄덕였다. 민정은 어깨를 한번 으쓱이더니 커피를 쭉 들이켰다.

"어쩐지 본부장님 어딘가 쓸쓸해 보였는데, 그 때문인 것 같긴

해. 내가 또 그 마음 잘 알지."

"어떤 마음?"

"사실 우리 부모님도 내가 중학교 때 이혼하셨거든."

민정의 입에서 뜻밖의 말이 튀어나와 수완의 눈이 커졌다. 민정은 잠깐 어색한 미소를 짓더니 가라앉은 목소리로 말했다.

"얼마나 힘이 들었으면 이혼했을까 이해는 되는데, 상처는 어쩔 수가 없거든."

수완은 난감해서 가만히 앉아 있었다. 민정이 털어놓은 상처는 마치 제 일처럼 마음을 아프게 했다. 억지로 밝은 척하며 위로의 말은 건네고 싶지 않았다. 사람마다 각자 아픔이 있다. 옹이처럼 새겨진 아픔을 자시만의 방식으로 극복하면서 살고 있다. 그녀도, 민정이도, 연준이도……

"에이, 참. 또 뭘 그렇게 심각한 얼굴로 보실까. 우리 부모님은 그래도 괜찮은 분들이셔. 엄마랑 살고 있는데 아빠도 계속 만나니까. 요샌 두 분 따로 만나서 영화도 보고 여행도 다니시거든. 엄마한테 합칠 거냐고 물어보니까 그건 또 아니래. 꼭 같이 살아야 행복한 건 아니라면서. 선뜻 이해는 안 가는데, 두 분 인생이니까 두 분이 행복하면 됐다 싶어."

"내가 말주변이 없어. 뭐라고 해야 할지 모르겠어."

수완은 솔직히 말했다. 민정은 피식 웃으며 케이크를 포크로 잘라 먹었다.

"그냥 들어주는 것만으로도 고마울 때가 있어. 굳이 애쓰면서 말하지 않아도 돼."

"나도 민정 씨한테 하고 싶은 말이 많긴 해."

"아직 준비가 덜되었구나?"

"응……."

과연 엄마와 연준이 얘기를 민정에게 털어놓을 수 있을까.

"때가 돼서 해주면 좋지만 내가 털어놨다고 해서 내키지도 않는데 할 필요는 없어."

그렇게 말해주는 민정의 마음 씀씀이가 고마웠다. 마음의 문을 여는 속도는 사람마다 다 달랐다. 수완은 속마음을 절대 보이기 싫어 꽁꽁 싸매는 성격은 아니었다. 민정의 속도가 토끼라면 그녀는 거북이처럼 느릴 뿐이다. 언젠가 하게 된다면 민정이한테 첫 번째로 털어놓고 싶었다.

수다를 떨다 보니 시간이 가는 줄도 몰랐다. 빛의 속도로 시간이 금방 흘러갔다. 다 마시지 못한 커피를 들고 밖으로 나왔다. 3월이라지만 아직은 바람이 스산했다. 수완이 먼저 민정의 팔짱을 끼며 바싹 붙었다. 민정은 오줌이 마렵다며 빨리 가자고 했다. 둘은 막 파란불로 바뀐 신호등을 향해 뛰기 시작했다. 신호등 하나만 건너면 바로 코앞이 회사였다.

회사 로비로 들어서자마자 민정은 화장실로 직행했다. 수완은 엘리베이터 앞에서 민정을 기다렸다. 때마침 옆 임원용 엘리베이터가 열렸다. 문이 열리고 나오는 사람을 보며 수완은 고개를 숙여 인사를 했다. 연준이 회장님과 나란히 나왔고 그 옆에 낯선 여자도 있었다. 직원은 아닌 것 같은데 누구지?

"점심 먹었어요?"

모른 척하고 지나갈 줄 알았던 연준이 다가왔다. 수완은 왠지 모르게 주눅이 들었다. 연준의 어깨 너머 서 있는 병호의 시선이 심상치 않았다.

"네."

조그맣게 대답을 하던 수완은 순간 오싹했다. 허공에서 병호의 눈빛과 한순간 얽혔다. 부전자전이다. 사람을 바라보는 병호의 눈빛도 만만치 않았다. 기를 팍 죽이고 왠지 모르게 긴장하게 했다. 혹시 연준과의 관계를 아는 건가. 도둑이 제 발 저려서 손끝이 떨리고 등이 뻐근해졌다.

"저녁에 뭐 할까요?"

연준은 모두가 들을 정도로 크게 말했다. 몸이 차갑게 얼어붙은 수완은 어찌할 바를 몰랐다. 안 그래도 불편한데 연준은 작정한 것처럼 그녀에게 알은체했다. 병호 옆에 있던 여자가 그녀를 매섭게 바라봤다.

"이따 얘기해요."

"영화나 볼까?"

그런 건 아무래도 상관없다는 듯, 연준은 자신이 하고 싶은 말만 했다. 그때 여자가 다가와 물었다.

"누구예요?"

수완의 얼굴이 흙빛으로 변했다. 더 황당한 건 연준은 재미있는지 입가에 미소를 머금고 있었다.

"서연준 본부장, 그만 가지."

"네."

연준의 눈빛이 매우 차갑게 변했다. 그는 대답하면서 수완을 보며 덧붙였다.

찬란   179

"같이 퇴근해요."

이번엔 여자가 당황한 얼굴이 되었다. 그 자리에 더 있을 수 없었던 수완은 고개를 숙여 인사를 하곤 자리를 급하게 벗어났다. 엘리베이터 서서 앞만 바라봤다.

"수완 씨."

누군가 어깨를 눌러 수완은 소스라치게 놀랐다. 더 놀란 표정을 지으며 민정이 눈을 커다랗게 떴다.

"뭐야……. 뭘 그렇게 놀라. 내가 더 놀랐잖아."

"미안."

수완은 어색하게 웃어 보였다. 고개를 돌려 로비를 바라봤는데 다행히 연준은 가고 없었다.

"그 여자 봤어?"

"누구?"

"본부장님 옆에 있던 여자."

"어, 봤어."

엘리베이터가 도착했다. 둘은 동시에 엘리베이터에 올랐다. 민정은 하던 말을 계속 이었다.

"한미 금융 막내딸이래."

그렇구나.

"예쁘지?"

"응."

"얼굴에서도 광택이 나더라."

민정의 부러움 가득한 표정에 수완은 피식 웃기만 했다. 남자라면 한 번쯤 뒤돌아볼 정도로 그녀는 인형처럼 예뻤다.

"본부장님하고 결혼할 사이래."

엘리베이터 안에는 다른 직원들도 있었다. 민정이 잔뜩 목소리를 낮추었어도 좁은 공간이라 다 들렸다.

"누가?"

"수완 씨 몰랐어? 아까 그 여자랑 본부장님이랑."

강한 현기증이 일어나며 눈앞이 빙글빙글 돌았다. 다리에 힘까지 풀려 순간 휘청인 수완은 엘리베이터에 등을 기댔다. 아무것도 모르는 민정은 마치 연예인 얘기를 하듯 둘에 대해서 떠들었다.

"여자 쪽에서 더 매달린다는 소문이 있어."

"……."

"뭐, 끼리끼리 아니겠어. 재벌은 재벌, 서민은 서민. 백마 탄 왕자님은 동화 속에나 있는 거지."

제대로 숨도 쉬어지지 않는다. 어떤 것도 판단할 수 없는 혼란의 소용돌이에 몸이 던져진 것만 같았다. 감당하기 버겁도록 수많은 감정이 일시에 일어났다. 도무지 아무것도 정리되지 않은 채 엘리베이터가 6층에 도착했다. 사무실로 들어가야 하는데 이대로는 무리였다.

"민정 씨, 먼저 들어가."

"안색이 왜 그래?"

민정은 그제야 낯빛이 새하얗게 질린 수완을 보며 물었다.

"점심 먹은 게 체했나 봐."

"어떻게 해. 약 갖다 줄까?"

"아니야."

희미하게 웃는데 머리가 띵하고 속이 울렁거렸다. 심한 구역질이 치민 수완은 입을 가리며 화장실로 뛰어갔다. 변기 뚜껑을 열고 그대로 주저앉았다. 창자를 끊는 듯한 통증이 찾아왔다. 온몸을 뒤틀며 점심때 먹은 것을 모두 게웠다.

"수완 씨, 괜찮아?"

걱정된 민정이 따라왔는지 화장실 문을 두드렸다. 얼이 빠진 수완은 대답할 힘도 없었다. 다시 또 변기 속에 머리를 박았다.

언젠가는 끝날 관계인 걸 알면서도, 이제 제대로 시작하려고 용기를 냈다.

그런 그녀를 연준은 한낱 유희의 존재로 취급했다. 절망과 모욕감에 몸을 떨었다. 결혼할 여자가 있었다니. 어떻게 이럴 수가 있어……. 심장을 파고드는 통증. 수치와 상실감이 유리조각처럼 몸 구석구석을 아프게 파고들었다.

나쁜 자식.

화장실 구석에 함부로 버린 휴지가 된 것 같았다. 눈시울이 붉어졌다. 엉망진창이 된 정신을 차리려고 애를 써도 소용이 없었다. 머리가 두 갈래로 갈라지는 두통까지 일어났다. 수완은 흔들리는 머리를 양손을 감싸 쥐며 눈을 감았다.

민정은 계속 문을 두들기고 있었다.

뭐지?

집에 돌아온 연준은 계속 수완의 등만 바라봤다. 함께 퇴근하자고 했는데 수완은 먼저 퇴근하고 없었다. 그가 집에 왔는데도 눈길조차 주지 않는다. 차가운 분위기에 분명 화가 났음을 짐작할 수 있었다. 문제는 왜 화가 났는지 모른다는 것에 있었다. 뭘까, 당신이 화난 이유가?

"이수완."

수완은 대답도 않고 방으로 들어갔다. 수완에게 처음 느낀 반응이었다. 그를 온몸으로 거부하고 있었다. 뭔지 모를 불쾌함이 혈관까지 짓눌렀다. 노크도 없이 수완의 방을 확 열었다. 그녀는 옷을 갈아입고 있었다.

다른 때처럼 얼굴이 붉어지며 놀라서 어쩔 줄 몰라 했을 수완이 아니었다. 천연덕스럽게 그가 보는 앞에서 옷을 갈아입었다. 뭔가 단단히 화가 났군.

"우리 얘기를⋯⋯."

"먼저 씻을게요."

냉정하게 그를 스쳐 나간 수완은 욕실로 숨어버렸다. 연준은 우두커니 서서 수완의 방을 천천히 둘러봤다. 그녀가 두 달 넘게 살았어도 방의 변화는 아무것도 일어나지 않았다. 이대로 수완이 떠나도 그녀가 살았던 흔적을 찾아볼 수 없을 정도였다. 그녀의 짐은 여전히 풀지 않은 그 상태였다. 언제든 떠날 준비를 하는 것 같았다. 그게 미치도록 싫었다.

이걸 어떻게 설명할까.

광기에 가깝게 연준의 눈빛이 번뜩였다. 타인의 고통에 공감하지 못하는 것이 오늘처럼 짜증이 난 적은 없다. 수완이 왜 화가 났는지 알아내기엔 그의 능력은 턱없이 모자랐다. 이해할 수 없는 영역 너머의 것이었다.

그간 인내심의 한계를 느끼면서도 이수완에게 잘 공들였다. 그녀는 색다른 흥미 이상이었다. 기이한 욕망이라고 해야 하나. 이수완을 제 것으로 만들고 싶었다. 모든 건 계산대로 진행되었다. 여자들이 원하는 건 쉽기에, 수완을 금방 흔들 수 있었다.

살아날 희망도 없는 식물인간인 그녀의 어머니를 좋은 병원으로 옮겨주었다. 그리고 원하는 진심이라는 걸 보여주었다. 얼굴이 덴 것처럼 붉어지며 수완이 먼저 키스를 했을 땐, 그녀가 완전히 제 것이 된 것만 같았다.

그러게. 이수완 성깔 있네.

유리알처럼 연약해 보여 간단히 제압할 수 있을 줄 알았던 수완은 오히려 그를 향해 반격했다. 지금처럼 가늠하지 못하는 감정 속으로 그를 밀어 넣었다. 처음 겪어보는 감정은 내성이 생기지 않아 황당할 정도였다.

여자나 탐하는 남자로 보이기 싫어 신사적으로 나갔는데, 오늘로 끝이다. 그는 수완이 보인 냉대에 분별력을 잃었다. 당장은 그녀가 화가 났는지 그것만 중요했기에 품위 없는 행동을 아무렇게나 했다.

'눈속임하는 흉내는 집어치워. 감정은 계산하는 게 아니야. 느끼는 거지.'

문득 정수가 했던 말이 떠올랐다. 느끼면 되겠네. 연준은 망설임 없이 욕실의 문을 열고 들어갔다.

"뭐…… 뭐예요!"

이번엔 놀라네.

수완의 격한 반응이 즐겁기까지 했다. 화들짝 놀란 수완은 인상을 쓰며 물속으로 허겁지겁 들어갔다.

"얼른, 나가요!"

악을 쓰는 수완의 목에 핏대가 섰다. 연준은 옷이 젖는 건 상관없다는 듯이 욕조에 걸터앉았다. 당황한 수완은 이를 악물었다. 연준은 문득 웃음이 났다. 그가 밖에서 골머리를 앓을 동안 수완은 거품 목욕을 하고 있었다. 알수록 재미있는 여자다.

"당신 말대로 난 위험한 남자일 수도 있어."

"……."

"그렇지만 이수완한텐 착한 남자처럼 굴었는데."

수완은 놀란 눈만 부릅뜨고 있었다.

"그런데 아무래도 그 착한 남자 흉내 내는 데 한계가 있었나 봐."

연준은 욕조 안을 하얗게 가득 채운 거품을 손끝으로 살짝살짝 건드렸다. 그 느릿한 동작이 마치 제 살결을 만지는 듯한 착각이 든 수완의 온몸이 순식간에 벌게졌다. 어찌할 바를 모르던 수완은 양손으로 무릎을 최대한 감싸며 가슴 쪽으로 바싹 끌어당겼다. 어이없게도 연준은 이 상황이 아무렇지 않은 듯, 자연스럽게 굴었다. 마치 무슨 상황인지를 알지 못하는 것처럼 보였다.

"왜 화가 났는지 말해봐요."

"……."

"눈 한 번 마주치지 않고 사람 피 말리게 하더니, 천하태평 목욕이라."

"결혼한다면서요?"

수완은 단도직입적으로 물었다. 이 말을 하는데 자존심이 뿌리까지 뭉개졌다.

"누가?"

"서연준 씨 당신요."

"나도 모르는 내 결혼이라."

시치미를 뚝 떼는 연준의 모습에 수완은 무어라 말하기 힘든 감정에 휩싸였다.

"혹시 로비에서 본 여자 때문에?"

연준은 그제야 알겠다는 듯 허탈한 웃음을 지었다. 수완은 거품이 사라지며 점차 드러나는 알몸을 신경 쓸 겨를도 없었다.

"그 여자가 뭐라고 이렇게 화를 내요?"

"그러게요. 내가 뭐라고."

바닥의 바닥을 드러내는 기분은 몹시 처참했다. 화장실에서 구토한 냄새가 종일 몸에서 떠나지 않았다. 집에 오자마자 씻고 싶은 생각뿐이었다. 그리고 짐을 싸서 나갈 생각이었다.

"작심삼일도 아니고, 우리 좋은 날은 3일을 못 가네."

"……."

"내가 문제일까? 당신이 문제일까?"

깊고 낮은 목소리가 귓가에 닿았다가 흩어졌다. 수완은 욕실로 쳐들어와 연준이 하는 말 중 그 어느 것도 제대로 알아들을 수가 없었다.

"이수완의 마음을 보고 싶어. 그 진심이라는 거."

또다시 뜻 모를 말을 한 연준이 갑자기 넥타이를 풀어 욕실 바닥에 던졌다. 옅은 보랏빛 셔츠도 훌렁 벗었다. 마른 듯하면서도 근육질의 몸매가 꽤 근사하게 드러났다. 눈 하나 깜빡이지 않고 보고 있던 수완은 연준이 바지 버클을 풀자 고개를 홱 돌렸다.

"지금 뭐 하는 거예요!"

"평등하게 같이 알몸. 나 혼자 옷 입고 있는 거 왠지 억울해서."

알몸이라 벌떡 일어나 나갈 수도 없었던 수완은 미간을 잔뜩 찌푸렸다. 마지막 남은 팬티까지 벗어버린 연준은 욕조 안으로 성큼 들어왔다. 잔잔했던 물이 출렁이며 욕조 밖으로 넘쳐났다. 하얀 거품은 눈처럼 욕조 바닥에 깔렸다.

"왜…… 이래요?"

"대화를 나누고 싶을 뿐입니다."

"그럼 나가서 해요."

"여기가 좋은데."

연준은 보란 듯이 두 다리를 쭉 뻗었다. 수완이 혼자 있을 땐 넉넉했던 욕조는 연준이 들어와 작아졌다. 더군다나 그가 뻗은 긴 다리가 수완의 복숭아뼈를 스치듯 건드렸다. 온몸의 솜털이 일어선 수완은 더 두 다리를 감쌀 뿐이었다.

"이선영. 26살. 무직. 아버지가 일방적으로 소개해준 여자."

연준은 병호가 자신의 짝으로 밀고 있는 여자에 관해 설명했다.

"19살 때 유학 가서 딸을 낳음. 그 딸이 지금은 그녀를 이모라고 부르고 있고."

연준은 무표정하게 말을 이어갔다.

"내가 알고 있다는 걸 그녀도 알고."

"……"

"일종의 가리개 역할이라고 해두죠. 적당히 정혼자 흉내 내주는 조건으로 비밀을 지키기로 거래. 그래야만 아버지가 귀찮게 하지 않으니까."

수완의 눈동자가 무수히 많은 혼란으로 일렁였다. 그사이 욕조의 물을 차갑게 식어 팔뚝에 닭살이 돋아났다.

"그리고 마지막 하나. 아버지도 알고 있어요. 우리의 관계."

"그 말은⋯⋯."

수완은 너무 놀라 비명 같은 신음을 삼키며 양손으로 입을 가렸다.

"혹시 아버지가 이수완 씨 불러 삼류 드라마처럼 돈 봉투 주거든, 받아요."

"뭐요?"

"그걸로 맛있는 거나 사 먹게."

"지금 나만 심각해요? 농담이 나와요?"

수완은 어처구니없는 얼굴로 연준을 노려봤다. 연준은 눈이 더 커지는 수완을 보며 다시 입을 열었다.

"지금 내가 모든 걸 거는 여자는 이수완뿐인데, 왜 그 지겨운 불안을 버리지 못하지?"

수완은 커지는 혼란 때문에 들숨과 날숨이 엉켜버려 가슴이 크게 들썩였다.

"도대체 나보고 어쩌라는 거예요!"

수완은 참지 못하고 소리쳤다.

"정말 아무것도 모르겠어요. 차라리 당신이 내가 지겨워져서 놓아줬으면 좋겠어."

"⋯⋯."

"어쩌다가 당신을 좋아하게 되어서⋯⋯. 이게 뭐야. 엉망진창. 꼴불견이 따로 없어."

얼떨결에 고백을 해버렸다. 수완은 울 것 같아서 무릎 사이에

머리를 넣었다. 그럼, 안녕! 하고 나가려고 했는데 결혼할 여자가
아니라는 말에 그 짧은 시간 안도감을 느꼈다. 제정신이 아니야.
미쳐도 단단히 미쳤다. 어쩌다가 저 남자한테…….

"좋아해."

연준이 말했다. 그들을 둘러싼 침묵의 벽이 깨졌다.

"이수완이 좋아."

"……."

"당신이 좋다고."

"……."

"진심으로."

수완은 깊게 떨어지는 연준의 목소리 무게를 감당할 수 없었다.
아직도 서럽고 비참한 기분을 벗어나지 못하면서 고개를 들었다.
그를 가만히 바라봤다. 심장을 뻐근하게 한 고백을 해놓고 눈동자
는 여전히 차갑다. 마치 방금 자신이 한 말이 어떤 의미인지 모르
는 것처럼 태평하기까지 하다.

견고한 얼음성 같은 눈빛을 읽고 싶지만 읽을 수가 없어서 답답
했다. 진심이라면, 이런 표정이 과연 나올 수 있을까. 의혹을 품으
면서도 연준의 말을 믿고 싶은 마음이 이중적이다.

"서연준 고백, 꼭 이 거품 같아."

수완은 욕조에 둥둥 떠다니는 거품을 손안에 쥐었다. 연준은 수
완의 손안에서 뭉개지는 거품을 똑똑히 보았다.

"당신은 이상한 남자예요. 날 흔들고 떨리게 하지만, 이 거품과
같아서 잡히지 않아요."

수완은 고개를 떨궜다. 그와 눈을 마주칠 수 없을 것 같았다.

"믿을 수 있게 할 수 있어."

그런 것쯤 문제없다는 음성. 연준이 그녀도 모르게 흐르고 있는 뺨의 눈물을 손등으로 아주 천천히 닦아주었다.

"그러니 날 믿어."

수완은 고개를 들었다. 그와 시선이 얽혔다. 다른 곳은 볼 수 없게 그가 수완의 떨리는 동공과 눈빛을 붙잡았다.

"내가 하는 말 다 진심이니까."

아직은 아니지만 언젠가는 진심이 될 수도 있을 테니까.

연준은 지금 무슨 말이든 좋으니 수완을 잡아야 했다. 수완은 이제 호기심보다 더 무거운 존재가 되었다. 여자가 보이는 불안감이나 머뭇거림을 덮어버릴 말은 얼마든지 해줄 수 있었다.

고개를 비스듬히 숙인 연준은 이번엔 뺨의 눈물을 혀로 핥았다. 수완은 뺨에 닿는 뜨거운 감각에 화들짝 놀랐다. 물이 첨벙 튀었다. 거품이 사라진 욕조. 잔잔히 일렁이는 물속 서로의 알몸이 고스란히 보였다.

"여전히 못 믿는다는 얼굴이네."

연준은 자조적인 웃음을 띠며 말했다.

"어떻게 하면 믿을 건데?"

뭐든지 하겠다는 남자의 눈빛에 수완은 마른침을 삼켰다.

"내가 당신을 좋아한다잖아."

"……."

"그거면 충분하지 않아?"

얼마나 서로의 눈을 들여다보고 있었던 걸까. 몇 초에 불과한 시간은 영원처럼 길었다. 더 시간이 흐르고 수완은 갑자기 울 것 같은 얼굴로 환하게 웃었다. 그 모습을 보며 연준은 미간을 살짝 구겼다.

눈앞의 남자를 계속 보자 깊은 갈증을 느꼈다. 어쩌면 그가 모든 진심을 보여줘도 결코 만족할 수 없겠지. 더 많이 원할 뿐. 이렇게나 이기적인 자신이었다.

온 세상에 대고 소리치고 싶었다. 서연준과 이상한 연애를 한다고. 하지만 그럴 수 없다는 걸 잘 알기에 더 불안했나 보다. 누굴 원망할 필요도 없었다. 그 모든 걸 자신이 선택했다.

이토록 신기루 같은 관계를 갈구하다니. 그 무엇으로도 채워지지 않는 갈증을 심장에 달고 견뎌야 했다. 상실감이 몸속 가득 차올랐다.

"다시 한 번 날 속이면, 그땐 정말 끝이에요."

날 불안하게 하지 마요.

"서연준 옆자리 평생 원하는 것도 아닌데, 그 정도 예의는 지켜 줘요."

그 정도 욕심을 낼 자격은 있으니까.

연준은 아무런 말 없이 손을 뻗어 그녀의 젖은 머리칼을 매만졌다. 겨우 머리칼을 만지고 있을 뿐인데, 수완은 맨살을 만지는 착각에 빠졌다. 그러고는 차가운 손가락으로 귓불을 매만졌다. 괴로울 정도로 느리게 지분거리는 손길에 묘한 감각이 심장을 타고 흘렀다.

연준은 더 가까이 다가와 앉았다. 수완은 덜컥 겁이 났다. 그녀의 무릎이 없었다면 서로의 알몸이 닿고도 남았다. 살짝 내리깐 눈 아래 터질 듯이 부어오른 페니스가 보였다. 조금만 움직여도 닿을 것 같아 수완은 움찔거리며 발가락을 오므렸다.

숨만 겨우 쉬며 입술을 달싹거렸다. 조금 전까지 아무렇지 않게 알몸을 보이던 뻔뻔함이 사라졌다. 그녀의 모든 것을 샅샅이 훑는 남자의 느릿느릿한 시선에 갇혔다. 그녀가 양팔로 필사적으로 몸을 가리자 연준이 피식 웃었다.

"이미 다 봤는데."

"놀리지 마요."

물기에 젖은 연준의 목소리는 더 야릇해졌다. 온 신경이 찌릿찌릿하게 울렸다. 그녀를 껴안은 것처럼 욕조를 잡은 연준의 팔뚝에 힘줄이 모조리 섰다. 뭔가 그녀를 절묘하게 압박하는 것 같았다. 이대로 조금만 더 있다간 무슨 일이 벌어질지 모른다.

"먼저, 나갈게요."

수완은 벌떡 일어났다. 그가 그녀를 빤히 올려다봤다. 몸을 가리기엔 이미 늦었다. 날카롭던 눈매가 가늘어지며 거짓말처럼 휘어졌다. 수완은 점점 몸이 붉어지는 것을 느끼며 재빨리 욕조를 나와 밖으로 나갔다. 등 뒤에서 연준이 웃는 웃음소리가 들려왔다.

욕조에서 나온 둘은 마치 아무 일도 일어나지 않은 것처럼 행동했다. 연준은 다시 정중한 신사처럼 행동했다.

"이거, 같이 하죠."

그가 방에서 커다란 상자를 하나 들고 나왔다. 이 시간이면 각자의 시간을 즐겼다. 연준은 늘 그렇듯 책을 읽었다. 그녀는 방 안에서 하루를 정리했다. 며칠 간격으로 이자를 내는 날이 돌아와 가계부를 정리하지 않으면 안 되었다. 연준이 내준 엄마 병원비에 비하면 턱도 없지만 알량한 자존심이라도 지키고 싶었다. 무리해서 월급의 반을 그의 통장으로 입금했다.

"그게 뭐예요?"

수완은 눈을 동그랗게 뜨고 연준이 가지고 나온 상자를 바라봤다.

"퍼즐."

연준은 커다란 상자의 뚜껑을 열어 보였다. 상자 속에는 한숨이 나오도록 수많은 퍼즐이 담긴 봉투가 떨어졌다.

"웬 퍼즐이에요?"

"취미라고 해두죠."

연준은 어깨를 가볍게 으쓱이며 퍼즐 상자를 거실 바닥에 내려 놓았다. 수완은 어이가 없다는 듯 눈을 굴렸다. 이상한 나라의 앨리스 그림이 그려진 퍼즐 상자 뚜껑에는 무려 2,000피스라고 적혀 있었다.

"설마 오늘 할 생각은 아니죠?"

"그럴 생각인데."

연준은 고개를 끄덕였다. 벌써 밤 11시. 최악이었다가 아니었다가, 오늘 하루가 무척 길었던 수완은 잠을 자고 싶은 생각뿐이었다. 그녀와 달리 연준은 잠이 별로 오지 않는 듯했다. 그러고 보면 그는 늘 그녀보다 늦게 자고 일찍 일어나 있었다. 혹시 아예 잠을 자지 않은 건 아닌가 의심을 한 적도 있었다.

"잠이 안 와서 이래요?"

"그렇다기보다."

연준은 이미 퍼즐을 맞추기 시작했다. 수완은 작게 한숨을 쉬며 산처럼 쌓인 퍼즐조각 앞에 쪼그리고 앉았다.

"잘 맞추네요."

"이 정도쯤이야."

한두 번 해본 솜씨가 아니었다. 수완은 모서리부터 차근차근 맞춰가는 연준을 감탄하며 멍하니 바라봤다.

"취미가 다양해요."

책도 읽고 체스도 두고, 연준은 바둑도 혼자서 두었다.

"혼자 하는 건 거의 다 섭렵."

그렇구나, 수완은 고개를 끄덕였다. 연준이 퍼즐을 맞추는 모습만 봐도 지루할 새가 없었다.

"이거 다 맞추려면 얼마나 걸릴까요?"

"어림잡아 일주일 정도."

"일주일이 아니라 한 달도 더 넘게 걸릴 거 같은데."

"더 오래 걸리면 나야 좋죠."

뜻 모를 말이라 수완은 눈썹을 찡긋거렸다. 연준은 갈색 조각을 찾으며 말했다.

"수완 씨랑 매일 밤 이렇게 마주 보는 시간이 길어진다는 뜻이니까."

연준은 무감한 어조로 달콤한 말을 너무나 쉽게 했다. 순간 가슴이 두근거렸지만 이내 가슴에 뻥 뚫린 공허함이 생겼다. 우리는 앞으로 얼마나 더 함께 있을까요, 라는 질문 대신 다른 것을 물었다.

"나는 어디부터 맞출까요?"

"아무 곳이나 맞추고 싶은 곳 맞춰요. 꼬리도 좋고."

"그러면 토끼 꼬리부터 찾아야겠다."

수완은 수많은 퍼즐 중 꼬리의 흰색 퍼즐부터 골라냈다. 보물찾기 게임을 하는 기분이었다. 은근히 재미가 있어 아이처럼 들뜬 얼굴이 되었다.

수완은 생선 가시를 발라내듯 흰색만 쏙쏙 골라냈다. 2,000피스나 되는 조각을 색깔별로 구분하는 것만으로도 시간은 꽤 걸렸다. 얼마나 열중을 했는지 1시간이나 흘렀는지도 모르고 했다. 색깔별로 조각을 다 구분하자 눈은 빡빡하고 어깨는 뻐근했다.

"왜 이상한 나라의 앨리스를 샀어요?"

"좋아하는 책이라서."

"진짜요?"

"읽어봤어요?"

수완은 그렇다고 대답했다. 연준은 잠깐도 쉬지 않았다. 말을 하면서 계속 조각을 맞추어나갔다. 속도가 엄청나게 빨라 놀라움을 금치 못할 정도였다. 한쪽 모서리가 짙은 자줏빛으로 채워져갔다.

"앨리스는 여자들이 더 좋아하는 책인데 의외네요."

무심코 던진 말이었다. 그런데 연준의 눈빛이 조금 어두워졌다. 하필이면 그날 밤 음부를 가르고 성냥을 거칠게 그은 것처럼 연준이 들어오던 순간이 선명하게 기억났다. 그때 그의 손이 얼마나 뜨거웠는지, 겁을 먹었을 만큼 몸속으로 들어오는 속도가 빨라진 것도. 그리고 엄청난 통증이 며칠 몸에 머물렀던 것까지도.

"내 기분은 내가 정해. 오늘의 기분은 '행복'으로 할래. 이 글귀 기억해요?"

책의 유명한 글귀였다.

"그 문구를 읽으면서 어렸을 때 그런 생각을 했어요. 감정을 파는 가게가 있었으면 좋겠다고. 그러면 나도 앨리스처럼 내가 원하는 감정을 사면 되니까."

"어떤 감정을 사고 싶은데요?"

"이를테면, 평범한 감정."

어딘지 쓸쓸한 음성. 평범한 건 특이할 건 하나 없는 것과 같다. 그런데 그 평범한 감정을 사고 싶다니. 누구도 이해할 수 없는 말처럼 들렸다. 이상한 일이다. 지금까지 연준이 했던 어떠한 말보다 방금 그 말이 제일 진실하게 와 닿았다.

'평범'을 말했을 때 미세하게 울리던 연준의 너무나 낮은 목소리가 집 안 어딘가를 떠돌고 있는 듯했다. 왜 이런 기분이 드는 걸까. 저 멀리 추방되어 멈춰진 시간 속에 단둘만 갇힌 기분이었다.

아파트는 무인도가 되었다. 단둘만 존재한 공간. 앨리스 증후군에 걸리기라도 한 것일까. 눈앞에서 구불거리는 아지랑이가 피어오르며 연준이 저 멀리 토끼굴로 금방이라도 들어가버릴 것처럼 보였다. 같이 가요, 하며 연준의 손을 잡아야 할 것만 같았다.

수완은 바보 같다는 생각을 하면서도, 처음에 만났을 때 만져보고 싶었던 연준의 왼쪽 턱을 만져보았다. 그가 순간 숨을 삼켰다. 크게 꿀렁이는 목울대가 보였다. 손을 턱밑으로 조금 더 내렸다. 맥박이 툭 튀어나온 것처럼 쿵쿵 뛰는 것이 생생하게 잡혔다.

앨리스가 이 말을 했던가. 확실하진 않다. 수완은 살짝 얼굴을 찡그리며 속삭였다. 지금 필요한 건 어쩌면 무모함을 넘은 용기일지도.

"난 어제의 내가 될 수 없어요."

흔들리는 걸 빼면 뭐가 남을까. 순간의 충동? 단순한 욕망? 그도 아니면 지금 아니면 안 되는 그 무엇? 이유는 모르겠다. 자신보다 가진 것이 넘쳐날 정도로 많은 남자를 위로해주고 싶었다. 이 또한 기억으로 남아 자신을 괴롭혀도 상관없게 되었다.

연준과 마주한 시선을 풀 수가 없었다. 민망해서 어색하게 웃어 보였다. 연준 역시 그녀의 눈을 빤히 바라보고 있었다. 긴장된 침묵이 흘렀다. 돌이킬 수 없을 거야. 좀 더 과감하게…….

무심한 척 가장하며 턱을 만지고 있던 손을 천천히 아래로 내렸다. 뼈처럼 단단한 쇄골을 한참 만졌다. 심장이 불쑥 커진 것처럼 연준의 가슴 위에서 파르르, 진동이 울렸다. 조금은 의외였다. 아무것도 느낄 것 같지 않은 남자의 동요는 수많은 파문을 일으켰다.

만지는 건 자신인데 정작 연준의 나른한 시선에 옷이 한 꺼풀씩 벗겨지는 기분이었다. 피부가 예민하게 달아올랐다. 손을 더 아래로 내려가지 못하고 있자 연준이 고개를 한쪽으로 기울였다. 굿나잇 키스처럼, 연준은 가볍게 입을 맞추었다.

더 닿고 싶어. 더 하고 싶어.

키스…….

견딜 수가 없었다. 연준과 떨어지기 싫다는 갈망에 수완은 저도 모르게 막 떨어지려는 연준의 입술을 힘껏 깨물었다. 그녀의 돌발 행동에 연준은 아주 잠깐 당황했다. 그의 까만 눈동자가 진하게 가라앉았다. 천천히, 파도처럼 출렁이던 가슴이 빠르게 뛰었다. 수완은 숨도 필요한 만큼만 쉬었다. 어찌할 도리가 없어. 그가 만들어 놓은 덫에 걸려버린 거야.

"나랑 잘 수 있어요?"

비가 퍼붓던 그 밤처럼 물었다. 지독하게 시린 검은 눈빛이 크게 일렁이자 가슴 안쪽이 결리며 아릿했다. 연준은 그녀가 멍이 들도록 세게 깨물던 입술을 혀로 느릿하게 핥으며 속삭였다.

"당신도 참 느려."

수완은 언젠가 이런 날이 올 거라고 예감했다. 서연준과 욕망을 뺀 순수한 관계는 어울리지 않으니까. 그때처럼 그녀가 먼저 손을 내밀기까지 연준이 기다리고 있다는 것도 알았다.

"난 너무 빨라서 당황하는 중이에요."

"사실 더 오래 걸릴 줄 알았어."

왜 이제야 하느냐는 투정처럼 들렸다. 수완은 연준의 어깨를 밀었다. 슬쩍 밀었을 뿐인데 연준은 양털 러그 위로 누웠다. 수완은 대범하게도 그대로 연준의 허벅지 위에 올라탔다. 가늘게 떨리는 손으로 샤워가운을 묶고 있는 매듭을 풀며 말했다.

"거칠지도 몰라요."

그 밤 연준이 했던 말과 똑같이 했다. 기억 속 연준의 눈동자처럼 거칠게 일렁거렸다. 불쑥 뻗은 그의 손이 티셔츠 안으로 파고들었다. 검지가 작은 구멍인 배꼽을 부드럽게 매만졌다. 그만한 자극에도 온몸이 떨린 수완은 입술만 간신히 달싹거렸다. 더 깊이 손이 들어온다. 위태롭게 흔들리는 긴장감에 수완은 가쁜 숨을 훅, 들이켰다. 커다란 손이 숨을 들썩이느라 부푼 가슴을 힘껏 쥐었다.

"흣."

수완은 저도 모르게 신음을 내뱉었다. 맘대로 들어온 손은 마치 제 것처럼 가슴을 만져댔다. 멍울이 단단하게 잡히는 선명한 느낌이 들어 숨을 멈추었다. 손바닥 안에서 가슴이 팬케이크 반죽처럼 이리저리 형체를 바꾸어갔다.

"더 앞으로."

두 귀로 들어도 정신은 멍해 움직일 수가 없었다. 연준은 엄지와 검지로 제일 예민한 유두를 비틀었다. 찌릿하고 전기가 흐른 수완은 어깨를 들썩이며 고개를 젖혔다. 어서 빨리 움직이라는 듯이, 연준이 가슴을 꽉 쥐며 뭉그러뜨렸다.

"아파요."

"마음이 바뀐 게 아니라면, 앞으로 와요. 이수완 얼굴 더 자세히 보고 싶어."

거부할 수 없는 유혹이었다. 말 잘 듣는 아이처럼 그의 말을 따랐다. 수완은 엉덩이를 들고 무릎만 이용해 더 앞으로 갔다. 매듭이 풀어진 샤워 가운이 아무렇게나 벌어졌다. 탄탄한 가슴. 남자의 갈색 유두. 북슬북슬 거웃에 싸여 있던 성기가 검붉게 곤두서는 것이 적나라하게 보였다.

잠깐 동공이 흔들렸지만, 수완은 아무 거리낌 없이 성기를 손으로 잡고 입술을 내렸다. 더 도드라지는 힘줄의 자국. 입 속에서 꿈틀거리는 것을 힘껏 빨았다. 연준이 신음을 터트렸다. 수완은 비릿한 맛이 느껴지는 것을 혀로 핥고 입술로 물었다. 입 속에서 팽팽해질 대로 팽팽해진 그것이 심장처럼 쿵, 쿵, 쿵 뛰었다.

수완은 오늘 밤 타락하고 싶었다. 닿을 수 없는 곳까지 남자의 몸과 닿고 싶었다. 남자의 욕망을 부추기고 터뜨려버리고 싶었다. 정신이 혼미해질 때까지, 밤과 낮이 뒤섞일 때까지, 말초적인 자극에 취해 연준과 밤새 뒹굴고 싶었다. 다른 어떤 것도 머릿속을 채

찬란

우지 못하게.

　뜨거운 혀로 핥고 입술로 물고 빨기를 반복했다. 연준은 그녀의 긴 머리칼을 휘어잡으며 탁한 신음을 터트렸다. 뒷덜미가 당기는 고통이 잠깐 스쳤다. 더욱 농염하게 핥고 싶었지만, 입술로 물기에는 버거울 만큼 커진 성기를 뱉으며, 수완은 먼저 참았던 숨을 몰아쉬었다.

　"이수완."

　"왜요?"

　수완은 입술에 번들거리는 타액을 훔치며 대답했다. 연준이 손을 뻗어 수완의 손목을 움켜쥐고 확, 끌어당겼다. 수완은 딸려가듯이 연준의 가슴 위로 무너졌다. 수완은 헝클어진 머리칼을 넘기며 연준을 빤히 바라봤다.

　"뭘 망설여."

　연준의 눈이 위험하게 빛났다. 순식간에 자세가 뒤바뀌었다. 그녀 몸 위로 올라탄 연준이 그녀의 옷을 하나씩 벗기기 시작했다. 남자의 손길은 전혀 부드럽지 않았다. 사방으로 불꽃이 튀는 것처럼 거칠었다. 수완은 숨을 들썩이며 그 모습을 바라보았다.

　진실과 거짓이 뭘까. 숨을 조이는 두려움의 실체는 뭘까. 그 모든 혼란을 뒤로하며 소름 끼칠 만큼 분명하게 드러나는 감정은, 하나였다. 아슬아슬 지키던 균형은 무너져버렸다. 그리고 처음부터 변함없이 그녀가 좋다던 연준의 고백이 가슴을 흔들었다.

　그래…….

　진심이라면, 어디 믿어보자.

　적어도 이 순간만큼은 믿고 싶었다. 옷이 다 발가벗겨졌다. 수완은 더 이상 아무 생각도 할 수 없게 되었다.

연준은 절제가 사라진 남자처럼 굴었다. 통제가 불가능한 것처럼 보였다. 수완은 비명을 지르고 싶었다. 몸이 폭발할 듯 팽창했다. 등은 땀에 흠뻑 젖었다. 심장은 더워지고 입술은 메말라갔다. 엉망이 되어가는 기분에 머릿속이 어지러웠다. 그녀의 다리 사이에 얼굴을 묻은 연준은 혀로 속살을 가르고 더 깊이 빨아들였다.

수완은 두 손으로 얼굴을 가리며 신음을 삼켰다. 허리를 비틀자 기껏 맞춘 퍼즐들이 양털 러그 위에서 굴러다녔다. 그가 앞니로 예민한 살덩이를 깨물자 시공간이 뒤틀리는 기분이었다. 입술을 열었다가 이내 악물었다. 통증은 희열로 변해갔다.

"더?"

연준이 입술을 핥으며 물었다. 수완의 눈동자가 흔들렸다. 더라? 수치스러웠지만 원하는 것을 깔끔히 인정했다. 수완은 다리를 더 벌렸다. 서슴없이 들어온 손가락은 그녀의 속을 마구마구 헤집었다. 뭐라 형용할 수 없는 감각이 몸을 잡고 흔들었다. 멋대로 신음이 나왔고 멋대로 몸이 흔들렸다.

더 버틸 수 있을까. 온몸이 연준에게 점령당했다. 가슴이 손에 잡히고 입술을 뜯겼다. 연준은 그녀의 살 곳곳에 흔적을 남겼다. 아예 통째로 삼키고 싶다는 무서운 욕망까지 느껴졌다. 두려움에 심장이 가파르게 뛰었다. 손가락 개수가 늘어날수록 수완은 신음을 참지 못했다. 앙큼한 고양이처럼 비명을 질렀다.

"그, 그…… 만……."

통증에 말이 분절되며 튀어나왔다. 연준이 비릿한 웃음을 띠며 물었다. 손가락은 계속 집요하게 예민한 곳을 건드리면서.

"정말 그러길 원해?"

수완은 눈을 감으며 고개를 저었다. 그의 혀가 귓속에 박혔다. 몸을 가르는 듯한 희열이 발끝부터 올라왔다. 손으로 아무리 러그를 움켜쥐어도 몸이 저절로 뒤틀렸다. 연준은 아이를 달래듯이 부드럽게 입술을 포개다가도 순식간에 흉포해졌다. 입술이 물어뜯기며 피 맛이 났다.

"오늘은, 울지 마."

견딜 수 없게 가슴이 떨려왔다. 연준이 양손으로 그녀의 무릎을 잡고 다리를 확 벌렸다. 그 몇 초간의 완전한 정적이 두렵기까지 했다. 순간, 연준은 어색하게 웃으며 짧게 입을 맞추었다. 이제부터 자신도 어쩔 수 없으니 용서하라는 입맞춤과 같았다. 그녀가 흠칫 어깨를 떨었을 땐 이미 늦었다. 연준이 허리를 누르며 단숨에 들어왔다. 아주 잠깐 아무것도 보이지 않았다. 수완은 짧은 비명을 질렀다.

연준의 입 속으로 유두가 사라졌다. 허리는 끝이 없이 움직였다. 애를 태우듯 느릿하게 움직이다가 살을 찢을 듯이 덤벼들었다. 열병을 앓는 것처럼 몸이 파들파들 떨렸다. 민망한 소리를 내며 신음이 터졌다. 주먹으로 입을 가려도 속수무책이었다.

"연준 씨, 제발……."

감당할 수 없는 고통이었다. 차라리 기절이라도 하고 싶었다. 아리다 못해 얼얼할 정도로 살이 부딪쳤다. 어쩜 이래. 어떻게 이렇게 아파. 얼마나 더 깊게 들어오려고. 그만 끝내고 싶었다. 고통에 가까운 쾌락은 감당하기 벅찼다.

"더 해달라고, 더 넣어달라고, 애원해요."

"……."

"애원하라니까, 응?"

연준은 짐승처럼 으르렁거리며 정작 애원은 그가 하고 있었다. 무심하게 일렁이던 검은 눈이 애원하라고, 애원했다. 불현듯 낯선 희열을 느낀 수완은 손등 위로 부풀어 오른 검푸른 정맥을 어루만지며 말했다. 그토록 그가 원하는 애원을 했다.

"시끄러워. 입 다물고, 빨리 더 해요."

연준은 피식 웃었다.

"가끔은 당신이 내 생각을 모두 읽는 게 아닐까, 싶을 때가 있어."

믿을 수 없을 만큼 얼굴이 가까이 다가왔다. 마침내 연준의 입술이 닿으며 낮게 속삭였다.

"그게 두려워."

알 수 없는 말이 연준의 입 속에서 흘러나왔다. 살아 있는 것 같은 짙은 눈썹이 꿈틀거리며, 몸이 또다시 뒤집혔다. 고통스럽게 숨을 내쉰 수완은 두 팔로 바닥을 디디며 엎드린 자세를 취했다. 그의 손에 엉덩이가 잡히고 등과 가슴이 맞닿았다. 악, 소리와 함께 시야가 흔들렸다.

강하게 치받는 힘에 수완은 무너져내렸다. 연준이 젖가슴을 아프도록 움켜쥐며 그녀를 일으켜 세웠다. 숨 돌릴 새도 없이 단숨에 쳐들어왔다. 수완은 고통에 차마 비명도 내지르지 못했다. 그가 어깨를 깨물었다. 혀로 귓불을 핥았다. 그에게 온몸이 붙잡힌 몸은 식은땀으로 젖어갔다.

살갗을 태우는 듯한 희열에 갇힌 수완은 반쯤 정신을 놓았다. 그날 밤보다 연준은 그녀를 더 뜨겁게 몰아세웠다. 두 번은 감당하지 못할 희열에 끝내, 목이 졸리는 듯한 비명을 질렀다. 달궈진 공기가 신음마저 하얗게 태워버렸다.

7. 거품 같은 고백

"허를 찔렸어."

정수는 헛웃음이 나왔다. 이 무슨 개떡 같은 소리인가 해서. 오늘도 병호의 지령을 받고 박쥐처럼 연준을 염탐하러 왔다. 어차피 연준도 다 아는 거라 오히려 대놓고 물어볼 수 있어 속이 시원했다.

"뭘 찔려?"

"내 말을 하나도 믿지 않고 있었어."

"이수완 씨가?"

연준은 고개를 느리게 끄덕였다. 뭔가를 캐내기도 전에 연준이 먼저 말을 하는 경우는 거의 없었다. 그 정도로 답답한 건가.

"제법 잘하고 있다고 믿었는데, 내가 이상하다고 느끼기 시작한 것 같아."

꽤 큰일이 일어났다는 말투치고 연준의 표정은 평온했다. 스스로 저를 이상하다고 말하는 것도 오랜만이었다. 정수는 다소 무거운 목소리로 말문을 열었다.

"여자는 예민한 존재지. 게다가 너희는 한집에서 살고 있잖아. 눈치 못 채는 게 오히려 더 이상한 거 아니야?"

"그런가."

연준은 이해가 가지 않는지 미간을 찌푸렸다. 정수는 몸을 앞으로 더 숙이며 물었다.

"그래서 지금 어떻게 지내는데?"

"싸웠다가 화해했다가, 그런 걸 하고 있지."

"별걸 다 하네."

평범한 사람처럼.

정수는 주머니 속에 손을 깊숙이 찔러 넣고 연준을 말없이 바라봤다. 지금, 그는 무척이나 혼란스러워 보였다. 뭐가 문제인지조차 모르는 것처럼 보였다. 묵묵히 앉아만 있었다. 침묵을 파먹는 거대한 동물처럼.

"수완 씨 때문에 골치가 꽤 아픈가 보다?"

침묵과 긴장은 번갈아가며 이어졌다. 확실하지 않은 걸 설명할 길이 없는 연준은 계속 침묵을 택했다. 오늘은 뭐라도 하나 건져가야 하는데, 쉽지 않았다.

병호는 닦달하기 시작했다. 어떻게든 무슨 수를 쓰든 연준과 수완의 관계를 끝나게 하라고. 관음증 환자처럼 커튼 뒤에서 몰래 둘이 어떻게 될까, 지켜보는 과정은 야릇한 즐거움을 줬다.

어쨌든 오늘 뭐라도 하나 걸려라.

연준을 위해서 심리학을 전공했다. 그런데 별로 도움이 되지 않았다. 적성에 맞지 않았고 자신도 모르는데 남까지 이해하는 건 별로였으니까. 연준의 어설픈 친구 역할을 해주는 정도로 만족하고 있었다.

"뭐라고 말 좀 해봐."

"할 말이 있어야 하지."

연준은 허공만 보며 낮게 중얼거렸다. 자신도 알고 싶다는 간절함이 목소리에 진하게 스몄다. 반면 눈빛은 텅 비어갔다.

"어쩜 셈이야?"

"뭘?"

"수완 씨가 눈치채기 시작했다며. 안 불안해?"

"아니."

불안이 뭔지도 모르니. 차라리 잘된 건가.

"솔직히 말해봐. 수완 씨한테 원하는 게 뭐야?"

"원하는 거?"

연준의 눈빛이 의아할 만큼 빛났다.

"어쨌든 원하는 것이 있으니까, 누가 옆에 있는 걸 끔찍하게 생각하는 네가 같이 지내는 거잖아. 사랑일 리는 없고, 육체적 관계?"

연준은 피식 웃기만 했다. 비웃고 이죽거려도 넘어오지 않으니 시간 낭비라는 결론이 나왔다.

"내가 누구 인생을 간섭할 만큼 대단한 놈은 아닌데, 이거 하나는 말할 수 있어."

연준은 어디 해보라는 표정이었다. 단단히 마음을 먹은 정수는 그동안 미뤄두었던 말을 꺼내기 시작했다.

"네가 완벽하게 흉내 낸다 하더라도, 가짜가 진짜가 될 수는 없어. 그러니까 제대로 해."

"가짜를 진짜처럼 완벽하게 믿게 하면 돼."

기가 막히게도 연준은 전혀 문제가 되지 않는다는 표정이었다. 정수는 한숨이 절로 나왔다. 연준이 이해할 수 있게 어떻게 설명해야 하지? 아무리 조곤조곤 설명해도 녀석은 지금 상황이 얼마나 심각한지 모르고 있었다.

수완도 연준이 다른 사람과 다르다는 것을 조금씩 느끼는 것 같다. 여자가 남자한테 느끼는 감정의 불안이 어떤 파국으로 치닫는지 연준은 역시 모르겠지. 그 끝은, 이별뿐이다. 이별의 상처 따위 모르는 녀석이라 지금의 상황을 대수롭지 않게 받아들이고 있다.

미운 정도 정이었다. 그동안 연준을 감시했지만 동시에 이해되기도 했다. 어쨌든 정수 역시 연준이 지금보다 조금은 더 행복하길 바라는 사람이었다. 그가 하는 말을 제발 조금이라도 좋으니 연준이 이해해줬으면 하는 마음으로 입을 열었다.

"지난 시간 동안 널 보면서 내린 결론이 있다면, 넌 감정이 없는 게 아니야. 네 머릿속은 과하게 복잡해. 단순한 사실도 꼬아서 생각하지. 그렇다 보니 감정이 설 자리가 없는 것일 수도 있어. 명확하지 않으면 넌 표현하지 않으니 사람들은 그런 널 두고 이상하다고 떠드는 거고. 네 부모님조차도 널 이해하기엔 벅찼을 거야……. 도대체 무슨 생각을 하는지 알 수 없었을 테니까."

연준은 모호한 미소만 지었다.

"그리고 넌 너 자신도 몰라. 네가 이미 달라지고 있다는 걸."

"어떤 점이?"

"지금도 수완 씨 생각하고 있잖아."

연준은 부정하지 않았다. 정수는 계속 말을 이어 나갔다.

"네가 뭘 원하든 그건 수완 씨가 줘야 하는 거라면, 네 감정은 수완 씨한테서 벗어날 수 없어."

연준의 표정은 역시나 무감했다. 정수는 한쪽 눈썹을 살짝 들어 올렸다.

"넌 자만했어. 수완 씨는 단순히 네 호기심을 충족시키는 대상은 결코 아닐 거야. 오히려 지금은 네가 수완 씨한테 휘둘리고 있을 테고."

어느 정도 인정하는 모양이다. 연준의 눈빛이 날카롭게 빛났다.

"인간이 제일 잘하는 실수가 뭔지 알아? 자신이 자신을 제일 잘 안다는 착각. 참 빠지기 쉬운 함정이지."

묵묵히 듣고만 있던 연준이 마침내 입을 열었다.

"하나는 확실해."

"뭔데?"

몹시 궁금한 정수는 다그치듯 물었다. 연준은 블라인드 너머 막 출근하는 수완을 응시하며 말했다.

"이수완이 내 곁에 있기를 원해."

새벽에 잠깐 눈을 떴다. 연준의 품에 알몸인 채 안겨 있었다. 잠깐 꾸물거리자 연준은 무의식 상태에서도 허리를 두른 손에 힘을 실었다. 깊숙이 그의 품으로 안긴다. 이불을 덮지 않아도 춥지 않았다. 아무것도 덮고 있지 않아도 춥지 않았다. 벌거벗은 남자의 체온이 낯설지만 따뜻했다. 허리를 껴안고 단단한 가슴팍에 얼굴을 묻었다.

마치 늘 그랬던 것처럼 남자의 품을 파고든다. 그가 가슴을 만지고 엉덩이를 주물러도, 당혹한 표정을 숨기기 위해 애쓰지 않았다. 솔직히 말하면 밤새 그가 그녀의 몸에 남겨놓은 흔적 때문에 다른 것을 생각할 겨를이 없었다.

엄마가 사고를 당하고 나서 아득바득 살았다. 잠도 편히 잘 수 없었다. 연준과 함께 궁궐 같은 아파트에 살기 시작했을 때도 마찬가지였다. 그렇기에 오랜만에 느껴보는 이 편안함을 가능한 한 오래 누리고 싶었다. 눈을 감고 아무것도 생각하지 않을 시간이었다. 무엇으로도 대체 불가능한 평온함이었다. 눈을 떠 맞이하는 아침까지 남자가 주는 온기 속에 있고 싶다.

수완은 무거운 눈꺼풀을 살짝 들어 연준을 바라봤다. 그는 눈을 감고 있었다. 잠이 든 것인지 눈만 감고 있는 것인지 헷갈렸다. 지금 몇 시지? 그가 방으로 옮겨주었나 보다. 익숙한 벽지와 살랑살랑 커튼이 눈에 먼저 띄었다. 유리창 너머로 검푸른 하늘을 보니 아직 아침은 아닌 듯했다. 수완은 손바닥을 펴서 연준의 짙은 눈썹 위, 약간 튀어나온 부분을 만졌다.

잠을 깨우지 않으려고 아주 살짝 만졌을 뿐인데, 예민한 연준은 금방 반응했다. 엉덩이를 만지는 손길이 농밀해졌다. 그 손길만으로 몸이 달아올랐다. 이제까지 어째서 그토록 수많은 혼란 속에서 갈등했나 싶을 정도로, 너무나 쉽게, 마음이 열린다. 어이가 없어 수완은 웃었다. 그러자 그가 몇 번이나 물고 빨아 터진 입술이 쓰라렸다.

"왜요?"

"잠깐이면 돼요."

연준이 팔베개를 해준 팔과 허리를 부드럽게 휘감은 팔을 동시에 천천히 뺐다. 이 아늑한 온기가 사라지는 건 싫은데. 수완은 일어서려는 연준의 팔을 급히 잡았다.

"뭐 하게요?"

"입술 터진 데 약 발라주려고요."

"별로 안 아파요."

연준이 엄지로 입술 부근을 콕 찍어 살짝 눌렀다. 이래도? 수완은 미간을 찡그렸다.

"피도 났는데."

"괜찮으니까, 가지 마요."

수완은 거의 필사적으로 연준의 팔을 붙잡았다. 연준의 눈에 잠시 복잡한 빛이 스쳤다. 왜 이런 행동을 하는지 모르는 눈빛이었다. 거기엔 답할 말이 없다. 자신도 왜 이러는지 알 수 없었으니까.

"하나도 안 아파요. 그러니까 그냥 다시 누워요."

아이처럼 어리광을 부렸다. 아주 잠깐이라도 연준과 떨어지기 싫었다.

"어디 가지 마요."

연준의 눈썹이 꿈틀거렸다.

"내 옆에 계속 있어요."

속마음까지 모두 보였다. 온몸이 투명해지는 기분이다. 연준은 그녀를 물끄러미 내려다봤다.

"다른 건 필요 없어요. 당신만 있으면 돼."

"나만?"

"네."

민망한 대답에 연준의 눈빛이 짙어졌다. 일어나려던 연준은 도로 누우며 긴 팔로 그녀를 안았다.

"그러면 이제부터 한 침대에서 자야겠네."

"바라던 바예요."

지나친 솔직함이 그를 흔들었던 걸까. 그가 고개를 숙이자 입술이 닿을 것처럼 가까워졌다. 수완이 먼저 연준의 입에 입술을 가져다 댔다.

"우리, 또 해요."

"진심?"

"못 믿겠어요?"

서툴기만 한 도발이 생뚱맞다는 표정이었다.

"한 침대에서 손만 붙잡고 잘 생각 아니라면, 직접 확인해봐요."

수완은 입술을 맞대며 연준의 허리에 다리를 휘감았다. 맞닿은 연준의 몸이 모든 것을 녹여버릴 듯이 뜨거워졌다. 차라리 모두 녹아내려. 아직 아무것도 하지 않았는데 숨이 가파르게 뛰었다. 연준은 미간을 구기더니 이로 귓불을 느슨하게 깨물며 속삭였다.

"당신, 보기보다 엄청 귀여워."

"이제야 알았어요?"

"그러게. 이제야 알아서 미안하네."

심장이 확 쪼그라들 만큼 굵은 손가락이 다리를 가르고 불쑥 들어왔다. 수완은 아찔함에 고개를 젖혔다. 더 깊게 넣어달라는 충동적인 감정을 드러내며 수완은 연준의 목에 팔을 감았다. 예민하게 달아오른 몸은 그의 체온을 잠깐이라도 놓칠 수 없다는 듯이 바짝 달라붙었다. 그러자 연준이 한곳만 집중적으로 쿡쿡, 찔러댔다. 눈앞이 빙글빙글 돌며 온몸을 뒤흔드는 쾌락에 수완은 그의 등을 사정없이 긁었다.

수완은 연준의 얼굴을 붙잡고 쉼 없이 키스를 퍼부었다. 연준이 한 것처럼 혀를 당기고 입술을 깨물었다. 누구에게도 보여주지 않았던 원초적인 모습을 숨김없이 드러냈다. 숨을 내쉬느라 관능적으로 움직이는 목울대를 입술로 빨자 연준의 숨소리가 거칠어졌다.

"정말, 돌게, 하네."

흠칫 떨릴 정도로 음습한 연준의 목소리에 간담이 서늘해졌다. 아래를 들락날락하던 손가락이 한순간에 빠져나갔다. 그것도 잠시였다. 연준이 그녀의 다리를 잡고 확 내렸다. 불뚝 솟은 성기와 예민해진 선홍빛 속살이 바로 만났다. 섬광처럼 눈앞이 번쩍, 하고 빛났다. 두 눈이 감기기도 전에 그가 빽빽하게 들어왔다. 숨이 멈추며 정신이 흩어지는 것을 느꼈다. 그와 자신이 하나로 섞여버리는 것은 아닐까 기묘한 기분이었다.

시시각각 물처럼 희열이 차올랐다. 살이 마찰하는 적나라한 울림이 공간을 감싸 안았다. 연준이 팔에 그녀의 다리를 걸었다. 허공에 들린 다리가 덜덜덜 떨렸다. 몸이 일순 팡, 하고 터지는 건 아닐까 할 정도로 그는 그녀를 몰아세웠다. 감당할 수 없는 희열에 눈물이 절로 나왔다. 조금만 천천히 해달라는 애원까지 했다.

"이러다가, 미칠 것 같아요."

얼굴이 뜨거울 정도로 야한 말도 서슴없이 했다.

"연준 씨…… 제발……."

그를 도발한 것이 후회될 정도였다. 온몸이 그로 꽉 차오르기 시작했다. 어디까지 할 생각인지. 땀과 눈물이 흘러 시야가 흐려졌다. 땀이 입술에 닿자 짭짤한 맛이 났다. 흐린 눈을 들어 초점을 맞추려 노력했다. 힘겹게 눈꺼풀을 열면 검게 일렁이는 그의 눈동자가 보였다. 더는 넣을 수도 없는데 연준은 집요하게 그녀를 파고들었다. 이렇게 흐트러진 그를 본 적이 없었다. 몸이 둘로 갈라지는 끔찍한 고통을 견디느라 손끝까지 떨렸다.

"이러면 욕심이 나지 않을 수가 없잖아."

연준의 음성이 탁하게 잠겼다.

"당신을 가지고 싶어."

"……."

"온전히 내 것이면 좋겠어."

연준은 고개를 내려 그녀의 가슴을 깊게 물었다. 델 것 같은 뜨거움에 수완의 등이 크게 휘었다.

"이젠 안 돼. 이수완, 이젠 어디에도 못 가. 이미 돌이킬 수 없을 만큼, 와버렸으니까."

머릿속이 몽롱해질 만큼 매혹적인 음성으로 속삭였다. 수완은 숨을 헐떡이느라 아무 말도 할 수가 없었다. 입에서 나오는 건 온통 신음뿐이다. 찐득찐득한 액이 묻은 음모가 엉켜 따가웠다. 남자의 것이 그녀의 몸 부피만큼 커지는 것 같았다. 돌 것 같다는 연준의 말이 뭔지 조금은 알 것 같았다.

"어떻게 좀 해줘요. 나 정말……."

그럴수록 연준은 더 집요하게 그녀를 차지했다. 땀과 체액이 엉

킨 냄새가 공간을 가득 차지했다. 땀이 비 오듯 흘러내렸다. 이해
할 수 없는 광기가 그의 눈에 서리는 것을 마지막으로 보았다. 정
말 미친 것일까. 미치지 않고서야 이럴 순 없었다. 그렇지 않고서
야 음란할 정도로 다리를 벌리고 남자의 입 속에 신음을 아무렇지
않게 뱉을 수는 없을 테니까. 까무러칠 것 같은 절정을 느끼며 남
자의 손가락을 입에 넣고 빨아댔다.

수완은 연준을 깊이 받아들이며 문득 그런 생각이 들었다. 이
남자에게 기대고 있다는 수치심을 잠시만 잊자고. 한 번쯤 이런 날
도 있는 거라고. 끝을 알고 가는 관계지만 그가 무엇을 원하는지
이미 알고 있으니까.

원나잇을 보낸 남자와의 재회. 그리고 동거. 그리고 마음이 빠지
는 것, 별일 아니라고……. 그냥 특별할 것 없는 거라고, 그렇게 생
각하기로 했다.

수완은 뻐근한 목을 돌렸다. 아무리 생각해도 너무 무리했다 싶
다. 정말 그가 잠을 재우지 않을 거라고 생각도 하지 못했다. 퇴근
시간이 가까워져 오지만 여전히 아래쪽 신체는 조금만 움직여도
아래가 화끈거리고 얼얼했다. 그에 반면 말끔하게 면도를 한 연준
은 다른 때보다 훨씬 상태가 좋아 보였다. 게다가 짙은 청록색 슈
트를 입어 상쾌해 보이기까지 했다.

"기획안 잘렸다며?"

몽롱한 정신을 차리려고 머그잔에 얼음을 가득 채워 물을 마실
때였다. 퇴근 준비를 일찍 마친 민정이 그녀의 자리로 다가왔다.

"응."

괜찮다고 생각했던 기획안은 무참히 잘렸다. 흥미를 자극하는 기획안이지만 원가가 생각보다 많이 들어간다는 것이 잘린 이유였다.

"잘되면 좋았을 텐데, 아쉽다."

"기회는 또 있겠지."

"그럼, 그럼."

민정은 기운 내라며 주먹까지 쥐어 보였다. 수완은 머리가 띵하도록 또다시 차가운 물을 마셨다. 기대를 아예 하지 않은 건 아니었다. 팀원들도 괜찮았다고 했으니까. 첫술에 배부를 수는 없다. 다음에는 꼭 통과되는 기획안을 만들겠다는 욕심이 생겼다.

"시간 잘 가지?"

민정은 유리창 너머를 보며 말했나. 눈이 내리는 겨울은 어느덧 따뜻한 봄날로 바뀌어 있었다. 조금 더 시간이 흐르면 금방 여름이 오겠지.

"그러게."

"기분이 괜히 싱숭생숭하다."

"왜?"

수완의 질문에 민정은 어깨를 으쓱해 보였다.

"사실 나……."

말끝을 흐리는 모습이 뭔가 수상쩍었다. 괜한 조바심이 난 수완은 재빨리 물었다.

"뭔데?"

"청혼받았어."

"진짜!"

수완은 손으로 입을 가렸다. 회사 복도라는 것도 잊고 크게 소리쳤다. 무슨 일인가 싶어 직원들이 지나가며 흘끔거렸다. 사무실로 가던 것도 잊고 수완은 빨리 말해보라며 민정의 팔을 붙잡고 흔들었다.

"응."

민정은 수줍게 볼을 붉혔다. 수완의 목소리가 들떴다.

"벌써 결혼 얘기가 오고 가는 거야?"

"그렇지? 좀 빠르지?"

"시간이 문제인가. 서로 좋으면 되잖아."

"아무리 그래도 두 달 만에 결혼은 너무 빠른 것 같아서."

민정은 시무룩한 표정을 지었다. 고민이 많아 보였다. 수완에게 결혼은 너무나 먼 얘기라 별로 할 말이 없었다.

"그런데 그 사람이 결혼하자는 말에 속도 없이 좋더라."

어쩐지 요새 자주 웃더라니. 민정은 목까지 붉어져 있었다.

"솔직히 모르겠어."

"뭐가?"

"그 사람은 좋은데 아직 결혼은 마음의 준비가 안 되어서. 결혼은 현실이잖아."

"그래서 안 하려고?"

"그건 또 아닌데……."

수완은 의아한 듯 민정을 바라봤다. 민정은 자신도 자신의 마음을 모르겠다는 얼굴이었다.

"그 남자는 좋고 결혼은 싫다는 얘기?"

"완전 갈팡질팡이야. 나도 내 마음을 알다가도 모르겠어."

민정은 그가 청혼할 때 줬다며 손가락에 낀 반지를 보여주었다. 수완은 부러운 눈길로 반짝반짝 빛나는 반지를 내려다봤다.

"예쁘다."

"옷 입는 센스는 꽝인데 반지는 어쩜 내 취향에 딱 맞는 걸 골랐는지 모르겠다니까."

"천생연분이라는 소리지."

"뭐야……."

그 말이 기분 좋게 들린 민정은 까르르 웃음을 터트렸다.

"민정 씨 행복해 보여."

"그래?"

"응."

"거절하면 그 남자 울지도 몰라."

민정은 가끔 남자의 얘기를 들려주었다. 앞뒤가 꽉 막힌 밥통인 남자인데 또 어떤 때는 아이처럼 순진하고, 여느 땐 상남자처럼 거친 모습도 보인다고.

"남자를 울리면 안 되지."

"그렇지?"

민정은 재빨리 되물었다. 수완은 환하게 웃으며 고개를 끄덕였다.

"두 달 만에 결혼이라. 완전 속전속결이네."

민정은 어색하게 웃어 보였다. 내심 그 남자와의 결혼을 기대하는 들뜸이 표정에 다 드러났다. 잠깐의 수다로 마음의 결정을 끝낸 민정은 먼저 가겠다며 사무실을 나섰다. 나도 슬슬 가볼까.

"수완 씨."

막 모니터를 끄며 퇴근 준비를 하려는데 정수가 그녀를 불렀다. 밤을 새우다시피 해 오늘은 일찍 들어갈 참이었는데 다소 굳은 얼굴로 칸막이 옆에 서 있는 정수의 표정이 심상치 않았다. 잠시 마주친 서늘한 눈빛이 수완의 명치를 건드렸다.

"잠깐 얘기 좀 할까요."

"무슨 일이신데요."

"연준이 얘기입니다."

수완은 더는 묻지 못했다. 정수가 왜 연준의 이름을 친구처럼 부르는지도. 수완은 핸드백을 급히 챙겨 정수를 따라나섰다.

회사 밖으로 나갈 줄 알았다. 정수가 데려간 곳은 회장실 앞이었다. 육중한 갈색 문에 숨이 탁, 막혔다. 머릿속에서 오작동이 일었다. 수백만 마리 매미가 우는 것처럼 정신이 심란했다.

"여긴……."

어떤 말도 좋으니 해달라고 쳐다봤더니, 정수는 생각보다 더 엄청난 말을 했다.

"연준이하고 친구예요. 수완 씨 사이도 다 알고 있어요."

"……."

"회장님도."

수풀이 우거진 숲 속에 갇힌 기분이었다. 빛 하나 들지 않는 아주 깜깜한 숲 속. 게다가 길까지 잃어버린 기분이 들어 눈앞이 막막했다. 소용돌이치는 혼란을 눈치챈 정수가 굳게 다문 입을 천천히 열었다.

"오늘이 디데이라고 해두죠."

"그게 무슨……."

"저 높은 곳에 있는 사람들이 어떻게 나올 거라는 것쯤, 연준이하고 사귀면서 한 번도 생각 안 해봤어요?"

정수는 은근히 뻐기는 목소리로 내뱉었다. 예상치 못한 상황을 맞닥뜨렸다. 그런데 왜 언젠가 이런 날이 올지도 모른다고 오래전부터 예상하였던 기분일까. 수완은 가까스로 정신을 차렸다. 그리고 연준이 했던 말도 떠올랐다.

"회장님한테 돈 봉투 받으면 되는 건가요?"

"적당히 죄송하다고도 하면 되겠죠."

계속 이상했었다. 정수가 왜 자신한테만 유독 껄끄럽게 행동하는지, 뭔가 다 알고 있는 눈으로 보고 있었는지. 다 이유가 있었구나.

"그렇게 하죠."

수완은 짧게 말을 던지곤 바로 노크를 했다. 그 모습을 정수가 약간 어이없어하며 우두커니 서 있었다. 지금 정수는 눈에 들어오지 않았다. 다른 사람도 아닌 정수에게 떨고 있는 모습을 들키고 싶지 않았다. 떨리는 입술을 악착같이 깨물었다.

한참 후에야 육중한 문이 스스로 열렸다. 한 걸음 내딛는데 다시는 빠져나올 수 없는 늪을 향해 걷는 것만 같았다. 발이 푹푹 빠지는 기분이었다.

"진짜 왔네."

문을 다 열기도 전에 서늘한 목소리가 바로 들렸다. 그녀를 기다리는 사람은 병호가 아니라 연준이었다. 정수도 연준이 있을 줄은 몰랐다는 표정이었다. 당황스러운 듯 흠칫 놀라며 미간을 일그러뜨렸다.

"함부로 끌고 온 건 아니지?"

"아니."

정수는 잔뜩 날이 선 목소리로 말했다. 연준은 천천히 고개를 돌려 수완을 바라봤다. 깊고 차가운 눈과 마주쳤다. 표정은 별로 달라지지 않았다. 다만 그가 화가 났다는 것을 알 수 있었다.

병호는 눈길 한 번 주지 않았다. 심장박동이 불편하도록 빠르게 뛰었다. 숨을 쉬는 것도 고역스러웠다. 떨고 있는 꼴이 우스워 어떻게든 아무렇지 않으려고 애를 써봐도 모두 소용이 없었다. 병호의 입에서 어떤 말이 나올지 알기에 쓴 물이 왈칵 넘어왔다.

긴 침묵을 깨고 정수가 먼저 물었다.

"여기서 뭐 하고 있어?"

"협상 중."

연준의 목소리는 나직하고 담담했다. 너무나 담백해서 아무 생각 없는 것처럼 보였다.

"협박은 아니고?"

"정수 넌 항상 상상력이 지나쳐."

"……."

"아버지, 저한테 지금 협박당하고 계신가요?"

연준은 당혹스러울 정도로 대놓고 물었다. 한참을 말없이 앉아 있던 병호가 시선을 조용히 들었다. 수완을 살피듯 천천히 보더니 무심히 말했다.

"앉아요."

피할 수 없는 자리였다. 수완은 떨리는 한숨을 간신히 삼키며

찬란

연준의 옆에 앉았다. 억누르는 긴장감이 무색하게 연준은 그녀의 손을 잡았다. 낯빛이 잔뜩 굳은 얼굴로 바라보자 그가 말했다.

"조금만 견뎌요. 곧 끝날 테니."

수완의 동공이 불안하게 흔들렸다. 모두가 참담한 표정을 짓는데 연준은 혼자서 유유자적했다. 원래부터 좀처럼 반응이 없는 남자. 자신만의 세계에 갇힌 남자라는 걸 어렴풋이 알고는 있었다. 언뜻 비치는 눈동자는 이 상황을 '게임'처럼 즐기고 있었다. 뭐가 됐든 그의 생각을 헤아리긴 어려울 것 같았다.

"마실 거라도 줄까요?"

"돼, 됐어요."

수완은 떨리는 음성으로 가까스로 대답했다. 연준은 더없이 부드러움을 눈가에 담으며 수완만 응시했다.

"겁먹을 필요 없어요. 누구도 당신한테 뭐라고 할 사람 없어요."

"……."

"그렇죠. 아버지?"

연준은 병호를 빤히 직시했다. 거짓말처럼 눈가에 있던 부드러움은 사라지고 없었다. 병호는 어쩔 수 없다는 듯이 고개를 끄덕였다.

"이수완 씨."

"네!"

"겁먹지 말래도."

얼마나 차가운 목소리인지 모르겠다. 그녀에게 손끝 하나 대었다간 무슨 일을 저지를지 모른다는 음성이었다. 병호가 인상을 쓰며 불현듯 말했다.

"연준이랑 함께 살고 있다고?"

"……네."

"앞으로 어쩔 생각이지?"

잠시 무거운 침묵이 흘렀다. 수완은 대답을 망설이며 마른 입술을 축였다. 병호는 대답을 기다리지 않고 말을 이었다.

"결혼이라도 할 생각은 아니겠지?"

수완은 얼굴에 쓸쓸함이 스몄다. 그런 건 바라지도 않는다고 해야 하나.

"사람마다 분수가 있는 법. 어차피 안 되는 관계, 이쯤에서 끝내."

병호는 단언하듯 말했다. 심장이 불안하게 두근거렸다. 병호의 말이 온 가슴을 할퀴며 상처를 냈다.

"전……."

깔깔한 목으로 어렵게 말을 꺼내는데 쉽지 않았다. 한마디도 제대로 하지 못하고 입을 닫았다. 연준은 그녀의 손을 잡고 묵묵히 앉아만 있었다. 이 정도는 알아서 하라는 표정 같았다.

"결혼 같은 건 생각해본 적이 없습니다."

"없다?"

"네."

"그러면 돈이 필요해서 연준이를 만나는 거네."

"아닙니다."

수완은 저도 모르게 목소리를 높였다. 병호는 어처구니없다는 듯 코웃음을 쳤다. 그게 아니라면 뭐냐는 뿌리 깊은 비웃음이 눈빛에 잔뜩 깔렸다.

찬란 223

"아니면?"

"돈 때문이라면 연준 씨가 아니어도 되었으니까요."

적어도 진심이었다. 둘이 시선이 마주쳤다. 순식간에 상대방의 기를 누르는 눈빛은 매섭기까지 했다. 또한 병호의 얼굴에 번진 서늘함은 가시지 않았다. 새삼 연준이 자신과 얼마나 다른 환경에서 자란 사람이라는 것을 깨달았다.

이렇게 하지 않아도 언젠가 끝날 관계인데…….

여러 가지 감정이 뒤섞인 수완은 쓸쓸한 미소를 지었다. 슬쩍 바라본 연준은 여전히 알 수 없는 표정이다. 그 얼굴을 보며 그가 진짜 얼굴은 한 번도 보인 적이 없다고 여겼다. 지금도 마찬가지다. 그 흔한 괜찮으냐는 말 한마디 없다. 그녀가 겪을 상처 따윈 생각지 않는 얼굴로 가만히 앉아 지켜만 보고 있었으니까.

"연준 씨를 좋아하고 있습니다."

불쑥 그 말이 나왔다. 무감하게 앉아 있던 연준도 다소 놀란 표정을 지었다. 정수는 기가 막힌지 입꼬리를 비틀었다. 병호는 수완을 노려만 봤다.

수완은 귀를 닫았다. 다른 사람의 시선이나 생각은 별로 알고 싶지 않았다. 지금은 오로지 연준의 곁에 하루라도 더 오래 머물고 싶은 마음이었다.

봄이 가고 있는데 이 공간만 서늘했다. 창밖은 곧 비가 쏟아진 다고 해도 이상할 것 같지 않은 날씨였다. 하늘은 어둑했고 먹구름 이 낮게 깔리기 시작했다. 그때 팔목을 너무도 능란하게 쥐는 손이 있었다. 크고 강한, 밤이면 그녀의 양손을 묶어버리는 남자의 손.

붉어진 눈으로 연준을 바라봤다. 깊게 일렁이는 검은 눈빛이 위험할 만큼 부드럽다. 그녀를 잠깐 응시하던 연준이 병호를 보며 말했다.

"아버지, 이걸로 대화는 끝났네요."

연준의 알쏭한 말을 이해한 사람은 병호뿐이었다. 눈빛에 분노가 서린 병호는 한숨을 짧게 내쉬었다.

"더 하실 말씀 있으세요?"

"……"

"준비한 돈 봉투가 있으면, 주세요."

연준은 천진난만하게 손까지 벌렸다. 모두 기가 막힌 얼굴이 되었다. 병호가 참담한 얼굴로 가만히 앉아 있자 연준은 일어섰다.

"가요. 끝났어요."

수완은 빙글 웃는 연준을 어리둥절하게 바라봤다. 역시나 해석이 어려운 남자다. 좀 전까지 수수방관한 태도를 보이던 모습은 온데간데없이 사라졌다. 지금은 어떤 일이 닥치든 다 해결해줄 것 같은 얼굴로 그녀를 내려다보고 있었다. 무언가 해석할 수 없는 강력한 믿음이 생겼다. 수완은 그가 내민 손을 붙잡았다.

"적당히 놀아."

성마른 목소리가 들렸다. 독한 말을 내뿜은 병호는 노여운 냉기를 눈에 가득 담고 수완을 바라봤다. 가슴이 터질 것 같아서 연준의 손을 꽉 잡았다. 연준은 병호에게 깍듯이 인사를 하곤 그녀를 데리고 유유히 회장실을 나갔다. 정수도 곧장 뒤따라 나왔다.

먹구름 가득한 밤하늘 아래 두 남자가 마주 섰다. 연준은 바닥으로 뚝뚝 떨어지는 담뱃재를 물끄러미 바라봤다. 정수는 쉼 없이 담배 연기를 내뿜었다.

"회장님하고 무슨 거래를 한 거야?"

"거래라. 날 꼭 인면수심 저지른 범죄자 취급이네."

"질문에 대답이나 해."

시니컬한 연준의 표정에 정수는 횡한 웃음만 지었다. 달리 해줄 말이 없는 얼굴이었다.

"도대체 뭘로 회장님을 협박했기에 이렇게 싱겁게 끝날 수가 있어?"

"넌 뭘 기대했는데? 수완 씨가 싹싹 빌기라도 할 줄 알았어? 아니면 아버지가 수완 씨한테 물이라도 끼얹길 바란 건가?"

황당한 질문이 되돌아오자 정수는 이를 악물었다. 아슬아슬한 둘의 관계를 지켜보는 건 즐거웠지만, 이제나저제나 언제 헤어질지 궁금했다. 오랜 시간 지켜봐온 결과 어떤 것에든 연준의 흥미는 길지 못했다. 그런 연준이 수완과 동거를, 그것도 5개월을 넘기고 있었다.

"적어도 회장님이 뭔가를 하실 줄은 알았지."

"이거 미안해서 어쩌나. 기대에 부응하지 못해서."

"서연준."

한껏 비웃는 어조에 정수는 속에서 괜한 짜증이 부글부글 끓어올랐다.

"네 말대로 아버지를 협박했다면?"

"뭐?"

"서로가 원하는 거래를 했을 뿐이야."

연준은 마치 상대의 애타는 조바심을 즐기는 표정이었다. 잔인하리만치 평온한 얼굴이 정수의 숨통을 틀어막았다. 어떤 거래라는 말이 정수의 입에서 나오게 했다.

"수완 씨가 아버지 말에 겁먹고 헤어지겠다면 그런다고 했지."

달빛이 모조리 숨은 밤은 검푸른 바다처럼 거칠게 일렁댔다. 곧 비가 올 것처럼 세찬 바람이 불어 가로수가 흔들렸다. 연준은 차에 들어가지 않고 더러운 계단 앞에 쪼그려 앉아 있는 수완을 잠시 바라봤다. 시커멓게 번지는 어둠이 그녀를 조금씩 갉아먹는 것 같다. 간신히 붙잡고 있는 무릎은 금방이라도 고꾸라질 듯 후들거리고 있었다. 들리지 않아도 여자의 낮은 신음이 들리는 듯하다.

"그런데 만약 수완 씨가 나를 택하면 우리 둘, 조용히 놔두라고. 그러지 않으면 아버지가 그렇게 불안하게 생각하던 잔혹성이 뭔지 보여주겠다고."

정수는 위험한 빛을 띠는 연준의 검은 눈동자를 부릅뜨며 바라봤다. 연준은 이상할 정도로 평이한 삶을 살았다. 남들 다 하는 사춘기 반항도 없었다. 병호가 하라는 일은 거의 하는 편이었다. 겉으론 말 잘 듣는 아들 역할을 톡톡히 해냈다. 독일에서 들어오자마자 바로 히트 상품을 선보여 그를 두고 이러쿵저러쿵 떠드는 둘러싼 이사진들의 입을 막기까지 했다.

그럼에도 병호는 연준을 늘 우물가에 내놓은 어린 자식처럼 불안해했다. 시간이 흐르고 연준이 커가면서 불안은 더해졌다. 어떨 때 아들인 연준을 두려워하는 것처럼 보이기도 했다.

"제대로 협박을 했군."

"다행이지. 수완 씨가 날 선택해서, 아버지의 치부가 세상에 드러날 일이 없어졌으니."

찬란　227

"그 정도야?"

정수는 입술을 짓씹으며 말을 내뱉었다. 연준은 정수의 손가락 사이에서 빨갛게 타들어가는 담뱃불을 무심히 보며 대꾸했다.

"그러니까 정수 너도 선을 넘지 마."

경고였다.

"이수완은 건드리지 마라. 너라도 용서 안 해."

연준의 서늘한 음성이 가슴을 내리그으며 지나갔다. 둘이 제각기 내뿜는 숨소리가 기묘한 화음을 이루었다.

"용서? 네가 날? 아버지나 협박하는 주제에 누굴 용서한다는 거지?"

정수도 매섭게 맞섰다. 돈 때문에 병호와 연준 사이에서 박쥐 놀이를 했지만 그래도 연준을 친구로 생각하는 마음은 있었다.

"네가 지금 무슨 행동을 하고 있는지 자각은 하는 거야? 넌 수완 씨와 회장님 둘 모두를 농락했어."

연준은 가만히 서 있어도 묘한 위압감을 주었다. 정수는 밀리기 싫어 목에 핏줄이 곤두설 정도로 힘을 주며 말했다.

"수완 씨 대답 한마디에 끝날 관계라니……. 참 우스워. 그 말은 넌 수완 씨한테 티끌만큼도 마음이 없다는 거잖아."

아니라는 건가. 연준의 눈썹이 꿈틀거렸다.

"그래놓고 수완 씨가 원할 때까지 즐기겠다는 심보라. 역시 서연준다워."

"나다운 게 뭔데?"

연준은 식상한 질문을 던졌다.

"네 말대로 나는 돈에 움직이는 놈이야. 왜냐. 이만큼 사람 구실하게 해주신 회장님한테 은혜는 보답하고 싶거든. 널 염탐하고 네가 누굴 만나는지 간신배처럼 매번 일러바치지."

"……."

"그렇지만 난 너처럼 뭐가 잘못되었는지 모르진 않아. 네가 죽어도 못 하는 걸 난 하니까."

상대방이 상처받는 건 안중에도 없는, 너만 좋으면 된다는 이기적인 놈은 아니라는 말이었다.

"이를테면?"

"양심의 가책."

"아하."

연준은 어이없을 만큼 덤덤한 반응을 보였다. 그러곤 피식, 하고 코웃음을 작게 터트렸다. 아주 가소롭다는 웃음이었다.

"자기 포장이 대단해."

"뭐?"

"양심의 가책은 느끼지만 그만두지는 않잖아. 그게 과연 뭘까? 너도 나랑 다를 게 없다는 소리야."

연준의 말이 비수가 되어 정곡을 찔렀다.

"그런 걸 두고 후안무치라고 하지."

"서연준!"

감탄이 나올 지경이다. 사람 속을 뒤집어놓고 연준은 이쯤에서 지루한 대화는 끝내겠다는 표정이었다. 계단에 쪼그리고 앉아 있는 수완을 향해 손을 흔들기까지 했다. 혼자만 벌겋게 달아오른 정수는 정작 거칠게 숨만 씩씩 뿜어댔다.

"먼저 간다."

"……."

"운전 조심하고."

그는 정수의 어깨를 몇 번 토닥이며 말했다. 뺨을 한 대 세게 후려갈겨 맞은 기분이었다. 정신을 차렸을 때 연준은 이미 수완을 자동차에 태우고 떠난 후였다. 씻을 수 없는 수치심을 느낀 정수는 주먹을 불끈 쥐었다.

밤 9시가 넘어서야 아파트에 들어왔다. 수완은 별다른 말을 하지 않았다. 옷을 갈아입고 나와 곧장 주방으로 들어갔다. 손 소독제를 손에 덜어 수돗물에 가볍게 씻으며 물었다.

"배고픈데, 라면 먹을래요?"

"좋죠."

고양이 앞에 쥐처럼 병호 앞에서 덜덜 떨던 수완은 거짓말처럼 평온을 찾았다. 연준은 청록색 슈트 차림 그대로 식탁 위에 팔꿈치를 괸 채 라면을 끓이는 수완의 뒷모습을 지그시 바라봤다. 문득든 생각. 어쩐지 난폭한 공기가 실내를 감싸는 기분이었다. 둘 사이를 갈라놓을 것처럼 두껍게 쌓이는 정적을 찢듯이 여자의 이름을 불렀다.

"수완 씨."

"네."

수완은 라면 수프를 냄비에 넣으며 대답했다.

"화났어요?"

"아뇨."

"그러면 왜 날 안 보는데?"

"라면 끓이고 있잖아요."

그걸 증명하듯 막 보글보글 끓기 시작한 라면 냄새가 주방에 진동했다.

"라면은 조금 이따 끓이고, 나 좀 봐주면 안 될까."

한참이나 답이 없다. 수완은 대파를 썰어 넣고 냄비뚜껑을 닫은 뒤에야 연준을 바라봤다. 남자의 시선은 여자의 얼굴에 고정한 채 그대로 앉아 있었다. 애써 담담한 체하는 여자의 안색이 창백하다.

"이수완, 침묵은 나한테 벌이라고 한 것 같은데."

"당신 벌주는 거 없어요."

이번엔 대답이 빨랐다. 다만 목소리가 가늘게 떨고 있었다.

"미안해."

무심코 내뱉은 말에 연준은 정작 자신이 더 놀랐다. 누군가에게 사과는 처음이었다. 더군다나 왜 사과를 하는지조차 모르는 상태로 했다. 순간 제 입에서 제멋대로 튀어나왔다. 붉게 충혈된 여자의 눈을 마주하자 가슴 한구석이 뜨거워졌다. 뭐라고 해야 하나. 천하의 몹쓸 놈이 된 것 같았다.

"뭐가요?"

오히려 수완이 덤덤히 되물었다. 뭐라고 대꾸해야 하나. 해답을 모르는 것이라 연준은 잠시 망설였다. 물이 끓고 있는 냄비의 뚜껑이 달그락거렸다. 조금만 더 있다간 그대로 뚜껑이 열려버릴 것 같았다. 그러나 둘은 거기에 전혀 신경 쓰지 않고 있었다.

"사과해야 할 것만 같아서."

머리를 굴려봐도 정확한 말을 찾지 못했다. 연준은 애매한 답을 하고 말았다.

찬란 231

"당신이 사과할 필요 없어요. 서연준이 어떤 남자인지 모르고 만난 것도 아니니까."

"그 말이 난 왜 더 아프게 들리지?"

연준은 손바닥으로 식탁을 가볍게 두들겼다. 수완은 어쩔 수 없다는 듯이 식탁을 가운데 두고 연준과 마주 앉았다. 그러다가 라면 국물이 튀기 시작하자 가스를 끄고 다시 앉았다.

"이수완이 무슨 생각 하는지 궁금해."

말해달라는 눈빛을 보냈다. 수완은 잠시간 숨을 고르더니 천천히 입술을 뗐다.

"솔직히 아무렇지 않다면 거짓말이겠죠. 회장님 앞에서 뭔가를 변명해야 하는 기분, 별로였지만 어쩔 수 없잖아요. 어차피 내가 훨씬 불리한 입장이니까. 모멸감을 느끼는 게 당연한 건 아닌데, 자존심을 챙길 여유는 없었어요. 청승맞고 우울한 건 이미 충분히 했어요. 구질구질하게 한 번만 봐달라고 애원하고 싶지 않았어요. 그 자리에서 내가 할 수 있는 말은 하나밖에 없었어요. 서연준을 좋아한다고."

연준은 심장이 뻐근했다. 수완이 병호 앞에서까지 그 얘기를 할 줄은 몰랐다. 이수완은 늘 그를 놀라게 한다. 늘 한 걸음 물러나 있는 것처럼 보이는데 어느 순간 눈을 떠보면 가장 한가운데 서서 그를 보고 있었다.

"서연준을 백마 탄 왕자님이라고 생각하며 만나지 않았어요. 내 방식대로 택한 삶이에요. 그러니까 나한테 미안해하지 마요. 그러면 내가 더 초라해지니까."

수완은 복잡하고 혼란스러운 마음을 꾹꾹 누르며 제 생각을 또

박또박 밝혔다. 그러자 그녀의 목소리는 더 이상 떨리지 않는다.

"불량품은 나야. 이수완이 아니라. 그리고 매달리는 쪽도 나고. 그러니까 누구 앞에서든 당당하게 나가."

"그렇게 할게요."

수완은 차분하게 대답했다. 그리고 한동안 침묵. 연준은 미묘하게 변하는 수완의 표정을 가만히 바라보고 있었다. 머릿속에 뜬금없이 피어나는 궁금증 하나. 한심한 질문일 수도 있는데.

"내가 왜 좋지?"

"좋은 데 이유가 어딨어요."

수완은 그런 질문이 어디 있느냐는 얼굴이었다. 그러더니 갑작스레 질문을 던졌다.

"그러는 연준 씨는 알아요?"

"모르겠어."

둘은 동시에 허무한 웃음을 터트렸다. 연준은 계속 머릿속을 빙빙 돌고 있던 말을 또다시 물었다.

"아직도 우리가 물거품 같아?"

"그럴지도 모르죠."

"서연준이 어떤 남자인지 아직도 몰라서 불안해요."

"오히려 굉장히 불안한 건 난데. 좋다고 고백해놓고 지금이라도 이수완이 저 문을 열고 나갈까 봐 불안하다면 믿어져?"

"……."

"거봐. 안 믿잖아."

"……."

"아직도 날 믿지 못하면서, 왜 아버지 앞에서 고백했어?"

"연준 씨는 내 고백에 책임감이 느껴지나요?"

수완이 대답은 않고 뜬금없이 되물었다. 책임감이라. 자신에겐 없는 감정이었다. 누군가를 책임진다는 것은 자신을 그 누구에게 주는 것이니까. 그가 침묵하자 수완은 한숨을 느리게 쉬더니 입을 열었다.

"어떤 이의 고백에 책임이 느껴지면, 사랑이 시작된 거래요."

목소리는 이질적으로 차분했다.

연준은 오늘 하루 천국과 지옥의 간극을 오가는 기분이었다.

"그래서 내 고백에 나라도 책임을 지려고요. 서연준과 사는 동안 최선을 다할 생각이에요."

마치 끝을 향해 달려가는 말처럼 들렸다. 수완의 마음속에 둘은 '함께'가 아니었다. 수완의 동공 속에 온전히 담긴 자신이 보이자 연준은 머리부터 발끝까지 묘한 전율이 스쳤다.

"당신과 있으면 미쳐가고 있는 기분이 들어요. 그런데 그게 싫지 않아요. 지금은 서연준이 아니면 내가 안 되니까……."

여자의 고백은 단순할 정도로 솔직하다. 남김없이 토해낸 고백은, 마음속 끝까지 모두 긁어낸 지독한 고백이었다.

"연준 씨."

"……."

"날 좋아한다는 말 진심이라면, 말해요."

"뭘?"

"나한테 감추는 게 있어요?"

연준은 등골이 싸했다. 가끔 보면 수완은 무섭도록 예감이 남달랐다. 그가 그녀에게 들키지 말아야 할 것이 있다는 걸 어떻게 알았을까. 잠시 갈등했다. 이제라도 솔직하게 털어놓을까. 연준은 시선을 떼지 않은 채 그녀가 원하는 대답을 할 수밖에 없었다.

"없어."

"다행이에요. 감추는 게 있었으면 무척 슬펐을 거예요."

여자의 입술 끝이 부드럽게 휘었다. 모든 말이 끝났을 때 수완의 두 눈은 빨개져 있었다. 수완과 살면서부터 연준은 어느 것 하나 명확하지 않았다.

"라면 불었겠다."

수완은 자리에서 일어섰다. 의자가 뒤로 밀리며 투박한 소리를 냈다.

"불어터진 라면, 꼭 먹어야겠어?"

"다시 끓여줘요?"

연준은 손을 뻗어 수완의 손을 잡아끌었다. 짙어지는 남자의 시선이 무얼 의미하는지 아는 표정이었다. 아이러니하게도 수완의 손을 힘주어 잡자 연준은 비로소 안정을 느꼈다.

뭐지, 어디서부터 어긋난 것일까.

처음 본 그날부터? 아니면 수완을 다시 만난 날부터? 그의 계획은 이게 아니었다. 언제든, 어느 순간, 이유 없이 끌린 수완을 향한 호기심은 끝이 날 것이라 여겼다. 그 막연한 시간을 적당히 즐길 생각이었다. 그걸로 충분할 줄 알았다. 딱히 다른 여자보다 특별할 것 없는 여자였으니까.

막상 수완의 입에서 좋아한다는 말이 나오자 설명하기 힘든 감정에 사로잡혔다. 심장 온도가 최대치로 올라가며 몸이 타는 듯했다. 스스로 물었다. 이수완이 떠나도 적당히 즐겼다는 것으로 충분하냐고.

자신은 여전히 이기적이다. 꽉 잡고 있는 여자의 손에서 느껴지는 열감을 계속 붙잡고 싶었다. 여자의 좁은 속으로 들어가며 내뱉은 말이 현실이 되었다. 이제 이수완이 아니면 안 되었다. 떠난다고 하면 웃으며 안녕, 해주려 했는데. 두 다리, 두 팔을 묶어 제 옆에 붙잡아둘 것만 같다.

"하고 싶어."

거부하지 마. 저항도 하지 마.

"여, 여기서요?"

"응."

말을 끝내며 연준은 동시에 넥타이를 풀었다. 왼손은 여전히 수완의 손을 잡고 있었다. 한 손으로만 옷을 벗자니 굼떴다. 짜증이 났다. 수완을 확 끌어 잡아 순식간에 그의 허벅지 위에 앉혔다. 수완은 어쩔 줄 몰라 눈만 굴렸다.

"벗겨줘."

그 말을 들은 수완은 귀까지 빨개졌다. 연준은 망설이는 수완의 손가락 하나를 입 안에 넣고 부드럽게 빨았다. 수완은 당황하며 그의 어깨를 밀어냈다.

"애원하는 거야. 이수완과 하고 싶어 죽겠다고."

연준은 손가락을 순서대로 잘근잘근 깨물며 핥았다. 그녀는 그를 떨리는 눈으로 마주했다. 뜨겁게 일렁이는 남자의 검은 눈에 다소 겁을 먹은 얼굴이었다.

"당신은 미워할 수 없는 남자예요."

연준의 눈빛이 살짝 흔들렸다. 무슨 말인지 모르겠다.

"그렇다고요."

수완은 입술을 달싹거리다 곧 다물었다. 해석하기 무리인 말을 묻는 것으로 시간을 허비하고 싶지 않았다. 당장 수완의 속으로 들어가고 싶은 욕구만 남았다.

"들어와."

예상치 못하게 자신의 손이 남자의 페니스를 잡고 있자 수완은 어깨를 흠칫 떨었다.

"수완아. 응?"

애원이 통하지 않으면 구걸을 해서라도 여자를 얻고 싶었다. 수완의 눈빛이 좀 더 짙어졌다. 고맙게도 더는 망설이는 건 무리라고 결론을 내린 모양이다. 그의 지퍼를 내렸다. 그리고 미끈한 액이 조금씩 나오기 시작한 귀두를 서툰 손길로 매만졌다.

"흠……."

탁한 신음이 연준의 입에서 흘렀다.

"더 세게."

끊어져도 좋으니까.

연준은 수완의 허리를 꽉 끌어안으며 목덜미에 얼굴을 묻었다. 쇄골을 깨물고 검붉은 자국을 내듯 여자의 여린 살결에 온통 흔적을 남겼다. 알싸한 통증에 수완은 고개를 저었다. 제 안에서 북받쳐 오른 열망을 연준은 어쩌지 못했다. 점점 더 그 감각에 빠져들었다. 아예 페니스를 잡고 있는 수완의 손을 잡아 자신이 직접 흔들었다.

"미치겠네."

몇 번 흔들었을 뿐이다. 수완의 손에 파르르 떨며 사정했다. 희멀건 액이 손바닥에 줄줄 쏟아지자 수완은 울 것 같은 얼굴이 되었다. 빳빳하게 곧추선 물건이 바람 빠진 풍선처럼 흐물거렸다.

"앉아선 무리겠어."

연준은 수완의 손바닥에 묻은 정액을 제 옷에 닦아냈다. 옷을 다 벗지도 하고 사정했다. 제대로 하고 싶었다. 수완의 겨드랑이에 양손을 넣어 그녀를 일으켰다. 어찌할 틈도 없이 수완을 식탁에 앉혔다.

그녀의 다리를 벌리고 스타킹과 팬티를 동시에 벗겼다. 그러자 축 처졌던 페니스가 바로 발기했다. 자제하지 못하고 허리를 숙여 여자의 속살을 혀로 갈랐다. 식탁을 붙잡으며 수완은 고개를 뒤로 젖혔다.

"괜찮아?"

야릇하게 터지는 신음을 더 듣고 싶었다. 발갛게 달아오른 숨을 연신 내뿜느라 수완은 대답할 여력이 없었다. 나른하게 열기가 퍼지는 여자의 눈빛에 환장하겠다. 얼른 들어가고 싶어 안달이 난 페니스가 꿈틀거려 신경이 끊어질 것만 같았다.

"수완아……."

선홍빛 속살을 살짝 깨물었다. 수완은 숨이 끊어질 것처럼 허리를 비틀었다. 연준은 아직 액이 남아 미끌미끌한 손바닥을 혀로 핥으며 수완을 내려다봤다.

"좀 거칠지도 몰라."

"상, 상관없어요."

가쁜 숨을 내쉬며 수완은 간신히 대답했다. 아흑, 뜨거운 물처럼 수완의 가슴에 대고 신음을 쏟았다. 수완을 식탁에 눕힌 채 불덩이가 된 페니스를 곧장 쑤셔 넣었다. 둘은 동시에 신음을 터트렸다.

"아……."

머리를 녹이는 듯한 쾌감이 강타했다. 지독한 고문을 당하는 기분이다. 여성이 페니스를 뜨뜻하게 감싸며 조이자 더 깊게 들어가고 싶었다. 천천히 비벼야 하는데 온몸이 달아오른 연준은 도리어 찍듯이 파고들었다.

"아, 아파요."

"미안."

그런데 조절이 안 돼. 그래서 더 미칠 것 같아.

수완은 목을 조이듯 연준의 목을 끌어안으며 헐떡거렸다. 누가 흘리는 건지 알 수 없는 신음이 터졌다. 조금씩 땀이 밴 몸이 미끄럽다. 식탁이 거칠게 흔들렸다. 연준은 생전 처음 겪어보는 감정에 혼란스러웠다.

이수완이 먼저 자신에게 질려버리면 어떡하지. 어느 날 냉정하게, 새라처럼 자신을 버리고 가버리면……. 한 번도 생각지 않았던 상상은 두렵기까지 하다.

이수완이 내 일부가 되어줬으면 좋겠어. 이 조그만 여자 때문에 불안이라는 걸 느낄 줄이야. 더 깊이 들어가면 편해질까. 이를 악물어 힘줄이 곤두선 연준의 이마에서 땀이 뚝뚝 떨어졌다.

다리를 더 벌렸다. 서로의 거웃이 액으로 끈끈하게 엉겨 붙었다. 연준은 제 것이 여성 속으로 들어가는 걸 보고 싶었다. 똑바로 섰다. 수완의 다리를 제 허리에 감았다. 그리고 아주 천천히 여자의 속살을 갈랐다. 아가미처럼 벌어지는 곳으로. 수완은 참을 수 없다는 듯이 비명을 질렀다.

찬란 239

더 들어가고 싶어.

가장 깊은 곳까지.

제 것이 부러져도 좋을 만큼 넣고, 넣고, 넣고…….

연준은 마치 내일이 없다는 듯이 수완의 몸을 사정없이 파고들었다. 그때마다 어금니를 깨문 수완은 손톱을 세워 그의 등에 할퀴며 껴안았다. 통증과 쾌감은 경계 없이 허물어졌다. 눈을 질끈 감은 수완은 허리를 휘며 몸부림쳤다. 비틀린 비명이 그녀의 입술에서 연신 터져 나왔다.

"조금만…… 천천히."

"……."

"……죽을 것 같아요."

아무 말도 듣고 싶지 않다. 연준은 고개를 비틀고 입을 맞췄다. 신음마저 삼키고 싶었다. 더 단단해진 성기의 뿌리까지 넣었다. 참지 못하는 희열에 수완이 다리를 오므렸다. 여자의 속살이 마치 이로 깨문 것처럼 남성을 꽉 조였다.

"수완아……."

그녀를 불렀다. 허벅지 안쪽에 끈적끈적한 액이 흘렀다. 시간이 고장 나 멈춘 것 같다. 그녀를 몇 번이나 탐했음에도 처음과 같은 희열이 똑같이 찾아왔다.

그렇게 밤은, 깊어갔다.

8. 온전한 내 것

또 그렇게 며칠 밤이 흘렀다.

회사에서 가끔 병호를 마주쳤지만 별다른 말은 하지 않았다. 아무 일도 일어나지 않는 나날들. 그게 더 불안한지 모를 일이다. 이젠 연준과 함께 퇴근하는 날도 많아졌다. 그가 연구실로 데리러 오는 적도 있었다.

집에 들어서면 누가 먼저랄 것도 없이 입을 맞추었다. 둘 다 짐승이 된 기분은 나쁘지 않았다. 오늘 밤도 걷잡을 수 없을 것이리라. 서로 손끝만 닿아도 불같이 일어난 욕구가 후드득 쏟아졌다.

그는 어떤 생각을 하며 자신을 만질까, 궁금하기도 전에 옷이 벗겨졌다. 어두운 밤이 그를 삼켰다. 침대에 도착하기도 전에 차가운 거실 바닥에서 몇 번이나 사랑을 나눴다. 굶주린 아이처럼 연준은 그녀의 몸 구석구석을 전부 탐하기 위해 빨고 핥았다. 남자의 것은 살아 있는 생물처럼 몸속을 쉼 없이 드나들었다. 그녀를 향한 욕망은 선명하고 또렷했다. 그녀가 할 수 있는 건 그를 껴안는 것뿐이었다.

마지막 섹스를 끝냈을 땐, 어둠을 뚫고 희미하게 밝아오는 빛이 보였다. 절정이 끝나고도 연준은 한참이나 그녀의 몸속에 머물렀다. 그는 섹스 후 더 다정해지는 남자였다. 입술을 동그랗게 말아 바람 소리를 내며 달뜬 몸의 열기를 식혀주곤 했다. 씻을 기운도 없었던 수완에게 연준이 후후, 하고 바람 소리를 냈다. 그것은 자장가처럼 감미로웠다. 수완은 그가 내는 바람 소리를 자장가 삼아 잠들었다. 이대로도 좋아, 그 생각을 하면서…….

다음 날, 수완은 잠시 연준을 생각하느라 멍해져 있었다. 그때 민정이 말을 걸어왔다.

"수완 씨. 이것 좀 봐줘."

"뭔데?"

재빨리 정신을 차린 수완은 민정이 칸막이 너머로 내민 자료를 받았다. 오늘 아침 회의 때 받은 자료였다.

"팀장님이 이 부분 검토하라는데, 도통 무슨 말인지 모르겠어."

"이거?"

수완은 빨간색으로 동그라미가 쳐진 부분을 볼펜으로 가리켰다.

"응."

"이거 나도 지금 찾고 있었어. 그런데 자료가 별로 없더라. 아무래도 개발팀에 자문해야 할 것 같아."

"그래야겠지."

민정은 고개를 끄덕였다. 수완은 그렇지 않아도 공문을 작성하고 있었다고 말했다.

"전시회 준비까지 하려니 벅차다."

"그러게."

연구개발에 투입되었지만 아직은 신입이라 보조역할 정도였다. 그렇지만 할 일은 제법 많았다. 거래처를 확인해야 했고 하루에 작성하는 공문만 열 개가 넘었다.

"그래도 겨울에 라스베이거스 간다니까, 밥 안 먹어도 배부른 거 있지."

"결혼식하고 겹치는 거 아니야?"

"내년에 하려고."

"왜?"

"아무래도 올해는 너무 빠른 것 같아. 그 사람도 나도 다 첫 직장이라 바쁘고, 우선 회사에 적응하는 게 급선무 같아서."

민정은 양가에 인사를 드리는 것만 했다고 말했다. 수완은 프린트를 출력하며 민정의 말을 듣고 있었다.

"아! 오늘 상여금 나오는 날이다."

연구실과 본사를 오고 가느라 정신이 없어 깜빡했다. 날짜 가는 것도 잊고 있었다.

"으흐흐. 이 맛에 회사를 다닌다니까."

재빨리 휴대폰으로 통장을 확인한 민정은 입이 찢어지라 웃었다. 수완은 작성하다 만 공문을 마저 끝냈다. 어색한 곳이 없는지 다시 한 번 확인하고 나서야 개발팀에 메일로 보냈다.

목이 말라 물을 마시고 싶었다. 머그잔을 들고 정수기로 걸어가는데 정수가 따라왔다. 그녀와 연준의 사이를 모두 아는 정수와 한 사무실에서 근무하는 것은 꽤 신경이 쓰였다. 그렇다고 피하고 싶진 않았다.

"먼저 하세요."

수완은 정수기 옆으로 자리를 비켜주었다. 정수는 종이컵에 찬물을 한 잔 따라 마셨다. 볼일이 끝났는데 정수는 가지 않았다. 수완이 머그잔에 물을 담는 것을 물끄러미 지켜봤다.

"연준이 일본 출장 갔다면서요?"

정수는 호칭을 생략하며 물었다. 왜 안 물어보나 했다. 그날 이후 정수는 가끔 쳐다볼 뿐 예전처럼 일부러 접근해서 신경을 돋우진 않았다.

"네."

"언제 온대요."

"주말에요."

"보고 싶겠네요."

"네."

묻는 말에 수완은 족족 대답해주었다. 정수의 입매가 어색하게 굳었다. 그러나 이내 수완을 뚫어지게 바라보며 미간을 설핏 찌푸렸다.

"서연준에 대해서 얼마큼 알아요?"

"알 만큼 알아요."

"수완 씨가 아는 게 다가 아닐 수도 있어요."

"걱정해주는 건가요?"

"그렇다고 해두죠."

정수는 눈썹을 삐딱하게 세웠다. 피곤하다. 정수와 왜 이런 불필요한 신경전을 벌여야 하는지 모르겠다. 그렇지만 지고 싶지 않아 그를 똑바로 바라봤다.

"하고 싶은 말 있으면 하세요."

"해주면 감당할 수 있겠어요?"

수완은 잠시 할 말을 잃었다. 정수는 그동안의 그동안 보았던 태도와는 사뭇 달랐다. 둘의 관계를 작정하고 무너뜨릴 것처럼 다가왔다. 정말 연준에게 무슨 엄청난 비밀이라도 있는 걸까. 묻고 싶은 말은 가득했지만, 수완은 뜨거운 숨을 삼키고 무심한 투로 말했다.

"감당할게요. 말해줘요."

정수의 시선이 흐트러졌다.

"해주지도 않을 거면서 괜히 사람 불안하게 하는 이유가 뭐예요? 연준 씨 친구라면서요."

"나중에 후회나 하지 마요."

정수는 잔뜩 굳은 얼굴로 그 말만 뱉고 자리를 떠났다. 그가 눈앞에서 사라지자 가슴을 압박하던 숨을 천천히 내쉬었다. 이대로는 일이 손에 잡히지 않을 것 같았다. 무섭게 뛰는 심장을 진정할 필요가 있었다. 안 되겠어…….

사무실을 나와 수완이 찾은 곳은 옥상이었다. 대기가 오늘따라 유난히 맑다. 시선을 돌리니 복잡한 서울 도심이 한눈에 보였다. 그런데 가슴 한구석은 텅 빈 것 같다. 서연준이 한국에 없어서일까.

찬란 245

"어쩜, 전화 한 통이 없어."

연준은 3일 전 일본으로 출장을 떠났다. 오랜 시간 혼자였는데 막상 연준이 옆에 없자 허전함이 이루 말할 수가 없었다. 지난 며칠 동안 많은 일이 벌어졌다. 병호를 만나고 정수와 연준의 관계를 알았다. 그러나 그와 그녀 사이에 달라진 것은 없었다.

지금 연준과 그녀의 관계가 얼마나 잘못되고 비정상적인 관계인지 굳이 말해주지 않아도 자신이 제일 잘 안다. 스스로를 비난하고 지독히 혐오도 했다. 그러나 그 혼란은 이미 끝냈기에 연준에게 모든 걸 던질 수 있었다.

그렇지만 무언가가, 형체도 없는 그 무엇이, 둘 사이를 조금씩 흔들고 있었다. 정수의 비밀스러운 말 때문일까. 그것이 아니라면 뭐지? 왜 이리 기분이 엉망이지. 이 불안을 달래줄 사람이 필요해.

-여보세요.

통화 버튼을 누르고 조금 지나 연준이 전화를 받았다. 울림이 좋은 그의 목소리에 괜히 울컥해졌다. 뭐라고 말해야 하는데 멍하니 바닥만 내려다보자 연준이 먼저 물었다.

-어쩐 일이에요.

"그냥 해봤어요."

-무슨 일 있구나.

"없어요."

말을 하는데 가슴이 뜨거워졌다. 어떻게 이 정도로 연준을 의지하고 기대게 되었을까. 그에게 바라는 건 아무것도 없다고 확신했었는데.

-말해요. 무슨 일인지.

"진짜 없어요."

수완은 거칠어지는 바람을 맞으며 고개를 저었다.

-이젠 얼굴 보지 않아도 목소리만으로도 알 수 있어. 이수완 심경의 변화쯤 알아채는 건, 식은 죽 먹기라고. 그러니 털어놓지.

정중한 신사처럼 존대하다가 못마땅한 일이 생기면 연준의 말투는 바로 짧아졌다. 이따금 연준이 툭툭 내뱉은 말은 직선적이기까지 하다.

"보고 싶어서 전화했어요."

-…….

"무슨 일이 생긴 건 아니에요. 그냥 당신이 보고 싶어서."

난 이 남자에게 무얼 바라는 걸까. 확신할 수 있는 진심? 다시 숨을 들이쉬는데 무척이나 서늘한 연준의 목소리가 들렸다.

-잔인하네.

무슨 말을 심하게 할까.

-그런 말을 하면 어쩌라는 거야. 만질 수도 없는데. 혹시 일부러 그러는 건 아닐 테고.

수완은 뜨거운 감자를 삼킨 것처럼 목이 탔다. 눈앞에서 보는 것처럼 연준이 지금 어떤 표정을 짓고 있을지 알 것만 같다. 야릇한 말을 해놓고 정작 무심한 표정을 짓고 있겠지. 불쾌감이 툭 솟아도 눈썹만 살짝 까닥이는 남자이니까.

"웃게 해줘서 고마워요."

수완은 실성한 사람처럼 웃기 시작했다. 젖은 솜이불처럼 무겁던 기분이 깃털처럼 가벼워졌다. 연준이 왜 웃느냐고 묻는데도 웃음을 멈출 수가 없었다.

-이수완.

"아, 진짜……."

수완은 또다시 웃음을 터트렸다. 이토록 마음껏 웃어본 적도 오
랜만이다. 바람만 부는 옥상은 그녀 혼자였다. 바닥에 뒹굴며 웃어
도 흉볼 사람은 없었다. 눈가에 눈물이 맺히도록 웃었다.

-서울 가서 봅시다.

"나 겁먹어야 해요?"

-아마도.

"아고, 무서워라."

-이수완, 까부네.

"일본에 있는 사람이 뭘 어떻게 하겠어요. 이런 때 아니면 언제
서연준 열 받게 하겠어."

-내 참…….

연준이 푸념하듯 한숨을 쏟았다. 그것마저 우스웠다. 아무것도
아닌데 왜 이렇게 웃기지.

-가끔 엉뚱하다니까.

"내가요?"

-엉뚱하면서 차갑기도 하지.

"그런 말 처음 들어요."

약간의 시답지 않은 농담도 즐거웠다. 하지만 바쁜 사람 계속
붙잡는 것이 미안했다. 이제 전화를 끝내려 하는데.

-보고 싶어.

"……."

-이수완, 진짜 보고 싶다.

아아.

어쩌자고 이 남자는 그녀가 원하는 말만 해주는 걸까. 신기할
정도다. 수완은 그제야 웃음을 멈출 수 있었다.

늦더라도 엄마를 보고 왔다. 내로라하는 의사들이 수시로 난희
를 살펴도 기적은 일어나지 않았다. 늘 그렇듯 무의식상태에서 눈
만 느리게 깜빡거린다. 그렇지만 다 듣고 있는 것만 같아 사랑한다
는 말은 꼭 잊지 않고 해주었다.

"좋아하는 남자가 생겼어."

수완은 깡마른 난희의 손을 두 손으로 꼭 잡았다. 몇 번 연준과
병원에 함께 왔지만, 그때마다 연준은 1층 로비에서 기다렸다.

"나만 행복한 것 같아서 미안해."

아주 가끔 엄마를 잊을 때도 있었다고는 말할 수가 없었다. 남
자에게 미친 딸로 보일까 봐. 난희를 돌봐주는 간병인이 있었지만,
수완은 손수 따뜻한 물수건으로 엄마의 몸을 닦아주었다. 생기를
잃는 피부는 오래된 고목나무의 껍질처럼 거칠어졌다. 보디로션
을 손바닥에 듬뿍 덜어 살이 트지 않게 꼼꼼히 발라주었다.

"곧 있으면 엄마가 좋아하는 계절 여름이야."

요즘 부쩍 들어 낮의 햇살이 뜨거워졌다.

"엄마 깨어나면, 우리 바다 보러 가자."

하나씩 희망을 가슴에 새겼다. 한걸음 내딛는 것도 힘들었던 시
절은 뭔가를 꿈꿀 새도 없었다. 어서 빨리 난희가 깨어났으면 하는
막연한 희망만 있을 뿐이었다.

"그 사람도 소개해줄게."

근데 뭐라고 말을 해줘야 하나. 같이 산다고 하면 엄만 기절할 텐데.

"남들 눈에 이상하게 보일지 몰라도 부도덕한 짓은 하지 않았어. 엄마는 나 믿지?"

수완은 고개를 숙여 난희의 뺨에 입을 맞추었다. 어릴 적 엄마가 해주던 것처럼. 학교 가는 아침이면 난희는 꼬박꼬박 어린 딸의 뺨에 입을 맞추며 잘 다녀오라고, 사랑한다고 말을 해주었다.

난희의 얼굴을 보고 병원을 나섰다. 밤바람이 포근하고 공기는 기분 좋게 축축하다. 그녀가 좋아하는 봄밤이었다. 정류장까지 천천히 걸어갔다. 오늘따라 밝게 밝혀진 가로등 불빛을 받으며 무언가를 팔고 있는 노점상이 보였다. 병원을 오가며 몇 번 본 인도 남자였다. 태슬이 달린 팔찌에 호기심을 보이자 그는 바로 원석으로 만든 팔찌를 보여주었다.

"직접 만든 거예요."

"그래요?"

"인도 원석이에요."

어쩜 한국말도 잘한다. 그가 보여준 팔찌는 오묘한 빛을 띠는 색색의 원석으로 이어져 있었다. 끝에는 바닷빛 태슬이 멋지게 달려 있었다.

"건강도 주고 행운을 줍니다."

"다 주네요."

"아주 좋은 거죠."

한국 사람이 다 된 인도 남자는 장사 수완이 좋았다. 만 원에 2개면 공짜라며 싱글싱글 웃기까지 했다. 수완은 어떤 게 더 예쁠까 한

참 골랐다. 그중에서 제일 예쁜 팔찌 2개를 골랐다.

"이거 주세요."

"고맙습니다. 행운이 꼭 올 거예요."

남자의 말에 세상 최고의 부자가 된 기분이었다. 행운을 주는 팔찌, 그 남자 손목에 채워주고 싶다. 그 생각을 하다 보니 보고 싶어졌다. 서연준, 보고 싶어.

집으로 돌아가는 버스 안은 늦은 시간이라 한산했다. 수완은 버스 창문에 이마를 힘없이 기대며 창밖을 물끄러미 응시했다. 창문을 조금만 열었다. 선선한 밤바람이 불어왔다. 참 이상하다. 서연준이 없는 것뿐인데, 서울이 텅 빈 것만 같았다.

연준의 빈자리가 확연하게 느껴지자 진한 그리움이 가슴을 적셨다. 처음의 생각과는 전혀 다르게 흘러가는 감정. 이젠 약간 무섭기도 했다. 웃으며 안녕, 할 수 없을 것 같아서. 하지만 지금 당장 어떻게 펼쳐질지 모르는 미래를 두고 불안해하고 싶지 않았다. 지금 같은 기분을 언제 다시 느껴볼 수는 없을 테니까.

그가 좋아할까…….

수완은 팔찌 2개를 번갈아 만지작거리며 희미하게 웃었다.

조금만 더, 조금만 더.

시간이 더디게 흘러갔으면 좋겠다. 그러면 그와 조금 더 함께 있을 수 있을 테니까.

연준의 출장은 생각보다 더 길어지고 있었다. 계획대로라면 어제 왔어야 하는데 그는 아직도 일본에 있었다. 일에 차질이 생겼나 싶어 걱정되었다. 그렇다고 전화를 걸어 무슨 일이냐고 물어볼 수

도 없었다. 연준도 눈코 뜰 새 없이 바쁜지 문자나 전화 한 통 없
다. 이해는 가지만 어쩔 수 없이 서운한 마음이 들었다.

"으…… 윽."

점심 잘 먹고 돌아오는 길이었다. 민정은 갑자기 현기증이 온
사람처럼 벽을 붙잡고 고개를 떨구었다. 수완은 안색까지 창백해
진 민정을 근심스럽게 바라봤다.

"왜 그래? 어디 아파?"

"몰라. 며칠 전부터 자꾸 속이 안 좋네."

민정은 속이 갑갑한지 주먹을 쥐어 가슴 중앙을 때렸다.

"체한 거 아니야?"

"그런가…….."

"안색도 안 좋아. 약 먹어."

"조금만 참아보고."

민정은 신물이 올라오는 표정을 지었다. 인상을 잔뜩 구기며 이
번엔 가슴을 살살 문질렀다.

"참아서 될 게 아닌 것 같은데."

"진짜 왜 이러지. 갑자기 막 어지럽고 미치겠네."

"혹시…….."

수완은 말을 하려다가 그만두었다. 오히려 더 답답해졌다는 얼
굴의 민정은 수완을 보며 재촉하듯 물었다.

"혹시 뭐?"

"아니야."

"뭐야. 사람 궁금하게 말을 하다 말아."

"그게 그러니까."

수완은 말을 꺼내는 게 쉽지 않아 자꾸만 망설였다. 민정은 복장 터진다며 어서 말을 하라고 재촉했다.

"임신 증상하고 비슷해서. 옛날 아르바이트할 때 주임님이 민정 씨처럼 그랬거든."

말을 듣자마자 민정의 얼굴이 얼음처럼 굳었다. 아차 싶어 수완은 미간을 찡그렸다.

"내가 괜한 말을 했어. 미안."

"그게 아니라……."

민정은 마치 벼락처럼 깨달은 눈빛이었다. 동공이 안쓰러울 정도로 흔들렸다. 깊은 한숨을 길게 내쉬며 무언가 곰곰이 고심하는 흔적이 눈빛에 고스란히 드러났다. 괜한 말을 꺼낸 것이 미안한 수완은 어떤 말도 하지 못한 채 가만히 서 있었다.

"아무래도 나 잠깐 약국 갔다 와야겠어."

"어지럽다며? 내가 사 올게."

"아니야. 내가 가야 해. 수완 씨 먼저 들어가."

말을 끝내기 무섭게 민정은 뛰다시피 엘리베이터에 올라탔다. 급히 뛰어가는 민정의 뒷모습이 왠지 느낌이 좋지 않았다. 별일 없을 거야. 사무실로 가야 하는데 어쩐지 발길이 쉽게 떨어지지 않았다.

"점심 먹었어요?"

지치지도 않는 걸까. 수완에게 말을 건 사람은 역시나, 정수였다. 그의 등장은 매번 신경을 예민하게 건드린다. 잔잔한 호수에 장난질하듯 던지듯 돌멩이처럼.

"네."

수완은 애써 웃었다. 분명 정수도 그녀가 불편해하는 걸 아는데도 인내심 테스트를 하는 것처럼 다가왔다. 오늘은 또 뭘로 간을 보듯 하려는 것인지.

"어제 페이크(Fake)라는 영화를 봤는데 꽤 재미있더라고요."

뜬금없이 영화 얘기를 꺼냈다.

"사이코패스 얘긴데 주위의 사람들을 완벽히 속이는 스토리였어요. 그들은 그가 사이코패스인 줄도 모르게 완벽하게 속아 넘어갔죠."

"그래요?"

수완은 적당히 대꾸했다. 그녀의 태도는 상관도 없는지 정수는 말을 이었다.

"수완 씨라면 어떻겠어요?

"뭐가요?"

"사랑하는 사람이 수완 씨를 완벽하게 속였다면."

"갑작스러운 질문이네요."

수완은 건성건성 무성하게 받아치는데 정작 가슴 한구석이 찌릿했다. 시간이 남아 정수가 쓸데없이 영화 얘기를 꺼낸 것이 아닌 것 같았다. 적당히 대화를 끝낼 생각이었는데 정수의 질문이 수완을 복도에 서 있게 했다. 어딘가 홀린 기분으로.

"다른 사람도 아니고 사랑하는 사람이 날 속였다고 생각하면, 기분 더러울 것 같은데."

"……"

"거기다 그들은 자신이 저지른 행동에 대해서 반성이나 죄책감도 없죠."

답을 들을 생각인지 정수는 끈질기게 제 생각을 밝혔다. 사이코 패스라, 흉악한 범죄 영화에서나 듣던 단어였다. 그 단어를 진지하게 고민해본 적이 없던 터라 딱히 할 말이 없었다. 어떤 대답을 해야 하나 골라봐도 적당한 말은 없었다.

"그렇겠죠."

"그렇죠?"

정수는 한쪽 눈썹을 찡그리며 다짐을 받듯 물었다. 수완은 하는 수 없이 고개를 끄덕였다.

"평범한 사람들은 감당할 수가 없어요. 그들은 감정 자체가 없거든요. 그러니 상대방의 아픔이나 상처 따위도 모르죠. 자신만 아는 이기주의자라서."

정수의 입가에 불쑥 날 선 웃음이 걸렸다. 수완의 표정이 얼핏 굳었다. 미동도 없이 물끄러미 바라보는 그의 시선에 깔린 의도가 뭔지 알 길이 없었다.

"연준이랑 영화 봐요. 재미있어요."

정수는 달콤한 로맨스 영화도 아닌 스릴러 영화를 추천했다. 수완은 깊게 고민하지 않으려 했다. 친구라면서, 정수는 둘의 관계를 무너뜨리고 싶어서 안달이 난 방해꾼으로 보였으니까.

과민하게 반응해봤자 오히려 정수만 신이 날 것이다. 서늘한 감정을 누르고 정수를 마주했다. 지극히 차갑던 그의 눈빛이 흔들리기 시작했다. 그녀의 어깨 너머를 보고 있는 듯한 시선이었다. 뭐지? 저도 모르게 고개를 돌리는데.

모든 시선을 빼앗으며 느긋이 복도를 걸어오는 연준이 보였다. 일주일 만이었다. 비현실적으로 검은 눈이 그녀만 보고 있자 수완은 순간 숨이 턱 막혔다. 여기가 회사 복도라는 것도 까맣게 잊고 반가운 마음에 연준의 앞으로 걸어갔다.

"언제 왔어요."

"지금요."

이럴 때는 어떤 표정을 지어야 할까. 얼마나 보고 싶었는지 말해주고 싶었다. 정작 연준은 그녀의 그리움의 십분의 일도 모르는 얼굴이었다. 늘 그렇듯 무표정했다. 더 보고 싶은 마음도 몰라주고, 연준은 날카로운 눈으로 정수를 응시했다. 그리고 그녀를 보지도 않고 연준은 말했다.

"이수완 씨는 사무실로 들어가요."

"……네."

수완은 기어 들어가는 목소리로 대답했다. 그래, 여긴 회사다. 서로 경쟁하듯 마주 서 있는 정수와 연준을 뒤로하고 수완은 사무실로 들어갔다. 이상한 건 그 후로 정수와 연준은 퇴근할 때까지 오지 않았다는 것이다. 행운을 주는 팔찌를 줘야 하는데, 도대체 어디를 간 걸까.

정수는 종종 그런 생각을 했다. 모든 것이 처음부터 잘못된 게 아닐까 하고. 연준이 공감능력이 없는 건 거짓말일지도 모른다고. 이제껏 봐온 모습은 다 허상이라고. 사실이라면 저렇게까지 환한 표정을 지으며 골목길을 걷는 건 불가능할 테니까.

"여긴 어디야?"

정수는 느긋하게 골목을 걷는 연준의 등에 대고 물었다. 느닷없이 어디 좀 가자고 하며 연준이 데려온 곳은 성수동 카페 거리였다. 이 시간에 커피를 마시러 온 건 아닐 테고. 시간을 낭비하며 성수동 카페 거리를 걷는 이유는 뭐지?

확신할 수 있다. 이 세상 사람 중 연준에 대해 자신만큼 잘 아는 사람도 없다고. 아무 이유 없이 뭔가를 행동할 녀석이 아니라는 걸 누구보다 잘 알기에 괜히 조바심이 났다.

"서연준."

다그치듯 불러도 연준은 여유롭게 걷기만 했다. 독일 가정식으로 유명한 카페를 지나쳤다. 여자들이 삼삼오오 모여 브런치를 즐기는 카페 앞은 조금 더 천천히 걷기까지 했다.

그 모습이 몹시 신경에 거슬렸다. 어떤 날보다 평범하게 보이는 것 같지만 그게 더 오히려 위태하게 느껴졌다. 이러다가 제 속만 새까맣게 문드러질 것만 같았다. 정수는 미간에 깊은 주름을 만들며 연준의 팔을 세게 붙잡아 세웠다.

"뭐 하자는 거야?"

"여기서 만났어."

"누굴?"

성이 난 목소리로 묻자 연준은 조용히 입을 열었다.

"이수완."

요즘 연준의 입에서 제일 많이 나오는 단어가 수완이라 별로 놀랍지도 않았다. 그 말을 하려고 여기까지 온 건 아닐 텐데. 정수는 입꼬리를 비스듬히 올렸다.

"그러는 넌 성수동까지 왜 왔는데?"

"어머니를 만나러 왔었지."

"뭐라고?"

정수의 눈빛이 다소 흔들렸다. 연준은 그게 뭐 놀란 일이라도 되느냐는 표정으로 그를 바라봤다.

"어머님이 한국에 계셨어?"

"잠깐 들른 거야. 다시 프랑스로 가셨어."

"널 만나러 오신 거야?"

"그럴 리가."

연준은 눈썹을 살짝 들었다가 내렸다. 정수가 되물었다.

"만나긴 했어?"

"만나긴 만났지."

연준의 음성이 공허하게 울렸다.

"날 알아볼까 궁금했는데, 역시나 못 알아보더군."

정수는 연준이 새라의 존재를 까맣게 잊고 사는 줄 알았다. 어린 자식을 두고 떠난 비정한 엄마였으니까. 한편으론 연준이 새라가 어떻게 살고 있는지 계속 알아봤다는 일은 그다지 놀라운 사실도 아니었다. 눈앞에서 사람이 죽어도 눈 하나 깜빡이지 않을 무섭도록 차가운 성격. 하지만 자신이 풀지 못하는 수수께끼에 대해선 강박에 가깝게 집착했다. 정작 그것이 그의 영혼을 좀먹고 있다는 것을 모른 채.

짐작건대 연준은 어머니에 대한 그리움으로 새라의 소식을 알고 있는 건 아닐 것이다. 왜 새라가 그토록 자신을 미워했는지 아무리 생각해도 답이 나오지 않아서 그것이 궁금해서, 새라가 어떻게 살고 있는지 알아본 것이겠지. 자식이라면 응당히 받아야 할 애정이나 관심을 연준은 단 한 번도 받지 못했다.

"회장님도 모르시는 일 같은데, 왜 한국에 오신 거야?"

"가족 여행."

연준은 담담하게 대답했다. 정수는 무슨 뜻이냐는 표정을 지었다.

"그 남자랑 아직도 잘 살고 있더라고. 아들딸까지 낳고. 내가 본 어머니는 늘 술과 약에 취해 화만 내는 모습뿐이었는데. 그들에겐 웃더라. 아주 사랑스럽다는 듯이 보면서."

"그래서 실망했어?"

"실망은 기대했을 때나 하는 거고."

대체 그걸 왜 하느냐는 말투는 소름 돋도록 차가웠다. 조금 더 앞서 걷던 연준은 다른 곳보다 사람이 유난히 많은 카페 앞에서 걸음을 멈추었다. 붉은 담벼락이 인상적이었고 갓 구웠는지 빵 냄새가 코끝을 자극했다.

"여기였어."

새라를 이 카페에서 봤다는 소리였다.

"그래도 다행이야. 행복하게 사셔서."

연준은 무감하게 말했다. 의외의 대답에 정수는 얼굴을 찡그렸다.

"원망스럽지 않아?"

"원망? 왜 원망을 해야 하는데?"

연준은 진심으로 알고 싶은 투로 물었다. 정수는 한숨을 섞으며 말했다.

"널 버리고 갔으니까."

연준은 피식 웃었다. 그게 뭐 대수냐는 웃음처럼 들렸다.

"나도 이만하면 꽤 괜찮게 살고 있잖아. 엉망진창 삼류 인생은 아닌데, 굳이 원망할 필요가 있을까.”

새라는 재혼한 남자와 아들딸을 데리고 고국을 휴가차 잠깐 왔다고 했다. 그들이 왔다는 소식을 듣고 연준은 두 눈으로 보고 싶었단다. 어떻게 사는지, 얼마나 변했는지. 비가 몹시 퍼붓는 날인데도 새라는 남편과 자녀들을 보며 틈만 나면 웃었다고 했다. 기가 막히게도 그 웃음이 보기 좋았단다.

연준은 희미하게 웃으며 처음 듣는 얘기를 해주었다. 새라의 행복한 얼굴을 보고 나서 비가 퍼붓는 성수동 골목을 혼자 쏘다녔다고. 그러다가 수완을 만났다고. 정작 궁금한 건 그 후의 일인데, 연준은 단 한마디도 해주지 않았다.

“정수야.”

온몸을 떨리게 할 정도로 연준의 목소리는 낮고도 깊었다. 겨우 이름을 불린 것뿐인데 정수는 뒷덜미에 식은땀이 뱄다.

“그만해.”

“뭘?”

잠깐 침묵이 흘렀다.

“회사원 코스프레. 재미없어했잖아.”

연준의 느닷없는 말에 정수는 얼굴을 사정없이 일그러뜨렸다.

“갑자기 왜?”

“감히 이수완을 넘봐서.”

“넘보다니?”

정수의 목소리가 격양되었다. 시종일관 자신을 보지 않고 앞만 보던 연준이 천천히 뒤돌아섰다. 찬란한 빛을 등진 연준의 모습이 너무나도 눈이 부셔 정수는 저도 모르게 눈을 찌푸렸다.

"그렇게 신기했어?"

담담한 연준의 목소리에서 광기의 맛이 났다.

"나하고 수완 씨가 오래가는 것이."

너무 정곡을 찔러 뜨끔한 정수는 할 말을 잃었다.

"말해봐."

"나는 널 위해서……."

"너답지 않게 웬 핑계야. 솔직해져."

물끄러미 건너보는 눈빛은 무미건조했다. 입을 열어 대답해야 하는데 정수는 잠깐 망설였다. 어떤 말이든 변명 같아서.

"불안이라도 심어주고 싶었어? 아니면 내가 이상한 놈이라는 걸 알려주고 싶었던 건가."

"……."

"그것도 아니면 뭐야?"

연준의 목소리는 차갑고 단호했다.

"수완 씨가 좋아지기라도 한 건가?"

"뭐!"

아무렇지 않게 무덤덤하게 묻는 말에 정수는 결국 버럭 소리쳤다.

"말이 되는 소리를 해!"

연준은 어깨를 으쓱하며 가볍게 웃었다.

"우린 제법 호흡이 잘 맞았다고 생각했는데."

"……."

"선 넘지 말라고 했을 텐데."

연준은 이제부터라는 듯 그를 차갑게 응시했다. 정수는 입이 떨어지지 않았다. 마치 뒤통수를 맞은 기분이었다. 뜻하지 않은 충격은 마치 뒤통수를 맞은 기분이었다. 세상 모든 사람이 둘의 관계를 알더라도 무반응을 보일 줄 알았다. 타인의 호기심이나 관심을 신경 쓸 녀석이 아니었으니까.

그런데 아니었다. 수완 때문에 연준이 조금씩 바뀌고 있다는 걸 어렴풋이 느끼고 있었다. 실제로 몇 달 사이 연준은 상당히 바뀌었다. 수완을 만나 감정이 각성이라도 한 것처럼.

"박쥐처럼 염탐만 했어야지. 왜 쓸데없이 흥미를 느껴."

"말이 좀 심하다."

"내가?"

연준은 지루한 미소를 지었다. 물속 같은 정적은 길었다. 그 때문일까. 살갗 위의 모든 털이 곤두섰다. 정수는 할 말이 없어 핏기가 사라진 얼굴로 연준을 노려보고만 있었다. 설마 오히려 자신을 감시하고 있었던 건가. 자신의 목에 개목걸이가 걸려 있는 섬뜩한 기분이었다. 그러니까, 수완에게 했던 말들을 연준이 모두 알고 있는 것 같았다.

"아버지껜 잘 말씀드릴게. 돈 끊길 걱정은 하지 말고."

"누굴 거지 취급이야."

연준은 인간의 본성을 잔인하도록 꿰뚫었다. 이제껏 그는 병호가 주는 돈으로 그가 가진 것보다 호화스러운 생활을 했다. 한 대칠 것처럼 소리쳤지만 내심 뜨끔했다. 맨 먼저 걱정한 것이 이 사실을 병호가 알면 어떻게 하나였으니까.

연준은 어떤 간절함이 깃든 목소리로 입을 열었다.

"이수완을 보면 가끔 그런 생각이 들어. 신이 나한테 줄 감정을

그녀한테 모두 준 건 아닐까 하는, 말도 안 되는 생각. 그 감정이
자석처럼 나를 끌어당겨. 그래서 이수완이 무심코 짓는 표정도 그
냥 지나칠 수가 없게 되었거든."

꿈을 꾸듯 먼 데를 보는 아득한 눈빛. 저 어딘가에 꼭 수완이 있
는 것처럼 보고 있다. 정수는 실로 놀라웠다. 사랑을 알 리 없는 연
준이 수완을 생각하는 마음은 생각보다 컸다. 자신을 버린 새라에
게는 느끼지 못한 원망을 자신에게 쏟고 있었다. 그래서 병호한테
협박까지 한 건가. 건들지 말라고.

"사표는 내가 알아서 처리할게. 귀찮게 다시 회사 들어가서 쓸
필요 없어."

연준은 대화를 지리멸렬하게 끌지 않았다. 어차피 무슨 말을 하
든 통하지 않았을 테지. 그의 눈앞에서 연준은 마치 슬로모션 화면
처럼 천천히 사라졌다. 활기가 넘치는 카페 거리에 홀로 남은 정수
는 한동안 움직일 수가 없었다. 또한, 버림받듯 이대로 물러나고
싶진 않았다.

집 안에 들어선 수완은 안도하는 표정을 지었다. 출장을 다녀
와 놓고 얼굴을 잠깐 보여주고 사라진 연준이 소파에 앉아 있어
서. 그가 사준 구두를 벗자 연준은 천천히 소파에서 일어섰다. 점
점 그녀 쪽으로 다가오는 남자를 보자 저절로 심장박동은 높아
져만 갔다.

연준이 눈앞까지 다가왔다. 방금 샤워한 모양이다. 그의 몸에서
모락모락 피어나는 수증기 냄새가 언뜻 맡아지는 것 같았다. 어
디 갔다 왔느냐고 물어보고 싶은데 입이 떨어지지 않았다. 오만

찬란 263

하게 느껴질 정도로 저 위에서 그녀를 내려다보는 짙은 눈빛 때문에.

"출장은 잘 다녀왔어요?"

입술을 간신히 축이며 물었다. 정작 연준은 말없이 길고 단단한 손가락으로 그녀의 눈썹부터 목까지 천천히 훑어내렸다. 선명하게 잡히는 남자의 동물적 욕구를 모른 척할 수가 없었다. 어느 한순간 남자의 차갑고 부드러운 입술이 닿았다. 수완은 어색하게 웃다가 저도 모르게 눈을 감았다.

발끝부터 번지는 무중력 상태. 몸이 붕 떴다. 공기의 밀도가 높아지면서 온몸이 조였다. 다시 눈을 떴다. 퇴근하면서 유독 까만 밤이라 생각했는데, 마주한 남자의 눈은 더 새까맸다. 그의 시선에서 눈을 뗄 수가 없었다. 뭔가 적극적인 반응을 보일 줄 알았던 연준은 그녀를 가만히 안고 있었다.

"왜 그렇게 보고만 있어요?"

입을 벌리자 깊게 잠긴 목소리로 흘러나왔다. 연준의 말은 뜻밖이었다.

"이 순간을 간직하고 싶어서."

무슨 뜻인지 대충 알 것만 같았다. 세상이 온통 서연준의 가슴 안에 있는 착각이 들었다. 오로지 자신만 보라는 듯 두 팔이 그녀의 허리를 꽉 껴안고 있었다. 수완은 어깨에 걸친 핸드백도 내려놓지 못한 상태에서 남자의 가슴에 안겨 있었다.

"손 좀 줘봐요?"

"손?"

"왼손 내밀어봐요."

수완의 대답에 연준은 어쩔 수 없다는 듯이 허리를 휘감고 있는 손을 풀었다. 그사이 수완은 핸드백에서 팔찌를 주섬주섬 꺼냈다. 연준은 뭔가 싶은 얼굴로 왼손을 내밀었다. 그가 준 것에 비하면 턱없이 초라할지 모른다. 아마도 이렇게 싼 물건을 몸에 지녀본 적도 없겠지. 그렇지만 수완은 주고 싶었다.

　"행복을 가져다준대요."

　수완은 쑥스럽게 웃으며 바닷빛이 넘실대는 것처럼 반짝이는 팔찌를 남자의 손목에 채워주었다. 손을 움직일 때마다 원석이 부딪치며 내는 소리가 신기한지 연준은 허공에 대고 몇 번이나 손을 움직였다.

　"나 주려고 산 거예요?"

　연준이 물었다.

　"네."

　"왜?"

　"당신이 행복해졌으면 좋겠으니까."

　수완은 덤덤히 대답했다. 그녀보다 더 많은 것을 가진 남자. 하지만 하나도 없는 것처럼 그는 무척이나 쓸쓸하고 외로워 보였다. 새벽에 일어나보면 연준은 때때로 텅 빈 눈동자로 가만히 앉아 있었다. 그럴 땐 아무 말도 할 수 없고, 가까이 갈 수 없을 정도로, 연준의 주위로 두꺼운 벽이 겹겹이 세워진 것만 같았다.

　"행복이라."

　연준은 또다시 팔찌를 보며 자조하듯 입을 열었다. 이제껏 한 번도 행복을 느껴본 적이 없는 사람처럼.

　"이거 하나만 있으면 되는 건가."

"아마도요."

팔찌가 별로 마음에 안 드는 걸까. 대답하는데 목 안이 뜨겁다.

"효과 없으면?"

다음 순간 연준의 표정이 장난스럽게 바뀐다.

"음……."

"그땐 수완 씨가 평생 책임지면 되겠네요."

평생이라는 말에 심장이 아릿했다. 연준의 말이 삼키지 못할 뜨거운 불덩어리 같다. 평생이라? 갑자기 그런 생각이 짧게 스쳤다. 당신과 이대로 평생을 지낼 수 있을까? 그건 정말 커다란 행운이 있어야만 할 것 같은데.

"걱정하지 마요. 효과 끝내줄 테니."

"약속했어요?"

"새끼손가락이라도 걸까요?"

어느 순간 연준의 양팔은 아까처럼 그녀의 허리를 두르고 있었다. 얼마나 세게 안고 있는지 돌처럼 단단한 가슴팍에 가슴이 뭉개지듯 짓눌렸다. 잠시 당황한 틈을 타 연준은 그녀의 새끼손가락을 입에 물었다.

가만히 입에 물고만 있을 뿐인데 더운 열기가 온몸을 휘감는 것만 같았다. 야릇한 감각이 발끝을 타고 오른다. 힘을 하나도 들이지 않고 손가락을 뺄 수도 있는데, 그러질 못했다. 왜냐하면, 남자의 입술이 온몸을 묶고 있는 것 같아서.

조금 딱딱하게 경직된 수완의 얼굴에 연준이 가볍게 입을 맞추었다. 별다를 것 없는, 단순한 키스에 속이 울렁거렸다. 모든 것을 순식간에 덮어버리는 감각이 곧바로 뒤따랐다. 기묘한 흥분이 머리부터 흘러내린다.

그는 무표정한 얼굴로 가만히 내려다봤다. 손은 그녀의 턱을 느릿하게 쓰다듬고 있었다. 가만히 그의 눈을 바라보자 점차 짙어지는 탐욕이 느껴져 숨이 떨려오기 시작했다.

"준비됐어?"

피할 데가 없도록 바라봐놓고 그는 어이없게도 신사처럼 굴었다.

"아까부터 됐거든요."

괜히 호기롭게 말해보지만 어쩔 수 없이 호흡이 가빠졌다. 자꾸만 떨리는 손끝으로 그의 옷깃을 와락 움켜쥐었다. 어차피 마비된 듯 다리가 굳어버렸다. 남자의 시선 아래 옴짝달싹 못 하는 신세라 갈 곳도 없었다.

"어떡하지?"

"뭐가요?"

"이젠 이수완이 없는 날을 상상할 수가 없어."

남자는 낯간지러운 말을 아무렇지 않게 했다. 낮은 목소리가 귓가를 울리며 끈적한 감촉이 어깨에 내려앉았다. 전기처럼 찌릿한 전율이 흐르고, 남자의 손에 블라우스의 단추가 우두둑 떨어져 나갔다. 수완은 입을 다물고 가만히 그가 하는 대로 두었다.

허물처럼 하나둘씩 벗겨지는 옷가지들이 바닥에 쌓였다. 브래지어까지 벗겨졌다. 몸의 일부처럼 느껴지는 남자의 손길에 움찔, 몸이 떨렸다. 뭐라고 대답해야 하나 고민은 필요 없었다. 그가 고개를 숙여 그녀의 입을 틀어막았다.

온몸이 격렬하게 떨려왔다. 처음 잡았을 때 긴장되게 하던 남자의 차가운 손은 오늘 밤 무척이나 뜨겁다. 밤이 되어도 헤어지지 않아도 되는 이 기묘한 동거가 좋다면, 그는 뭐라고 말할까.

연준은 완전히 벌거벗긴 그녀를 침대에 눕혔다. 묵직한 남자의 무게가 다리부터 느껴졌다. 섹스할 때면 불을 환하게 켜던 연준이 오늘은 방에 들어와 맨 먼저 불을 껐다. 밤이 어디론가 흘러간다. 머릿속은 하얀 도화지가 되었다. 둘 주위를 감싼 것은 어둠과 불안 정하게 뛰는 숨소리가 전부였다.

양팔로 그녀를 가둔 연준은 빤히 내려다보고만 있었다. 마치 짐 승이 웅크린 듯 자세였다. 며칠 본 못 사이 그는 완전히 다른 느낌 을 주었다. 정확하게 표현을 할 수 없을 정도였다. 연준은 어딘가 묘하게 달라져 있었다.

뭐라고 해야 하나. 꼭꼭 숨겨놓고 한 번도 드러내지 않았던 감 정을 보여주고 있는 것 같았다. 무척이나 재미있어하는 장난감 앞 에서 어찌하지 못하는 어린아이처럼.

"보고 싶었어."

연준의 음성이 공허하게 겉돈다.

"어디 가지 말고 내 옆에 있어."

"그럴게요."

바로 나온 대답이 놀랍다는 표정을 지었다. 믿지 않는 건가. 수 완은 그의 얼굴을 감싸며 한 번 더 말해주었다.

"어디 가지 않고, 서연준 옆에 있을게요."

흠칫, 본능적으로 몸이 얼어붙었다. 연준은 망설임 없이 그녀의 다리를 벌렸다. 날카롭게 신경이 곤두섰다. 손끝만 스쳐도 땀이 고 이는 듯한 긴장감이 계속 이어졌다. 입술이 깊게 맞물렸다. 쪽 소리를 내며 떨어졌다가 다시 겹쳤다. 그녀가 고개를 조금만 돌려도 그는 입술을 집어삼키기 바빴다.

"하아……."

연준은 밤과 낮이 극단적으로 다른 남자였다. 낮엔 정중한 신사처럼 굴었지만, 밤이 되면 그는 외설적인 동물로 변했다. 야릇한 손길과 키스는 점점 더 거칠어졌다. 식은땀이 밴 서로의 살이 맞닿고 누구의 숨결인지도 모르게 호흡이 뒤섞였다.

허벅지 사이로 연준의 손이 서슴없이 들어왔다. 아슬아슬하게 버티던 이성의 끈이 툭, 끊어졌다. 음모를 가르고 액이 찔끔 나온 속살을 거침없이 파고들었다. 허리가 절로 휘었다. 이를 악물어도 신음은 제멋대로 나왔다. 한계 없이 넓어진 희열이 온몸을 덮었다. 그가 유두를 입에 물고 사탕처럼 녹여 먹는다. 열기가 떠도는 침묵 속에서, 그가 그녀의 눈에 눈을 맞추며 들어왔다.

"……흑."

둘은 하나로 연결되었다. 연준이 다정하게 목과 등을 쓰다듬어 주어도 뭐라 할 수 없는 고통은 줄어들지 않았다. 수완은 입술을 깨물며 그의 목을 끌어안았다. 뭐라 형용할 수 없는 독한 희열을 견디는 방법은 이것밖엔 없었다. 손톱으로 그의 등을 사정없이 긁었다.

연준이 미간을 구기며 눈코입에 차례대로 입을 맞췄다. 눈물이 날 것 같은 입맞춤이었다. 혀가 엉키고 타액이 섞이는 진한 키스보다 아이 같은 입맞춤이 왜 더 좋을까.

"더 해줘요."

수완은 그의 목을 끌어당기며 애원했다. 아무것도 보이지 않는 어둠 속에서 감촉만이 생생했다. 굳이 보지 않아도 보이는 것들이 있다. 지금 연준이 눈이 검게 일렁거린다는 것. 짙은 욕망이 더 도드라지게 나타난 눈동자가 얼마나 위험한지도. 어둠 속에서도 그가 그녀만 보고 있다는 것도.

"더······."

입맞춤의 애원을 연준은 다른 것으로 대신했다. 그는 허리를 강하게 내리눌렀다. 그녀의 가슴 한가운데까지 굵은 성기가 들어차는 듯했다. 숨이 끊어지는 고통이 길었다. 겁을 먹을 정도로 연준의 움직임이 해일처럼 커졌다.

둘이 내뿜는 신음이 방 안의 어둠을 뜨겁게 적셨다. 연준은 아이처럼 가슴을 악착같이 빨았다. 어떻게 해야 해. 이 감정을, 이 느낌을······. 연준은 귓불을 깨물고 목덜미를 연신 핥았다.

"떨어져 있는 동안, 이것만 상상했어."

허리가 꺾어지듯 휘어졌다.

"이수완 속으로 들어가는 것만."

연준은 필요 이상 힘을 주며 말했다. 힘겨워하는 그녀를 봐주지 않았다. 서서히 밀어 넣지 않았다. 온몸을 뚫은 것처럼 들어온다. 끊임없이 들락거리는 강한 몸짓에 모든 것들이 무너지고 부서졌다.

체위는 여러 번 바뀌었다. 그의 허벅지에 올라타기도 했고 옆으로 누워 손을 맞잡은 채 서로를 파고들었다. 조금만 스쳐도 쓰라린 유두를 또 깨물었다. 물어뜯긴다는 착각까지 들며 끔찍하게 아팠다. 그러고는 그가 순식간에 들어왔다가 나간다. 지독하게 감각적인 희열. 겨드랑이 밑까지 땀이 고였다. 그래도 부족하다는 듯 연준은 더 깊이 눌러왔다.

우리는 대체 어디로 가고 있는 거냐고, 문득 묻고 싶어졌다. 이런 밤이 얼마나 남은 걸까. 영원히 반복될 수 있을까. 연준과 함께하는 시간이 한정된 것만 같아 더 애가 탔다. 캄캄한 어둠 속에서 그의 입술을 찾았다. 슬쩍 입꼬리만 올려도 관능적인 남자의 입술을 여러 번 혀로 맛보았다.

밤은 순수하지 않다. 바닥 끝까지 타락해도 부끄럽지 않았다. 낮에는 할 수 없는 행동을 서슴지 않고 했다. 성기처럼 불뚝 솟은 목울대를 입을 벌려 삼켰다. 그가 탁하게 내쉬는 신음에 쇳소리가 실렸다. 맨살을 덧쌓는 열기와 쾌락. 땀방울로 얼룩지는 시야. 관절이 녹아내리는 밤. 체온은 더할 수 없이 뜨거워졌다. 아랫부분은 부어올라 연준이 들어올 때면 몸이 터질 것 같았다.

"왜?"

어둠에 익숙해진 연준이 그녀의 얼굴을 감싸며 물었다.

"모르겠어요. 그냥 눈물이 나……."

수완은 숨을 할딱이며 대답했다. 연준이 잠시 눈언저리에 머물듯이 있는 눈물을 혀로 닦아주었다. 그러고는 몸이 뒤집혔다. 등 뒤에서 그가 들어왔다. 얼굴이 침대에 파묻혔다. 아래가 찢어지는 고통에 머리가 하얗게 비워졌다.

남자가 짐승처럼 울부짖었다. 그 순간 엉덩이가 벌리며 무섭게 팽창한 물건이 깊숙이 박혔다. 가까스로 버티던 수완은 침대 위에 무너졌다. 비명처럼 교성이 터졌다. 퍽퍽, 더 빠르게 강하게 움직이는 몸짓. 연준은 무너진 여자의 허리를 붙잡고 세웠다.

몸 안으로 들어왔다가 빠져나가는 속도가 빨라졌다. 살이 부딪치는 소리에 정신이 멍했다. 연신 들락거리는 이물감에 수완은 울었다. 지금, 남자가 주는 쾌감 말고는 아무것도 느끼고 싶지 않았다. 저릿저릿한 아픔은 떠나지 않는다. 둘의 몸이 완전히 겹쳐졌다.

9. 개와 늑대의 시간

몇 시지?

연준은 졸음이 남아 있는 눈을 겨우 떴다. 어두운 방 안. 뭔가 허전해졌다. 옆에 있어야 할 수완이 없자 정신이 번쩍 들었다. 어떤 생각 할 틈도 없이 침대에서 내려온 연준은 알몸 상태로 거실로 나왔다.

연준은 기가 막혀 헛웃음을 흘렸다. 잠시 안 보인 것만으로 굉장한 불안에 시달리게 한 여자는 소파에 가만히 앉아 있었다.

"뭐 해요?"

그가 나온 줄도 모를 정도로 수완은 딴생각에 빠져 있었다. 그를 보자마자 바닥으로 눈을 떨어뜨렸다.

"옷부터 입어요."

"뭐 하냐니까."

"그냥 앉아 있어요."

그렇게 말하고 수완은 그와 눈을 마주치지 않으려고 애를 썼다. 연준은 약간 짜증 섞인 한숨을 쉬며 수완의 옆에 앉았다. 남자의 맨살이 닿자 수완은 마른 입술을 혀로 적셨다.

"왜 이렇게 일찍 일어났어요? 안 피곤해요?"

"피곤해요."

연준은 표정 변화 없이 대답했다.

"더 자요."

"당신 없어서 잠이 깼잖아."

연준은 다소 신경질적으로 말하며 수완의 무릎을 당겼다. 그러곤 그대로 소파에 눕더니 그녀의 무릎을 베개 삼아 누웠다. 수완은 신음을 삼키며 눈을 찡그렸다. 커다란 그가 눕기엔 소파는 비좁았다. 다리를 쭉 뻗자 발기된 검붉은 성기가 바로 드러났다. 보기가 민망하진 수완은 쿠션을 던졌다.

"좀 가려요."

"새삼스럽게."

이렇게 참고 있는 것도 얼마나 어려운데.

"진짜 왜 나와 있었어요?"

"연준 씨가 이렇게 가끔 새벽에 혼자 나와 있었잖아요. 그래서 궁금했어요. 왜 그러는 걸까. 혼자 앉아서 뭘 생각하는지."

"특별한 이유 없어요. 아무 생각도 안 하고."

"그러면 앉아만 있는 거예요?"

"응."

연준은 왼쪽 손목을 들어 팔찌가 잘 채워져 있는지 확인했다.

"왜요?"

"잠이 안 와서."

묻는 사람이 민망할 정도로 연준은 무심한 투로 대꾸했다. 뭔가 대단한 이유가 있는 줄 예상한 모양이다. 수완은 실망한 얼굴이 되었다.

연준은 손가락으로 가만가만 그의 머리칼을 만지는 수완의 손을 잡았다. 이만큼 좋은 감촉은 어디에도 없겠지. 이런 걸 보면 어쩌면, 이수완을 좋아하는 건 아닐까. 그런 감정을 느낄 리 없는 자신. 그녀를 좋아하는 거라고 대단히 달콤한 착각을 하는 것인지도. 언제쯤이면 이 불확실한 감정의 형태에 대해서 알 수 있을까. 그녀가 완전히 제 것이 되면?

그건 마치 검은 감정 같다. 아무리 헤집어도 아무것도 알아낼 수 없다. 그저 그의 몸에 찐득찐득 눌어붙을 뿐이다.

"왜 그렇게 봐요?"

연준은 저도 모르게 수완을 빤히 올려다보고 있었다.

"예뻐서."

"보면 빈말 참 잘해요."

"진심인데."

수완은 얼굴을 살짝 붉히며 픽 하고 웃었다. 서서히 포위망을 좁혀 그녀를 제 우리 안에 가두어버릴까. 자신만 보게 하고 싶다. 날벌레처럼 끼어드는 병호와 정수도 점점 귀찮아졌다. 발가벗은 상태로 수완과 함께 아무것도 하지 않고 종일 뒹굴고 싶다. 졸리면 자고 뒹굴다가 입을 맞추고, 배고프면 냉장고에서 아무거나 꺼내 먹는, 전혀 생산적이지 않은 행위를.

"잠깐만 일어나봐요."

"싫은데."

"잠깐이면 돼요."

수완은 갑자기 일어서려 했다. 한시도 떨어지기 싫은데. 연준은 어쩔 수 없이 일어나 앉았다. 대체 뭘 하려고? 수완은 방으로 들어갔다가 바로 나왔다. 그녀의 손에는 작은 파우치와 담요가 들려 있었다. 담요는 역시나 그의 몸을 가리는 것에 쓰였다.

"손 좀 줘봐요."

또 뭔가 주려는 건가. 수완은 소파에 앉지 않고 그를 마주 보며 바닥에 앉았다. 그러곤 파우치에서 손톱깎이를 꺼냈다. 그가 손을 내밀지 않고 물끄러미 앉아만 있자 수완은 그의 손을 잡더니 새끼손톱부터 잘라주기 시작했다. 또각또각. 초승달처럼 잘린 손톱이 담요 위로 하나둘씩 떨어졌다.

"손톱이 많이 자랐어요."

"그런가."

"기쁜 일이 많으면 손톱이 빨리 자란대요."

속설을 잘 믿는 성격인가. 팔찌에 손톱에…… 과학적으로 근거도 없는 말이라 그에게는 전혀 신빙성 없게 느껴지는 말들이었다.

"손가락에 흉터가 있네요."

수완은 지나가는 말처럼 무심코 내뱉었다. 그런데 잡고 있는 연준의 오른손이 순간적으로 굳었다. 다른 손가락은 멀쩡한데 엄지손톱 주위로 자잘한 흉터가 있었다. 수완은 엄지손톱을 자르다 말고 연준을 바라봤다. 눈이 마주치자 연준은 거짓말처럼 굳었던 얼굴이 펴졌다.

"어릴 때 깨무는 습관이 있어서."

"정말요?"

"혼자 있을 때 그랬던 것 같은데."

대수롭지 않게 말하자 수완도 별다르게 받아들이지 않았다. 다시 손톱을 자르기 시작하자 연준은 아무 일도 아닌 것처럼 말을 이었다.

"집에 혼자 있는 날이 많아서 그때부터 손톱을 깨무는 버릇이 생겼어요."

"왜 혼자 있었어요?"

"그러게."

연준은 자신도 알 수 없다는 듯이 말했다.

"혼자 있는 게 무서워서 그랬어요?"

"아니."

"그러면요?"

"지루하고 아무 일도 일어나지 않아서."

선뜻 이해하기 대답인가. 수완은 미간을 찌푸렸다.

아무 일도 일어나지 않아 손에 흉이 남도록 깨물었다. 새라가 방 안에 가두면 밤낮의 경계가 무너졌다. 얼마나 흘렀는지도 모르는 시간을 혼자서 견디는 건 무척이나 지루했다. 엄청나게 많은 책도 도움이 되지 않았다. 살아 있다는 고통을 느끼고 싶다는 생각에 손가락을 깨물기 시작했다.

"어머니가 배우셨다면서요?"

"네."

연준의 대답은 아주 짧았다. 어떻게 알았지. 정수가 얘기해줬나.

찬란 277

수완이 자신 외에 다른 것을 궁금해하는 것이 탐탁지 않았다. 처음부터 그의 관심은 하나였다. 이수완. 그러니 수완도 그만 알면 되었다. 무엇보다 달리 해줄 말도 없었다.

"수완 씨는 어떤 아이였어요?"

연준은 화제를 돌렸다. 수완은 그의 왼손 손톱까지 다 잘라주며 말했다.

"특별할 것 없는 평범한 아이였어요."

"아닌 것 같은데."

"왜 그렇게 생각해요?"

수완은 눈을 동그랗게 뜨며 되물었다. 연준은 그녀가 잘라준 열 손가락의 손톱을 들여다보고 있었다.

"수완 씨 꽤 독한 사람이거든."

"내가요?"

"그렇지 않고서야 그렇게 악착같이 버티지 못했을 테니까."

밑바닥인 환경을 견디기 힘들어 처음 본 남자한테 밤을 보내자고 했던 여자. 견디기 힘든 지친 삶을, 누군가에게 의지하고 싶은 나약한 마음을, 수완은 그 하룻밤으로 눌렀다.

"당신 어머니, 포기하고 싶었던 적 없어요?"

"그게 무슨……."

놀랐는지 수완은 말까지 더듬었다.

"이해가 안 돼서. 힘든 존재를 내려놓으면 괜찮아질 텐데, 왜 다시 일어날 가망도 없는 어머니를 붙잡고 있나 해서."

연준은 전부터 궁금했다. 기적밖에 달리 방법이 없는 식물인간인 엄마를 위해서 본인의 인생을 희생하는 수완의 마음이 무얼까 싶었다.

"엄마인데 당치 않아요."

"그래서 그 밤 죽고 싶었어요?"

수완은 새삼 왜 그날의 얘기를 꺼내는지 모른다는 표정을 지었다. 그러나 이내 수완은 쓸쓸한 미소를 지으며 어렵게 속내를 털어놓았다.

"그래요……. 그땐 다 포기하고 싶었어요. 망가지고 싶었어요. 세상 아는 사람 없고 누군가에게 부탁도 할 수 없는 현실이 참담했죠. 왜 이런 불행이 나한테만 닥치나 하늘에 대고 원망을 수없이 했어요. 그렇다고 엄마를 포기해야겠다는 생각은 단 한 번도 한 적이 없어요."

"대단하네."

연준은 혼잣말처럼 내뱉었다.

"대단한 게 아니에요. 자식이라면 당연한 일이죠. 엄마가 언젠가는 다시 일어난다는 희망이 없었다면, 난 지금까지 버티지 못했을 테니까요."

깊은 한숨을 쉰 수완은 불안정하게 흔들리는 눈동자로 그를 보며 물었다.

"연준 씨라면 포기하겠어요? 엄마인데."

"가망 없는 현실에 희망을 품는 성격이 아니라서."

원하던 대답이 아닌 모양이군. 수완은 몹시 놀란 얼굴로 미간을 구겼다.

"만약 내가 당신 힘들게 하면, 나도 포기하겠네요?"

"수완 씨는 열외."

"고맙네요."

이번엔 원하는 대답을 해주었다. 그러나 표정이 굳어진 수완의 시선은 허공을 헤맸다. 말없이 마주한 두 사람 사이로 정적이 고였다. 간밤의 열기가 싸늘히 식어 내려간다. 그것이 싫었던 연준은 담요를 바닥에 던지고 수완을 끌어안았다.

어쩌면, 진심일 수도 있지 않을까.

연준은 진득한 열기를 담아 수완을 내려다봤다. 내가 어떤 인간인지 모든 사실을 알면, 넌 과연 어떤 표정을 지을까. 그때도 지금과 같은 순수한 눈으로 나를 바라볼까? 아니겠지.

문득 든 생각을 떨쳐버리려고 연준은 달싹거리는 수완의 입술을 집어삼켰다. 뜨겁고 긴 숨을 그녀의 입술에 쏟았다. 질척하고 끈적한 욕망은 쉽게 벌떡 일어섰다. 당황한 듯하지만 그를 거부하지 않는 수완의 옷은 다시 벗겨졌다. 거칠게 머리를 쓸어넘기고 팽팽하게 곤두선 유두를 깨물었다. 둘의 무게를 담은 소파가 출렁거리기 시작했다.

연준은 정수의 빈 책상을 보며 입을 열었다.

"한정수 씨가 부득이 개인 사정으로 오늘부로 퇴사를 했습니다."

"네?"

연준의 갑작스러운 말에 직원들은 모두 놀란 표정을 지었다. 수완은 미간을 구기며 정수의 자리를 바라봤다. 이렇게 그만둘 남자가 아닌데.

"갑자기 왜……."

"개인 사정이라고 말한 것 같은데요."

그녀의 물음에도 연준은 차갑게 내뱉었다. 당혹스러움을 감추지 못한 수완은 얼굴이 화끈거렸다. 그 말을 끝으로 연준은 본부장실로 들어갔다.

"이래서 요즘 신입 직원들은 안 된다니까. 어떻게 직속상관인 나한테 일언반구도 없이 그만둬. 절차를 무시하는 것도 정도가 있지!"

여간해서 화를 잘 내지 않던 팀장이 노발대발했다. 저렇게 팀장이 화를 낼 만했다. 팀장은 이번 신입사원 중 정수를 마음에 들어했다. 유들유들한데 적당히 선을 지켰고 하나를 말하면 열을 알아들을 정도로 눈치가 빨랐다.

"사람 그렇게 안 봤는데 실망이야."

팀장은 결재 서류까지 책상에 던졌다. 험악해진 사무실 분위기에 직원들은 저마다 눈치만 보며 열심히 일하는 척 시선은 모두 모니터를 향하고 있었다. 그때 분위기를 깨고 상규가 대뜸 물었다.

"팀장님, 한정수 씨 물품들은 어떻게 할까요?"

"버려."

"네?"

"버리라고!"

팀장은 버럭 소리쳤다. 아무리 그래도 개인의 물건을 함부로 버리는 건 아닌 것 같았다. 잠시 틈을 탄 상규는 정수에게 연락을 해보지만, 받지 않는 모양이었다. 신호는 가는데 받지 않아 여러 번 걸어봐도 소용이 없었다.

"전화를 받지 않는데요."

"안 받으면 내버려둬. 내일까지 연락 안 되면 물품은 창고에 넣어둬."

팀장의 음성이 더 격양되었다. 그 불똥이 자신들에게 튈까 봐 직원들은 몸을 사렸다.

"팀장님, 한정수 씨 물건 제가 챙겨서 줄게요."

수완은 일어서며 말했다. 아무래도 미운 정이 쌓인 모양이다.

"맘대로 해."

팀장은 퉁명스럽게 말하며 자리를 떠났다. 수완은 정수의 자리로 걸어가 그가 아끼던 다이어리를 책상 서랍에서 꺼내 따로 챙겼다.

"천년만년 다닐 것 같더니. 왜 그만둔 거지."

어제까지만 해도 정수가 회사를 그만둘 기미 같은 건 전혀 보이지 않았다. 오히려 그녀의 심기를 건드리며 연준과의 관계를 흥미롭게 지켜볼 것만 같았다. 그런 정수는 연준과 함께 나간 후 종적을 감췄다. 두 남자 사이에 무슨 일이 있었던 걸까.

잠시 고민할 틈도 없이 일이 떨어졌다. 화를 삭이고 사무실로 돌아온 팀장은 연준이 맡고 있던 일까지 수완에게 넘겼다. 일이 두 배로 늘어난 수완은 한숨이 절로 나왔다. 일 복이 터졌네. 당분간 저녁때 엄마를 보러 병원에 가는 일이 어려울 것 같았다.

수완은 점심을 먹기 위해 민정과 회사 밖으로 나왔다. 요즘 통 뭐를 먹지 못하던 민정이 햄버거가 먹고 싶다고 했다. 치즈버거 두 개와 콜라를 사서 회사 뒤에 있는 작은 공원으로 갔다. 오월의 햇빛이 쏟아지는 봄날이 무색하게 민정의 얼굴에 근심이 가득 깔렸다.

"나, 임신했어."

나무 벤치에 앉자 민정은 괜스레 헛기침을 몇 번 하더니 폭탄 발언을 했다. 수완은 가슴이 덜컥 내려앉았다. 설마 했는데, 임신이라니. 수완은 어찌할 바를 모르는 얼굴로 민정을 바라봤다.

"축하해도 돼?"

"그럼."

민정은 조금 쑥스러워하며 웃었다. 다행이다. 예기치 않게 생긴 아기로 민정이 속을 썩는 건 아닐까 걱정이 앞섰다.

"그날 수완 씨 얘기 듣고 바로 약국 가서 테스트기로 검사했잖아. 아니나 다를까. 두 줄이 보이는데 심장이 딱 멈추는 거 있지."

"놀랐겠다."

"응. 많이."

지금 생각해도 심장이 콩닥콩닥 뛰는지 민정은 숨을 길게 내쉬었다.

"그땐 그 사람한테 어떻게 말해야 할지도 몰랐고, 이 사실을 알면 엄마는 결혼 전에 임신했다고 난리 칠 게 뻔했으니까."

"……아직 말 못 한 거야?"

수완은 조심스럽게 물었다. 민정은 고개를 저었다.

"당연히 말했지. 나 혼자 한 일도 아닌데, 혼자 고민하는 건 아닌 것 같아서."

"뭐래?"

"울더라."

"울어?"

수완은 놀라움을 금치 못했다. 민정은 특유의 활달한 목소리로 말을 이었다.

"나한테 미안한데 기쁘대. 그러더니 닭똥 같은 눈물을 뚝뚝 흘리는 거 있지. 그길로 엄마 찾아뵙고, 말씀드리고 양쪽 집안 왈칵 뒤집혔지. 그 사람은 축하해달라고만 했어. 그렇게 말하는데 어떤 부모님이 자식한테 싫은 소리를 하겠어. 생각보다 조용히 넘어갔어."

"그분 멋있다."

"내 생각도 그래."

상대방을 먼저 생각해주는 남자, 더 말할 것도 없이 최고였다. 민정은 모든 걸 털어놓은 사람처럼 표정이 가벼워 보였다.

"그래서 결혼도 앞당기게 생겼어."

"언제로?"

"다음 달."

"그렇게 빨리?"

"배 나오기 전에 하라고 엄마가 아주 닦달이야."

"하긴 그렇겠다."

일생 한 번뿐인 결혼. 누구보다 아름다워야 할 신부. 눈꽃처럼 하얀 웨딩드레스를 입을 민정을 생각하자 절로 입가에 웃음이 번졌다.

"결혼선물로 필요한 거 있으면 말해."

"음……."

민정은 잠시 고민하다가 입을 열었다.

"밥통 사줘."

"밥통?"

"밥 먹을 때마다 수완 씨 생각날 거 아니야."

민정은 멀리 떠날 사람처럼 말했다. 수완은 의아하게 바라봤다.

"실은……"

꺼내기 힘든 말이라도 있는 건가. 말끝을 흐리고 나서도 민정은 한참을 망설였다. 그 찰나의 침묵이 수완은 왠지 불안했다.

"아무래도 나 회사 그만두어야 할 것 같아."

수완은 두 눈을 느리게 끔뻑거렸다. 민정은 미안한 표정을 지으며 어색하게 웃었다.

"임신이 이렇게 변수가 될 줄 몰랐어. 사실은 아침에 일찍 병원에 들렀다가 주사 맞고 왔거든. 걷기만 해도 속이 울렁거려서 앉아 있기도 힘들어. 그런데 일까지 하려니 죽겠어."

"그렇구나."

수완은 먹지도 못한 햄버거를 손에 든 채 나뭇잎이 뒹구는 바닥만 내려다봤다. 왜 가슴이 울컥하며 눈물이 나려는지 모르겠다. 그런데 민정이 불쑥 던진 말에 수완은 고개를 들 수밖에 없었다.

"수완 씨, 미안해."

"왜 그런 말을 해."

"그냥 그런 기분이 드네."

어쩐지 민정의 눈가도 약간 붉어져 있었다. 굳이 말하지 않아도 서로의 마음이 전해졌다. 민정은 단순히 직장동료가 아니었다. 마음을 나누는 친구였다. 역시 민정도 그녀를 그렇게 친구로 대했다.

"결혼하고 나면 연락 끊을 거야?"

"아니! 미쳤어!"

찬란

민정은 말도 안 된다는 표정을 지으며 버럭 소리쳤다.

"회사 그만두면 수완 씨라고 안 할 거야. 이수완, 하고 부를 거거든."

"그렇게 하자."

"내가 부르면 언제든 당장 나오는 거다?"

"전화만 해. 언제든 달려갈 테니."

"말은 참 잘한다니까."

수완은 소리 내어 웃었다. 유일하게 마음을 털어놓을 수 있었던 민정이 회사를 그만두는 것이 못내 섭섭했지만 어쩔 수 없는 일이었다. 그녀와 아기가 행복해지길 바랄 뿐이다.

"날씨 좋다."

"응, 좋다."

민정은 기지개까지 켰다. 눈이 시리도록 맑은 하늘, 찬란한 빛들이 나뭇가지 사이를 뚫고 쉼 없이 부서졌다. 수완은 목이 말라 콜라를 마셨다.

"5월의 신부가 되는 거야?"

"되도록 빨리하려고. 일단 상견례부터 해야 할 것 같아."

"할 게 많구나."

"그러네."

얘기를 나눌 동안 잠깐 잠잠하던 속이 울렁거리기 시작한 모양이었다. 민정은 입을 가리고 헛구역질까지 했다. 민정의 말처럼 입덧이 여간 힘든 게 아니구나. 수완은 등을 살살 두드려주었지만 좀처럼 입덧은 멈추지 않았다. 민정은 몹시 힘들어하면서도 아기 때문에 그렇게 좋아하던 콜라도 마시지 않고 버텼다.

"괜찮아?"

"조금······."

한참을 헛구역질하던 민정은 생수로 텁텁한 입을 헹구었다. 잠깐 사이인데 민정의 낯빛은 하얗게 질려 있었다. 입덧하는 민정을 보며 문득 엄마를 떠올렸다. 엄마도 그녀를 가졌을 때 물만 마셔도 입덧을 했다며, 열 달을 누워지내다시피 했다고 했다.

"이대로는 일도 하지 못할 것 같아."

"조퇴해야 하는 거 아니야?"

"좀 버텨보고. 정 안 되면 해야지."

민정은 어지러운지 일어나며 손으로 이마를 짚었다. 수완은 민정의 어깨를 감싸며 부축해주었다.

"너무 힘들어 보인다. 어쩜 좋아."

"입덧이 빨리 끝났으면 좋겠어. 요즘은 그 생각밖에 없어."

점심시간이 끝나갔다. 둘은 회사를 향해 천천히 걸어갔다. 회사에 막 도착했을 때 문자 한 통이 왔다. 정수가 오늘 보자면서 장소를 문자로 보냈다. 며칠을 연락도 안 되더니 무슨 일이지. 뭐, 다이어리만 주면 되니까.

마주 앉은 둘 앞에 따뜻한 허브차 두 잔이 놓였다. 수완은 작게 한숨을 쉬며 두 손으로 컵을 감싸듯이 쥐었다. 그 모습을 정수는 물끄러미 바라만 봤다. 그러나 그 눈에는 이렇다 할 감정이 떠오르지 않았다. 반면 수완은 무언가에 대해서 진지하게 생각하고 있는 것처럼 보였다.

괜히 나왔나 싶어서? 수완이 그를 별로 탐탁지 않게 생각하고 있다는 것은 이미 알고 있는 사실이다. 그런데도 그의 다이어리를 챙겨준 사람은 다름 아닌 수완이었다. 이걸 두고 운명이라고 해야 하나. 수완은 꿈속에서도 짐작하지 못할 것이다. 다이어리에 어떤 어마어마한 내용이 적혀 있는지.

연준이 먼저 말문을 열었다.

"잘 지냈어요?"

"네."

수완은 희미하게 웃어 보였다. 그러곤 핸드백에서 다이어리를 꺼내 그 앞으로 밀었다.

"이거……."

"고마워요. 팀장님이 버리라고 했다면서요?"

"어떻게 알았어요?"

"상규 씨가……."

"상규 씨랑은 연락하나 봐요? 이럴 줄 알았으면 상규 씨한테 줄 걸 그랬어요."

"난 수완 씨한테 받아서 더 기분 좋은데요."

빈정거리지 않았는데도 수완은 미간을 찡그렸다. 아무래도 미운털이 제대로 박힌 모양이다. 하긴, 그동안 작정하고 심기를 건드렸으니 미워할 만하다. 짧은 대화도 그나마 뚝뚝 끊겼다.

"우리 둘 만나는 거, 연준이가 알고 있어요?"

"아뇨."

"왜 말 안 했어요?"

"지금이라도 할까요?"

새끼 양처럼 순하게 생긴 수완은 보이는 만큼 만만치 않은 여자였다. 그래서 연준이 이수완에게 끌린 것인가. 항상 궁금했다. 아무것에도, 자신의 삶조차 흥미가 없던 연준이, 왜 하필 수완에게 집착할까. 단순한 호기심에 수완을 수시로 관찰하게 되었다.

문제는 특별할 것이 없다는 것. 그게 더 특별하게 느껴지기 시작하면서 수완의 옆을 서성거렸다. 이건 호기심일까, 관심일까, 자신도 헷갈릴 때가 많았다. 어떤 때는 시선이 저절로 수완에게 매달려 있었다.

그것을 연준은 단번에 눈치챘다. 더군다나 자신이 알아채지 못한 마음까지. 하기야 사람의 미묘한 표정 변화쯤 쉽게 읽어내는 능력이 탁월하니 가능한 일인지도 모른다.

언제부터인지 모르겠다. 자신이 수완을 좋아하고 있었던 것인지…… 그의 마음을 뻔히 안 연준이 그를 회사에 계속 다니게 할 리 만무했다. 처음엔 차라리 잘됐다 싶었다. 뻔히 아닌 길을 연준이 멈추게 해주었으니까. 하지만 그다음이 문제였다. 시간이 지나면서 수많은 감정이 가슴속을 치밀었다.

이대로 가만히 있는 게 최고의 방법일까 싶었지만 잠시 마음이 갔던 수완이 계속 걸렸다. 연준이 완벽하게 꾸민 세계에 그녀는 아무것도 모르고 있을 테니까. 시간이 흘러봤자 수완이 받을 상처는 더 클 뿐이다.

"저번에 내가 말한 영화 봤어요?"

"아직요."

"봤으면 오늘 대화가 조금은 편했을 텐데."

수완은 왜 뜬금없이 또 그 영화 얘기를 꺼내느냐는 표정이었다. 여전한 모양이다. 연준은 수완을 잘 속이고 있는 것 같았다. 아니면 가짜를 더 완벽하게 만든 것인가. 그렇지만 둘은 언젠가는 무너질 모래성에 불과했다.

"내가 무슨 말을 하든 다 감당한다고 했죠?"

"오늘은 해줄 건가요?"

수완은 피식 웃어 보였다. 아무것도 모르고 연준을 완전히 믿는 수완이 이젠 불쌍해질 지경이다. 정말 이젠 더는 못 봐주겠다. 정수는 입꼬리를 불쾌하게 비틀었다.

"때로는 진실이 앞에 있어도 사람들은 일부러 보지 않으려고 하죠."

"……"

"상처받기 싫어서, 혹은 자신이 추측하는 것을 확인하기 두려워서."

수완은 그의 말을 가만히 듣고만 있었다. 그 모든 말이 연준을 두고 하는 것임을 알기에 얼굴은 점점 더 굳어갔다. 정수가 수완을 똑바로 보며 낮게 불렀다.

"이수완 씨."

수완의 눈동자가 미묘하게 흔들렸다. 처음 그녀를 볼 때 느낀 감정이 다시 불쑥 튀어나왔다. 완벽한 갈색 눈동자를 지닌 그녀가 물끄러미 볼 땐, 없던 비밀까지 만들어 털어놓고 싶었다.

잠시 침묵이 이어지고 정수는 다이어리를 도로 수완의 앞으로 밀었다.

"이거 다시 수완 씨가 가져가요."

"네?"

"거기에 다 있어요.

수완은 말없이 정수를 응시하기만 했다. 숨을 죽이고 그의 다음 말을 기다리고 있었다.

"내가 하고 싶은 말. 이수완 씨고 듣고 싶은 말."

"나한테 왜 이러는 거죠?"

"양심의 가책이라고 해두죠."

정수는 쓴웃음을 삼키었다. 무슨 불길한 직감을 느낀 걸까. 수완은 다이어리를 보는 것이 괴롭다는 눈빛이었다.

"누군가는 수완 씨한테 해줬을 겁니다. 내가 아니더라도."

"내가 이 다이어리를 보기 싫다면요?"

"보게 될 거예요."

확신하는 말투에 수완의 얼굴은 더 어두워졌다. 주사위는 던져졌다. 어떻게 결론이 날지는 모두 수완의 선택에 달렸다.

"먼저 일어나죠."

수완은 입술을 깨물며 가만히 앉아만 있었다. 달리 더 할 말이 없었던 정수는 다이어리를 잠시 보곤 입도 대지 않은 허브차를 단숨에 마시곤 자리를 떠났다. 밖으로 나와 커피숍 유리창 너머 멍하니 앉아 있는 수완을 바라봤다.

치졸하다 해도 할 수 없다. 친구가 할 짓이 아니라는 것도 안다. 하지만 이렇게밖에 할 수가 없었다. 세상 사람 다 몰라도 연준에 관해서 수완은 알아야 했다.

그녀는 다이어리를 끝내 보겠지.

서연준, 네가 만든 가짜 연극은 이제 막을 내려야 할 것 같다.

무슨 정신으로 아파트까지 왔는지 기억이 나지 않는다. 그가 사준 구두를 벗고 거실로 들어서야 집에 돌아왔다는 것을 알았다. 밤마다 둘이 맞춘 이상한 나라의 앨리스 퍼즐이 액자에 들어가 벽에 그림처럼 걸려 있었다. 연준이 한 모양이다.

먼저 퇴근한 연준은 늘 그렇듯 소파에 앉아 있었다. 거의 책이나 퍼즐을 맞추고 있더니 오늘은 아무것도 하지 않고 있었다. 아, 커피를 마셨나 보다. 그가 좋아하는 찻잔이 보였다.

"많이 늦었네요."

"네."

수완은 시선을 맞추지 못하고 고개를 끄덕였다. 함께 퇴근하자는 말에 수완은 약속이 있다고 했다. 왜 정수를 만난다고 솔직하게 말하지 못했는지 지금도 이해되지 않는다.

"저녁은요?"

"아직……. 연준 씨는요?"

"나도 아직. 수완 씨 오면 같이 먹으려고 기다렸죠. 씻고 나와요."

연준은 평상시와 다름없었다. 그녀를 위해주고 무표정한 얼이지만 다정하게 말했다. 정수를 만난 건 이따가 말해야겠다. 조금이라도 이 평안한 시간을 흘러가게 내버려두고 싶었다. 수완은 핸드백을 소파에 내려놓으며 말했다.

"먹고 씻을게요. 같이 준비해요."

"준비할 거 없는데. 냉동 볶음밥 사 왔어요."

"뭐하러 냉동 먹어요. 내가 금방 볶음밥 해줄게요."

수완은 주방으로 얼른 들어가 냉장고부터 열었다. 세상에나. 그 흔한 달걀도 없었다. 요즘 서로 바빠 장을 볼 시간이 없었다. 이렇

292

게 텅 비는 것도 힘든데.

"아무것도 없네요."

"그러니까."

연준은 이미 냉동 새우 볶음밥 포장지를 뜯어 전자레인지에 돌리고 있었다. 5분 만에 뚝딱, 저녁이 차려졌다. 그나마 며칠 전 사놓은 빵이 있어 버터와 함께 내놓았다. 연준과 수완은 식탁을 두고 마주 앉았다. 별다른 말 없이 늦은 저녁을 먹기 시작했다. 입이 깔깔해 식욕은 없었지만 맛있게 먹으려 노력했다.

"맛있네요."

연준은 빵에 버터를 발라 먹고 있었다. 그녀의 말에 옅은 미소를 지었다. 화기애애하게 농담이라도 해야 하나. 어쩐지 분위기가 삭막한 건 아마 기분 탓이겠지.

"사람은 잘 만나고 왔어요?"

밥을 다 먹을 때쯤 연준은 불쑥 물었다. 마지막 한 수저 뜨려던 수완은 그대로 숟가락을 쥔 채 연준을 바라봤다. 입을 꾹 다물고 있자 연준은 고개를 앞으로 좀 더 기울이며 조용히 물었다.

"누구 만났어요?"

무감한 투로 물었는데 팔뚝에 솜털이 곤두섰다. 수완은 바로 대답하지 못했다. 집에 오는 동안에도 핸드백 안에 든 정수의 다이어리가 계속 신경을 건드렸다. 왠지 열지 말아야 하지만 결국 열게 되는 판도라 상자 같았다.

나한테 왜 이러지. 도대체 무슨 검은 의도를 갖고 정수는 다이어리를 건넨 것인지, 밥을 먹으면서도 줄곧 생각했었다. 연준한테 사실대로 말을 해야 하나 말아야 하나도 갈등했다. 그렇지만 갈등은 짧았다. 연준을 좋아하면서 결심했었다. 그에게 진심만 보여줄 것을.

"사실은 정수 씨 만났어요."

"그랬군요."

연준은 건조한 눈으로 그녀를 보며 말했다. 막상 사실대로 말하니 어디서부터 말을 해야 할지 몰라 다급하게 입을 열었다.

"잠깐만 있어봐요."

수완은 벌떡 일어나 거실에 있는 핸드백을 가지고 왔다. 아직 다이어리를 꺼내지 않았는데도 가슴이 터질 것 같았다. 이게 뭐라고. 뭐 대단한 거라고. 망설이는 것도 싫어 핸드백에서 다이어리를 급히 꺼냈다.

"정수 씨가 이걸 줬어요. 당신에 대해 알고 싶으면 보라고 하면서."

"봤어요?"

"아뇨."

"왜요?"

뭔가 다른 반응을 보이면 안심이 될 텐데. 정수가 다이어리를 줬다는데도, 연준은 무표정했다.

"왠지 보기 싫었어요."

"보고 싶으면 봐요."

"그냥 연준 씨가 말해주면 안 돼요?"

다른 사람의 말이 아닌 연준에게 듣고 싶었다. 도대체 이 다이어리 안에 뭐가 있길래

"사실 당신과 살면서 굉장히 불안했어요. 너무나 평온해서 불안

했다면 바보 같다고 할 거예요. 당신은 이해하지 못하는 불안일지도 몰라요. 우리 둘 관계를 알고 나서 회장님이 아무것도 하지 않은 것도 불안했어요. 적어도 한 번쯤은 다시 날 부를 거라 생각했거든요. 그런데 정수 씨는 계속 내 옆에서 서성거렸어요. 그러더니 오늘은 이 다이어리를 보면 서연준에 대해서 알 수 있다는 이상한 말을 했어요."

수완은 지금의 심정을 숨기지도 과장하지도 않았다.

"난 다른 사람 말보다 당신이 직접 말해주는 걸 듣고 싶어요."

"난 할 말 없는데."

연준은 너무나 간단하게 대답했다.

"없어요?"

"네."

"그러면 정수 씨는 이걸 왜 나한테 준 거죠?"

"나야 모르죠."

"아니, 당신은 알고 있어요."

수완은 연준을 똑바로 바라봤다. 가슴을 찌르듯 죄어오듯 눈빛은 건조했다. 게다가 완벽히 표정을 숨겨 정말 연준은 이 다이어리에 대해서 모르는 것처럼 느껴졌다.

"궁금하면 보면 되겠네요."

연준은 손수 갈색 다이어리를 펼쳤다. 왠지 다이어리를 보면 안 될 것 같다는 기운이 끊임없이 밀려오는데도, 시선은 절로 뭔가 빼곡하게 적힌 다이어리 속지에 닿았다.

"안 볼래요. 보고 싶지 않아요."

수완은 고개를 세차게 저었다. 한 장을 넘기면 올이 풀린 목도리처럼 정신을 차리지 못하고 끝까지 보게 될 것이 뻔했다.

"그렇게 보기 싫었으면 버리지 그랬어요? 들고 왔다는 건 결국 보겠다는 소리 아닌가?"

연준의 윗입술이 실룩거렸다. 이미 너는 속으로 수없이 다이어리를 훔쳐봤지 않느냐는 뉘앙스였다. 굳이 싫다는 그녀의 손에 쥐여주는 걸까? 수완은 입을 꾹 다물고 눈을 크게 떠 그를 빤히 올려다봤다. 연준은 안심시키듯 손을 들어 그녀의 머리를 가볍게 쓰다듬었다.

"괜찮아요. 봐요. 보고 싶잖아."

담담한 손길에 두렵고 조마조마하게 뛰던 불안한 마음이 잠시 안정이 되었다. 정말 봐도 되느냐고 이것저것 묻고 싶은 마음 대신 수완은 갈색 다이어리 첫 장을 펼쳤다.

"알았어요. 볼게요."

떨리는 목소리로 간신히 입을 열었다. 혼자 편히 볼 수 있게 해주려는 것인지 연준은 조용히 방으로 들어갔다. 왠지 뒷모습이 쓸쓸해 보이는 건 착각이겠지. 저 단단한 남자가 그럴 리 없잖아. 마음의 준비를 하려고 깊은 한숨을 여러 번 몰아쉬고 나서야 시선을 다이어리를 내렸다. 일기처럼 써 내려간 글을 얼마 읽지도 않았는데, 수완의 눈동자가 붉어졌다.

〈'친구 역할만 하면 된다.'

보육원에서 날 데려가며 회장님이 하신 말씀은 그게 전부였다. 고등학교를 들어가면서부터 막막했다. 대학을 들어가고 싶어도 그놈의 돈이 원수였다. 막막한 내 앞에 구원자처럼 회장님이 나타났다. 아버지와 어릴 적 친구였다던 회장님은 앞으로

날 돌봐주겠다면서, 아들인 연준을 소개해주었다.>

<남자 새끼가 더럽게 예쁘게 생겼네.

연준을 보자마자 처음 든 생각이었다. 유명한 여배우인 새라의 우월한 유전자를 고스란히 이어받아서일까. 신이 공들여 만든 듯한 남자를 눈앞에서 본 기분이었다. 가만히 앉아만 있어도 눈길을 끌어당겼다. 인공조명조차 연준을 위해 빛을 내는 듯했다. 남자를 보고 심장이 쿵, 떨어져 자신의 성향까지 의심했었다. 인간이 왜 아름다움을 그토록 탐하는지 알게 되었다.

'연준이, 학교는 잘 다니고?'

'네, 그럭저럭 잘 다녀요. 워낙 말이 없는 녀석이라서. 그런데 연준이 어딘가 좀 다르네요.'

그 한마디에 병호의 얼굴은 돌처럼 굳었다. 병호의 눈 밖에 나지 않으려고 부단히 노력하던 난 당황했다. 다신 그 거지소굴 같은 보육원으로 돌아가고 싶지 않았다. 꿈에나 그리던 한정판 운동화를 마음대로 신을 수 있는 이 좋은 집에서 쫓겨나기 싫었다. 그러려면 병호의 충견이 되어야 했다. 연준에 관한 것이라면 아무리 사소한 것이라도 다 보고했다.

'사고를 친 건 아니지? 누굴 때렸다거나.'

'그러진 않았어요.'

'그럼, 됐다.'

대학에 들어갈 때까지 병호가 연준을 왜 그토록 감시했는지 알지 못했다. 단한 번 의심 없이 최고의 의사가 될 줄 알았던 연준은 어느 날 학교를 그만두며 그에게 엄청난 사실을 털어놓았다.

'공감능력 상실. 반사회적 인격장애. 내가 가진 병명이야.'

그래서 그렇게 병호가 연준은 언제 터질지 모르는 폭탄처럼 여겼구나. 흠칫 놀란

찬란 297

만한 얘기를 하면서 연준은 아무렇지 않게 밥을 먹자 소름 끼쳤다.

'나한테 왜 털어놓는데?'

'한 명쯤은 계산 같은 거 안 하고 싶어서.'

'그게 나야?'

'어.'

그 이후로 연준은 종종 나와 술을 마시며 얘기를 나누곤 했다. 하지만 행동이 특별히 달라진 건 없었다. 오랜 시간 나도 완벽히 속인 놈이니까. 대체 감정이 없다는 건 어떤 기분이지? 그래서 병호가 심리학을 전공하라고 했던 건가. 수많은 의문이 떠올랐지만 하나도 해결되지 않았다.

나 역시 연준이 듣기 원하는 말을 해주었다. 넌 정상이라고. 다만 감정이 없을 뿐이라고. 너 같은 인간, 세상에 수두룩 깔렸다고. 상대를 공감하지 못하는 인간이 얼마나 많은지 아느냐고. 자신만 아는 이기주의자가 넘쳐난다고. 그나마 넌 양반이라고. 준법정신 투철하지, 도덕관념 제대로 박혀 있지. 게다가 많은 돈을 기부도 하지 않느냐고.

그 말을 했더니 연준은 세상에서 가장 웃긴 얘기를 들은 사람처럼 껄껄 웃었다. 저럴 땐 꼭 정상처럼 보였다. 하지만 연준과 함께 있다 보면 어딘지 모르게 이상하고 불편했다. 상대의 표정을 읽기 위해, 연준은 집요할 정도로 시선을 맞췄다. 그때마다 들키고 싶지 않은 치부까지 들킨 기분이 들어 찝찝했다.

연준은 자신의 삶이 없었다. 그저 연극을 하는 것뿐이었다. 평범한 인간을 흉내내는 연기자처럼. 불쌍한 놈이다.

'태어나지 않은 것처럼 있어.'

연준은 딱 한 번 어머니인 새라의 말을 해준 적이 있다. 삶에 있어서 가장 큰 영향을 준 사람이라면서. 자식의 도리를 다하고 싶었단다. 어머니인 새라의 말은 무조건 따랐다고. 존재하는데 무존재처럼 지내라는 말. 방 안에 갇혀 책만 읽으면 되어서 그다지 어렵지 않았다고. 새라의 말을 따르다 보니 어느새 감정을 잃었다고 했다.

자식이 엄마한테 제일 많이 들은 말이 '가만히 있어!'라니. 보름이 넘게 말을 하지 않은 적도 있었단다. 기가 막혀서. 연준을 감정 없는 인간으로 만든 건 새라였다. 그래놓고 자식을 버리고 다른 남자와 떠나다니. 진정한 사이코패스는 그녀였다.

부모와의 애착이 제대로 형성되지 않았으니, 타인에 대한 공감대가 생기지 않는 게 당연했다. 요새도 연준은 가끔 종일 한마디 없이 하늘만 멍하니 보곤 했다. 외로움도 모르는 녀석. 누구와도 공감대가 형성되지 않는다는 것이 얼마나 고통스러운 것인지도 모르는 연준을 보는 것이 제일 가슴이 아팠다.>

<'서연준, 이 미친놈!'

드디어 사고를 쳤다. 지나가는 말로 어떤 여자가 가끔 생각난다고 했다. 그땐 그냥 흘려들었는데……. 숨 쉬는 것도 계산할 정도로 완벽주의자가 여자와 동거라니. 그 여자도 미친 것 같았다.

'꼭 같이 사는 방법밖에 없었어?'

'재밌잖아.'

'뭐?'

'그녀랑 있으면 하루가 짧아져.'

나중에 여자가 이수완이라는 사실을 알고 뒤로 자빠지는 줄 알았다. 토끼처럼 겁 많게 생긴 여자가 그런 어마어마한 짓을 벌였다니 믿어지지가 않았다. 이수완은 모르겠지. 연준이 어떤 놈인지.

연준이 짓는 미소나 고백이 모든 계산하고 하는 행동이라는 것을 꿈에도 모르겠지. 지금도 그녀를 속이고 있다는 것도. 좋아하는 감정이 뭔지 알고 싶어서 영화를 보고 책을 본 남자의 고백을 믿다니. 그녀 자신이 연준의 무료한 인생을 즐겁게 해줄 매력적인 소품밖에 안 되는 존재라는 걸, 수완은 영영 모를 것이다.>

<연준이 변할 줄 알았다.

두 달 넘게 수완과 사는 연준은 조금 달라진 듯했다. 세상 사는 재미를 찾았다고 해야 하나. 이수완은 연준이 찾던 아주 재미난 장난감인 모양이다. 하지만 언제 질려 할지, 지켜보는 내가 다 조마조마하다.

그런데 최근 더 신기한 일이 벌어졌다. 연준은 남자들이 보이는 일반적인 감정을 종종 보여주었다. 질투나 소유욕 같은 것들. 이래서 사랑의 힘은 위대한가 싶었는데······.

'언제까지 같이 살 건데?'

'가능한 한 오래.'

'수완 씨가 눈치채지 않아?'

'더 잘 속이면 돼. 문제 될 거 없어.'

한숨이 절로 나오는 대답을 들었다. 연준이 변할 수 있다는 건 아무래도 착각인 모양이었다. 연준은 자신이 만든 연극에 너무 몰입한 나머지, 정말 이수완을 사랑하고 있다고 믿는 것처럼 보였다.

지금 연준의 눈엔 이수완만 보였다. 설령 수완을 향한 마음이 진심이라 해도, 그건 연준이 만든 진짜처럼 보이는 완벽한 가짜일 뿐이다. 어쨌든 아무리 진짜처럼 보이는 가짜라 해도, 그건 진짜가 아니다. 요즘은 연준이 무서울 정도였다.>

<'개와 늑대의 시간.'

둘을 지켜보면 떠오르는 글귀였다. 수완은 두렵지 않은 걸까. 연준이 지켜줄 개인

지, 그녀를 해칠 늑대인지 모르는데.

고민이 하나 생겼다. 연준에 대해서 수완에게 말을 할지 말지를. 확실한 건 언제가 둘은 끝난다는 것. 상처는 수완 씨만 받겠지. 연준은 아픈 게 뭔지도 모르는 놈이니까.>

10. 기다릴게

　수완은 다이어리의 마지막 장을 덮었다. 마치 악몽을 꾼 기분이 들어 정신이 멍했다. 어떻게 이런 일이. 아닐 거야. 그럴 리 없어. 수없이 혼자서 부정해도 가슴을 긋는 통증은 사라지지 않았다. 물어보자. 여기에 적힌 내용이 진짜인지 확인해야 해.

　"연준 씨……."

　수완은 다급히 연준의 방문을 두드렸다. 연준은 기다렸다는 듯이 방에서 나왔다. 무언가 말해야 하는데 목구멍에 모래가 가득 찬 것처럼 숨을 쉴 수가 없었다. 움직이지도 못하고 가만히 서 있자 연준이 먼저 말문을 뗐다.

　"다 읽었어요?"

　"사실 아니죠?"

　수완은 떨리는 어조로 물었다. 제발 그렇다고 대답해줘요. 이 남자 옆에만 있을 수 있다면, 수치심이나 자존심이 무너지는 것도 참을 수 있었는데.

"당신이 믿는다면 사실이겠죠."

겨우 물은 말에 연준의 허망한 대답이 돌아왔다. 순식간에 시야가 뿌옇게 흐려졌다. 발이 깊은 물 속에 쑥 빠지는 느낌이었다. 두 다리가 후들거렸다.

"아니죠? 아니라고 해줘요!"

믿고 싶지 않았다. 두려움 속에서 다시 물었다.

"차라리 후련해."

마치 준비된 말처럼 연준은 무심히 내뱉었다. 심장이 터질 것만 같았다. 가슴이 찢기는 아픔이 몸을 산산조각 내고 있었다. 이거였구나. 그동안 시달렸던 불안의 실체가…….

"달라질 건 없어요. 우린 계속 이대로 살면 되니까."

수완은 쓸쓸히 웃었다. 연준은 지금의 상황이 얼마나 심각한지 전혀 모르는 것 같았다. 그동안 함께 살면서 연준이 남들과 조금 다르다는 것을 알고는 있었다. 하지만 남자와 여자는 다르니까. 그럴 수 있는 거라고 애써 심각하게 받아들이지 않으려고 노력했다.

"다 거짓이었다는 거잖아요?"

숨을 쉴 수가 없다. 죽을 것만 같았다. 가까스로 울음을 삼키느라 목에 핏대가 모조리 섰다.

"뭘 알고 싶은 거죠?"

연준은 여전히 차분했다. 자신 혼자만 소용돌이 속에 갇힌 것이다.

"당신의 진심요."

찬란 303

"난 계속 말했던 것 같은데."

"그게 다 가짜라던데요!"

"진심이라니까."

"서연준 씨!"

수완은 울부짖듯이 소리쳤다. 눈앞의 남자는 분명히 서연준이 맞는데 다른 사람처럼 보였다. 검은 눈의 깊이가 너무 깊어 가끔 무섭기까지 했던 남자.

"어떻게 나한테 이럴 수가 있어요?"

수완은 감정을 주체할 수가 없었다. 울먹이며 주먹을 쥐어 사정없이 때렸다. 가만히 서 있는 연준의 팔과 가슴을 손이 닿는 대로 때렸다.

"내가 뭘 어쨌기에."

이 남자는 어떻게 이런 말을 아무렇지 않게 할 수 있을까.

"날 속였잖아요."

"그게 내 진심이라면?"

수완은 눈물 가득한 눈으로 연준을 바라봤다.

"그 진심이라는 게 다 계산이었다면서요?"

"난 그렇게 살아왔어."

연준은 자조적인 미소를 지었다. 변명이라도 해야 하는 거 아닌가. 자신을 믿어달라고. 다 아니라고…….

"왜 나한테 함께 살자고 했어요? 그냥 나랑 즐기려 했던 건가요?"

"아니."

"아니면 뭐죠?"

"몇 번이나 말해. 좋아한다니까."

연준의 좋아한다는 말이 명치를 꽉 틀어막았다. 찰흙 덩어리가 온몸을 덮은 것처럼 숨이 쉬어지지 않는다.

"지금 그 말을 믿으라는 건가요?"

"어떻게 확인시켜줘야 믿을 거지?"

"당신의 마음요. 마음!"

주저앉아 울고 싶어진다.

"당신이 감정이 없는 사람이어도 상관없어요. 그게 문제가 아니에요. 난 몇 번이나 물었어요. 진심이냐고. 그런데 연준 씨 당신은……!"

"……."

"지금 이 순간도 거짓을 말하고 있어요."

"……."

"처음부터 말하지 그랬어요. 그랬으면 난 당신을 이해하려고 노력했을 거예요."

"뭐라고 말할까. 감정을 잘 모르겠다. 당신들이 느끼는 평범한 감정을 난 모른다고 하면. 수완 씨가 과연 날 봐줬을까."

연준의 질문에 수완은 입을 다물었다.

"나도 이런 내가 싫어."

연준의 얼굴에 감정이 떠올랐다. 뭐라고 해야 할까. 지금은 진심을 말하고 있다는 어떤 간절함 같은 것이 잠깐 스쳤다.

"계산이든 계획이든 뭐든 간에, 그렇게 해서라도 당신과 함께하고 싶었어."

수완은 눈을 감고 깊은 한숨을 내쉬었다. 그때 연준이 그녀의

찬란 305

볼을 손으로 감쌌다. 어쩔 수 없이 눈을 뜬 수완은 그를 바라봤다.

"당신이 하는 말, 이제 하나도 못 믿겠어요."

수완은 주저앉아 울고 싶어졌다. 그가 무슨 말을 해도 귀에 들어오지 않았다. 정수의 다이어리를 다 읽었을 때까지만 해도 그를 믿었다. 하지만 잠깐의 대화에 알아버렸다. 평범한 사람이라면 어떻게든 다이어리를 보지 못하게 했겠지. 좋아하는 여자였다면, 이 끔찍한 고통을 느끼게 하지 않았을 테니까. 연준의 관점에선 사실이니 굳이 보지 말라고 말려야 할 이유가 없었던 것이다.

"연준 씨는 날 좋아하지 않아요."

저도 모르게 무심코 나온 말.

"그냥, 단순히, 호기심이었던 거예요. 아주 흥미로운⋯⋯."

어느샌가 눈물이 흐르고 있었다.

"연준 씨 말이 맞았어요. 당신이 처음부터 솔직히 말했더라도, 난 당신을 감당하지 못했을 거예요. 감정이 없다는 건, 서로를 이해할 수 없다는 말이니까. 난 당신이 파놓은 깊은 함정에 빠졌던 거예요. 당신이 날 좋아한다는 착각은 이제 그만하고 싶어요."

수완은 떨리는 목소리를 다잡으며 힘겹게 말을 이었다.

"날 끝까지 속이면 된다고 생각한 거예요? 아마 한정수 씨 다이어리를 보지 않았다면 난 계속 믿었겠죠. 당신의 그 진지한 연기를. 서연준이 하는 말은 다 진심이라고. 그러면서 설레고 심장이 두근거렸겠죠."

죽을힘을 다해 말하는데, 연준은 그녀를 물끄러미 바라만 보고 있었다. 내가 울어도 눈썹 하나 까딱하지 않는 남자다.

"이런 거군요. 감정이 없다는 거. 당신은 모르는군요. 내가 왜 이러는지."

이 말을 자신이 먼저 할 줄은 몰랐다.

"우리 그만, 해요."

이 관계의 주인은 연준이 쥐고 있다고 생각했다. 언제든 그가 그만두자고 하면 떠날 준비를 하고 매일 밤 잠들었으니까. 자신도 막연히 알고 있었던 건 아닐까. 그가 진심이 아니라 처음 본 남자한테 자자고 한 여자에 대한 호기심 때문일지도 모른다고.

"날 떠나겠다는 말을 하는 거야?"

연준은 서늘히 물었다.

"네."

"왜?"

"사랑도 모르는 남자와 뭘 하겠어요."

몸의 반쪽이 잘려나가는 아픔이었다. 여전히 연준을 좋아한다. 아니, 사랑하고 있다. 그렇지만 자신이 없다. 상대를 좋아한다는 감정을 모르는 남자를 감당할 자신이……

"당신이 가르쳐주면 되잖아. 그 감정이라는 거."

지금 그걸 말이라고.

"사는 게 지루했어. 늘 어둠뿐이었지. 근데 당신이 나타났어. 내 것이 되면 좋겠다는 건 이수완이 처음이었어. 당신을 영원히 소유할 수 있다면 뭐든 할 수 있을 것 같았어. 강한 확신이 있었거든. 당신만 있으면 나도 평범하게 살 수 있을 것 같다는 확신."

숨만 쉬어도 온몸의 신경들이 따가웠다.

"당신이 날 그 어둠에서 벗어나게 해줬잖아. 그래놓고 떠난다고?"

찬란 307

"결국 우리에겐 상처만 남을 거예요."

"내가 그렇게 안 만들어."

"내 말 무슨 뜻인지 모르겠어요? 연준 씨가 하는 말마다 진짜일까, 가짜일까, 매번 의심하고 지내고 싶지 않아요."

"나한테 치명적인 오류가 있다는 거 잘 알아. 매번 날 의심해도 좋아. 그러니까 내 옆에만 있어."

"당신을 의심하려고, 당신을 사랑한 게 아니었어요."

수완은 눈물을 흘리며 소리쳤다. 이 순간조차 바보처럼 연준의 말을 믿고 싶어진다. 나만 있어도 된다는 달콤한 말, 진심일지도 몰라.

"서연준이란 남자랑 살려고 난 마음속에 있는 수치심과 타협했어요. 엄마가 좀 더 좋은 병원에 있으면 그걸로 충분하다고. 하지만 실상은 아니었어요. 당신이 내가 좋다니까. 그러니까…….그런 남자 옆에서 돈 걱정 안 하고 조금은 편하게 살고 싶었어요."

수완은 먹먹한 가슴을 손으로 눌렀다. 그리고 마음이 무너지는 말을 꺼냈다. 수완의 눈에서 눈물이 주르륵 흘러내렸다.

"당신과 잘 때마다, 난, 나는……. 매번 수치스러움을 겪어야 한다고요. 연준 씨……. 수치스러움이 뭔지 알아요?"

연준은 대답하지 못했다.

"모르겠지. 모를 거야. 알았더라면 다이어리를 당신 손으로 불태워야 했어요. 나하고 진심으로 함께하고 싶었다면, 읽게 하지 말았어야 했어! 그랬다면 난 당신이 꾸며낸 완벽한 거짓 속에서도 행복했을 거야."

수완은 떨리는 몸을 간신히 지탱하며 흐르는 눈물을 손등을 닦아냈다. 명치끝에 걸린 숨 때문에 울음에 잠긴 목소리가 갈라져서 나온다.

"꿈을 꾸게 하는 말 같은 거, 하지 말았어야 했어요. 평생 함께 살자는 말 왜 했어! 진심도 아니면서!"

연준의 눈빛이 말로 표현할 수 없을 만큼 차가워졌다.

"당신한테 나는 아무것도 아니었어."

수완은 차갑게 등을 돌렸다.

"이게 사랑이 아니라면, 어떤 게 사랑인데."

"……."

"이수완과 떨어지는 게 죽을 것처럼 싫은데, 이게 사랑이 아니라고?"

"……."

"말해줘. 말해보라고. 어떤 게 사랑인데!"

처음이었다. 쥐어짜는 목소리로 소리치는 연준의 모습은……. 그런데도 그것마저 그가 계산한 건 아닐까 의심했다. 쓰디쓴 헛웃음이 나왔다. 이렇게 의심하면서 계속 그와 지낼 수 없었다.

"이대로 나가면 후회할 거야."

"그러겠죠."

수완은 수많은 망설임을 뒤로하고 현관문 손잡이를 잡았다. 그녀가 없으면 안 된다고 했던 연준은 잡지 않았다. 결국, 이렇게 끝나는구나. 줄줄 흐르는 눈물을 아무렇게나 닦고 문을 열었다.

연준은 머리가 터질 것 같았다. 감정이 조절되지 않는다. 피가 솟구치는 더러운 기분이 떨어지지 않았다. 누구라도 신경을 거스르면 죽일 수도 있을 것 같았다.

"돌아버리겠네."

머리칼을 거칠게 헝클어뜨렸다. 굼벵이처럼 느리게 모는 자동차 뒤에 대고 클랙슨을 있는 힘껏 울렸다. 다 엎어버릴까. 이수완을 찾아야 한다. 대체 어디로 간 것인지. 동네를 몇 바퀴나 돌았지만, 머리카락 한 올도 찾을 수가 없었다.

"원하는 대로 다 해준다잖아!"

설마 떠날 줄은 몰랐다. 오만하고 미련했다. 다이어리를 읽어도 수완은 그를 떠나지 못할 줄 알았다. 설사 떠난다 해도 별로 달라지는 것이 없을 줄 알았다. 그러나 수완이 떠나고 10분도 되지 않아 어이없게도 알아버렸다. 그녀가 차지하고 있던 부분이 엄청 크다는 것을.

어릴 시절처럼 어두운 방 안에 갇힌 기분이었다. 그땐 아무것도 느낄 수 없었는데, 혼자 덩그러니 있자 섬뜩했다. 무서웠다. 이수완을 찾아야 해. 다시 속여서라도 옆에 두어야 해.

갈 곳도 없으면서. 어디로 간 거야. 원망하는 눈빛, 울음 섞인 목소리가 귓가를 떠나지 않는다. 여전히 수완을 향한 감정이 뭔지 확실치 않다. 다만 지금은 그녀를 찾아야겠다는 생각밖에 없다. 아! 병원. 기어를 최고 속도로 변속하고 차를 돌려 병원을 향했다.

띠. 띠. 띠.

연준은 세상모르고 잠들어 있는 난희의 얼굴을 가만히 들여다봤다.

"당신 딸 이수완, 어디에 있어?"

귀에 와 닿는 건 기계 장치의 음뿐이었다. 마른 고목처럼 조금씩 죽어가고 있는 난희를 봐도 연민이 하나도 느껴지지 않는다. 수완에게는 짐 덩어리에 불과한 여자. 지금은 수완을 붙잡을 수단에 지나지 않았다.

"이러는 거 반칙 아닌가. 당신은 이렇게 따뜻하게 누워 있는데, 이수완은 밤길을 헤매고 있어."

연준의 말을 알아들은 것처럼 난희가 손가락을 꼼지락거렸다.

"당신이 더 아프다고 하면, 이수완이 나한테 다시 올까."

연준은 난희의 생명을 연장해주는 기계 장치를 잠시 바라봤다. 안정적으로 울리는 기계음에 연준은 얼굴을 일그러뜨리며 허탈한 웃음을 흘렸다.

"이게 수치스럽다는 건가?"

수완이 떠나서 머리가 어떻게 된 건가. 한심하기 짝이 없는 상상을 하다니. 수치스러움이라. 그런 심오한 감정을 그가 알 리 없다. 누가 뭐래도 난희는 수완의 어머니다. 난희가 곁에 있으면 수완은 돌아오겠지.

연준은 버석한 난희의 머리카락을 손끝으로 살짝 만졌다.

"최대한, 오래 살아."

"……."

"그래야 수완 씨가 덜 슬플 테니까."

난희는 미약한 숨소리만 냈다. 이런 기분이겠군. 어떤 것도 느끼지 못하는 대상과 대화를 한다는 것이. 수완이 그를 보며 종종 느꼈을 난감한 기분을 조금은 알 것 같았다.

찬란 311

병실을 나온 연준은 정처 없이 서울의 밤거리를 헤맸다. 밤의 어둠이 그녀를 삼키기라도 한 것처럼 수완의 행방은 묘연했다. 비를 맞으며 더러운 회벽에 엉망으로 기대서 울고 있던 수완의 얼굴이 문득 떠올랐다.

그때 그 밤처럼 인적이 드문 골목에서 혼자 울고 있으면 어쩌지. 사람을 이렇게 만들어놓고 떠나면 어쩌라고. 나보고 어쩌라고. 수완이 지금 어떤 얼굴을 하고 있는지 모르니 더 미칠 것만 같다. 부글부글 끓는 머리를 돌에 대고 찧고 싶었다. 아예 아무 생각이 안 나도록 터지게 하고 싶을 정도였다.

감정이라는 것이 머리카락처럼 조금씩 자라나고 있다. 이게 뭔가. 대체 이게 뭔가. 이런 게 감정이라면 알고 싶지 않다. 애매하고 모호한 것들뿐이다. 그런데도 돌처럼 굳어진 심장이 욱신욱신 쑤신다.

새벽이 되어서야 연준은 아파트로 돌아갔다. 주인을 잃은 수완의 텅 빈 침대에 누웠다. 베개를 마치 그녀처럼 껴안고 눈을 질끈 감았다. 그리고 팬티 속에 손을 넣었다. 그녀의 체취가 묻어나는 베개를 잡고서라도 섹스를 하고 싶은 밤이다. 젠장. 빌어먹을. 혼자 있다는 것이 더럽고 끔찍하게 고독하다.

"수완아……. 이수완."

정수는 그가 만든 가짜 감정에 취했다고 했다. 수완을 좋아하는 것이 아니라고도 했다. 네가 만든 감정이 너를 현혹했다고. 그래서 뭐 어쩌라고!

나는 그 가짜가, 진짜 같은데.

진짜가 되어버렸는데.

이젠 다른 건 안 되는데, 멈출 수가 없게 되었는데.

다른 건 몰라도 수완의 감정은 손에 잡힐 것처럼 또렷했다. 그녀가 화가 났는지 슬픈지, 이유는 몰라도 알 수는 있었다. 그거면 된 거 아닌가. 그거면.

다음 날, 출근하는 연준의 책상 위에 수완의 사직서가 놓여 있었다. 어두운 눈으로 사직서를 한참이나 들여다봤다. 하얀 봉투가 이상한 느낌을 안겨주었다. 헤어지자는 말, 끝이라는 말, 화가 나서 그냥 해본 말이 아니라는 것을 증명하고 있었다. 하룻밤 만에 마음을 깨끗이 정리하다니. 독한 여자다.

사무실 문을 열고 나가면 수완이 너무나도 가까이 있는데, 그 어떤 행동도 취할 수 없었다. 단순히 호기심으로 벌인 수완과의 동거. 내 계산이 틀리다니. 언제라도 이 연극을 중지시킬 수가 있다고 장담했건만……. 보기 좋게 틀렸다.

이따위 종이 한 장으로 끝내겠다?

연준은 사직서를 구겨 쓰레기통에 던졌다. 심란한 정신은 들개처럼 사나워졌다. 다른 건 아무것도 눈에 들어오지 않았다. 난폭해지는 신경을 누를 것이 필요했다. 어디서부터 잘못된 것일까. 다이어리를 보게 한 것이? 하지만 그녀는 보고 싶어 했다. 그래서 보라고 했다. 왜 그게 문제가 되는지. 이 사달을 만든 정수를 찾아 숨통을 끊어놓고 싶다.

유순한 인간으로 살려고 노력했다. 아버지가 원하는 아들로 평범하게. 그런데 수완을 만나 조금씩 틀어진 틈은 이젠 붙일 수 없을 정도가 되었다.

찬란 313

최선을 다했어.

나는!

내가 아니라, 이수완을 위해서.

하루라도 당신과 있으려고, 완벽하게 속이고 싶었다고.

그게 왜 잘못이라고 하는데!

고립된 섬에 갇힌 것 같다. 가슴을 뚫는 횡한 바람과 어두운 하늘만 보인다. 이게 외로움인가. 이런 감정, 느끼고 싶지 않아. 어둠에 쓸려 썩은 생선처럼 버려지는 기분이었다. 당신들이 말하는 감정이 이런 거라면 느끼고 싶지 않다고!

사람을 죽을 것처럼 만들잖아. 아무것도 할 수가 없어. 차라리 다 집어치우고 살던 대로 살고 싶었다. 죽을 때까지 수완을 다신 만나고 싶지 않았다. 회오리처럼 밀려오는 감정, 먼지가 된 것처럼 나약해진 적이 한 번도 없었다.

눈을 맞춰도 아무것도 읽을 수 없다. 수완의 얼굴은 무표정하다. 심장이 멈춰버린 것 같았다.

늦은 밤 수완은 아파트 문을 열고 허겁지겁 들어왔다. 다신 오지 않은 그의 집에 온 이유는 하나였다. 퇴근하고 병원을 갔는데 난희가 보이지 않았다. 어디가 아픈 건가 걱정이 앞서는 그녀에게 간호사는 병실을 옮겼다는 말만 해주었다. 예전에 그랬던 것처럼 연준은 제 마음대로 난희를 다른 병원으로 옮겨버렸다.

수완은 연준을 향해 소리쳤다.

"엄마 어디에 있어요?"

"잘 계세요."

무심한 대꾸에 수완은 눈물이 핑 돌았다. 그녀를 오게 하려고 연준은 난희를 이용했다. 그래놓고 아무런 양심의 가책도 느끼지 못하는 연준을 보자 두려웠다. 그래서일까. 조금은 무섭다는 생각이 들어 연준과 눈도 제대로 맞출 수가 없었다.

"그렇게 서 있지 말고 이리 와요. 저녁 먹어야죠."

"본부장님."

"이름 불러요. 벽 느껴지잖아."

연준은 수완이 좋아하는 봉골레 파스타를 만들고 있었다. 이 와중에 요리라니. 저 남자, 정말 사이코패스인가. 어떤 경우도 아픈 사람을 이용해선 안 되는 거였다. 수완은 끝이 갈라진 목소리로 물었다.

"엄마, 어디로 옮겼어요?"

"다 만들었어요. 먹고 얘기해요."

"본부장님!"

소리를 쳐도 연준은 태평하게 파스타를 접시에 옮겨 담았다. 와인까지 유리잔에 따른다. 연준은 식탁에 접시를 내려놓고 멍하니 서 있는 수완을 의자에 억지로 앉혔다.

"먹어요."

"……."

수완은 입을 다물고 연준을 노려봤다. 별 상관 없다는 듯이 그녀의 손에 포크를 쥐여주었다. 어쩜 이래요. 오늘 하루가 지옥이었는데, 당신은 이렇게 멀쩡할 수가 있어.

"만든 성의를 봐서 조금이라도 먹어요."

"정말 왜 이래요?"

"스파게티 좋아하잖아요."

"우린, 끝났어요."

냉랭하게 쏘아붙였지만 아무 소용이 없었다. 연준은 혼자서 파스타를 먹기 시작했다. 그런 그를 보며 조금씩 떨리던 몸이 굳어갔다.

아파트를 나와 밤새 거리를 길 잃은 개처럼 쏘다녔다. 연준이 가진 병명보다 자신을 속였다는 것이 더 화가 나 참을 수가 없었다. 내가 어떤 마음으로 지냈는데. 그가 엄마를 도와줄 때마다 들었던 수치심도 참고 견뎠는데. 그와의 사랑이 이룰 수 없는 꿈이라도 좋았다. 연준의 옆에 있다는 사실만으로도 행복했는데. 다 거짓이었다니.

지금도 모르겠다. 연준이 왜 자신에게 집착하는지. 정수의 다이어리에 적힌 내용처럼 재미난 장난감이어서? 잠시나마 한 생각에도 머리가 어지러워 주먹을 꾹 쥐었다.

<반사회적 인격장애. 공감능력 부족>

연준의 병명을 일하면서 틈틈이 검색해봤다. 감당할 수 없는 글들이 어마어마하게 쏟아졌다. 대부분이 범죄자에 대한 얘기였고 그녀를 안심시킬 수 있는 글은 단 한 줄도 없었다.

자극을 위해서라면 상대를 감쪽같이 속일 수 있는 능력이 대단하다는 글귀에서 저도 모르게 눈물이 뚝, 떨어졌다. 또다시 그 생각을 하자 심장이 발작하듯 뛰었다. 건조해진 입술은 금방이라도 갈라질 것처럼 따갑다.

"날 조금이라도 좋아했다면, 이러면 안 되는 거예요. 정말 다 거짓이었던 거예요?"

"아니라니까."

"아니면 말해줘요. 엄마 어디에 있는지."

"수완 씨가 당장 어머니에게 해줄 수 있는 게 뭐가 있죠?"

연준이 아픈 곳을 쿡 찔렀다. 수완의 눈이 붉게 충혈됐다.

"더는 도움 받을 수 없어요."

"정말 나하고 끝내겠다고?"

연준이 너무나 당당하게 물어와 수완은 잠시 할 말을 잃었다. 그는 여전히 모른다. 그가 그녀의 심장에 얼마나 커다란 구멍이 뚫릴 정도로 상실감을 주었는지.

"우리 둘 잘 알잖아요. 이대로 지낼 수 없다는 거."

"난 아무 상관 없어."

"좋겠어요. 나도 당신처럼 아무것도 느끼지 못했으면 좋겠어. 이렇게 괴로워하지도 않아도 되니까."

상처가 되는 말이라는 걸 뻔히 알면서도 내뱉었다. 허망하게도 연준은 아무런 반응이 없다.

"오늘은 또 어디서 잘 건데?"

"잘 곳은 많아요."

어젯밤 얼마나 돌아다녔는지 발바닥이 다 아팠다. 새벽이 다 되어서야 맨 먼저 보인 찜질방으로 들어갔다. 잠은 오지 않아 씻기만 하고 이른 출근을 했다.

"회사도 그만두겠다?"

"네."

"또다시 그 지옥 같은 삶을 살겠다고?"

수완은 힘없이 웃어 보였다. 연준을 떠난다는 말은 예전의 생활로 돌아간다는 의미였다. 하루하루 돈 걱정을 하며 빚 독촉 전화를 받겠지. 그것이 두려워 자신을 사랑하지 않는 남자의 곁에 머물 수는 없었다. 차라리 연준에게 아무 감정 없었더라면, 오로지 돈만 보는 관계였다면 모르겠지만.

"나하고 아무것도 하지 않아도 좋아. 투명인간 취급해도 좋으니까, 그냥 여기서 살아. 그것도 못 하겠다면 내가 나가죠."

"왜 이렇게까지 해요? 내가 뭔데?"

"그러게."

수완은 가슴이 저릿했다. 이번에야말로 연준이 처음으로 솔직하게 대답한 것 같다.

"연준 씨……. 나는."

수완은 울음이 터질 것 같아 이를 악물었다. 긴 한숨 끝에 지친 얼굴로 말을 이었다.

"서연준이 말을 하면, 누군가 내 귀에 대고 잔인하게 속삭여요. 그 남자 말을 의심하라고……. 너를 속이는 거라고. 이런 상태로 내가 당신 옆에 있길 바라나요?"

긴 침묵이 흘렀다.

"당신이 끝이라면 어쩔 수 없지."

한참 만에 연준의 딱딱한 목소리가 들렸다.

"가요. 여기까지가 이수완의 최선이라면."

수완은 아무 말도 하지 못했다.

"내가 그렇게 싫으면, 가라고."

"……."

"당신 어머닌 돌려줄 테니까."

수완은 이번에도 연준을 혼자 두고 아파트를 나섰다. 기분이 왜 이렇지. 그를 버린 기분이 들어서, 한 걸음 한 걸음 내딛는 발걸음이 무거웠다.

수완은 종일 방을 구하러 다녔다. 찜질방에서 지내는 것은 한계가 있었다. 쥐꼬리만 한 돈으로 구할 집이 있을까. 월급을 탔어도 다달이 빚을 갚느라 모아둔 돈은 그다지 많지 않았다.

찬밥 더운밥 따질 형편이 아니었다. 당장 오늘 밤 지낼 곳이 필요했다. 그나마 오래된 고시텔이 조금 싼값으로 나와 얻을 수 있었다. 복도 맨 끝. 사방이 벽으로 막힌 아주 작은 방. 방이 아닌 캄캄한 동굴 같았다. 일단 간단한 세면도구를 사서 놓고 저녁이 다 되어서야 요양병원으로 갔다.

엄마는 전에 있던 요양병원으로 다시 들어갔다. 한 방에 8명이 함께 생활하는 병실이었다. 이제 다시 엄마와 나, 단둘이 되었어. 환경이 안 좋게 바뀌어도 전혀 알아채지 못하는 엄마. 더 미안한 마음이 들어 수완은 다른 날보다 더 오래 난희 옆에 붙어 있었다.

다른 환자들도 있어 늦게까지 있을 수는 없었다. 밤 8시가 넘어서 병원을 나왔다. 버스에 올라탄 수완은 창문을 조금 열어젖혔다. 그사이 봄은 사라지고 초여름이 되었다.

시간은 속절없이 빠르게 흘렀다. 회사는 맡은 일이 있어 바로 그만둘 수가 없었다. 사직서를 내고 두 달을 더 다닌 다음에야 그만둘 수 있었다.

무슨 일이 있어도 악착같이 다니려 했던 회사도 알고 보니 연준이 손을 쓴 것이었다. 어쩐지 이상하다 했다. 아르바이트를 하느라 4학년 학점이 별로였다. 그 학점으로 대기업에 취직할 수 있었는지 의아했었다. 그런 사실까지 알고 계속 다닐 수는 없었다. 자신보다 더 빨리 회사를 그만둘 줄 몰랐던 민정이 어떻게 된 거냐고 물어도 달리 해줄 말이 없었다.

가끔 어떤 시선이 느껴져 고개를 들면 연준이 그녀를 보고 있었다. 차가운 눈으로. 눈이 마주쳤다고 생각했는데 연준은 그녀 곁을 무심히 지나쳐버린다. 그러면 한참을 움직이지 못하고 그대로 앉아 있어야 했다.

이별의 후유증은 생각보다 컸다. 그가 자신을 속였다는 것을 용서할 수 없는데, 어떤 날은 자신도 모르게 연준의 아파트로 가는 버스를 탄 적도 있었다.

'행운 따윈 오지 않았어.'

그 밤, 아파트에서 나오는데 그녀 등 뒤에 대고 연준이 했던 말이었다. 팔찌를 일부러 요란하게 흔들면서. 다시 달라고 할까. 그 빌미를 만들어 연준을 보러 갈까. 어리석은 생각을 하고 말았다. 회사를 그만두어 연준의 얼굴을 더는 볼 수 없었다.

마지막으로 출근했을 때, 연준은 출장 중이라 얼굴도 보지 못하고 나왔다. 꾸역꾸역 밀려오는 그리움 속에 몸이 깊게 잠긴다. 가슴이 터질 듯한 그리움이 이런 건가. 밉고 못된 남자가 왜 보고 싶은지. 멍청이가 따로 없다.

당신은, 나는. 우리는.

우리가 했던 건 뭘까.

사랑이 아니면 도대체 뭘까.

나만 했나 봐. 그 빌어먹을 사랑을…….

이제 당신을 놔야 하는데 쉽지 않아.

당신이 사준 구두를 버릴 수도 없어.

다시 다람쥐 쳇바퀴 도는 삶이 되었다.

아무 생각도 하고 싶지 않아 일부러 몸을 혹사했다. 다행히 일자리는 금방 구해졌다. 나름 성실하게 아르바이트를 했던 터라 그녀를 다시 받아주었다. 레스토랑 일을 마치고 나올 때였다. 민정이 반가운 얼굴로 손을 흔들고 있었다.

"어쩐 일이야? 여기까지."

"어쩐 일이긴. 너 보고 싶어서 왔지."

민정은 자연스럽게 수완의 팔에 팔짱을 꼈다.

"낭군님은 어쩌고?"

"출장 중. 나 오늘 한가한 여자야."

민정의 말에 수완은 웃음을 터트렸다. 초고속 열차를 타듯 결혼식까지 일사천리 진행한 민정은 다행히 입덧도 끝나고 달콤한 신혼을 즐기고 있었다.

"레스토랑에서 굶겨?"

"응?"

"일 부려먹고 밥도 안 주느냐고. 어떻게 얼굴이 더 까칠해졌어."

"잘 먹고 있어. 오늘도 두 그릇이나 먹었는걸."

수완은 얼굴을 매만졌다. 민정은 믿지 못하겠다는 표정을 지으며 웃었다.

"난 오늘만 여섯 끼."

"뭐?"

"입덧 끝나니까 세상 모든 음식이 맛있는 거 있지. 못 먹는 족발
도 먹었어."

"잘 먹으면 좋지. 아기한테도 좋고."

"그렇긴 하지만 벌써 몸무게가 6킬로그램이나 늘었어."

민정은 이제 제법 불러온 배를 만지며 미간을 살짝 구겼다.

"아기 낳으면 다 빠지잖아."

"빠져야지. 안 빠지면 큰일 나게."

둘은 수다를 떨며 거리를 걸었다. 둘 다 회사를 그만두었어도
일주일에 한 번은 꼭 만났다. 대부분 민정이 바쁜 수완을 찾아왔
다. 직장생활 하면서 얻은 행운이 있다면 민정이다.

"어머니는 잘 계시지?"

"응."

수완은 꺼내기 힘든 속내를 민정에게만은 털어놓았다. 막상 털
어놓으니 뭘 그렇게 망설였나 싶었다. 고맙게도 민정은 굳이 어설
픈 위로나, 안쓰러운 표정을 짓지 않았다.

"이거 예쁘다."

민정은 걷다가 어느 액세서리를 파는 가게 앞에 섰다. 유리창
너머 진열장에 보이는 액세서리는 모두 예뻐 두 사람의 눈길을 사
로잡았다. 수완은 민정을 이끌고 가게 안으로 들어갔다.

"하나 골라봐."

"뭘?"

"내가 사줄게."

"됐어."

"날마다 오는 기회 아니다. 나 오늘 탔거든."

수완은 빨리 골라보라며 민정을 재촉했다. 물속 보듯 수완은 사정을 뻔히 알았던 민정은 계속 미적거렸다.

"이 머리띠 어때?"

수완은 진열장 위에 놓인 것 중 제일 예쁜 머리띠를 민정에게 건넸다. 마음에 들었나 보다. 망설이던 민정은 거울을 보며 머리띠를 머리에 두르며 미소를 지었다.

"오, 예뻐. 예뻐!"

수완은 손뼉까지 쳤다. 민정은 요즘 머리가 부쩍 자라 신경 쓰였는데 잘되었다고 말했다. 수완은 들뜬 목소리를 낮추며 입을 뗐다.

"내가 늘 미안하고 고맙게 생각하는 거 알지?"

"뜬금없이."

"정말이야. 민정 씨한테 늘 고마워."

"왜 이래. 사람 쑥스럽게."

민정은 어색하게 웃으며 눈가를 훔쳤다.

"임신하면 있지. 괜한 것에도 눈물이 나와. 하루에도 감정 기복이 열 번도 더 바뀌거든."

"진짜 그런가 보네."

수완은 붉게 충혈된 민정의 눈을 바라봤다. 더 눈물이 난다며 민정은 그렇게 보지 말라고 했다. 계산을 마치고 둘은 가게를 나왔다. 민정의 머리엔 진주알이 촘촘히 박힌 머리띠가 예쁘게 빛났다.

"참, 이거."

민정은 갑자기 만날 때부터 손에 들고 있던 쇼핑백을 불쑥 건넸다.

"식후 30분마다 먹어."

"……."

"효과는 보장 못 하는데 안 먹는 것보다 좋겠지. 기력 회복, 면역력 향상에 좋대."

민정이 수완에게 건넨 건 영양제였다.

"알고 봤더니 우리 시댁이 약 신봉자더라고. 어머니가 약사라서 그런가. 무슨 약이 그렇게 많은지. 내가 아침마다 영양제 챙겨 먹다가 죽겠다니까."

"난 괜찮아."

"그놈에 괜찮다는 소리 안 할 수 없어? 우리 집에 이런 영양제, 먼지처럼 굴러다녀. 어디 버릴 수도 없고 그냥 남는 거 주는 거라고."

마음의 부담을 갖지 말라고 일부러 저렇게 말하는 것을 잘 안다. 그렇지만 쇼핑백엔 영양제가 한가득 들어 있었다. 몇 년을 먹고도 남을 것 같다.

"먹고 힘내서 돈 많이 벌어야지. 안 그래?"

"고마워. 잘 먹을게."

"그렇게 순순히 받으니까 얼마나 예뻐."

전생에 민정은 자신의 언니나 엄마 아니었을까. 어째서 자신을 이렇게까지 챙겨주는지 모르겠다. 한 시간 남짓 수다를 나누는 것으로 만남은 끝났다. 수완은 민정이 택시를 타고 떠나는 것을 보고 정류장으로 걸어갔다.

언제쯤 아무렇지 않을 수 있을까.

오늘따라 문득 좁디좁은 고시텔이 무인도처럼 느껴져 외로웠다. 변한 건 없는데. 과거로 돌아온 것뿐인데. 어차피 혼자였었는데. 아직도 연준을 못 잊은 자신이 너무나 한심해서 눈물이 날 것 같았다.

"이럴 땐 빨래가 최고지."

잡념을 없애려고 미뤄뒀던 빨랫감을 들고 공동 세탁실로 갔다. 30분 넘게 빨래를 하고 다시 방으로 들어왔다. 이젠 뭘 하지. 11시가 넘어가는데 잠은 오지 않았다. 일단 씻자. 평소처럼 수건과 세면도구를 챙기려는데 치약이 똑 떨어졌다. 얼마나 돌돌 말아 마지막까지 짜냈는지 가위로 잘라 보아도 나오지 않았다.

오늘 하루만 그냥 잘까. 그러기엔 입이 텁텁했다. 결국 대충 운동화를 신고 고시텔을 나섰다.

후미진 골목에 고시텔이 있어 편의점까지는 조금 걸어야 했다. 주위가 조금 어두워 괜히 발걸음이 빨라졌다. 저만치 편의점 불빛이 보였다. 한순간 바람에 세게 불었다. 머리칼이 헝클어질 정도였다. 헝클어진 머리칼을 정리하고 다시 걸으려는데 무언가가 평소와 다른 공기 흐름이 느껴졌다.

어슴푸레한 어둠 속에서 꼼짝 않고 있는 남자. 수완도 덩달아 움직일 수가 없었다. 이윽고 심장이 더 이상 견딜 수 없이 뛰었다.

"오랜만이에요."

연준이 먼저 입을 열었다. 그러게, 오랜만이다. 몇 달 만이지. 두 달 만인가. 그가 여길 찾아올 거라곤 상상도 하지 않았다. 숨을 삼킨 채 내쉴 수 없을 정도로 당혹스러웠다.

"어떻게, 알고 왔어요?"

"당신이 여기에 있으니까."

연준은 무덤덤하게 답했다. 내가 싫으면 가라고 차갑게 말했던 남자의 입에서 나온 대답이라곤 믿어지지 않았다.

"이따금 내 생각 했어요?"

어쩌면, 조금은, 보고 싶었다고 해야 하나.

연준을 막상 보니 화도 나지 않았다.

"난 많이 보고 싶었는데."

거짓말.

"봤으니, 가요."

저도 모르게 주먹을 꽉 쥐고 있었다.

"이대로 갈 거면 오지도 않았죠."

"무슨 얘기요? 나 또 속이려고?"

"아직도 화가 나 있네."

연준은 마치 그녀를 투정하는 아이처럼 대했다. 둘 사이엔 엄청난 일이 벌어졌고 헤어졌음을 자각하지 못하는 건가. 잠깐 남자 친구한테 삐친 여자 친구를 달래러 온 듯한 행동처럼 보였다.

"타요."

연준은 그녀의 말을 전혀 듣지 않았다. 제가 하고 싶은 대로 행동했다. 어떻게 해야 하지. 갑자기 두 달 만에 나타난 남자. 이대로 그를 무시하고 고시텔로 간다면 아마도 쉽사리 잠들지 못할 것이다. 잠깐의 고민도 잠시 수완은 망설임 없이 그의 차에 올라탔다.

이렇게라도 그나마 남은 미련을 털어낼 수 있다면.

어디로 가는지 묻지도 않는다. 자동차는 서울의 도심을 정처 없이 달렸다. 대립하듯 둘은 한마디도 나누지 않았다. 어색해진 공기 때문일까. 시간의 흐름도, 방향도 없어진 것만 같다. 자동차는 계속 달렸다. 얼마쯤 갔을까.

현란한 불빛이 눈길을 끌었다. 연준은 자동차를 잠시 멈추었다. 반포대교였다. 달빛 무지개 분수가 밤을 아름답게 수놓았다. 저 멀리 63빌딩과 남산타워가 보였다. 세빛섬의 야경은 눈이 황홀하도록 아름다웠다.

자전거를 타며 여름밤을 즐기는 연인들, 연을 날리는 꼬마, 강아지 산책을 시키는 노부부. 평화롭기 그지없는 풍경이었다.

"내려요."

먼저 내린 연준은 무지개 분수가 잘 보이는 곳으로 걸어갔다. 치킨 냄새가 코를 훅 찔렀다. 몇몇 사람들이 무지개 분수를 보며 치킨과 컵라면을 먹고 있었다. 음식물 냄새가 별로라 연준은 조금 떨어진 곳에 자리를 잡았다. 차가운 돌계단에 앉아 수완을 기다렸다.

쏴아악.

바람이 불었다. 앞 머리칼이 신경질적으로 흩날렸다. 시선은 묵묵히 아름다운 무지갯빛 물줄기를 향했다. 그러나 온 신경은 귀로 몰린 듯하다. 수완이 언제 올까 싶어 숨을 죽이고 모든 소리에 귀를 기울였다.

오래오래 한강만 봤다. 분수 쇼가 잠시 쉬웠을 때 등 뒤에서 발소리가 들렸다. 많이 망설이는 발걸음. 수완은 그의 곁에 도착하고 나서도 한참을 서 있었다.

"앉아요. 아무 짓도 안 할 테니."

연준은 우두커니 서 있는 수완을 올려다봤다. 그렇게 속았으면서 또 속네. 순진하게도. 어깨를 한번 으쓱인 수완은 차가운 돌계단에 앉았다. 수완은 그를 보지 않고 한강만 바라봤다. 아름다운 물줄기도 눈에 들어오지 않은 것처럼 보였다.

연준은 다짜고짜 물었다.

"얼마나 더 기다려야 해요?"

"한 달? 아니면 두 달? 일 년쯤 기다리면 돌아올 건가?"

"……."

"왜 아무 말도 않죠?"

"……."

"수완아."

연준은 피가 바짝 말랐다. 다신 볼 필요가 없을 줄 알았다. 그녀 없이도 잘 살아갈 거라고 확신했으니까. 매달려도 계속 헤어지자고 고집하는 태도에 짜증도 났었다. 그렇게 싫다는데, 자신을 괴물처럼 보는 여자를 더는 붙잡을 수가 없었다.

이수완을 안 보고 사는 시간의 한계는 딱 두 달. 수완이 사는 고시텔 주위를 보름 전부터 빙빙 돌았다. 이 무슨 한심한 짓인가 싶었다.

한 가지 생각밖에 못했다. 수완과 이대로 끝이 아니었으면 하는 마음. 하루에도 수십 번 터져버릴 것 같은 열기가 끝내는 자신을 먹어 치워버릴 것 같았다. 이 날뛰는 광기를 잠재울 사람은 단 한 사람, 이수완뿐이었다.

"당신이 이러면, 정말 어찌할 바를 모르겠어."

"……"

"욕이라도 좋으니까 뭐라고 말 좀 해봐. 이수완 침묵은 날 두렵게 만들어. 날 미치게 하려는 게 아니라면, 말 좀 해."

연준의 언성이 높아졌다. 조금 놀란 수완은 나직하게 한숨을 뱉으며 입을 열었다.

"왜 돌아갈 거라고 확신해요?"

"내가 기다리니까."

연준은 당연하다는 투로 말했다. 수완은 눈을 내리뜨며 고개를 느리게 저었다. 그를 이해할 수 없다는 뜻으로.

"연준 씨."

"말해."

"한 가지 물어보고 싶은 게 있어요."

수완은 등을 꼿꼿하게 세우고 그를 바라봤다. 잔뜩 힘을 주며 움켜쥔 주먹이 드러내는 감정은 또렷하게 읽혔다. 제 감정은 암흑이라 잘 보이지 않는데, 수완의 감정은 무서울 정도로 알아버렸다. 이제부터 하는 말은 진심이니 받아들이라는 뜻이다.

"우리가 다시 만나면 행복할 것 같아요?"

"적어도 난 행복하겠지."

강바람에 수완의 눈동자가 일렁거렸다.

"아직도 못 잊었느냐고 물으면, 솔직하게 말하죠. 그렇다고. 당신을 여전히 좋아한다고. 이렇게 나오면 흔들린다고도……. 그렇지만 다시 만날 생각은 없어요."

그믐달이 예쁜 밤에, 수완은 차갑다 못해 시린 말을 던졌다.

"당신을 떠나고도 계속 생각했어요. 날 좋아한다는 말, 그게 거짓일 리 없다고. 난 그 남자의 장난감이 아니었을 거라고. 눈을 딱 감고 다시 한 번 믿어볼까. 정말 진짜 같았었는데……. 그렇게 미련을 떨었죠. 아직도 서연준을 좋아하니까."

수완은 희미하게 웃으며 계속 말을 이었다.

"그렇지만 우린 끝났어요. 의심병이 생긴 여자처럼 당신이 말을 하면 진짜일까, 가짜일까 골치가 아프게 머리를 굴리고 싶지 않아요. 서연준이 이제 진심을 말해도 난 믿을 수 없게 되었다고요."

연준의 목울대가 울렁거렸다. 무슨 말인가 하려는 듯 입술이 살짝 열렸지만 끝내 아무런 말은 나오지 않았다.

"모든 걸 줄 것처럼 믿게 해놓고, 어느 날 갑자기 또 이유 없이 싫어졌다고 하면, 난 어떻게 해야 해요?"

연준은 눈을 가늘게 좁혔다. 그녀가 뭘 두려워하는지 이제 알았다. 거짓이라도 좋지만, 그가 거짓마저 없애고 떠날까 두려워하고 있었다.

"변할 리 없어. 이수완을 내가 왜 싫어해?"

연준은 심장이 쩍 갈라지는 고통을 느꼈다. 그가 무슨 말을 해도 수완은 믿지 않겠다는 눈빛이었기에. 지나치게 무표정한 그녀의 얼굴. 한 뼘 거리를 두고 수완을 보고 있는데 그녀와 단절된 섬뜩한 기분에 시달렸다.

꼭지가 돌기 직전이다. 평범한 사람처럼 느낀 감정을 표현하고 싶다는 생각이 처음 들었다. 백 년이 흘러도 질리거나 싫어지지 않을 거라고 말하고 싶었다. 그러나 그 마음을 수완이 믿을 수 있게 증명할 방법은 불행히도 없다. 두 사람 주위로 강가의 서늘하고 비릿한 공기만이 부유했다.

"그래도 기다릴게."

"연준 씨!"

수완의 눈동자에 실핏줄이 섰다. 연준은 짧은 순간 수만 가지의 사념이 머릿속에 얽혔다. 마음이 고장 난 자신. 이렇게 생겨먹은 인간인데, 대체 무엇으로 그녀를 믿게 할 수 있을까. 수완을 놓칠 수 없다는 절박함만이 남았다. 다른 건 다 필요 없다. 그녀를 잡을 수 있다면, 지푸라기도 잡아야 했다. 기다리는 것. 이게 유일한 방법이었다.

"이제까지 내가 한 말 뭐로 들었어요."

수완은 떨리는 입술과 흔들리는 눈빛으로 진심으로 말했다. 정말 당신과 헤어지고 싶다고.

"나도 상처받아. 나도 인간이니까. 당신이 이러면 아무리 감정이 없는 나라도 상처받는다고. 그만 밀어내."

수완은 그를 보고 싶지 않은지 잔뜩 웅크린 채 양손으로 얼굴을 감쌌다. 그를 밀어내며 서서히 마음의 문이 닫히는 소리가 들리는 듯하다. 묵직한 통증이 가슴을 짓눌러 명치끝이 아렸다.

"내 눈에는 이수완이 무얼 생각하는지 너무 잘 보여."

수완은 모를 것이다. 그가 밤마다 알 수 없는 감정과 싸우느라 진이 다 빠진다는 걸. 뭐라고 불러야 할지 모르는 감정은 그를 밤마다 잠들지 못하게 했다.

수완이 떠나고 처음에는 잘 지냈다. 그러나 어느 날부터인가 뜬

찬란 331

눈으로 지새우는 날이 늘어났다. 무작정 새벽에 뛰쳐나간 적도 있었다. 갈 곳은 한 곳밖에 없었다. 그는 어두운 가로등 아래 서서 하나씩 점멸하는 허름한 고시텔의 불빛들을 바라봤다.

수완에게 묻고 싶다. 지금 자신이 느끼는 감정을 정확히 말할 수 있는지. 그게 가능한지. 이제까지 모든 것은 정확했다. 그의 존재를 아예 무시했던 어머니, 아들이 이상하다고 믿고 세상 밖으로 내놓지 않았던 아버지. 자신이 뭔가 대단한 것을 해주고 있다고 착각하며 친구라는 이름으로 칼을 휘둘렀던 정수.

그들은 한목소리로 떠들었다. 네가 이상한 거라고. 아무것도 하지 않은 나를 두고 냉정하고, 차갑고, 인간미 없다고 몰아붙였다. 나쁜 행동을 하지 않아도 이유 없이 공격을 받아야 했다. 그들의 말이 맞을지도 모른다. 분노가 없는 자신이 이상한 것일지도.

자신을 이렇게 만든 새라도 원망하지 않았다. 어릴 적 어두운 방 안에서 새라가 문을 열어줄 때까지 기다렸다. 그때부터였다. 어린 그는 부모의 사랑 대신 침묵을 먹고 자랐다.

'가만있어.'

가만히 있는 것이 참을 수 없이 지루할 때면, 숨을 참는 연습도 했다. 1분을 참고 3분, 그리고 5분 넘게 참다가 얼굴이 빨갛게 달아올라 죽을 것처럼 컥컥댔다. 이렇게라도 시간이 조금 더 빨리 가게 하고 싶었다. 이로 손톱을 잘근잘근 깨물기도 했다. 나중엔 살점까지 뜯어 피가 나기도 했다.

하루가 십 년씩 흐르길 바랐다. 눈을 떴을 때 십 년씩 늙어 있었으면. 그러면 열 밤이면 충분했다. 존재하지 않았던 것처럼 세상에서 사라질 수 있을 테니까.

새라는 왜 그렇게 되었을까 궁금해서 찾아봤다. 산후우울증이란다. 그녀는 병에 걸려 아픈 것이다. 환자인 새라를 이해하기로 했다. 그렇지만 새라와 이대로 살다간 머지않아 자신을 죽일지도 모른다는 확신이 들었다.

그렇다면 방법은 하나. 둘 중 한 사람은 집에서 떠나야 했다. 그날도 새라는 병호에게 이혼을 요구하며 소리를 질렀다. 계단에 서서 악을 쓰는 새라의 뒷모습을 물끄러미 바라봤다. 어떤 생각을 가지고 한 행동은 아니었다. 그를 보며 없어지라고 소리를 지르는 새라를 무심코 계단에서 밀었다.

새라는 팔이 부러졌다. 병호는 그를 정신과로 데려갔다.

'연준아, 아빠 말 잘 들어. 네가 원하는 건 뭐든 들어줄 테니까 사람들에게 최대한 친절하게 굴어. 그게 안 되면 차라리 아무것도 하지 마. 그럼 우린 평화롭게 살 수 있어.'

그건 어렵지 않았다. 머리가 하얗게 탈색될 정도로 생각이라는 걸 하지 않으면 되었다. 그때 말하는 병호의 얼굴은 무척 우울하고 외로워 보여 알았다고 했다. 그래도 병호는 아들인 그를 선택했고, 이혼한 새라는 팔이 다 낫기도 전에 한국을 떠났다.

아무것도 하지 않고 대체로 평화롭게 살아온 29년의 삶이 흔들리기 시작했다. 이수완 때문에. 그녀를 보고 있으면 다른 인격이 나왔다. 그가 미처 알지 못하는 원시적인 감정에 허덕였다. 왜 이렇게 이수완에게 집착할까. 답이 나오지 않는 의문이 머릿속을 뱅뱅 돌았다. 모호하고 애매한 감정과 숨바꼭질을 하는 것 같다. 아주 악질적인 놀이다.

"내가 기다리는 거 하나는 잘해. 계속 기다릴게."

그를 믿지 못하는 수완을 이해한다. 나는 오만했고 자만했다. 이 수완을 완벽히 속일 수 있다고. 지금, 그 벌을 톡톡히 받고 있다. 안고 싶은데, 이건 계산이 아니라고 말하면 받아줄까. 참고 참다가 도저히 참을 수 없어서 너한테 왔다고 하면 가엾이 여겨줄까.

"그것도 안 된다면, 날 보면 도망쳐. 온 힘을 다해. 다시 만나면, 절대 놔주지 않을 테니까."

수완은 아무 말도 않고 떠났다. 쓸쓸한 고독이 밀려오는 밤에 연준은 혼자가 되었다.

다시 어두운 방 안이다. 이번엔 스스로 어두운 방 안으로 들어갔다. 숨을 얼마나 참고 기다려야 시간이 빨리 흐를까. 시간이 흐르면 이 타는 마음도 저절로 식을까. 수완은 그 방문을 열어줄까?

11. 이별

　수완은 슈퍼에서 산 수박을 들고 가게로 들어갔다. 손님에게 옷을 팔고 있던 민정이 반가운 눈빛을 보냈다. 수완은 영업에 방해되지 않게 구석 쪽으로 걸어갔다. 손님은 몇 벌의 옷을 더 입어보더니 보라색 원피스와 에코백을 하나 사서 나갔다. 민정은 손님에게 받은 현금을 부채처럼 펼치며 웃어 보였다.

　"장사 잘된다."

　수완은 말했다. 민정은 의기양양한 미소를 입가에 머금었다.

　"나도 내가 이렇게 장사 수완이 좋은지 몰랐어. 수완이 널 만나서 수완이 좋아졌나."

　"뭐야. 재미없어."

　힙합 가수 흉내를 내는 민정을 보며 수완은 크게 웃었다. 바쁜 시간이 지나가고 조금은 한가로워졌다. 민정은 수완이 사 온 수박을 보며 말했다.

"수박 사 왔네?"

"냉장고에 있는 거 사 와서 시원해. 먹을래?"

"응. 그러잖아도 배가 고팠는데 잘됐다."

"점심 안 먹었어?"

"먹었지. 요새 식욕이 너무 왕성해져서 큰일이라니까."

수완은 민정의 말을 들으며 수박을 먹기 좋게 잘랐다. 민정은 아기를 낳고 1년을 쉬더니 갑작스럽게 옷가게를 차렸다. 초반에는 손님이 없어 월세를 까먹기 일쑤였다. 그렇다고 좌절하진 않았다. 원래부터 패션 쪽에 관심이 많았던 터라 독특한 옷을 가져다놓으니 점점 입소문을 타고 손님이 늘어났다. 참으로 다행스럽게도 1년 만에 가게는 자리를 잡았다. 가게 외벽은 짙은 에메랄드빛으로 페인트칠해서 눈에도 잘 띄었다.

"달다."

민정은 수완이 잘라놓은 수박을 맛있게 먹었다. 수완도 남은 수박을 작은 냉장고에 넣고 옆에 앉아 수박을 먹었다. 빨갛게 익은 수박을 한입 베어 물자 더운 열기가 싹 가시며 시원했다. 딱히 대화를 나누지 않아도 둘은 서로 마주 보며 수박을 먹는 것만으로도 즐거웠다.

"영은이 보고 싶다."

영은은 민정의 딸이었다. 눈처럼 하얀 얼굴. 까만 눈과 까만 머리카락. 인형처럼 생겨 얼마나 예쁜지 모른다. 그리고 수완이 안아주기만 하면 방긋방긋 웃기도 잘했다. 일주일 전에 봤는데 벌써 눈앞에 아른거린다.

"언제 한번 데려올게."

"더운데 영은이 힘들게 뭐하러 데리고 와."

"보고 싶다며."

"말이 그렇다는 거지."

"애가 좋아지면 결혼할 때가 된 거라던데. 아직도 남자 없어?"

민정은 수완의 얼굴만 보면 은근슬쩍 결혼 애기를 꺼냈다.

"이대로도 좋아."

"혼자도 나쁠 건 없지. 하지만 연애는 하고 살아."

"딱히 생각 없어."

"왜?"

"그냥 관심이 없어."

수완은 수박을 먹으며 대수롭지 않게 말했다. 가슴을 후벼 파는 사랑은 한 번이면 충분했다. 그것이 거짓이었다 해도.

"그 사람 직장에 꽤 괜찮은 남자 많대. 어떻게 내가 다리 놔줄까?"

"됐다니까."

"좀 있으면 너도 서른이야. 꽃 같은 이십 대를 솔로로 보내고 싶어?"

오늘은 무슨 일이 있어도 끝장을 보겠다는 각오가 민정의 얼굴에 서렸다.

"어머니도 너 이렇게 궁상맞게 혼자 지내는 거 안 좋아하실 거야. 저번에 병원 가서 찾아뵈니까 그러시더라. 민정아, 저 답답한 수완이 남자 좀 소개해주라고."

"말도 안 돼."

"진짜야. 나보고 그러셨다니까. 어머니가 네 걱정을 얼마나 하시는지 몰라. 하나밖에 없는 딸, 처녀귀신 될까 봐."

수완은 웃음을 터트릴 수밖에 없었다. 민정은 결혼생활이 무척이나 행복한 모양이었다. 회사를 나오고 2년이 되어가도록 혼자인 그녀가 안쓰러워 틈만 나면 남자를 소개해준다고 난리였다.

"알았어. 생각은 해볼게."

"생각은 무슨. 다음 날 너 쉬는 날로 잡아놓는다."

우물가에서 숭늉 찾을 민정이었다. 바로 남편인 석진한테 문자까지 보냈다. 어이가 없어 수완은 고개만 저었다. 수완은 민정의 옷가게에서 얼마 떨어지지 않은 서점에서 일하고 있었다.

책과 커피를 함께 즐길 수 있고 감성적인 문구류도 함께 파는 곳이었다. 늘 손님으로 북적거려 하루가 어떻게 지나가는지 모를 정도로 바빴다. 오늘은 쉬는 날이라 엄마가 있는 병원에 갔다가 민정의 가게에 들렀다.

"이왕 왔으니 옷이나 입어보자."

"옷은 무슨."

"거절은 거절이거든."

아직 한 달이나 남았건만 민정은 혼자 신이 났다. 첫인상이 중요하다며 가게에 디스플레이 된 옷들을 이리저리 뒤지기 시작했다. 그중 시원해 보이는 푸른색 원피스를 하나 꺼냈다.

"수완아, 이거 한번 입어봐."

"꼭 이렇게까지 해야 해?"

"언니가 입으라고 하면 좀 입어."

"내가 너 때문에 못 살겠다."

민정은 한숨을 쉬는 수완의 등을 탈의실로 확 밀었다. 동시에 푸른빛이 도는 원피스를 넣어주었다.

"안 입으면 못 나온다."

민정이 소리쳤다.

"이러면 다음부터 가게 안 온다."

수완은 더 크게 소리쳤다.

"갈아입기나 해."

버텨봤자 소용없었다. 수완은 옷을 벗고 민정이 건넨 원피스로 갈아입었다. 맨살에 사르르 감기는 천의 느낌은 구름처럼 부드럽다. 푸른빛이라 바다에 온 기분까지 들었다. 원피스로 갈아입고 탈의실을 나갔다.

"오, 이수완 미모 죽지 않았어."

민정은 손뼉을 치며 호들갑을 떨었다. 전신 거울 앞에 선 수완은 제 모습이 조금은 낯설어 어색했다.

"어때? 네가 봐도 예쁘지?"

민정은 하나로 묶은 수완의 머리까지 풀어 헤쳤다. 숱 많은 머리칼이 구불구불 어깨로 흘러내렸다.

"내가 좀 예쁘지."

"알면 앞으로 꾸미고 좀 다녀."

수완이 어깨를 으쓱이며 머리칼을 귀 뒤로 넘겼다. 민정은 인형놀이 하는 소녀처럼 즐거워 보였다. 말하지 않아도 안다는 것은 그만큼 서로를 잘 이해한다는 뜻. 괜찮다는 말은 새빨간 거짓말. 서점, 집, 그리고 병원. 수완의 행동반경은 좁디좁았다. 그녀가 어디 가자고 하지 않으면 아예 어딜 갈 생각을 하지 않았다.

"이 원피스에 운동화는 모독이거든?"

운동화를 신으려는 수완의 다리를 민정은 가볍게 탁 때렸다. 수완은 졌다는 얼굴로 바닥에 있는 샌들을 신었다.

"내가 널 어떻게 이겨."

"남자 만나러 갈 때 꼭 입어. 알았지?"

"알았어."

수완은 고개를 끄덕였다. 기어이 수완에게 남자를 소개해줄 수 있게 되자 민정은 십 년 묵은 체증이 내려간 듯 표정이 가벼워졌다.

"이제 어디 갈 거야?"

"저녁에 비빔국수 먹고 싶다며. 시장 들렀다가 집에 가서 해 올게."

"이렇게 입고 시장이나 간다고?"

"응."

어이가 없었나 보다. 민정의 입술에서 허탈한 웃음이 새어 나왔다.

"남자는 못 만나더라도 바람이라도 쐬고 들어가. 이렇게 입은 거 아깝잖아."

대꾸할 틈이 없었다. 두 명의 손님이 들어왔다. 친구로 보이는 둘은 단골인지 민정을 언니라고 불렀다. 수완은 그만 가보겠다는 눈짓을 보냈다. 가게에 남아서 도와주고 싶지만, 방해만 될 뿐이었다.

가게를 나온 수완은 집 앞에 있는 시장으로 향했다. 민정이 좋아하는 비빔국수를 만들려면 부지런히 준비를 떨어야 했다. 열무 김치는 사야 했다. 제법 맛이 좋아 종종 사 먹는 반찬가게에 들러 열무김치를 샀다. 슈퍼에서는 소면과 우유를 샀다. 민정이 좋아하는 김치전도 부쳐 가야겠다. 밀가루까지 사서 시장을 나온 수완은 원룸을 향해 터벅터벅 걸었다.

더운 바람이 얼굴을 감쌌다. 2년 동안 열심히 모은 돈으로 작은 원룸을 얻었다. 고시텔에 비하면 천국이었다. 다만 여름에 엘리베이터가 없어 5층까지 걸어 올라가면 숨이 차 헉헉거렸다.

원룸에 도착한 수완은 냉장고에서 보리차부터 꺼내 마셨다. 타는 듯한 갈증이 시원하게 싹 내려갔다. 민정이 준 원피스는 제일 잘 보이는 곳에 고이 걸어놓았다. 그러다 문득 방의 한쪽 구석에 버려두듯 놓인 퍼즐 상자에 눈이 갔다.

이걸 왜 사 왔지. 서점에서 일하다 보니 할인 행사하는 퍼즐을 무심코 사 왔다. 300피스밖에 되지 않는데, 아직 한 줄도 제대로 맞추지 못했다.

수완은 방바닥에 쪼그리고 앉았다. 그러곤 퍼즐 상자를 열어 색깔별로 조각을 골라냈다. 어쩌다 보니 눈에 레이저가 나올 정도로 집중했다. 국수를 삶으려고 가스레인지에 냄비를 올려놓은 것도 잊고, 퍼즐을 맞추기 시작했다. 토끼의 괘종시계가 맞춰졌다. 냄비가 타는 소리에 수완은 그제야 퍼즐 맞추는 걸 멈출 수 있었다.

하루 쉬고 출근한 다음 날, 수완은 더 바쁘게 서점을 돌아다녔다. 오늘은 신간이 들어오는 날이었다. 여름 시즌을 맞춰 잡지사가

찬란 341

내놓은 이벤트 선물들이 다양해 찾는 손님들이 많았다. 인기 많은 잡지는 빠지는 속도가 빨랐다. 수완은 몇 부 더 잡지를 판매대에 배치했다.

"수완 씨."

"네."

"점심 먹고 와."

교대로 점심을 먹었다. 먼저 먹고 온 현숙이 수완을 보며 말했다.

"저번처럼 시간 다 되어서 들어오지 말고, 빨리빨리 좀 먹어. 오늘 특히 바쁜 날이니까."

"알겠습니다."

"잡지는 정리 다 했지?"

"네."

"참고서는?"

"다 정리했어요."

"아까 보니까 손님들이 뭐 찾던데?"

"북콘서트 언제 열리는지 물어서 말해줬어요."

"그래?"

현숙이 새침하게 되물었다. 더 묻는 말이 없는 것 같아 수완은 가늘게 한숨을 토했다. 어느 직장이든 좋은 상사를 만나는 건 복이었다. 현숙은 아무런 이유 없이 그녀에게 날을 세웠다. 어떨 땐 엄청난 히스테릭한 행동을 하기도 했다. 그렇다고 못 견딜 정도는 아니었다. 괜히 트집을 잡고 뒤통수가 따갑도록 노려보는 일이 전부였으니까. 다른 여직원들이 말하길 새로운 여직원이 들어올 때마다 치르는 행사라고 했다. 견디지 못하고 나가는 여직원도 있었다.

현숙은 그녀가 나가길 원하는지도 모른다. 하지만 아무리 못 살게 굴어봐라. 그 정도로 나가나. 질투인지 시샘인지 모를 갈굼에 상처를 입을 만큼 연약하지 않았다. 많은 일이 있었고 앞으로 더 많은 일을 헤쳐 나가야 하기에 수완은 더 단단해졌다.

"점심 먹고 올게요."

"빨리 먹고 와."

현숙이 등 뒤에 대고 또 한 번 말했다. 수완은 피식 웃으며 고개를 저었다. 먹기도 전에 체할 것 같아서.

"어?"

"어!"

앞에 선 남자를 보는 수완의 두 눈이 휘둥그레졌다. 남자는 환하게 웃으며 수완을 향해 반가움의 손짓을 보냈다.

"수완 씨, 여기서 일해?"

"대리님……."

아프리카로 발령이 났던 박 대리를 서점에서 만나다니.

"한국에 언제 돌아오신 거예요?"

"한 달 전에. 잘 있었지?"

"네. 대리님은요?"

"나야 잘 지냈지."

"얼굴 많이 타셨네요."

그 말에 박 대리는 사자랑 놀다 보니 그렇게 됐다며 농담을 했다. 사람이 많이 달라졌다. 늘 신경질적으로 구겨졌던 미간의 주름도 없어졌다. 처음엔 아프리카로 발령된 것이 너무 힘들었는데 막상 한국으로 돌아오니 아프리카 초원이 그립다고 말했다.

"한국에 왔더니 상규 씨만 남아 있어서 놀랐잖아. 어떻게 다 그만두었어? 민정 씨도 정수 씨도."

"그렇게 되었어요."

수완은 어색한 미소를 지어 보였다.

"난 거래처 갔다가 잠시 시간이 나서 들른 건데 수완 씨를 보게 될 줄 몰랐네."

"저도 대리님 보니 반갑네요."

"나도."

"뭐 사셨어요?"

수완은 박 대리 손에 들린 책을 바라봤다. 그는 책을 보여주며 말했다.

"서점에 몇 년 만에 오는 건지 모르겠다. 맨날 인터넷으로만 주문해서 올 일이 없었는데. 오늘 어쩐 일로 서점에 오고 싶더라니. 수완 씨 만나려고 했나 봐."

회사 다닐 땐 매일 구박만 하더니, 이렇게나 반가워하다니. 잠시 이어진 대화가 끊겼다. 원래부터 박 대리는 말수가 적었다. 뭔가 더 말을 해야 할 것 같은데.

"회사는 여전히 바쁘죠?"

"바쁘지. 그런데 요즘은 죽을 맛이야."

"왜요?"

"왜겠어. 그게 다 서연준 본부장님 때문이지."

박 대리는 미간을 살짝 구겼다. 누군가에게 연준의 소식을 듣는 건 오랜만이라 수완은 저도 모르게 손에 힘이 들어갔다.

"사람이 변해도 너무 변했어."

"……."

"좋게 변했는데 뭐라고 해야 하나……."

박 대리가 말끝을 흐리자 수완은 입이 바짝 말랐다. 좀 더 그의 얘기를 듣고 싶어서.

"일만 해."

"네?"

"일만 한다고. 그것도 죽기 살기로. 수완 씨 그거 모르지? 작년에 우리 회사 매출 1등 찍었잖아."

박 대리는 어깨를 가볍게 으쓱였다. 뭔가 더 말하려는데 휴대폰이 울렸다. 그는 재킷 속주머니에서 휴대폰을 꺼냈다.

"잠깐만."

수완에게 미안한 눈빛을 보낸 박 대리는 액정에 뜬 이름을 확인하더니 바로 얼굴이 딱딱하게 굳어졌다.

"네, 본부장님. 지금 들어가는 중입니다. 네, 알겠습니다."

통화는 1분도 안 되어 끝났다.

"가봐야겠다. 서연준 본부장님이 찾으시네."

"얼른 가보세요."

"다음에 제대로 얼굴 보자."

박 대리는 빠른 걸음으로 서점을 빠져나갔다. 수완은 한동안 멍하니 서 있었다. 잘 지내고 있구나. 다행이다. 그런데 이 마음은 뭐지. 연준의 얘기를 더 듣고 싶었다. 어떤 얘기라도 좋으니……. 그런 생각을 드는 것이 우스워 수완은 눈을 지그시 감았다가 떴다.

그와 함께한 시간은 겨우 반년이었다. 헤어지고 2년이 지났건만, 여전히 그와 헤어진 그 시간 속에 머무는 것만 같다.

점심을 먹고 나온 수완은 아동 서적을 정리하려고 2층으로 향했다. 서점의 사장님은 작년에 정년퇴임 한 교장 선생님이었다. 퇴직금으로 무엇을 할까 여러 달을 고민 끝에 서점을 차리신 것이다. 돈은 못 벌고 까먹기만 한다고 자식들은 하나같이 뜯어말렸단다. 그러나 자식들의 만류에도 사장님은 고집을 꺾지 않으셨다. 노년을 책 향기 맡으며 보내고 싶다고.

사장님은 구연동화까지 배워 아이들에게 동화책도 읽어주셨다. 사장님이 아니라 친근한 옆집 할아버지처럼 어린 손님들을 대했다. 아직은 매출이 마이너스지만 어떠한 사업이든 진심이 통하면 된다면서, 우리 다 함께 노력하자고 하셨다. 다행히 저번 달부터 매출이 조금씩 오르기 시작했다.

"엄마가 가만히 있으라고 했지!"

동화책을 정리하던 중이었다. 꼬마 남자아이가 엄마로 보이는 여자의 손에 양어깨가 꽉 붙잡혔다.

"……가만히 있었어요."

일곱 살 남짓 보이는 꼬마는 눈물을 글썽이며 울먹였다. 여자는 아들이 아파하는데도 꽉 붙들고 있는 어깨를 풀어주지 않았다.

"여기 있으라고 했잖아. 어디 갔었어?"

"장난감 보고 있었는데……."

꼬마는 장난감이 상자에 쌓인 곳을 손으로 가리켰다. 여자는 미간을 잔뜩 구기며 아들의 어깨를 잡고 흔들기까지 했다.

"가면 간다고 말을 해야 할 거 아니야. 이러니까 널 데리고 다니기 싫다는 거야. 어디 가면 간다고 말을 해야 엄마가 안 찾잖아!"

"죄송해요."

"제발 좀! 어디 가면 아무것도 하지 말고 엄마 옆에 있어. 알았어!"

"……네."

하루 이틀 듣는 소리가 아닌 듯하다. 꼬마는 잔뜩 풀이 죽은 목소리로 대답했다. 여자의 험악한 말은 끝나지 않았다.

"넌 엄마 속 썩이려고 태어났지? 응?"

"아니에요."

"아니긴 뭐가 아니야. 너처럼 말 안 듣는 애는 세상에 없을 거야."

"잘못했어요."

"내가 왜 너를 낳아서 이 고생을 하는지 모르겠다."

엄마가 아들에게 할 말은 아니었다. 닭똥 같은 눈물을 흘리지 않으려고 얼마나 참고 있는지 다 보였다. 꼬마는 입술을 깨물며 눈에 힘을 주며 버티었다. 여자가 한숨을 길게 푹 쉬며 어깨를 놓아주었다.

"집에 갈 거야."

여자는 뒤도 돌아보지 않고 계산대를 향해 성큼성큼 걸어갔다. 꼬마는 어깨를 힘없이 늘어뜨린 채 여자의 뒤꽁무니를 열심히 쫓아갔다. 서점을 나간 여자는 아들이 조금 늦게 걸어오자 손을 뻗어 팔을 신경질적으로 확 잡아당겼다. 꼬마는 거의 넘어질 뻔했다.

여자는 아들을 마치 귀찮은 짐짝처럼 취급했다. 무척이나 성가신 물건을 가지고 가듯이 꼬마를 데리고 엘리베이터에 올라탔다. 수완은 둘이 사라지는 모습을 날 선 시선으로 보고 있었다.

"저 엄마 유명해."

현숙이 다가와 말을 걸었다.

"매번 올 때마다 애한테 한바탕 난리 치고 간다니까."

"······."

"애가 인형이냐고. 가만히 있으라는 소리가 입에 아주 붙었어."

한두 번 본 게 아닌 모양이다. 현숙은 혀끝을 쯧쯧 차며 말을 이었다.

"남편하고 무슨 문제가 있는 게 분명해. 애한테 화풀이하는 거 보면. 자기가 지금 아동학대를 하고 있다는 것도 모를 거야. 애가 불쌍해 죽겠어."

말을 끝낸 현숙은 손님이 찾는 책을 꺼내 자리를 떠났다. 수완은 알 수 없는 감정의 소용돌이에 갇혔다. 일종의 분노와 같은 것이다. 어디서 많이 들어본 말, 어디였더라?

'가만히 있어!'

하루에도 여러 번 들을 수 있는 일반적인 말인데 귓가를 떠나지 않았다. 까맣게 잊고 있었다. 정수의 다이어리에 몇 번이나 쓰여 있던 문장이다. 새라가 아들인 연준에게 제일 많이 했던 말.

'가만히 있는 거 잘해요.'

'종일 가만히 있었던 적도 있었죠.'

'시간이 너무 느리게 가서······.'

'지루해서 손톱을 깨물었나?'

연준이 했던 말들이 두서없이 떠올랐다. 지금에 와서 왜? 새삼

스럽게……. 그땐 연준에게 받은 상처 때문에 정수의 다이어리에 적힌 글이나 연준의 말이 하나도 귀에 들어오지 않았다. 누군가 그녀에게 소리치는 것 같다. 가만히 있으라고. 수완은 무슨 정신으로 퇴근 시간까지 일했는지 모른다. 버텼다는 게 맞는 말이겠다.

이상한 날이다.

무슨 함정에 빠진 기분이었다. 잊을 만하면 연준을 떠올리게 하는 일이 연속적으로 일어났다. 한 사람을 생각하는 것만으로도 머리가 무거웠다. 서점을 나온 수완은 두 블록 떨어진 민정의 옷가게까지 걸어갔다. 습기를 잔뜩 머금은 후끈한 바람이 온몸에 끈적끈적 달라붙었다.

어떤 맥락도 없이, 조각조각 흩어졌던 퍼즐들이 맞춰지는 것만 같다. 가능한 한 그를 떠올리지 않으려고 노력했는데. 모든 게 엉켜버렸어.

수완은 핑그르르 현기증이 일었다. 후더운 바람이 온몸을 휘감았다. 아이러니하게도 눈가를 찌르는 햇살은 다정했다. 지금 연준은 무얼 하고 있을까. 아직도 새벽에 홀로 깨어나 지루한 시간을 견디기 위해 혼자 앉아 있는 건 아닐까.

'하루가 십 년처럼 빨리 흘렀으면 했는데, 이수완 만나고는 달라졌어요. 하루가 십 년처럼 길었으면 좋겠어. 당신하고 오래 있을 수 있으니까.'

'평범한 감정을 사고 싶어.'

연준이 했던 말들이 또다시 두서없이 떠올랐다. 수완은 바닥으로 눈을 떨어뜨렸다. 연준이 받은 상처가 아무리 가슴 아파도, 지금에 와서 다 무슨 소용인데. 그런데 왜 이렇게 가슴이 찢어질 것처럼 아픈지 모르겠다.

이제 괜찮아질 때도 되었잖아.

수완은 울 것 같은 얼굴로 웃었다.

동트기 시작하는 아침이었다. 독일 출장을 다녀온 연준은 6시 30분에 인천공항에 도착했다. 이번 출장은 꽤 길었다. 보름 동안 한국을 떠나 있었다. 대형 캐리어를 끌고 게이트를 나온 연준은 모범택시에 올라탔다. 목적지를 묻는 기사에게 집이 아닌 다른 곳을 말했다. 택시는 점점 속도를 높이며 도로를 내달렸다. 아침 햇살이 마치 진주처럼 하얗게 부서졌다. 은색 구름 속에 태양이 밝게 떴다. 연준은 스치는 풍경을 물끄러미 바라봤다.

잠깐이라도, 나를 생각하긴 할까?

40분을 달린 택시는 어느 허름한 주택단지 골목 앞에 섰다. 연준은 캐리어를 내려준 기사에게 요금을 내고 담벼락이 녹색으로 칠해진 주택 안으로 들어갔다. 이른 아침부터 연준의 등장에 막 조깅을 끝내고 물을 마시던 정수는 어이없는 표정을 지었다.

"이 아침부터 웬일이야?"

"배고프다. 밥 줘."

"내가 네 마누라야. 밥을 왜 나한테서 찾아."

"밥 없어?"

"없어."

"하면 되겠네."

제 말만 하고 집 안으로 성큼 들어선 연준은 마룻바닥에 벌러덩

누웠다. 큰 키를 자랑하듯 바닥을 차지하고 눕자 정수는 무척이나 걸리적거린다는 표정이었다. 길게 뻗은 연준의 다리를 툭 치며 주방으로 들어간 정수는 싱크대를 뒤졌다.

"시리얼은 있어."

"해외 다녀온 친구한테 그거 먹이고 싶어? 얼큰한 김치찌개 먹고 싶은데."

"가지가지 한다."

"가지무침도 좋고."

"아재 개그냐?"

"안 웃겼어?"

"하지 마. 덜떨어져 보이니까."

정수는 심통 난 목소리로 말했다. 그러거나 말거나 전혀 신경 쓰지 않는 연준은 세월의 때가 묻은 나무 천장을 눈에 담았다. 곧이어 주방에서 쌀 씻는 소리가 들리고 뭔가 만드는지 달그락거리는 소리가 들렸다. 특별할 것 없는 소리에 연준은 마치 집을 찾은 아이처럼 마음이 편안해졌다.

"회사는?"

주방에서 정수가 소리쳤다.

"토요일이잖아."

"주말도 없이 일하더니 왜?"

"오늘은 너랑 놀려고."

"사양한다."

그렇게 말하면서도 정수는 음식을 만드느라 분주해 보였다. 시차 때문에 피로가 쌓인 눈꺼풀이 무거웠다. 마음과 다르게 연준은 눈을 감았다. 밥이 다 되면 알아서 깨워주겠지.

수완과 헤어진 이유가 자신 때문이라 여기는 정수는 툴툴거리면서도 잘해준다. 회사를 나간 정수는 작은 주택을 사더니 나무 공방을 차렸다. 원래 취미로 의자도 만들고 책상도 만들 정도로 제법 손재주가 좋더니, 주문도 꽤 들어오는 모양이었다.

"일어나."

깜빡 졸지도 못했다. 정수는 직접 만든 밥상에 아침밥을 차려 거실로 내왔다. 연준은 쏟아지는 졸음을 마른세수로 밀어내며 일어나 앉았다. 아침밥은 소박했다. 인스턴트 북엇국. 김치만 들어간 찌개. 갓 지은 하얀 쌀밥이 전부였다.

"너무 성의가 없는 거 아니야. 계란프라이라도 하지."

"어디서 밥투정이야. 주는 대로 먹어."

"잘 먹겠습니다."

연준은 군말 없이 북엇국을 떠먹었다. 맞은편에 앉은 정수는 말없이 밥을 먹기 시작했다. 남자 둘이 작은 밥상을 마주하고 앉아 하는 아침 식사는 10분도 채 되지 않아 끝났다. 식사가 끝나자 정수는 밥상을 들고 주방으로 들어갔다.

연준은 제집처럼 정수의 집을 사용했다. 욕실로 들어가 씻고 나오더니 정수의 옷으로 갈아입었다. 정수는 일을 시작하려고 작업복으로 갈아입은 상태였다. 손에 목장갑을 끼는 정수를 보며 연준이 말했다.

"나랑 놀자니까."

"내가 너처럼 금수저가 아니라서. 하루 밥 벌어먹기도 힘들거든. 심심하면 퍼 자든가 사람 귀찮게 하지 말고 가."

"뭐 만드는데?"

"책장."

정수는 짧게 말하곤 공방으로 향했다. 공방은 주택 바로 옆에 붙어 있었다. 정수가 이 주택을 산 이유가 바로 여기에 있었다. 주택 옆에 붙어 있는 창고 때문이었다. 그리고 무엇보다 길가에 있는 공방은 사람들이 오다가다 구경하기에 좋아 따로 홍보가 필요 없었다.

창고는 공방으로 꽤 근사하게 꾸며놓았다. 투박했지만 정수의 성격이 고스란히 묻어났다. 짙은 회색으로 마감한 벽이나 책이 가득한 책장. 미니 오디오와 천장 끝까지 닿은 CD들. 그리고 흔들의자. 나무를 다루는 공방이 아니라 개인 휴식 공간처럼 꾸며놓았다. 그 공간은 톱밥이 들어가지 못하게 유리로 벽을 세워 막아놓았다.

어제도 책장을 만들었는지 바닥에 톱밥이 여기저기 쌓여 있었다. 어떤 건 털 뭉치처럼, 어떤 건 동물 모양으로 쌓여 있었다. 긴 작업대에는 나무를 자르는 기계가 보였다. 한동안 공방을 무심히 보던 연준은 책장으로 쓰일 편백나무의 결을 만지며 말했다.

"도와줄까?"

"가만히 있는 게 도와주는 거야."

의미 없이 내뱉던 정수는 아차, 싶었다. 가만히 있으라는 말은 연준의 트라우마를 건드는 말이었다. 슬쩍 고개를 돌려 표정을 살폈다. 예전 같으면 어떤 것도 깃들지 않은 동공이 지금은 수많은 감정으로 흔들렸다.

한 사람의 인생을 바꾼 트라우마는 오랜 시간이 지나도 마치 어제의 일처럼 또렷하다. 감정 컨트롤이 뛰어난 연준도 마찬가지였다. 이제까진 완벽히 감정을 감췄지만, 요즘은 아니었다. 풀어났다고 할까. 계산하지 않고 있는 그대로 보여주려고 노력하는 것 같았다. 섬세하게 반응하는 것처럼.

연준은 변했다. 딱 꼬집어 말할 수 없지만, 많이 변했다. 또 모르지. 변한 것처럼 보이는 완벽한 속임수일지도. 연준은 자신도 모르는 사이 스스로의 감정을 통제한다고 했다. 이미 습관이 된 것이라 어쩔 수 없다고.

수완과 헤어졌어도 그를 원망하거나 비난도 하지 않는다. 다이어리에 어떤 내용이 쓰여 있느냐고 물어봤을 뿐이다. 기억이 나는 걸 모두 말해주었을 때, 연준은 돌처럼 굳어 움직이지 않고 신음을 내뱉은 것이 끝이었다.

어쨌든, 뭐가 됐든, 정수는 지금의 상태가 좋았다. 관찰자로 연준을 대하지 않아도 되었다. 어찌 보면 그도 연준처럼 사람을 대할 때 계산을 했던 것 같다. 친구였지만 연준은 어딘가 어려워 말을 가려서 했었다. 그러나 지금은 그게 없어졌다. 둘 사이를 가로막고 있던 벽이 깨졌다고나 할까. 아무렇게 지껄였고 연준을 어려워하지도 않았다.

"요새도 여자들 열심히 만나나 봐."

연준은 심심해서 만들어본 고양이 나무 조각상을 신기하게 보며 말했다.

"무슨 근거로 그렇게 말해?"

"욕실에 여자 머리카락 떨어져 있던데. 어제도 자고 갔어?"

"네가 이렇게 아무 때나 쳐들어오는데 어떻게 자고 가."

"나 상관하지 말고 데리고 오라니까."

연준은 고양이 조각상 옆에 있는 대패를 신기한 듯 바라봤다. 정수는 어이가 없어 눈썹을 찌푸렸다. 저 타인에 대한 무심하고 안일한 태도는 바뀌지 않는구나. 여자와 그가 알몸으로 뒹굴어도 그 옆에서 밥을 먹을 녀석이었다.

"승진한다며?"

일 욕심 없던 연준은 수완이 떠나고 오로지 일만 했다. 만나는 사람도 한정적이었다. 그의 집에 오거나 업무로 만나는 사람이 전부였다.

"응."

"뭐로? 이사, 아니면 상무?"

"타이틀은 계속 본부장. 연봉만 올려달라고 했어."

연준은 입꼬리를 슬쩍 올렸다. 책장의 문짝을 만들 나무를 옮기려 하자 연준이 다가와 함께 들어주었다. 50평 넘는 거실 한쪽 벽면을 책장으로 채운다는 손님의 주문이라, 문짝 하나만 해도 나무의 무게가 엄청났다. 넓고 기다란 작업대 위에 문짝에 쓰일 나무를 내려놓는 것만으로 숨이 거칠어졌다.

"그딴 승진이 어디 있어?"

"난 본부장이 좋아."

"왜?"

"그냥."

"말을 말자."

정수는 어금니를 지그시 물었다. 여러 번 공방에 왔던 연준은 그가 무얼 할지 단박에 알았다. 그에게 대패를 내밀었다. 받아 든 대패로 정수는 나무를 쓰윽 깎았다. 긴 톱밥이 금발처럼 말리며 바닥에 우수수 떨어졌다.

"물욕이라도 생긴 거야? 왜 이렇게 열심히 일하는데?"

"아버지한테 잘 보이려고."

연준은 대패질이 쉽게 나무가 움직이지 않게 반대편에서 잡아주었다.

"잘 보여서 뭐하게?"

"원하는 게 생기면 말하려고."

"그게 이수완 씨?"

연준은 약간 느리게 고개를 끄덕였다. 정수는 눈을 치켜뜬 채 연준을 응시했다. 저도 모르게 어쩐지 웃음이 나와버렸다. 수완과 헤어져도 연준은 깡그리 잊고 살 줄 알았다. 언뜻 보기에는 잘 지내는 것처럼 보였다. 그렇게 연준은 믿게 했다. 수완과 헤어지고 그녀에 대해 일절 말하지 않았다. 평상시처럼 지냈고, 그의 집을 찾아와 잠을 자고 가기도 했으니까.

연준이 수완을 잊지 않았다는 걸 알게 된 계기는 따로 있었다. 작년 겨울, 하룻밤 자고 갔던 연준이 중요한 서류를 놓고 갔었다. 그때도 연준은 해외 출장 중이었다. 아파트에 가져다 놓아달라는 말에 서류를 들고 갔다. 중요한 서류라 연준의 침실에 놓으려고 방문을 열었는데, 방은 아무것도 없이 텅 비어 있었다.

연준이 머무는 곳은 수완이 살던 방이었다. 잊지 못하고, 그녀를 기다리고 있었다. 어울리지 않게 미련을 떨고 있었다니.

"내가 너였다면 수완 씨한테 다이어리를 준 날 죽도록 팼을 거야."

"처음엔 죽이려고 했지."

연준의 무심한 대꾸에 정수는 대패질을 멈추었다.

"그런데 왜 안 죽였어?"

"너 하나 죽인다고 달라지는 건 없으니까."

"⋯⋯고맙다."

잠시 그대로 연준을 보던 정수는 이맛살을 모은 채 대패질을 이어 나갔다. 연준은 여전히 양손에 힘을 주며 편백나무를 단단히 붙잡아주고 있었다.

"그래도 비위가 좋다. 나를 다시 보고."

"너까지 없으면 내가 너무 외롭잖아."

"뭐?"

정수는 기함할 듯이 연준을 뚫어지게 응시했다. 연준은 나무 위에 먼지처럼 쌓인 톱밥을 입으로 훅 불었다.

"세상 살면서 친구는 한 명쯤은 있는 게 좋으니까. 더구나 정수 넌 나한테 마음의 빚이 있으니 잘해줘서 더 좋고."

"약점 잡았다, 이거군."

"약점을 잘 활용하는 거겠지. 원망이나 비난은 쓸모가 없는 감정들이야."

정수는 머리가 차가워졌다. 말을 하면서도 열심히 움직이던 대패에서 손을 뗐다. 왜 그러는지 이유를 알 수 없던 연준은 우두커니 서 있는 그를 바라봤다. 한참을 생각에 잠겨 서 있던 정수는 천천히 입을 뗐다.

"미안하다."

불쑥 던진 말이 어떤 의미인지 몰라 연준은 무표정하게 서 있었다. 자신도 모르게 힘이 잔뜩 들어간 주먹을 쥔 정수는 지금 아니면 영원히 하지 못할 말을 꺼냈다.

"그땐 내가 너무 오만했어. 내가 너한테서 어쩌면 제일 소중한 걸 빼앗은 것일지 몰라."

"……."

"다시 한 번 미안하다. 수완 씨에 대한 네 마음을 의심해서."

정수는 제 목소리 끝이 떨리고 있는 걸 느꼈다. 연준은 어렵게 꺼낸 그를 무력하게 만들 정도로 아무런 동요를 보이지 않았다. 왜 미안하다고 하는지 아예 모르는 얼굴이랄까. 연준에게 감정을 호소하는 건 어쩌면 불가능한 일일지 모른다. 정확한 것이 아니면 그가 받아들이지 못하는 감정은 아무짝에도 쓸모가 없었다. 그렇지만 꼭 말하고 싶었다. 미안하다고.

"알았어."

"뭐가?"

"네 사과 받아주면 되는 거잖아."

연준은 아주 산뜻하게 상황을 종결했다. 정수는 실소를 금치 못했다.

"언제까지 기다릴 참이야?"

정수는 작정하고 물었다. 이제까지 궁금해도 묻지 않았다. 하지만 벌써 2년이나 지났다. 이렇게까지 수완을 오래 기다릴 줄은 몰랐다.

"돌아올 때까지."

수완이 돌아올 거라고 굳게 믿는 연준의 얼굴은 어린애처럼 천진해 보였다.

"어떻게 지내는지는 알아?"

"아니."

연준은 고개를 저었다. 정수는 의아한 얼굴로 되물었다.

"웬일로 알아보지도 않고 있어?"

연준은 창밖으로 고개를 돌렸다. 언제부터인지 비가 내리고 있었다. 길가라 사람들이 드문드문 지나가고 있었다. 투명한 비닐우산을 쓴 여자는 약속에 늦었는지 빗물에 젖은 도로를 막 뛰어갔다. 어딘가를 응시하는 연준의 눈빛도 물을 먹은 듯 흐려 보였다.

"하루에도 수십 번 수초처럼 흔들려. 그녀가 어디 있는지 알고 싶다는 욕구를 이기지 못하고 알아낼까 봐."

"어디가 그렇게 수완 씨가 좋아?"

"그녀를 생각하면 몸이 간지럽고, 자꾸 콧구멍이 벌렁거려. 심장박동도 빨라지고."

참 다채로운 반응이다. 정수는 이젠 연준의 말을 의심하지 않았다.

"그래서 계속 기다리겠다고?"

"기다리겠다고 약속했어. 다른 방법은 없어."

그것밖에는……. 연준은 다음 말은 표정으로 대신했다. 숨을 쉬듯이 기다리겠다는 건가. 어떻게 하면 당연히 돌아올 거라는 절대적 믿음을 가지고 수완을 기다리는지 이해가 되지 않았다.

"어째서?"

"왜 이렇게까지 하느냐고?"

연준은 정수가 궁금해하는 것을 대신 물었다. 정수는 알면 말해 달라는 눈빛을 보냈다.

"쉽진 않아. 손 놓고 무작정 기다리는 거."

"그런데 기다리겠다는 거네."

"간절히 원하면 우주가 도와준다잖아."

"지랄한다."

정수의 거친 말투에 연준은 피식 웃었다. 조금 어색했던 분위기도 사그라들었다. 잠시 일을 미룬 정수는 미니 오디오로 다가 음악을 틀었다. 비가 내리는 아침에 어울리는 피아노 선율이 흘러나왔다. 신경계를 은은하게 자극하는 음악은 '하울의 움직이는 성'의 OST인 '인생의 회전목마'였다. 오케스트라 버전의 음악은 신비로웠다. 공방을 채우는 선율을 둘은 잠시 감상했다.

정수는 팔짱을 낀 채 길 건너 붉은 벽돌집을 한동안 응시했다. 이대로 대화를 끝내기가 아쉬웠다. 속 깊은 대화는 오랜만이었다. 온 감각이 오롯이 이수완에게 집중되어 있는 연준에게 뭔가 말해주고 싶었다. 은밀한 구멍으로 엿보기만 했던 관찰자의 시점이 아니라 친구로서.

"네 감정은 원초적이야."

여전히 변화 없는 얼굴인 연준을 보며 말을 이었다.

"동물 같아. 사람은 버려지면 원망이나 분노를 하지. 그런데 넌 아니거든. 널 학대하고 버린 어머니에게도 그러지 않았어. 그리고 수완 씨도 어쨌든 널 떠났어. 넌 무작정 기다리고. 동물이 그렇거든. 자신을 버린 주인을 원망하지 않고 버려진 장소에서 떠나지 않고 기다려. 자신을 데리러 올 거라는 믿음을 가지고. 너처럼⋯⋯. 회전목마처럼 제자리를 빙글빙글 돌면서 주인이 탈 때까지. 그렇게⋯⋯."

말을 끝냈을 땐 공방엔 피아노 선율만 울렸다. 소라 껍데기 속처럼 아득히 들리는 피아노 소리. 빗줄기는 더욱 세차져 아침인데

도 밤처럼 어두워졌다. 빗줄기 너머 어딘가를 숨소리도 내지 않고
보는 연준의 눈은 가늠할 수 없을 만큼 짙어졌다.

바람이 불었다. 빗줄기의 방향이 바뀌었다. 길가에 심어진 플라
타너스 잎사귀가 다투듯이 부딪쳤다. 영원히 이어질 것 같은 침묵
을 깬 건 연준의 휴대폰 벨소리였다.

"네."

차갑기 그지없는 음성. 어디에서 걸려온 전화이기에 연준의 표
정이 딱딱하게 굳었다. 팽팽한 긴장감이 고스란히 느껴질 정도였
다. 통화는 짧았다. 무슨 일이냐고 물을 새도 없었다. 연준은 어떤
망설임도 없이 공방 문을 열고 세차게 내리는 빗줄기 속으로 뛰어
나갔다.

"어디 가!"

소리쳐 불러도 소용없었다. 빗속을 뛰어가던 연준은 위험하게
길가까지 뛰어나가 택시를 잡고 급히 떠났다.

도대체 무슨 일이기에, 미친놈처럼 저러지?

12. 내 곁에, 가만있어요

장례식장은 휑하고 쓸쓸했다. 하얀 국화꽃이 놓인 단상 한가운데 환하게 웃는 난희의 영정사진이 보였다. 문상객은 한 명도 보이지 않았다. 검은 양복의 연준만이 장례식장을 지키고 있었다. 꼭 얼음물처럼 차가운 공기가 공간을 잠식했다.

연준은 뭘 해야 할지 막막했다. 수완이 어디서 살고 무얼 하며 지내는지 알고 싶었다. 하지만 그녀가 원하는 것이 아니었다. 뭐라도 좋으니 수완과 연결되어 있었으면 했다. 뭐가 있을까. 고민 끝에 떠오른 것은 수완이 가장 아끼는 사람, 그녀의 어머니 난희였다.

계속해서 난희의 소식을 들었다. 그리고 갑자기 병세가 악화되어 위급하다는 담당 교수의 전화. 수완의 휴대폰은 꺼져 있다고 했다. 요양원에 있던 난희는 쇼크 상태가 와서 병원으로 실려 왔다.

그녀는 더 여윈 모습으로 생명이 꺼져가고 있었다. 불길하게 울리는 기계음. 서너 명의 남자 의사가 번갈아가며 난희의 몸 위로 올라가 심폐소생술을 했다.

난희는 버틸 수 없을 것 같았다. 이제 곧 죽으리라는 것을 알 수 있었다. 남자 의사가 땀을 뻘뻘 흘리며 깍지 낀 손으로 심장을 압박하자 난희가 눈을 번쩍 떴다. 붉게 충혈된 눈이 허공을 배회했다. 수완을 찾는 것 같았다.

이대로 가지 마.

당신 이대로 가면 안 돼.

수완이 올 때까지 제발, 버텨…….

버티라고!

주삿바늘이 꽂아진 창백한 오른팔이 축 늘어졌다. 불길하게 울리던 기계음도 뚝 끊겼다. 담당 의사는 난희의 사망 시간을 알렸다. 흰 천으로 천천히 덮여지는 난희의 모습을, 연준은 멍하니 바라봤다. 한 생명이 사라졌는데 세상은 아무것도 달라지지 않았다.

죽음.

아무 느낌이 없다. 어차피 인간은 죽기 위해 살아가고 있는 것이니까. 어떤 땐 수완의 어깨에 무거운 짐을 준 난희가 하루라도 더 일찍 세상을 떠나길 원했다. 그녀가 수완을 해줄 수 있는 것은 그거뿐이라 여겼다. 그렇지만 난희가 떠나면 수완이 너무나 슬퍼할 걸 안다. 아무것도 안 해도 좋으니, 숨만 쉬어도 좋으니, 난희가 가능한 한 오래 살아줬으면 했다.

수완에게 어떻게 연락하지.

여전히 휴대폰은 꺼져 있었다. 며칠 전 서점에서 수완을 봤다는 박 대리의 말이 떠올랐다. 그날 서점 앞까지 갔다가 되돌아왔다. 퇴근하는 뒷모습이라도 보려고. 그러나 수완의 뒷모습만으로 욕심이 채워지지 않을 걸 알기에 이내 발길을 돌렸다.

장례 절차를 말해주는 의사의 말을 들으며 연준은 수완이 일하는 서점으로 전화를 걸었다. 몇 초간 이어지는 통화 연결음에 심장이 초조하게 뛰었다.

-안녕하세요. 북스토리입니다. 무엇을 도와드릴까요?

"이수완 씨 부탁합니다."

조금만 기다리라는 여자의 음성.

-네, 전화 바꿨습니다.

당신 아플 텐데. 어쩌지…….

"나예요."

"……."

-어머니 방금 돌아가셨어요.

휴대폰 너머 아무 소리도 들리지 않았다. 그리고 수완이 무너지는 듯한 울음소리가 들려왔다. 연준은 눈을 감고 수완의 울음소리를 듣고만 있었다. 가슴을 도려내는 고통이 뒤따랐다.

"썰렁하네."

소식을 듣고 정수가 왔다. 넓은 장례식장에는 문상객 몇몇이 앉아 육개장을 먹고 있었다. 썰렁한 주위를 둘러보던 정수는 영정 사진 앞에 조용히 앉아 있는 수완을 보며 물었다. 옆에는 민정이 수완을 지키고 있었다.

"수완 씨 괜찮은 거야?"

"괜찮을 리가 없잖아."

연준은 뒤돌아 수완을 바라봤다. 넋이 나간 얼굴로 장례식장에 뛰어온 수완은 그다음부터 아무런 말도 하지 않았다. 그와 눈이 마주쳐도 텅 빈 눈동자는 전혀 반응이 없었다.

친척으로 보이는 문상객이 찾아오자 수완은 일어나 그들을 맞이했다. 눈물이 고인 눈은 처량했다. 소리 없는 눈물은 뺨을 타고 계속 흘러내렸다. 난희의 영정 사진 앞에 향을 피운 머리가 희끗희끗한 남자는 수완의 어깨를 토닥여주었다. 수완은 고개만 느리게 숙였다. 또다시 눈물이 바닥으로 뚝뚝 떨어졌다.

"저러다 쓰러지겠다."

온기라곤 찾아볼 수 없이 창백해진 수완을 안쓰럽게 바라봤다. 정수는 긴 한숨을 내쉬곤 영정 산진 앞으로 걸어갔다. 국화꽃 한 송이를 놓는 것으로 떠나간 사람에 대한 예의를 차렸다.

침통한 얼굴로 수완을 마주했다. 수완은 정수를 보며 와줘서 고맙다는 말을 간신히 했다. 비록 수완의 얼굴을 제대로 볼 수는 없었지만, 그녀가 느끼는 아픔이 가슴으로 고스란히 스며들었다. 수완은 숨을 쉬는 것도 아파했다. 위로의 말이 쉽사리 나오지 않았다. 힘내라는 말밖에 할 수가 없었다.

검은 커튼처럼 드리워진 어둠은 무거웠다. 병원 주변으로 서늘한 밤공기만 맴돌았다. 밤은 묘한 불안감을 만들었다. 수완이 만든 슬픔, 침묵 속에서 누구도 섣불리 뭔가를 할 수 없었다. 수완은 하염없이 난희의 영정만 바라보며 울고 있었다. 소리 없이 흐르는 눈물은 끝없이 이어졌다.

자정이 되자 장례식장은 더 썰렁해졌다. 서점의 동료들이 왔다

찬란

가고 몇 없는 친척들은 자기들끼리 모여 앉아 얘기를 나누고 있었다.

"너도 좀 앉아."

정수가 계속 몇 시간째 우두커니 서 있는 연준을 보며 말했다.

"여기 있을게."

수완을 두고 한 발짝도 움직일 수 없다는 뜻이었다.

"너도 참."

"가봐라."

"됐어. 술이나 마실래."

정수는 혼자 앉아 소주를 마셨다. 쓴맛도 느껴지지 않았다. 수완이 어떻게 될까 봐 안절부절못하는 연준 때문에. 다른 사람은 수완이 안타까워 보이지만 정수의 눈에는 아니었다. 수완이 고개를 푹 숙여버리고 상복을 움켜쥐며 눈물을 흘리면, 차마 다가갈 수 없는 연준은 절망의 한숨만 내쉬었다. 끝없는 기다림이란 저런 건가. 정말이지 허락이 떨어져야만 움직이는 사냥개 같다.

"수완아……."

민정이 눈물로 범벅된 수완의 어깨를 가만히 감쌌다.

"너 이러다가 쓰러져."

"……."

"어머니 좋은 데 가셨을 거야."

"난 나쁜 딸이야……. 엄마 가는 것도 못 봤어……."

피를 토하는 울음에 창자가 끊기는 것만 같다. 수완은 가슴을 쥐어뜯으며 울었다. 난희의 마지막 가는 모습을 보지 못한 것이 한이 되었다. 감당할 수 없는 슬픔이 그녀의 몸을 눌렀다. 민정이 안

아주고 토닥여줘도 수완은 끅끅, 거리며 울었다.

"나 이제 어떻게 살아."

말도 못 하고 눈도 못 마주치는 엄마였지만 수완에게 난희는 기둥 같은 존재였다. 엄마였으니까. 이 세상 하나뿐인 엄마…….

'엄마가 어떻게 너 같은 예쁜 딸을 낳았을까.'

머리를 빗겨주며 했던 난희의 말이 가슴을 때렸다.

'우리 수완이 결혼하면 엄마랑 아빠 어떻게 살지 모르겠네.'

'아빠는 아마 너 결혼한다고 하면 울걸.'

'너 아기 때 잠든 네 얼굴만 보고도 우는 사람이었다니까.'

'네 아빠 참 주책없지?'

일찍 세상을 떠나셨지만, 부모님 사랑은 부족함 없이 받았다. 돈 때문에 죽을 것처럼 힘들어도 버틸 수 있던 건 두 분의 사랑 때문이었다. 그런데 이제 난희마저 떠났다. 수완은 받아들일 수 없는 현실에 막막했다.

"엄마……."

수완은 난희의 영정사진을 품에 안고 아이처럼 엉엉, 울었다.

"엄마……. 나 두고 가지 마. 나 혼자 어떻게 하라고."

엄마. 엄마. 엄마…….

수완의 굵은 눈물방울이 유리 파편 같다. 지켜보는 사람의 마음을 따갑고 아프게 했다. 민정도 수완이 울게 내버려두었다.

수완은 엄마를 잃었다.

다시는 만날 수 없다는 절망감. 다시는 만질 수 없는 엄마의 얼굴. 여기가 끝이라니. 깊은 슬픔에 빠진 수완은 난희의 사진을 품에 안은 채 바닥에 엎드렸다. 길 잃은 아이처럼 엄마를 목 놓아 불렀다.

엄마……. 미안해.

어느 날 엄마가 눈을 번쩍 뜰지도 모른다는 기대감 한편에는 엄마가 돌아가실지도 모른다는 불안감을 안고 살았다. 그땐 어떻게 해야 하지. 슬픈 상상은 그때마다 심장이 뜯기는 고통을 안겨주었다.

울다가 지친 수완은 힘겹게 얼굴을 들었다. 연준이 늪처럼 깊어진 눈으로, 그녀를 바라보고 있었다. 소리 없이 응시하는 남자의 시선. 심해처럼 깊고 끝이 없다. 수완은 고개를 잠시 내렸다가 다시 들었다. 시선이 또 마주쳤다.

"가도 돼요?"

연준이 물었다. 그와 떨어진 간격은 고작 두어 발짝. 앉은 채로 그를 한참을 올려다보던 수완이 고개를 천천히 끄덕였다. 비로소 연준이 움직였다. 그렇게 마침내 연준이 수완의 곁으로 갔다.

아침 9시.

생애 가장 길었던 긴 밤이 끝나고 아침이 왔다. 발인하는 날, 눈이 시릴 정도로 날씨는 맑았다. 이제 정말로 난희를 보내야 한다는 걸 안 수완은 거의 넋이 빠진 상태였다. 그러나 눈물을 보이진 않았다. 엄마가 가는 마지막 날을 눈물로 보내고 싶지 않아서. 온 힘을 다해 울음을 참아내느라 얼굴은 고통으로 일그러져 있었다.

이틀을 입에 물도 대지 않아 안쓰러울 정도로 초췌했다. 민정의 부축을 받고 간신히 서 있을 정도였다. 그렇지만 난희의 영정 사진은 품에서 한시도 내려놓지 않았다.

난희의 관을 태운 영구차가 먼저 출발했다. 뒤를 이어 연준은 수완과 민정, 그리고 정수와 함께 화장터로 향했다. 차를 운전하면서도 연준은 수시로 백미러로 수완의 상태를 확인했다. 수완은 말을 잃은 사람처럼 가만히 앉아만 있었다. 눈빛은 차가웠다.

아무리 노력해도 지금 당신이 느끼는 감정을 난 모르겠지.

연준은 수완이 어째서 저토록 슬퍼하는지 막연하게 짐작할 뿐이었다. 병호나 새라가 이 세상을 떠난다는 가정을 해봤다. 별 느낌이 없다.

그때도 그랬다. 새라를 계단에서 밀고 병원을 다녀왔던 오후. 새라는 병호와 어린 그 앞에서 손목을 그었다. 시뻘건 피를 뚝뚝 흘리며 저 괴물과는 함께 살 수 없다고 이혼을 해달라고 울며불며 소리쳤다. 몸에 상처까지 내면서 이혼을 요구하는 새라를 바보같이 보며 웃었던 기억이 떠올랐다. 병호와 새라가 그를 소름 끼치게 보던 얼굴까지도.

이 세상이 없어져도 아쉬울 게 하나 없다.

하지만 수완은 달랐다. 그녀가 없어지는 상상만 해도 갈비뼈가 산산이 부서지는 고통이 뒤따랐다. 그녀 몸에 나는 작은 흠집도 견디기 힘들 것 같다. 왜 수완에 대한 감정만 느낄 수 있는 것일까. 아직도 잘 이해가 가지 않는다. 그렇지만 단 한 사람, 수완이 텅 비고 어두웠던 그의 마음을 채워주고 있었다. 그거면, 되었다.

수완아…….

계속 백미러로 보며 마음으로 불렀다. 수완은 생각에 잠겨 입을 다문 채 창밖만 바라봤다. 이따금 눈을 뜰 힘도 없는지 완전히 지친 얼굴로 눈을 감기도 했다. 2년 넘게 기다린 시간보다 장례식장에서 종일 서 있던 시간이 길었다. 곁에 갈 수는 있었지만, 그가 할 수 있는 건 아무것도 없었다.

이런 때 어떻게 하는 건지. 위로는 어떤 식으로 해야 하는 건지. 눈물에 젖은 뺨을 닦아주고 흐트러진 머리를 정리하면 되는지. 다 필요 없이 수완을 꼭 안아주고 싶었다. 이렇게라도 당신을 볼 수 있어 기쁘다면, 난 정말 이기적인 놈이겠지.

여주에 있는 추모공원에 도착했다. 수완은 민정의 부축을 받으며 걸었다. 수완은 난희가 한 줌 재가 되어 유골함에 담겨 있는 것을 여전히 받아들일 수 없는 것 같았다. 몸을 부들부들 떨었다. 커다란 눈물방울은 곧 떨어질 것처럼 아슬아슬했다.

"잠깐만."

연준이 수완의 곁으로 다가갔다. 그림자처럼 가만히 지켜보던 연준은 메마른 숨을 삼키며 수완을 향해 느리게 입을 뗐다.

"마지막 인사 해야죠."

마지막⋯⋯. 그 말에 수완은 눈물을 뚝 흘렸다.

"울지 말고."

연준은 수완의 어깨를 다정히 감쌌다. 민정이 눈치껏 뒤로 물러났다. 난희의 관 앞에 수완을 데려갔다. 깊어진 눈동자는 가늠할 수 없는 슬픔으로 가득했다. 연준은 덜덜 떨고 있는 수완의 손을 가만히 잡았다. 그녀의 손은 마치 얼어붙은 것처럼 차가웠다. 난희를 떠나보내야 한다는 절망에 휩싸인 수완은 넋이 빠진 얼굴이었다.

"이제 보내드려야 해요."

수완의 눈에 눈물이 가득 고이는 게 보였다.

"우는 건 나중에 해도 돼요."

슬픔 같은 건 알 리 없는 연준다운 말이었다. 눈이 퉁퉁 붓도록 운다 해도 달라지는 건 없는데 왜 울 수밖에 없는지, 그는 절대 모르겠지. 수완은 눈물을 닦고 간신히 미소를 지어 보였다. 가느다란 마지막 그리움을 이제 놓을 때가 되었다. 사진 속 엄마가 말하는 것 같았다.

아가, 미안해. 엄마가 먼저 가서.
엄마 없어도 씩씩하게 살 수 있지?
사랑한다. 내 딸.

수완은 난희가 담긴 유골함을 꼬옥, 껴안았다. 따뜻한 엄마 품을 파고드는 아이처럼.
"엄마……. 잘 가. 안녕."
대답 없는 메아리는 끝이 났다. 사방이 고요하다. 수완의 눈물이 터져버렸다. 낮고 음울한 울음은 소리가 없다. 공간은 더 고요한 슬픔에 잠겼다.

퉁탕퉁탕.
망치질 소리가 아침부터 시끄러웠다. 민정은 뒷짐을 진 채 망치질하는 정수의 모습을 물끄러미 바라봤다. 샌님처럼 생겨서 못 하나 못 박을 줄 알았는데, 아니었다. 액세서리를 놓을 선반을 그에게 주문했더니 단순히 일자 모양의 선반이 아니라 나뭇가지 모양으로 만들어 왔다. 잔가지처럼 뻗은 곳에 진주목걸이와 스카프를 걸자 꽤 근사했다.

찬란 371

"이거 마시고 해요."

"다 하고 마실게요. 거기 놔요."

정수가 사슴뿔 모양의 옷걸이 위치를 물었다. 뒤에서 어디가 좋을까 벽을 보던 민정은 중간을 가리켰다.

"위치 여기면 돼?"

"네, 거기면 될 것 같아요."

정수는 벽에 못을 박기 시작했다. 나뭇가지 모양의 선반. 사슴뿔의 옷걸이. 정수가 마음에 들면 놓으라고 갖다 준 동물 모양의 목각 인형들. 인조 나뭇잎까지 그럴싸하게 놓자 가게가 아프리카의 작은 정글처럼 보였다.

"형광등 위치 좀 바꿔줄 수 있어요?"

민정은 천장에 매달린 형광등을 보며 말했다. 다른 건 괜찮은데 조명이 영 꽝이었다. 대형 공장에나 있을 법한 일자 모양 형광등은 천장의 한가운데를 딱 차지하고 있었다. 가게 분위기와 따로 놀았다.

"전기 전문가 불러요."

"그냥 정수 씨가 해주면 안 돼요?"

"전기는 무서워서."

민정은 어이가 없어 웃음을 터트렸다. 망치질을 끝낸 정수는 원형 테이블에 민정이 놓아둔 주스를 벌컥 마셨다. 민정은 바람이 불어 노란 은행잎이 떨어지는 밖을 내다보았다. 어느새 성큼 왔던 가을이 가고 있었다.

"둘은 잘 지내고 있을까요?"

"어제도 싸웠다는데요."

정수는 민정의 가게에 아예 자리를 잡았다. 원형 테이블 앞에 앉은 정수는 뭔가를 구상하는지 연필을 돌리고 있었다.

"왜요?"

"수완 씨가 계단에서 넘어져서."

"미쳐. 많이 다쳤대요?"

"이마가 좀 깨졌다나."

"못 살겠다."

민정의 목소리에 걱정이 한가득했다. 정수는 작은 수첩에 코알라를 그리며 시큰둥하게 말했다.

"왜겠어요. 딴생각하다 그랬겠지."

민정은 한숨을 푹 내쉬었다. 엄마를 잃은 수완은 좀처럼 마음을 가다듬지 못했다. 처음에는 잘 지내는 줄 알았다. 서점도 잘 다니고 잘 웃고 잘 먹었으니까. 너무 잘 지내는 것이 이상하다고 느낄 찰나, 보름 만에 수완은 길을 걷다가 픽 쓰러졌다.

그동안 수완은 잠을 통 자지 못했다. 무서웠단다. 혼자 된 것이. 엄마가 없다는 것이. 세상천지에 혼자라는 절망감이 밤이면 악몽처럼 괴롭혔단다. 잠깐 잠이 들라치면 가위에 눌리고, 일어나 보면 베개가 눈물로 온통 젖어 있어서 눈을 감기가 두려웠다고. 수완이 걱정되어 틈만 나면 얼굴을 들여다봤는데도 전혀 눈치채지 못했다. 그만큼 수완은 완벽하게 잘 지내는 연기를 했다.

다행히 어디 이상이 있는 건 아니었다. 응급실에서 퇴원하는 수완의 앞에 연준이 나타났다. 아직은 안정을 취해야 하는 수완을 데리고 그는 사라졌다. 그리고 연락이 뚝, 끊겼다.

처음엔 수완을 잠깐 데리고 간 줄 알았다. 그런데 하루가 이틀이 되고 일주일이 되자 걱정이 슬슬 되었다. 신고도 할 수 없어 정수에게 연락을 했다. 돌아온 정수의 말은 가관이었다.

'유리구슬처럼 다룰 거니까 걱정할 필요 없어요.'

수완의 목소리만이라도 듣게 해달라고 부탁해도 소용없었다. 정말 어디 외딴 섬에 감금한 건 아닐까. 여름이 지나고 가을이 끝나가는데도 수완에게 연락 한 자락 없다. 이젠 잘 지낸다는 말을 믿을 수밖에 없게 되었다.

"지금은 어디에서 지내고 있대요?"

"어디더라."

정수는 수첩에 끄적거리고 있던 연필을 내려놓았다. 대신 휴대폰을 열어 문자를 확인했다. 여름이 지나가도록 연준한테서 연락이 없자 정수가 협박하다시피 경고를 날렸다. 적어도 열흘에 한 번은 소식을 전하라고. 그러지 않으면 납치범으로 매스컴을 타게 될 거라고. 협박이 통했는지 연준은 목소리 대신 사진을 보내주었다.

낚시하는 수완의 뒷모습, 흔들흔들 해먹에 누워 낮잠을 자는 모습도. 저번에는 무엇 때문인지 무척 화가 나서 소리치고 있는 수완의 모습도 찍어 보냈다. 수완을 유리구슬처럼 살살 다루는 게 아니라 강하게 키우는 것처럼 보였다. 어찌 되었든 좋아 보였다. 수완이 살아 있는 사람처럼 보여서. 일상을 즐기게 되어서. 더는 악몽을 꾸지 않는 것처럼 보였다.

"여기가 어디 같아요?"

정수는 사진을 보며 물었다. 사진 속에는 끝없이 펼쳐진 바다가 보이고 저 멀리 낯익은 섬도 보였다. 그리고 돌담길이 쌓인 도로 위에서 자전거를 즐겁게 타는 수완도 보였다.

"제주도네요."

사진을 유심히 보던 정수가 고개를 끄덕였다.

"저번엔 여수더니, 제주도엔 언제 내려간 거예요?"

"난들 알겠어요."

"전국 일주도 아니고 참 잘도 돌아다니네요."

민정은 그나마 정수가 사진을 보여주어 한시름 걱정을 놓았다. 처음엔 수완이 연준과 연인 관계였다는 것을 듣고 뒤로 자빠질 정도로 놀랐다. 장례식장에서 왜 서연준 본부장이 상주처럼 검은 양복을 입고 있는지 이해가 되지 않았었다. 물어볼 분위기도 아니었다.

그 궁금증을 정수가 해결해주었다. 둘이 연인 사이였다고. 그리고 헤어졌다고. 지금은 서연준 본부장이 잘못했다고 싹싹 빌며 오매불망 매달리고 있다고.

에이, 설마 서연준 본부장이 그런다고?

처음엔 정수의 말을 다 믿지 못했다. 감정이라곤 전혀 없을 것처럼 냉철한 연준이 수완에게 매달린다는 말을 어떻게 믿을 수 있을까. 하지만 시간이 지나면서 점점 믿게 되었다.

그래도 수완과 연락은 할 수 있게 해줘야 하는 거 아닌가. 수완을 자신만 독차지하겠다는 못된 심보도 아니고.

어찌 되었건 수완의 곁에 연준이 있어서 마음이 놓였다. 이제 그만 수완에게서 슬픔이 안녕했으면 하니까.

파도가 해변을 철썩이고 있었다.

하늘은 남빛 어둠을 조금씩 드리우고 있었다. 수완은 도서관에서 책을 빌려 나왔다. 3권의 책을 바구니에 넣고 자전거에 올라탔다. 햇살이 맑아서인지 하늘을 물들이는 노을의 빛깔이 환상적이었다. 제주도에 와서 좋은 게 있다면 시야가 넓어졌다는 것이다. 거슬릴 게 없다. 하늘도 바다도 끝없이 볼 수 있어서 좋았다. 자전거에 올라타 페달을 밟고 막 출발하던 수완은 얼마 가지 못하고 멈추었다.

"여기서 뭐 해요?"

"당신 기다렸죠."

돌하르방 앞에 연준은 콧노래처럼 휘파람을 불며 서 있었다. 수완은 약간 짜증 섞인 표정을 지었다.

"알아서 간다니까."

"하도 안 와서."

"도서관 온 김에 읽고 싶었던 책을 고르느라 좀 걸렸어요. 얼마나 기다린 거예요?"

"2시간쯤."

수완의 입이 벌어졌다. 기다린 게 아니었다. 거의 그녀가 도서관을 갔을 때 처음부터 따라온 것이다. 절로 한숨이 나오는 상황이라 수완은 입을 다물었다. 길을 잃는 아이도 아니고, 도망치거나 떠나지 않을 거라고 몇 번을 말해도 소용없다.

그녀를 혼자 가만히 놔두지 않았다. 서연준은 끈질기고 독하다. 그에게 감정적으로 해봤자 통하지 않는다는 걸 알면서도 몇 번이나 소리쳤다. 제발! 혼자 내버려달라고 애원까지 했다. 숨이 막힌다고. 자꾸 이러면 다신 못 찾게 숨어버린다고. 돌아온 대답은 당신 바람대로 해줄 수 없어서 미안하다는 말뿐이었다.

"왜 갑자기 아무 말도 안 해요?"

성큼 다가온 연준이 자전거의 손잡이를 잡았다. 수완은 눈을 내리깔며 말했다.

"당신이란 남자가 한심해서."

"뒤에 타기나 해요."

아우…….

전혀 그녀의 말을 귀담아듣지 않았다. 자전거를 길에 세운 연준은 수완을 억지로 끌어 내렸다. 그러곤 자전거 안장에 올라탄 연준은 수완을 보며 뒤에 타라는 눈짓을 보냈다.

"오다 보니까 이중섭 미술관도 있던데 가볼까요?"

"6시인데 문 닫았을 거예요."

"그런가."

"내일 가봐요."

이미 수없이 벌어진 상황. 그를 이길 재간은 없다. 수완은 입술을 지그시 깨물며 뒤에 올라탔다. 자전거가 출발하자 수완은 양팔로 연준의 허리를 감싸며 얼굴을 기대었다. 콧속으로 비린 바다 내음이 스며들었다. 검은 현무암 돌담길을 따라 연준은 자전거의 페달을 천천히 밟았다. 황홀한 노을이 친구처럼 옆으로 길게 이어지며 따라온다.

"여기서 평생 살까요?"

연준이 물었다.

"뭐 하면서요?"

"지금처럼."

"계속 놀자고요?"

"안 될 것도 없죠."

연준은 자전거의 페달을 조금 더 세게 밟았다. 수완은 그의 등에 얼굴을 기댄 채 고개를 돌렸다. 시간이 흐르며 바다와 노을은 검은 잉크빛이 되었다. 이렇게 사는 것도 나쁜진 않다. 아빠가 돌아가시고 엄마의 사고. 그리고 엄마를 보낸 몇 달 전까지 숨 돌릴 틈도 없이 살았으니까.

"난 이제 괜찮으니까 연준 씨는 서울 올라가요."

"바람 찬데 춥진 않아요?"

대꾸할 필요가 없는 말이면 연준은 화제를 돌렸다. 예전처럼 그녀를 설득하거나, 그의 생각을 강하게 밀어붙이지 않았다. 대신 그와 대화를 하고 있으면 물과 기름처럼 따로 놀았다. 신기한 건 전혀 불편하지 않다는 거다. 어떻게 이 남자를 감당할까 했는데, 어느새 익숙해져버렸다. 깊은 수렁 같은 서연준이란 남자에게.

"언제까지 내 옆에 있을 거예요?"

병원에 들이닥친 연준이 무작정 끌고 나갔을 때조차 묻지 않았다. 마치 한 몸처럼 그와 거의 24시간 붙어 지내길 석 달째. 이젠, 궁금하다.

"날 봐줄 때까지."

뭐랄까. 이 남자의 말은 진심 같아서 문제였다. 그렇지만 금방 또 연준의 말이 진심일까, 의심하기 시작한다. 불신이 존재하는 관계가 정상은 아닌데⋯⋯. 그러나 마음이 예전처럼 무겁진 않다. 언제부터인가 연준이 드러내는 감정이 진심인지 아닌지는 중요치 않게 되었다.

밤바람이 스산하게 차오른다. 자전거는 계속 달렸다. 30분 정도

달렸나 보다. 야트막한 둔덕을 지나 당근이 심어져 있는 밭 앞에 자전거가 멈추었다. 듬성듬성 돌이 쌓인 담장 뒤로 둘이 함께 지내는 집이 보였다.

할머니 혼자 살았던 집은 낡고 허름했다. 천장에 백열전구 하나가 달랑 매달려 있었다. 텔레비전도 없다. 물론 와이파이가 터질리 만무했다. 장판은 닳고 닳아 귀퉁이가 모조리 뜯겨 있었고 벽지는 누르스름했다. 집은 마을과도 동떨어져 있었다. 뒤에는 바다가 있어 전기장판 없이 밤을 지내기에는 추웠다. 서울을 떠나 왔을 때부터 풍족한 삶과는 거리가 멀었다.

강원도에선 옆방에서 여자의 신음이 적나라하게 들리는 여인숙에서도 지내기도 했다. 춘천에선 먼지가 뒹굴고 벽에는 거미줄이 있던 모텔이었고, 부산에선 담배 냄새가 찌든 민박집에서 일주일 넘게 있었다.

언제든 떠날 수 있게 짐도 간단했다. 커다란 배낭 하나면 충분했다. 여분의 옷과 속옷, 어디서든 라면과 커피와 끓여 먹을 수 있는 코펠이 짐의 전부였다. 계절이 바뀌면 연준은 정수에게 연락해 옷을 보내달라고 했다. 필요하면 시장에 가서 사기도 했다. 처음엔 휴대폰까지 빼앗겨 불편한 게 이만저만이 아니었다. 걱정할 민정에게 전화도 하지 못하게 했다. 그녀를 세상에서 단절시키려는 것처럼 보였다.

시간이 흘러도 어떤 것으로든 엄마의 빈자리를 대신해줄 수는 없었다. 속 시원히 울지 못해 뭉친 울음은 병이 되었다. 괜찮다가도 갑자기 울컥울컥 치솟는 슬픔을 감당할 길이 없었다. 길을 걷는

찬란

데 눈앞이 핑 돌았다. 다리가 휘청거리고 몸이 비틀거렸다. 이러면 안 된다고 간신히 한 발짝 걷는데, 그대로 바닥에 쓰러졌다. 눈을 떠보니 병원이었다.

'이젠 절대 혼자 안 놔둬.'

그리고 연준이 소리치며 그녀를 끌고 나갔다. 그가 내민 손을 차마 뿌리칠 수가 없었다. 어쩌면 그가 와줬으면 하고 내심 기대했는지 모른다. 그 후로 그가 이끄는 대로 따라다녔다. 늘 옆에 있어줄 거라는 남자의 표정을 믿고 싶었던 것일까.

그간 편안하게 잠드는 게 어려웠다. 연준과 헤어지고 나서부터였다. 엄마가 떠나고 더 심해졌다. 잠을 자고 싶어도 잠들지 못했다. 지독한 불면증은 우습게도 연준을 다시 만나고 거짓말처럼 싹 사라졌다. 밤새 그에게 시달려서일까. 가위에 눌리지도 악몽도 꾸지 않았다.

섹스에 중독된 것인지 그에게 중독된 것인지 헷갈렸다. 입에 담기 부끄러울 정도로 난잡한 행위를 연준과 함께했다. 어떤 날은 이틀 동안 방 안에서 나가지 않은 적도 있었다. 씻지도 않고 섹스만 했다. 우리 미쳤다고, 마주 보며 웃으면서도 서로를 껴안았다.

"이리 와요."

언제 다 씻은 걸까. 기척도 없이 방에 들어온 연준은 방바닥에 누워 있었다. 두꺼운 솜이불까지 덮고서. 이불 속으로 들어오라고 내민 팔에 아무것도 걸친 것이 없는 걸 보면 또 알몸이다. 검은 눈동자에는 아찔할 만큼 위험한 열기가 고이는 듯도 보였다.

"추워요. 얼른."

수완은 이마를 긁적이다가 이불 속으로 들어갔다. 역시나 아무것도 걸치지 않은 알몸. 매일 밤 남자의 알몸을 마주하면 머릿속이 하얗게 텅 비워진다. 맨살이 닿으며 남자의 습하고 뜨거운 숨이 얼굴에 닿았다.

바닷가라 유달리 짙은 안개가 많이 낀다. 달이 기우는 스산한 늦은 가을밤. 온기가 닿을 곳은 이 남자 품속뿐이다. 망설임 없이 남자의 품으로 안겼다. 그에게 내숭 같은 건 떨지 않는다. 있는 대로 표현했다. 그에게 떨리는 감정도. 만지고 싶은 손길도. 짜증 나면 짜증을 부리고, 화가 나면 참지 않았다. 그래야만 감정을 잘 모르는 연준이 조금이라도 더 알 것 같아서.

"이젠 손톱이 자라."

"네?"

"이수완 없어서 그동안 불행했는지 손톱이 안 자랐거든."

그걸 지금 말이라고.

"내일 손톱 잘라줘요."

"……알았어요."

연준이 그녀를 더 꼭 안아주었다.

"이대로도 좋을 것 같아요."

남자의 익숙한 체취. 기이할 정도로 평온함을 주었다. 수완은 그거면 된 거 아닐까, 말도 안 되는 생각을 해봤다.

"뭐가?"

연준의 긴 손가락이 그녀의 머리카락 사이로 파고들었다.

"알았거든요. 아무것도 바뀌지 않는다는 걸."

"……."

"왜 떠나려는 시늉도 하지 않느냐고 물은 적 있었죠."

연준은 애무하듯 머리카락만 어루만질 뿐 아무런 말을 하지 않았다. 얇은 벽이라 횡횡횡, 사납게 부는 바람 소리와 철썩이는 파도 소리만 들렸다. 수완은 숨을 쉬면 꿀렁이는 남자의 목울대로 손끝으로 만지며 속삭이듯 말했다.

"왠지 모르게 그 말이 위로가 되었어요. 너무 열심히 살았다고. 그만 쉬라고 했던 당신 말이…… 누군가에게 듣고 싶었나 봐. 이제는 쉬어도 된다고."

온몸의 힘을 뺀 수완은 더 깊이 연준의 품으로 파고들었다. 머리카락을 만지던 그의 손이 등허리를 타고 느리게 내려왔다. 수완은 눈을 지그시 감았다. 어쩌면 좋을까. 이젠 연준이 옆에 없다는 것이 상상이 되지 않았다.

"언젠가 이런 일이 일어나지 않을까 줄곧 생각했어요. 서연준이 만든 이상한 나라에 난 갇힌 앨리스가 된 것이라고. 헤어졌어도 그 시간 동안 서연준을 생각하지 않은 날이 없었으니까.

"……"

"돌아갈 곳은 이제 없는데, 내가 어딜 가겠어요."

수완의 목소리가 깊게 잠겼다. 서늘한 방 안의 공기 밀도가 점점 짙어졌다. 남자의 손끝에 옷이 하나씩 벗겨졌다. 거침없는 손길에 브래지어가 풀리고 금방 알몸이 되었다. 팬티는 손수 벗었다. 맞닿은 몸으로 열기가 휩싸였다. 마주한 눈길만으로도 온몸이 달아오른 수완의 눈동자가 흔들렸다.

"부탁이 하나 있어요."

"뭐든 말해요."

"가만히 있어요. 내 옆에…… 가능하면 오래도록."

"그건 너무 쉬운데."

더없이 소중하다는 듯 연준이 그녀의 이마에 입을 맞추었다. 눈물이 날 만큼 따뜻하다. 그의 입술이 온몸에 닿았다. 저릿한 무언가가 가슴을 자꾸만 긁어댔다. 수완은 숨을 할딱이며 연준의 목을 끌어안았다. 그녀를 똑바로 응시한 채 몸 안을 단번에 들어왔다.

"흡!"

수완의 눈빛이 흐려졌다. 숨이 멎을 것 같다. 아찔한 전율이 발끝까지 타고 흘렀다. 연준의 행위는 거침이 없고 강했다. 그녀의 두 다리를 어깨 위로 들어 올렸다. 그리고 그녀의 속을 끝까지 파고들었다. 감당하지 못할 희열. 비명마저 그가 삼키었다.

몸이 뒤집혔다. 촉이 간당간당한 백열전구가 깜빡거린다. 머릿속이 새하얘졌다. 솜이불이 필요하지 않아도 될 만큼 식은땀이 났다. 후텁지근한 열기가 방 안에 고였다. 그와 섹스를 할 때마다 이제까지 몰랐던 감각을 느끼게 된다.

등 뒤에서 느껴지는 남자의 무게. 세포 하나하나에 새겨지는 독특한 쾌락. 불결하지 않고 미치도록 좋다. 그가 더 들어와줬으면. 엉덩이를 올리고 다리를 더 벌렸다. 금세 온몸이 출렁거렸다.

어지러워. 더는 버틸 수 없어.

하지만 멈추라는 말은 하지 않았다. 어차피 연준은 사정을 봐주지 않을 테니까. 끈적이는 점액이 붙은 음모가 엉키었다. 뜨거운 숨결이 귓가에 끈적끈적 닿았다. 그녀의 머리칼을 약간 거칠게 잡아당기며 목덜미를 질끈 깨문다. 삽입의 행위와 다른 희열에 수완은 비명을 질렀다. 그는 걷잡을 수 없이 욕망에 사로잡혔다. 목이며 등허리에 몇 번씩이나 입을 맞췄다. 무릎에 힘이 풀려 주저앉아 페니스가 빠지면, 연준은 손으로 페니스를 잡고 직접 넣었다.

몸이 출렁출렁, 사정없이 흔들린다.

수완은 얼굴을 드는 것도 힘들어 베개에 파묻었다. 어떻게든 버티려고 아랫입술을 악물었다. 눈물로 젖었던 베개는 이제 땀으로 흠뻑 젖는다. 엉덩이가 깨물리고 젖가슴은 남자의 우악스러운 손 안에서 짓이겨진다.

어쩔 수 없이 당신이 좋아. 이 마음을 막을 길은 방법은 없어. 서연준의 진심 같은 거짓이 여기까지 오게 해버렸어. 순간순간 당신을 의심하면 심장이 쪼개지는 고통이 따르겠지. 그래도 옆에 있을래. 다른 사람은 몰라도 난 당신을 이해해야 하니까. 그게 서연준의 진심이라는 걸.

창문이 흔들릴 정도로 바람 소리는 더 세졌다. 흡사 짐승이 발톱으로 긁는 소리와 닮았다. 이 집에서 겨울은 버티기 힘들겠다. 외풍이 심한 집이라 수완이 혹시나 감기가 들까 걱정이었다. 문풍지도 붙이지 못하는 시시한 남자가 바로 자신이었다. 어제 너무 춥다며 시장에서 문풍지를 사 온 수완은 능숙하게 창문이나 문틈을 막았다.

전기장판 온도를 한 단계 더 높인 연준은 혼절하듯 잠든 수완의 얼굴을 가만히 내려다봤다. 그가 어디로 갈까 봐 불안한 사람처럼 그의 품에 푹 안겨 있었다. 시간이 더 흐르며 수완을 보는 그의 얼굴에 묘하고 서글픈 미소가 어렸다. 계획대로 된 것인가.

"이런 거 소용없다는 거 알아. 이런다 해도 날 봐주지 않을 거라는 것도. 그런데도 난 이럴 수밖에 없어."

불안한 건 오히려 자신이었다. 매일 밤 그녀를 안으면서도 눈을 뜨면 수완이 사라질까 불안했다. 과거 자신이 벌인 일 때문에 수완의 마음에 벌어진 틈이 영원히 메워지지 않을 거라는 것도 안다.

"감정, 진심, 그게 뭔데?"

살짝 구겨진 미간에 입을 맞추었다.

"그딴 걸로 내 마음 설명하고 싶지 않아."

눈두덩에도. 콧잔등에도. 입술에도.

수완이 어디로든 갈 수 없게 만들었다. 그 없인 아무것도 할 수 없게 해놓았다. 밥도 못 먹고 숨도 쉬지 못하게……. 그가 안 보이면 불안을 느낄 정도로 만들었다. 그가 그녀 몸의 일부처럼 지냈으니까. 떨어지면 안 될 정도로 꼭 붙어 있었다.

"나 없인 이수완도 없어."

이건가? 안갯속을 헤매던 오랜 시간이 끝난 기분이다. 시야가 확 걷히며 이제야 해답을 알게 되었다. 수완에게 왜 이토록 끊임없이 집착하는지를. 비가 내리던 그 밤. 수완과 함께한 경험은 실로 낯설었다. 육체가 한 몸처럼 엉키고 서로 미친 듯이 파고들었던 그날이, 왜 그토록 그의 머릿속에서 떠나지 않는지를.

그때 수완은 상처투성이였다. 어쩌면 그도 마찬가지였을지 모른다. 그를 버리고 간 새라의 행복한 모습이 왠지 씁쓸했기에. 혼자 있기 싫다는 기분이 어색해서 말도 안 되는 수완의 부탁을 들어주었다.

'나는…….'

호텔까지 함께 와놓고 덜덜 떨던 여자.

'옷은 내가 벗을게요.'

비를 홀딱 맞아 젖은 옷을 벗고 수완은 먼저 침대로 들어갔다. 그리고 뭐라도 해보라고 말하고 있는 듯한 갈색 눈빛이 그를 흥분시켰다. 언제라도 도망갈 것 같은 얼굴이 우습다는 생각이 들며 그도 옷을 벗었다. 둘이 한 몸이 되기엔 오랜 시간이 걸리지 않았다.

처음 본 남자 품에 안겼던 여자의 온몸은 말하고 있었다. 지금 얼마나 힘든지. 이렇게 해서라도 버티고 싶다는 간절함까지 읽혔다. 난생처음 타인의 감정이 정확히 아는 날이었다. 그것은 마치 그의 쓸쓸한 마음을 더욱 할퀴어대는 것 같았다.

그래서 그렇게까지 머릿속에 떠나지 않았던가. 그게 뭔지 알고 싶어 형체가 없던 감정이 발현되었는지 모른다. 이유가 어떻든 아무래도 좋았다. 지금 이수완은 그의 품에 안겨 잠이 들었다.

"잘 자요."

그때처럼 이마에 입을 맞추었다. 연준은 수완을 꼭 껴안으며 눈을 감았다. 이 소박한 달콤함이 좋다. 자그마한 여자가 그의 몸속으로 조용히 들어오는 느낌이다.

수완아.

내가 만든 이상한 나라에서 우리 오래도록 함께 사는 거야.

다른 건 아무것도 중요하지 않아.

너하고 함께 눈을 떴을 때, 아침의 찬란한 햇살이면 돼.

그거면 충분해.

에필로그

한 해가 또 흘렀다.

입춘이 지났건만 하늘에서는 눈이 소복소복 내리고 있었다. 제주도에서는 작년 겨울에 올라왔다. 다시 서점에서 일도 하게 되었다. 일을 끝마치고 퇴근하는 길. 수완은 우산을 펼치며 길을 나섰다. 얼마 걷지 않아서 도착한 곳은 민정의 가게였다.

"왔어? 잠깐만."

민정은 손님에게 옷을 팔고 있었다. 수완은 괜찮다는 표정을 지으며 작은 의자에 앉았다. 작년 서울에 올라왔을 때, 어쩜 그럴 수 있느냐고 민정에게 눈물이 쏙 날 만큼 얼마나 혼이 났던지. 지금 생각해도 웃음이 났다.

여전히 장사 수완이 좋다. 민정은 긴 생머리의 여자에게 목도리와 코트를 함께 팔았다. 카드로 계산을 끝내고 여자가 가게를 나가자 민정은 그녀가 앉은 곳으로 재빨리 왔다.

"영은이가 이모 보고 싶대."

"나도……."

제주도에 내려갔을 때 너보다 영은이가 더 보고 싶다고 말했다가 등을 한 대 맞았다.

"주말에 우리 집에 놀러 올래?"

"그래도 돼?"

"그럼."

"알았어. 갈게."

"본부장님은 떼어놓고 와라."

"그럴게."

수완은 미안한 표정을 지었다. 저번에 연준과 함께 민정의 집을 놀러 간 적이 있었다. 세상에 태어나 작디작은 아기를 처음 본 것처럼 연준은 영은이 앞에서 어쩔 줄 몰라 했다.

낯을 가리지 않는 영은은 연준에게도 찰싹 달라붙었다. 동화책을 읽어달라며 책을 가져와서 연준의 무릎에 넉살 좋게 앉았다. 그렇게 당황하는 모습은 처음이었다. 책을 읽어주면 되는 것인데, 연준은 딱딱하게 굳은 얼굴로 소파에서 벌떡 일어섰다. 그 바람에 영은은 엉덩방아를 찧고 울음을 터트렸다.

'아저씨, 미워!'

'아저씨랑 안 놀아!'

'아저씨, 집에 가!'

영은은 닭똥 같은 눈물을 뚝뚝 흘리며 연준에게 원망을 연달아 쏟아냈다. 우는 영은을 달래면 되는데 연준은 그길로 민정의 집을 나가 밖에서 수완이 나올 때까지 기다렸다. 그때의 황당함이란.

도망치듯 나간 연준에게 물었다. 왜 그러느냐고. 연준은 자신도 모르겠다고 했다. 그에게 아기인 영은은 어디로 튈지 모르는 공과 같았다. 작은 거짓도 통하지 않는 순수한 결정체였으니까.

"이수완 껌딱지, 본부장님은?"

"출장 갔어."

"또?"

"응."

"회장님이 일부러 보낸 거 아니야? 두 사람 같이 못 있게."

"그럴지도 모르지."

수완은 희미하게 웃었다. 서울로 돌아와서도 둘은 함께 지냈다. 그녀가 연준의 아파트로 다시 들어갔다. 얼마 지나지 않아서 병호가 찾아왔지만 딱히 헤어지라는 말은 없었다. 대신 절대 결혼은 안된다는 말만 하고 갔다.

"자기 아들이 좋아 죽겠다는데, 뭘 그렇게 반대를 하신다니."

"나도 딱히 결혼 생각 없어."

"왜?"

"이대로도 괜찮거든."

"또 나왔네. 그 괜찮다는 병. 그 병은 본부장님이 안 고쳐주던?"

미간을 구기며 잔뜩 목소리를 높인 민정은 보며 수완은 웃음을 터트렸다. 연준과 다시 함께 살아도 결혼을 생각해본 적은 없다. 그냥 말 그대로였다. 이대로도 괜찮았다. 굳이 결혼할 필요성을 못 느꼈다.

아마도 그것 때문일까. 그와 잠을 자고 밥을 먹고 산책을 하고

찬란 389

웃으며 영화를 봐도, 언젠가 끝날지도 모른다는 불안감. 그것은 작은 불씨처럼 꺼지지 않고 마음 한구석에 도사리고 있었다.

이번처럼 출장이 길어졌을 때 무감한 연준은 전화 한 통 없다. 바빠서 그렇다는 걸 머리는 이해하는데 이대로 연준이 오지 않고 끝나는 건 아닐까, 하는 그 미칠 것 같은 불안감이 견딜 수가 없었다. 이 상태로 결혼은 무슨…… 생각해보니 서운하긴 하다. 어쩜 연준은 결혼 비슷한 말도 내비치지 않는지.

"본부장님도 가만히 있어? 너한테 결혼하자는 말 안 해?"

"응."

"무슨 그런 남자가 있어. 누구 앞길을 막으려고. 동거만 하겠다는 거야?"

그게 그렇게 화를 낼 일인가. 민정의 입에서 불까지 뿜어 나올 것 같았다.

"너 없이는 안 될 것 같다고 매달려놓고. 와, 본부장님 그렇게 안 봤는데, 무책임하네."

"지금 내 남자 욕하는 거야?"

"그래, 욕하는 거다. 네가 이렇게 맹탕이니까, 본부장님이 널 물로 보는 거야. 결혼 안 하면 같이 안 산다고 그래."

"정말 그래볼까?"

"해. 해!"

민정은 열렬한 응원을 보냈다. 그래놓고 멋쩍은지 연준에게 자신이 욕했다는 건 이르지 말라고 신신당부했다. 그때였다. 가게 앞에 택배 회사가 멈추었다. 택배 기사가 차에서 내리더니 한눈에 봐도 무거운 상자를 나르고 있었다. 그 상자가 가게 안으로 들어오자 두 사람의 눈이 동시에 휘둥그레졌다.

"강민정 씨 맞으시죠?"

택배 기사는 바닥에 상자를 내려놓으며 물었다. 민정은 고개를 끄덕였다. 기사는 바쁜지 뭘 물어볼 틈도 없었다. 후딱 나가서 바로 차를 출발시키더니 눈 깜짝할 사이에 떠났다. 수완은 상자를 내려다보며 물었다.

"뭘 주문했길래 이렇게 상자가 커?"

"나 주문한 거 없는데."

민정은 고개를 갸우뚱하며 상자를 열었다. 상자 가득 차지한 것은 동화책들이었다.

"영은이 책이네."

"난 아닌데. 그이가 주문했나."

민정은 바로 남편에게 전화를 걸어 물었다. 표정을 보아하니 남편도 주문하지 않은 모양이다. 이 많은 책이 하늘에서 뚝 떨어진 것도 아니고. 혼잣말을 중얼거린 민정은 상자에 적힌 회사로 전화를 걸어 다시 확인했다. 얼마 되지 않아 상담원과 통화를 끝낸 민정의 표정은 복잡미묘했다.

"본부장님 은근 뒤끝 있네."

"응?"

"네 남자가 주문한 거란다."

"뭐? 진짜!"

수완은 황당한 표정을 지었다. 민정은 헛웃음을 지으며 상자 속 동화책들을 하나씩 꺼냈다. 3D 입체북이며 동물을 누르면 소리가 나는 신기한 책들이 갖가지 들어 있었다.

"비싼 것도 주문했다."

서점에서 일해도 처음 보는 책들이라 수완은 신기해서 공룡을 눌러봤다. 크아앙, 소리를 낸다. 둘은 마주 보며 소리 내어 웃었다.

"영은이 일이 걸렸나 봐."

"귀엽네. 본부장님."

다행히 책이 마음에 든 모양이다. 민정의 입이 귀에 걸렸다. 연준에게 꼭 고맙다는 말을 전해달라면서 같이 집에 놀러 와도 된다고 허락도 해주었다.

헤벌쭉 웃는 민정을 보며 수완은 가게를 나왔다. 여전히 눈은 내리고 있었다. 손에 쥔 우산을 펼쳐 든다. 눈이 녹기 시작하며 질퍽해진 도로를 천천히 걸었다. 연준이 오늘은 오려나, 그 생각을 하면서.

-우리, 처음 만났던 곳으로 와요.

막 집에 도착하기 전에 연준한테 전화가 걸려왔다. 이유는 묻지 말고 바로 오라는 말에 수완은 다시 밖으로 나갔다. 그 잠깐을 참지 못하겠는지 빨리 오라는 문자를 세 번이나 받았다. 급히 택시를 잡아탄 수완은 그와 처음 만났던 곳으로 갔다. 그사이 눈은 그쳤다.

연준과 처음 만난 곳. 여기가 맞나? 세상이 너무 힘들어 정처 없이 걷다 보니 전혀 모르는 동네까지 왔었다. 잠시라도 좋으니 누군가 절망적인 구렁텅이에서 꺼내줬으면 했다.

그게 왜 처음 보는 남자와 원나잇이었는지. 지금 생각해봐도 정말이지 멍청한 발상이었다. 그 때문에 연준을 만났지만.

"빨리 왔네요."

보름의 출장을 끝내고 돌아온 연준의 얼굴은 어딘가 까칠했다. 피곤할 만도 하다. 서울로 올라온 그는 더 일 중독자가 되었으니까.

"여긴 무슨 일로 오라고 했어요?"

"우선 이거부터 받아요."

연준이 수완의 품에 안겨준 것은 군고구마였다. 뭐야, 이 남자.

"웬 군고구마?"

"먹고 싶어서."

"또 나한테 껍질 까달라고 할 거죠?"

수완은 황당한 눈으로 그를 올려다봤다. 한 살 더 나이를 먹은 남자는 더 성숙한 남자처럼 보였다. 둘이 마주 보며 서 있는 곳은 후미진 골목이었다. 그렇지만 주택가에서 나오는 불빛은 따스했다. 피아노를 배우는 학생이 있는지, 저 멀리서 조금은 서툰 피아노 소리가 희미하게 들려왔다.

"손이 시커멓게 되는 거 별로라서."

"어이없어."

"빨리 까줘요."

연준은 아이처럼 재촉했다. 순간 수완은 웃고 말았다. 그때 연준은 무슨 일로 여기까지 왔었던 걸까? 새삼 궁금했지만 묻지 않았다. 수완은 갈색 봉지에서 군고구마 하나를 꺼내 껍질을 벗겨내기 시작했다. 금세 손톱 밑이 시커멓게 변했다.

"자요."

껍질을 벗기니 군고구마는 노란 빛깔을 달콤하게 뿜냈다. 연준은 그녀에게 먹어보라는 소리도 하지 않고 혼자서 맛있게 먹기 시작했다. 왜 여기로 오라고 했느냐고 물어야 하는데 수완은 맛있게 군고구마를 먹는 연준을 멍하니 바라만 봤다.

"출장은 어땠어요?"

연준이 군고구마를 다 먹을 때쯤 수완은 물었다.

"좀 빡빡했죠."

"무슨 일이 그렇게 많아요. 요샌 얼굴 보기도 힘들어."

"딜을 하려면 어쩔 수가 없어서."

"무슨 말이에요?"

군고구마를 다 먹은 연준은 나른한 한숨을 내쉬었다. 수완은 조바심치는 마음을 누르고 연준의 대답을 초조하게 기다렸다.

"미안해요. 기다리게 해서."

"……."

"그리고 고마워요. 날 포기하지 않아서. 떠나지 않아서"

그게 다 무슨 말인지.

"나는 어떻게도 좋은데 이수완은 그러면 안 되니까. 당신은 누구한테도 사랑받는 사람이어야 하니까. 아버지 허락, 어차피 필요 없지만, 내가 안 되겠었어. 당신 미움받게 하고 싶지 않았어."

어쩐지 현기증이 몰려왔다.

"아버지 눈 밖에 나고 싶지 않았어. 내가 아니라 당신 위해서. 그래서 죽도록 일만 한 거야. 이제 아버진 내가 없으면 안 돼. 내가 아니면 회사 내일이라도 당장 무너질 수 있게 만들었거든."

"……."

"이수완."

어떤 말을 해야 할지 몰라 수완은 입술만 달싹거렸다.

"결혼하자."

"네?"

"결혼하자고."

연준은 망설임 없이 무릎을 꿇으며 재킷 속에서 반지 상자를 꺼냈다. 값비싼 슈트가 흙탕물에 더럽혀져도 그는 전혀 개의치 않았다.

"갑자기 왜……."

"이수완 남편이 되고 싶어."

숨이 멈췄다. 시간도 멈춘 것 같았다. 감각이 둔해지고 머릿속은 하얗다. 골목에 어둠만이 흐르는 것 같았다. 심장만 계속 불안하게 뛰었다.

연준과 함께했던 수많은 시간이 순식간에 스쳐 지나갔다. 저 사람 덕분에 행복했고, 저 남자 때문에 망가졌고, 가슴에 멍도 들었었다.

"거절해도 좋으니까, 반지는 열어 보지."

뭐라 말해야 하는데 수완은 목이 메어 쉽사리 입을 벌리지 못했다. 이유를 모르겠다. 갑자기 서러움이 몰려와 눈물이 줄줄 흘러나왔다. 연준은 황당한 표정을 지으며 일어섰다.

"알았어. 결혼하자고 안 할게. 울지 마."

"……."

"내가 더 기다렸어야 하는데. 아직 당신이 날 다 믿지 못하는 걸 아는데, 성급했어."

연준은 잔뜩 굳은 얼굴로 수완의 팔을 강하게 붙잡았다. 그녀가 어디로 떠날까 봐, 마음을 졸이는 손길은 애가 탔다.

"그게 아니라……."

수완은 눈물을 훌쩍이며 말했다.

"모르겠어요. 그냥 눈물이 나와서."

수완은 두 손을 얼굴에 덮은 채 엉엉 울었다. 문득 기분이 들곤 했다. 잠들고 일어나 아침이 되면, 이 모든 것이 사라져버리면 어쩌나 하는 기분. 그럼에도 불구하고 참담한 기분을 매일 마주하면서 연준의 옆에 있는 이유는 하나밖에 없었다.

이 남자가 좋으니까.

그가 그녀의 표정을 읽고 계산을 한 뒤에 대답해도 이젠 괜찮았다. 이대로도 좋다고 해놓고 가슴 밑바닥에선 그와 결혼을 꿈꿨나 보다. 그와의 결혼, 어쩌면 모래 위에 집을 짓는 것처럼 아슬아슬한 일이니까.

"역시. 난 끝까지 모를지 몰라. 여기서 왜 이수완이 눈물을 흘리는지."

눈물이 멈추지 않아 곤란했다. 창피하게 콧물도 나왔다.

"여전히 난, 나만 아는 놈이야. 당신이 뭘 원하는지 왜 아픈지 다 알 수는 없어. 하지만 노력할 거야. 어떤 세상의 남자보다 더 열심히."

연준은 깊어진 눈으로 그녀를 보며 얼굴을 감쌌다. 이상한 일이 벌어졌다. 아무 감정도 일지 않는 그의 검은 두 눈에 물기가 차올랐다. 설마 눈물?

"이수완 없이 안 돼. 그렇게 되도록 만들어놓고, 나 버리고 떠나면……. 내가 더 잘할게. 그러니까 수완아. 응?"

그가 무감한 얼굴로, 무심한 투로 말하는데, 정전되었다가 불이 들어온 것처럼 정신이 번쩍 들었다. 가로등 불빛이 그를 비추고 있다. 아무에게도 안 보이는 저 남자의 계산된 진심을, 나는 믿어야 한다.

그가 헌신적으로 대해줘도 모든 걸 채워줄 수는 없다. 그래, 그대로 비워두자. 나 역시 그의 허전함을 다 채워줄 수는 없을 테니까.

"고구마 껍질도 못 벗기고, 형광등도 못 갈고, 벌레 한 마리도 못 죽이는 남자를 뭘 믿고 결혼을 해요."

수완은 힘없이 웃으며 입을 뗐다. 무어라 말하기 힘든 감정에 휩싸인 것처럼 연준은 한동안 아무 말이 없었다. 원하는 것이 정말 그것뿐인지, 아마도 계산을 하고 있겠지.

연준은 바닥의 바닥까지 내려간 듯 짙어진 눈빛을 보냈다.

"그거만 하면 돼?"

"네."

대답해도 연준은 믿지 못하겠다는 표정을 풀지 않았다. 남자의 어리벙벙한 표정이 생소하면서 웃음이 나왔다. 차가운 밤바람에 청량한 쾌감이 느껴졌다.

"이제 집에 가요. 너무 추워."

그날 밤처럼, 남자의 손을 잡은 것처럼 수완은 먼저 연준의 손을 잡았다. 어쩐지 메인 듯한 목소리로 그가 불렀다.

"수완아."

"네."

"사랑해."

믿을게요.

멎었던 눈물이 다시 흘렀다. 숨이 막히도록 긴 입맞춤은 끝날 줄 몰랐다. 더는 불안에 떨지 않기를 바라며, 남자의 등을 꽉 껴안았다. 그리고 편해졌다.

-마침-

작가 후기

오래전부터 감정이 없는 남자에 대한 얘기를 쓰고 싶었어요.

워낙 개인적 취향이 이기적인 남자라, 오직 자신만 아는 남자가 한 여자를 만나 사랑을 하게 되면 어떤 변화가 생길까, 싶었죠.

그들을 알기 위해 자료를 보고 책을 봐도 일명 사이코패스나 소시오패스인 사람들의 성향과 심리를 이해하려는 건 쉽지 않은 일이었습니다. 수박 겉핥기 같았죠.

이미 감정이 있는 사람이 감정이 없는 사람을 연구한 거니까, 이것 역시 선입견 아닐까.

오랜 고민 끝에 내 마음대로 써야겠다 싶었죠.

감정이 없어도 사랑을 할 수는 있으니까…….

인생에서 자신을 변화시킬 한 사람만 만나도 성공한 인생이라고 생각하거든요.

연준은 수완을 만나 변화했다고 믿어요.

진부한 표현일지 몰라도 결국 '사랑'만이 사람을 변화하게 만들 수 있으니까요.

마지막으로 오랜 시간 묵묵히 기다려주신 와이엠북스 편집자님께도 감사합니다.

이 글을 읽는 모든 분들, 찬란한 빛이 가득한 나날들 되길 바랍니다.

-홍경 올림.